LES FILS DE LA PLEINE LUNE

TOME 2

PANINI BOOKS

LES FILS DE LA PLEINE LUNE

TOME 2
DANGER MORTEL

EILEEN WILKS

CRIMSON

Titre original : *Mortal Danger*

Illustration de couverture : © HildenDesign,
using an image by Shutterstock
Design de couverture : hilden_design, München
www.hildendesign.de

Traduit de l'anglais (États-Unis) par Claire Reach
Suivi éditorial et relecture : studio Zibeline & Co

ISBN : 9-782809-431636

CRIMSON EST UNE COLLECTION DE PANINI BOOKS

www.paninibooks.fr

Je dédie ce livre à mon éditrice, Cindy Hwang,
qui est non seulement brillante, efficace, compatissante
et patiente au-delà du rêve de tout auteur qui rend
son manuscrit en retard, mais qui a aussi de
très bons goûts cinématographiques.
Merci, Cindy. Pour tout.

PROLOGUE

La salle d'audience était immense, étouffante et bruyante, tel un four qui résonne, creusé dans les vestiges d'un volcan éteint. Prenant garde aux ombres, Gan courut sur le sol en pierre, aussi vite que ses jambes trapues le lui permettaient. De temps à autre, les lézardes vacillaient. Ce qui, à un moment donné, ressemblait à une ombre pouvait, l'instant d'après, vous envoyer au tapis. Ou vous ridiculiser, ce qui était presque aussi terrible.

Il n'y avait pas de toit. Les murs irréguliers s'élevaient vers le ciel, visible au bord de la caldera noire et vide. Gan eut la chair de poule face à cette immensité au-dessus de sa tête, même s'il savait que les animaux de compagnie de Xitil ne l'importuneraient pas. Pas cette fois.

Des courtisans de toutes sortes se querellaient ou discutaient entre les colonnes sculptées qui jaillissaient du sol : ici, un phallus en granit de quatre mètres de haut, là, une paire de mâchoires béantes, en onyx, suffisamment grandes pour avaler un bœuf.

La moitié de ces idiots ne devaient même pas savoir ce qu'était un bœuf, songea Gan en reniflant, alors qu'il contournait les lèvres d'un sexe féminin en quartz rose.

Gan le savait. Il était peut-être jeune, et petit, mais il en savait plus sur la sphère des humains qu'eux tous réunis.

Ce qui expliquait sa convocation. Un frisson de crainte mêlée d'excitation lui parcourut le dos. Être convoqué par la Très Redoutable n'était pas sans risque.

Tant pis... cette rencontre serait sûrement intéressante.

Perdu dans ses pensées, Gan passa un peu trop rapidement à proximité d'une griffe crochue en pierre. Il tomba au sol, terrifié, ses cœurs battant à tout rompre.

Une queue serpentine hérissée d'épines fouetta l'air au-dessus de sa tête.

Crétin ! pesta Gan en silence. Rêvasser dans le hall ! Lui, un démon adulte, qui se comportait comme un lutin de deux ans... Un peu plus, et il se cognait contre l'une des Griffes de Xitil. S'il y avait une chose à éviter, c'était bien de les surprendre. Leurs réflexes étaient aussi rapides que leur esprit était lent.

Au moins, Gan ne lui avait pas fait l'affront d'un contact physique. Il n'avait pas touché la Griffe.

— Qu'est-ce que c'est ? s'écria une voix aiguë. (Elle avait résonné plusieurs mètres au-dessus de la tête de Gan. Une Griffe femelle, jugea-t-il. Principalement femelle, en tout cas.) Une bestiole ?

Malgré son champ de vision réduit à un sol de roches poussiéreux, Gan aperçut du coin de l'œil une patte couverte d'écailles aussi longue que son propre bras. Des quatre épais orteils dépassaient des griffes jaunes et pointues.

Attends encore pour respirer, se dit-il. Le danger immédiat était passé, mais la susceptibilité des Griffes de Xitil n'avait rien à envier à leur stupidité.

— Peut-être, fit une seconde voix plus rauque – de mâle, sans doute – à gauche de la première. (Regardant dans cette direction, Gan aperçut seulement une autre paire de pattes griffues.) Ou une sorte de parasite. Il a intérêt à se dépêcher.

— Votre Grandeur, glapit Gan, mille fois pardon. Je mériterais d'être écrasé, c'est vrai, d'être écrasé pour vous avoir dérangée, mais je vous en conjure, retenez votre pied. Je suis convoqué.

— Convoqué ?

Une patte enserra les côtes de Gan. Négligemment, la Griffe fit rouler le démon sur le dos. Ce dernier leva la tête pour planter son regard dans les deux yeux avant de la Griffe, qui luisaient d'un reflet doré.

— Tu penses qu'il est assez stupide pour mentir à ce sujet, Hrrol ?

— M'a l'air assez stupide pour faire à peu près n'importe quoi. Ferait mieux de se dépêcher.

— Oh, Votre Grandeur, je suis stupide, je le reconnais, de vous avoir offensée, pourtant je ne suis pas assez bête pour mentir à propos de la Très Redoutable. Si ce n'est pas la vérité, vous me punirez deux fois, trois fois plus, punissez-moi pour l'éternité, mais pour l'heure, permettez-moi d'honorer ma convocation.

Espèce d'abruti ! Si j'étais stupide, je ne pourrais pas mentir, n'est-ce pas ? Et si Xitil est mécontente de mon retard, elle en aura après toi pour m'avoir retardé.

— Il ne restera pas grand-chose à punir de lui, s'il ment, observa la Griffe de gauche. Mieux vaut l'écraser tout de suite. Ou, du moins, le priver de cette queue chétive.

Gan se hérissa. Il était plutôt fier de sa nouvelle queue – peut-être pas aussi longue et préhensile que celle de la Griffe, certes, mais merveilleusement résistante, et pourvue de ravissantes pointes.

— Non, fit celle de droite, à regret. Si Xitil a un usage quelconque de ce parasite, peut-être qu'elle le voudra avec son pathétique petit bout de queue. Plus tard, décida-t-elle. Je le punirai plus tard. Quel est ton nom, vermisseau ?

— Je m'appelle Gan, Votre Grandeur.

Puissent les vers te dévorer.

— Tu es un parasite chanceux, Gan, car je dois me plier aux caprices de la Très Redoutable, et il se peut qu'elle te préfère entier. Je te libère.

— Merci, Votre Grandeur. (Gan se remit debout tant bien que mal et s'inclina bien bas en reculant.) Puissent vos griffes devenir plus longues et plus pointues encore, afin de mieux déchirer votre proie.

Et puisse ta proie ne pas attraper un point de côté à force de rire de ta stupidité.

Une fois hors de portée des Griffes, Gan examina plus attentivement les alentours, tout en se précipitant vers l'extrémité la plus chaude du hall. Là, les rochers luisaient d'un rouge terne et formaient un amas artistique autour de l'entrée du tunnel qui conduisait aux quartiers de Xitil. Aucun courtisan ne s'attardait à cet endroit. Si Xitil voulait voir ses sujets, elle se joignait à eux. Si elle ne le souhaitait pas, qui oserait aller la trouver sans y avoir été invité ?

Gan, lui, était invité. Effrayé mais fier de l'importance qu'on lui donnait, il franchit le seuil.

Il se sentit aussitôt plus à l'aise. Le tunnel rocheux possédait une voûte irrégulière qui ne s'élevait jamais à plus de six mètres de haut. Il ne comptait qu'un seul virage serré défensif, une preuve de la confiance de Xitil. Personne n'avait tenté de la détrôner depuis très, très longtemps.

Sur les derniers mètres, le tunnel se resserrait, histoire de s'assurer que peu de ses courtisans et qu'aucun de ses nobles ne puissent pénétrer dans ses quartiers debout. Ceci dit, Gan y parvint. Inquiet, il courut vers la lumière rose violacé au bout du tunnel. En principe, le rose signifiait qu'elle était de bonne humeur, ou peut-être excitée. Le violet, en revanche…

Gan émergea du tunnel sec et chaud pour se retrouver dans une brume rose, moite, comme si l'air lui-même transpirait dans la chaleur créée par Xitil, qui en avait un besoin maladif. Le sol était en obsidienne polie, glissante et humide. Face à lui, sur les oreillers empilés sur sa couche, se prélassait la Très Redoutable Xitil, tyran et façonneuse de pierre, maîtresse du ciel et reine des enfers. Une violente bouffée de crainte et de désir figea Gan sur place.

— Gan. (La voix gronda à travers la brume telle une caresse sonore.) Approche.

Tremblant de peur et d'excitation, il obéit.

Le corps immense et ondulé de Xitil scintilla dans la lumière, sa peau aussi rose et moite qu'une vulve excitée. Et dense, oh, si délicieusement dense pour l'*üther* de Gan, le moindre de ses plis et de ses bourrelets rempli de vies. Ses bras antérieurs, pliés, lui servaient d'appui, ses griffes étaient à demi rétractées, serties de pierres précieuses.

Ces derniers temps, Xitil avait une préférence pour les seins. Elle s'en était fait pousser six, et la paire la plus haute était dénudée. Ses tétons étaient des petites pépites toutes dures, cerclées par des auréoles aussi rouges que ses yeux, qu'elle plissa d'amusement.

— Gan, murmura-t-elle, tu n'as pas salué mon invitée. Fais donc.

Il s'arrêta brusquement, les yeux écarquillés. Subirait-il un châtiment pour cela ? Elle lui avait dit d'approcher, mais... *Obéis, idiot,* se dit-il. Il s'efforça de détourner son regard de Xitil et ouvrit grand les yeux lorsqu'il remarqua enfin la personne – ou plutôt la créature – qui se tenait debout à la gauche de la couche de Xitil.

Une humaine. Comme c'était étrange. Les humains se montraient de temps à autre – de nombreuses cours avaient des affaires privées avec différentes espèces – mais pourquoi Xitil voulait-elle que Gan fasse la connaissance de l'un d'eux ?

Non, comprit-il après quelques secondes. Quelle que soit sa forme, cette créature n'était pas humaine. D'une manière ou d'une autre, elle était parvenue à voiler ses énergies de façon à ce que Gan les décrypte difficilement... mais ce qu'il put apercevoir lui procura un nouveau frisson.

Les rumeurs étaient vraies. Xitil accueillait une bien étrange alliée.

Et si c'était son prochain repas ? Même Elle n'oserait sûrement pas... Mais Gan avait reçu l'ordre de saluer l'invitée de la Très Redoutable, pas de se poser un tas de questions. Il s'éclaircit la gorge et s'inclina très bas.

— Très Vénérée, pardonnez-moi si, dans les profondeurs de mon ignorance, je me suis adressé à vous de manière incorrecte.

La fille – c'était ce qu'elle était en apparence –, une humaine aux cheveux châtain et aux yeux bruns, âgée de quinze ans peut-être, lui sourit avec bienveillance.

— Beaucoup d'êtres de ce cycle ne Me connaissent pas. Tu es pardonné. (Elle jeta un coup d'œil à Xitil.) Vous êtes sûre ? Celui-ci semble plutôt...

— Quelconque ? (Xitil gloussa, un grondement grave qui fit trembler ses seins.) Il est jeune et faible, et trop curieux pour ne pas s'attirer des ennuis, mais ce n'est pas un guerrier dont vous avez besoin. Gan a les aptitudes qu'il vous faut. Il peut traverser sans être invoqué, une capacité utile pour transmettre des instructions et des informations à votre agent.

— Ah. Et l'autre agent que j'ai demandé ? s'enquit la fille.

Xitil passa négligemment une griffe le long de l'imposante masse que formait sa hanche et déchira les voiles, qui laissèrent entrevoir les luxuriantes boucles de son pubis.

— Cette demande était liée à notre accord initial. Vous n'avez pas ouvert le portail. Vous n'avez pas non plus souhaité honorer ma demande personnelle.

Un parfum de menace – de défi ? – se diffusa dans l'air, un pouvoir tel que Gan n'en avait jamais connu de semblable. Il fit un rapide plongeon, qui lui donna un haut-le-cœur, et se retrouva au sol, pris de vertige sous l'effet de la gravité qui faisait pression, se relâchait, avant de se resserrer de nouveau autour de lui. Ses cœurs s'arrêtèrent de battre.

La tempête passa aussi rapidement qu'elle avait éclaté.

La fille rit, d'un rire léger, insouciant.

— Oh, regardez... nous avons effrayé ce pauvre Gan. Ce serait vraiment dommage qu'il soit blessé par nos petits tests, non ? Mais vraiment, Xitil, c'est très vilain de votre part de m'exciter. Vous savez l'effet que me font ces choses-là.

Oh. Oh ! Alors voilà qui Elle était...

Pour toute réponse, Xitil haussa les épaules.

La fille qui n'en était absolument pas une se retourna pour étudier Gan.

— Je suppose qu'il n'y a pas beaucoup d'agents comme lui, pourtant il est si petit. De la taille d'un enfant humain. Peu importe à quel point sa forme peut être altérée, il n'aura pas l'apparence qu'il me faut.

— Vraiment ? fit Xitil, le regard brillant. Gan.

L'attention du démon se fixa totalement sur sa reine, car derrière la syllabe de son nom d'invocation résonnait, tout bas, son vrai nom.

— Grandis.

Gan, mécontent, prit un air crispé et s'exécuta - un peu lentement, sans doute, mais elle ne lui avait pas demandé de se dépêcher. Lorsque Xitil reprit la parole, il mesurait trois mètres cinquante, une taille très inconfortable pour lui.

— Arrête-toi.

Gan lui obéit volontiers et se concentra pour rester immobile le temps que l'être qui n'était pas vraiment une fille l'observe.

— Étonnant, dit-elle enfin.

Sa voix paraissait distante ; les oreilles de Gan étaient trop affinées pour capter correctement les sons.

— J'ignorais totalement que tu pouvais t'amplifier ainsi. (Elle leva la tête.) Je vois à travers ses mains.

Xitil gloussa.

— Pauvre Gan. Il manque de substance pour s'étendre énormément, mais il fera l'affaire. Reprends ta forme habituelle, Gan.

Avec un soupir de soulagement, le démon se laissa retomber à sa densité normale.

— J'ai un travail pour toi, lui dit-elle. Cela te plairait-il de boire un peu de sang ?

— Beaucoup, répondit-il sincèrement. Le sang de qui ?

— D'une humaine. Elle sera amenée ici.

Amenée ici ? Gan écarquilla les yeux. Voilà qui expliquait pourquoi Xitil s'était alliée avec cet être qui ressemblait à une fille aux yeux marron. C'était une des raisons, en tout cas. Les manœuvres de Xitil n'étaient jamais simples. Son invitée amènerait ici une humaine pour que Gan… pour qu'il…

— Vous voulez que je possède cette humaine, Très Redoutable ? murmura-t-il.

De sa griffe ornée d'un rubis, Xitil lissa ses cheveux sur un de ses seins.

— Bien. Je savais que tu ne pouvais pas être totalement ignorant. Tu as mangé le vieux Mevroax, après tout.

— Et… et l'humaine retournera dans sa sphère ?

Les sens de Gan étaient en ébullition. Pouvoir faire l'expérience de la sphère des humains comme l'un d'entre eux… Il mangerait, boirait, baiserait comme les humains, et en verrait tout autant ! Et même tellement plus que tout ce qu'il avait pu voir ou faire auparavant…

— À quoi me servirait-elle ici ? Évidemment qu'elle y sera renvoyée. Mais tu ne pourras pas la posséder immédiatement, Gan. C'est une sensitive.

Gan ouvrit la bouche. Juste à temps, il la referma. La Très Redoutable devait connaître un moyen de franchir les barrières d'une sensitive, sinon elle ne l'aurait pas convoqué. Et il n'était jamais judicieux de la questionner.

— Sage décision, Gan.

Heureusement, Xitil était plus amusée qu'agacée par la gaffe que Gan avait failli commettre. Quels que soient ses projets avec l'humaine, ils l'avaient mise de fort bonne humeur.

— Ce que tu penses est juste, ceci dit. En principe, percer les défenses d'une sensitive est problématique, mais mon invitée s'en chargera.

Gan détourna le regard vers la fille aux yeux marron. Il déglutit. Xitil avait mérité son titre de Très Redoutable, certes. Mais son invitée…

La fille lui sourit gentiment.

— Ne t'inquiète pas, Gan. Ce que j'utiliserai pour préparer l'humaine à ta possession ne te fera aucun mal. Les démons ne sont pas sujets à la culpabilité.

Gan se sentit soulagé. C'était logique. Les humains, avec leur saleté d'âme mystérieuse, passaient leur temps à culpabiliser. Même les sensitifs pouvaient être atteints par ce biais. Pas par des démons, évidemment, mais par les dieux spécialistes de l'âme, de la culpabilité, de l'adoration et de toutes ces choses-là, non ?

— Tu seras commandé par un autre de mes agents, lui dit la fille. Xitil, m'autorisez-vous ?…

Xitil ne répondit pas, mais les rochers près de son invitée se séparèrent avec un grondement et révélèrent ainsi un autre tunnel. Quelques minutes plus tard, un humain apparut. Son visage portait la panoplie de traits habituelle - quelconque, songea Gan, même pour un humain. Il portait l'un de ces costumes qui indiquaient un haut statut social dans les nations occidentales de la Terre, et tenait un bâton noir qui faisait quasiment sa taille.

Gan renifla. Il allait suivre les ordres de cet humain ? Pourquoi ? Il n'était pas plus impressionnant que lui. Son énergie était légère, presque dénuée de puissance.

Le bâton qu'il avait en main, en revanche… Gan lorgna le bout de bois et l'étudia attentivement. C'était curieux. Le bâton avait du pouvoir, pourtant il le percevait plus vide que dense.

— Votre Grandeur, murmura l'homme, son attention portée sur l'avatar efféminé qui l'avait fait venir ici.

Ses yeux brillaient de ce que Gan perçut comme de l'adoration.

— Que puis-je faire pour vous servir ?

Elle lui sourit.

— Ce petit être répond au nom de Gan. C'est lui qui obéira à vos ordres lorsque vous repartirez. Gan. (Toujours souriante, elle se tourna vers lui.) Voici le Très Révérend Patrick Harlowe. Le moment venu, il t'assistera.

Gan osa poser une question à la fille aux yeux marron, empruntant à l'humain sa façon de s'adresser à elle. On n'était jamais trop courtois lorsqu'on avait affaire à la Diablesse.

— La fort chétive créature que je suis peut-elle vous demander le nom de la personne dont je boirai le sang, Votre Grandeur ?

— Son nom est Lily. Lily Yu.

I

L'*Odyssey* était grand, bondé et bruyant. Construit dans les années soixante-dix, le restaurant en forme de dôme aux parois entièrement vitrées était perché sur un promontoire au bord de l'océan, comme une boule à facettes géante aplatie au fil des années.

Les invités du mariage remplissaient deux salles et débordaient sur le patio, qui offrait une belle vue du soleil couchant sur les vagues, côté ouest. Dans la salle de banquet principale, la musique rivalisait avec le brouhaha des conversations tandis que les couples, jeunes comme âgés, occupaient la piste de danse. Dans la salle de restaurant adjacente, des buffets étaient couverts de biscuits salés et de crudités, de crevettes et de saumon fumé, de fruits, de fromages et de petits gâteaux. Les restes d'une pièce montée occupaient une place d'honneur sur une table à part.

Lily Yu ne contemplait pas le coucher de soleil, pas plus qu'elle ne grignotait une part de gâteau. Elle était trop occupée à empêcher son petit cousin, Freddie Chang, de lui marcher sur les pieds, et à se demander quand elle pourrait enfin s'en aller.

Pas avant au moins une heure, se dit-elle. Pas avant d'avoir payé le prix fort. Sa mère le saurait si elle s'esquivait aussi vite.

Freddie interrompit son monologue – sur les iniquités des charges fiscales qui pesaient sur les revenus des indépendants – pour lui dire :

— Tu pourrais au moins faire semblant de t'amuser.

— Pourquoi ?

— Tout le monde te regarde. Ta mère. Ma mère. Tout le monde.

— Au moins tu n'auras pas les mains baladeuses cette fois.

Freddie avança le menton, l'air buté et suffisant. Lorsqu'il avait pris cette expression, à douze ans, Lily Yu avait recraché une gorgée de limonade sur les genoux de son cousin.

— Pas la peine d'être grossière. Ce n'est pas parce qu'un garçon se montre sympa…

— Aïe !

Elle s'immobilisa.

— Je ne t'ai pas écrasé le pied.

— Non, tu m'as donné un coup dans le bras. Mon bras en écharpe, précisa-t-elle avec insistance.

— Je suis désolé. Pardon, fit-il, l'air navré. J'avais oublié. Tu ne devrais pas danser. (Il la saisit par son coude indemne.) Tu ferais mieux de t'asseoir.

C'était notamment à cause de l'habitude de Freddie de lui dire ce qui était bon pour elle qu'elle le fuyait comme la peste. Ses pires défauts ressortaient en sa compagnie. Elle n'ouvrit pas la bouche jusqu'à ce qu'ils aient quitté la piste de danse.

— Merci pour ta compréhension. Je vais aller me servir au buffet.

— Très bien. Je te prépare une assiette.

— Je n'ai pas besoin qu'on me donne la becquée.

— Tu n'as qu'un bras valide.

Un bras valide qu'il ne lâcha pas durant tout le trajet vers la salle où le buffet était dressé.

Lily soupira. Elle n'avait pas faim. Sa seule envie était d'échapper à Freddie. À tout le monde, en réalité, mais puisque c'était impossible, elle avait intérêt à souffrir en silence et à se montrer aimable.

— Ma mère m'a dit que tu as fini par lâcher ton boulot, lui dit-il en arrivant devant le buffet. Ça me rassure. Ma mère aussi. Dommage que tu aies dû être blessée pour te rendre compte…

— Attends une minute. (Elle dégagea son bras.) Je n'ai pas quitté la police parce qu'on m'a tiré dessus.

— Peu importe la raison, tant que tu as retrouvé tes esprits. C'est dangereux d'être flic, tu t'exposes à, eh bien, aux individus de la pire espèce.

Comme les criminels, supposa-t-elle. Ou peut-être faisait-il allusion aux autres flics ?

— Ta mère a dû être mal informée. Je suis toujours policière. Chez les féd, peut-être, mais policière quand même.

— Les féd ? fit-il, méfiant.

— Le FBI. Tu connais, quand même ? répondit-elle en prenant une assiette.

Freddie ne percevait jamais le sarcasme. L'air plus songeur que vexé, il amassa sur l'assiette des mets qu'elle n'avait aucune envie de manger.

— C'est mieux, sans doute. Tu t'occuperas de criminels en col blanc, plus de meurtres et de voyous.

Lily faillit protester contre l'idée que les agents du FBI arrêtaient des escrocs d'une classe supérieure. Elle aurait pu lui rétorquer qu'elle avait pris la seule balle dans l'exercice de ses fonctions après avoir été recrutée par le FBI, pas avant. Mais elle ne dit rien. Il le répéterait à sa mère, qui le répéterait à la mère de Lily, qui en était arrivée à la même conclusion : le nouveau boulot de Lily était plus sûr que le précédent.

Inutile de faire des vagues. Elle regarda l'assiette qu'elle tenait à la main, sur laquelle Freddie avait entassé de quoi nourrir au moins trois personnes.

— J'espère que c'est pour toi. Je suis allergique aux fruits de mer.

— Oh. (Il jeta un coup d'œil à l'assiette.) J'avais oublié. Bon, je la garde et je t'en prépare une autre.

— Pas la peine.

Il ne l'écouta pas, évidemment. Il commença à remplir une autre assiette.

— Je voulais te poser une question.

— Ne commence pas.

Il se tut et la regarda en fronçant les sourcils.

— Je suppose que tu penses être prise, maintenant. Avec, euh, ce Turner. Le, euh…

Des yeux de cochon, pensa-t-elle. Freddie avait de petits yeux de cochon avide.

— Lupin. Tu as le droit de le dire, tu sais. Ce n'est pas un gros mot.

— J'essaie de faire preuve de tact. Dis-moi, c'est vrai qu'ils…

— Oui. Tout à fait.

Elle jeta un coup d'œil alentour. Qui pourrait-elle utiliser comme prétexte pour s'échapper ?

— Tu ne m'as pas laissé finir !

— Ah bon ?

Ah, Beth parlait à l'un des amis médecins de Susan. Lily parvint à attirer le regard de sa petite sœur, mais celle-ci se contenta de lui sourire en louchant avant de lui tourner le dos.

Sale petite peste. Beth avait toujours été une enfant gâtée.

— Je veux que tu saches que je ne te ferai pas de tort en parlant de ta liaison avec Turner, lui annonça Freddie. Je suis un garçon honnête. Ce qui est bon pour l'un… tu connais la suite. Et… euh… je sais que ce genre de… comment dire, je sais qu'ils exercent une certaine emprise sexuelle. Tout de même, ça m'a surpris d'entendre que tu… mais ce n'est pas ta faute.

Elle reporta brusquement son attention sur lui.

— De quoi tu parles ?

— De ton histoire avec Turner. Quand même, Lily, je ne devrais pas avoir à me répéter. Le minimum de la politesse, c'est d'écouter les autres.

— Oh, je t'écoute. Mais j'ai cru que j'avais mal entendu, parce que ma vie privée ne te regarde absolument pas.

— Nous sommes cousins. Et un jour, quand tu auras mis derrière toi cette expérience de jeunesse…

— J'ai vingt-huit ans, pas dix-huit. (Exaspérée, elle secoua la tête. Une fois que Freddie avait une idée dans le crâne, seul un scalpel bien aiguisé pouvait l'en sortir.) Lis sur mes lèvres. Nous n'allons pas nous marier. Jamais.

Il afficha un sourire patient. Tolérant.

— Ta mère le veut. La mienne aussi.

— Ma mère veut que je me marie, c'est tout. T'es le gendre idéal : t'es chinois et tes affaires prospèrent. Tu lui conviendrais parfaitement, mais elle est déjà mariée. Laisse tomber, Freddie. Tu ne veux pas m'épouser. Tu ne m'apprécies même pas.

— Bien sûr que si. Je t'adore vraiment. T'es ma cousine.

Il le pensait, ça aussi. Ou plutôt, il le croyait, ce qui revenait pratiquement au même. Elle soupira.

— Je suis d'accord avec ta mère : *tu* as besoin de te marier. Bientôt. Mais pas avec moi, c'est tout.

Elle lui tendit son assiette, lui donna une petite tape amicale sur le bras et profita qu'il avait les mains prises pour s'enfuir.

Parfois, sa famille était vraiment insupportable.

Elle allait danser encore un peu, se dit-elle en se dirigeant vers l'autre salle. Elle ne pourrait éviter que d'autres fouineurs viennent lui poser des questions, dans ce lieu où tant de gens se sentaient le droit, voire l'obligation de l'interroger sur son épaule amochée, son nouvel amant, son changement de carrière. Mais sur la piste de danse, ce serait plus difficile de l'importuner.

Dans la salle pleine à craquer, le DJ passait « I Want You to Want Me ». Lily se tint au bord de la piste et se mit à taper du pied, plus par agacement que pour battre la mesure.

La perspicacité n'était pas franchement le fort de Freddie, ce qui rendait d'autant plus agaçant le fait qu'il ait mis le doigt sur la vérité. Elle était prise, très bien. Prise dans un étau, avait-elle parfois l'impression.

Son regard balaya la salle, passa sur des cousins et des inconnus, des connaissances, des amis de la famille, et sur le nouveau couple uni par les liens du mariage. Il s'arrêta sur Tante Mequi, qui dansait avec le père de Lily.

Mequi Leung était la sœur de sa mère. Ils étaient vraiment grands de ce côté de la famille, et Mequi était fine en tout point : une silhouette fine, des traits fins, et un sourire fin et discret, qui cachait mal son embarras. Lily réprima un gloussement. Tante Mequi détestait se ridiculiser, et la tête d'Edward Yu dépassait à peine l'épaule de sa belle-sœur.

Cela ne le gênait d'aucune manière. Son père possédait l'incroyable capacité d'ignorer tout ce qu'il jugeait futile. Il parlait probablement du prix d'exercice des stock-options, de propagation verticale et d'autres sujets ésotériques du petit monde des courtiers en bourse.

Sans doute… mais Lily ne pouvait en être sûre. Ils étaient à cinq mètres. Le brouhaha des autres invités couvrait leur conversation.

Trois semaines plus tôt, elle les aurait entendus.

Son soulagement se mêla à une pointe de déception. Un court moment, le lien d'âme sœur avait rendu son audition aussi fine que celle de Rule, mais l'effet s'était estompé. Elle ne savait pas pourquoi il était apparu, pour commencer, ni ce qui avait ensuite causé sa disparition. Une audition meilleure que l'ouïe humaine aurait pu s'avérer pratique à certaines occasions, mais tant de choses avaient changé dans sa vie en si peu de temps… Dans l'ensemble, elle était contente d'être revenue à la normale sur un point.

Et puis cette aptitude pourrait revenir.

Lily effleura le petit talisman qui pendait d'une chaîne en or autour de son cou. Le *toltoï* était le signe extérieur de toutes ces transformations, le symbole qu'on lui avait remis lorsqu'elle avait officiellement accepté de faire partie du clan de Rule. Elle se mit à taper du pied plus vite et perdit le rythme de la musique.

Rule pensait que le lien avait répondu au danger en brouillant les limites entre leurs capacités individuelles. Il avait peut-être raison. À l'époque, il avait pu puiser dans une partie de l'immunité de Lily à la magie alors qu'ils étaient face à un danger réel. Une télépathe folle à lier avait tenté de les offrir en sacrifice à sa déesse.

Mais avec la théorie de Rule, le lien d'âme sœur paraissait presque doué de sensations, tel un serpent télépathe qui tantôt resserrait ses anneaux autour de ses deux prisonniers, tantôt les relâchait. Par-dessus tout, Lily était agacée à l'idée de ne pas savoir. Ce lien était vraiment entouré de trop de mystères.

Elle les percerait peut-être bientôt. Elle avait rendez-vous dans trois jours avec la *Rhej* des Nokolaï. « Rhej » était une fonction ou un titre. D'après Rule, cette femme était une sorte de croisement entre une prêtresse, une historienne et un barde. Maintenant que Lily appartenait au clan, la Rhej était censée la mettre au courant d'une partie de l'histoire de celui-ci.

Elle espérait que cette femme aurait des réponses, car elle avait beaucoup de questions.

Comme si la mer de couples sur la piste cachait un aimant magique, son regard fut attiré vers un point particulier, à proximité des fenêtres incurvées.

Rule était ici.

Elle ne pouvait le voir. Lily avait hérité de la petite taille de son père ; de plus, trop de gens les séparaient. Mais elle n'avait pas besoin de le voir pour savoir précisément où il se trouvait. À condition qu'il soit assez près… à moins de quarante mètres exactement. Au-delà, l'effet perdait en précision. La semaine précédente, elle lui avait fait faire le test.

En tout cas, telle était la situation en ce moment. Trois semaines plus tôt, Lily était littéralement incapable de se tenir si loin de lui. La distance qui la séparait de Rule était trop grande et elle avait failli s'évanouir. Selon lui, c'était normal pour un couple récemment uni.

Son idée de la normalité était carrément bizarre. Mais le lien s'était relâché, exactement comme il l'avait annoncé. Elle ne savait pas très bien ce qu'il en était maintenant, mais elle était résolue à le découvrir. Bientôt.

La chanson finie, plusieurs couples quittèrent la piste de danse. À travers la foule éparse, Lily aperçut l'homme qui avait récemment débarqué dans sa vie. Ou, d'après lui, qui y avait été poussé par sa Déesse.

Il venait de danser avec une femme que Lily ne connaissait pas. De la famille du marié, sans doute, car elle semblait chinoise. Elle avait à peu près le même âge qu'elle, des cheveux très courts et une robe bleue élégante qui mettait admirablement sa silhouette en valeur.

Pas une robe vert dégueulis de demoiselle d'honneur. Lily fit la grimace. Grâce au lien d'âme sœur, Rule ne pouvait en aucun cas aller voir ailleurs, mais ses pensées demeuraient libres de vagabonder, non ?

La femme avait la main posée sur le bras de Rule. Ses sourires devenaient beaucoup trop familiers. Lily se demanda si elle-même avait cet air lorsque Rule penchait la tête vers elle, comme il le faisait à cet instant pour écouter sa partenaire de danse.

Il avait un visage élégant et des cheveux noirs trop longs pour être à la mode, mais cette coiffure lui allait bien. Son visage était mince, la peau tendue sur ses joues, comme sculptées par le vent. Ses pommettes anguleuses étaient en harmonie avec ses sourcils noirs bien dessinés.

Naturellement, il était vêtu de noir. Il ne portait que cette couleur. Son costume coûteux couvrait un corps qui la fascinait toujours. Il semblait plus « concentré » que la normale. En l'observant, elle eut l'idée saugrenue qu'il prêtait attention au monde de toute sa personne : il écoutait avec ses cuisses et ses biceps autant qu'avec ses oreilles, observait avec son cuir chevelu, ses yeux et sa nuque, jusqu'à ses plantes de pieds et l'arrière de ses genoux.

L'arrière de ses genoux… elle connaissait leur goût.

Il tourna la tête. Leurs yeux se rencontrèrent.

Oh. Elle posa sa main sur son ventre. Cela n'arrivait pas souvent, pas depuis la première fois. Mais de temps à autre, elle ressentait ce petit tressaillement lorsqu'ils se regardaient dans les yeux. Comme la caresse d'une plume, songea-t-elle. Surprenante, parce qu'elle l'effleurait à un endroit dont elle ignorait le nom. Qu'elle n'avait jamais cru accessible.

Pourquoi cela ne lui faisait cet effet qu'à certains moments ? Elle grimaça. Mystère numéro trois cent soixante-seize du lien d'âme sœur.

Comme s'il avait deviné ses pensées, il eut un demi-sourire et, l'air désinvolte, haussa les sourcils. Elle se força à lui sourire en retour et secoua la tête : *Non, pas besoin de toi pour l'instant. Tout va bien.*

— Pas comme ça, idiote, dit une voix à ses côtés. Comme ça.

Lily se retourna. Beth pinçait les lèvres en direction de Rule, comme si elle lui envoyait des baisers.

Rule sourit et envoya un baiser à la petite sœur de Lily.

— Tu vois ? dit Beth. (Elle se tourna vers elle.) Quand on a ce genre de beau mec dans les parages, on ne le repousse pas avec des grimaces.

— Je lui souriais. *Ça*, c'est faire des grimaces.

Beth observa le visage de Lily.

— Mince, c'est vrai. Mais la différence n'est pas flagrante. Quel est le problème ?

— J'adore quand je peux dire à la personne qui me pose cette question de s'occuper de ses oignons.

— Les parents t'en ont fait baver ? Oups, question idiote, ajouta-t-elle en passant son bras sous celui de Lily.

Évidemment. Une fois de plus, tu as déçu les attentes de tout le monde. Viens. Allons nous cacher sur la terrasse.

Elle avait le choix entre accompagner Beth ou être tirée en avant jusqu'à perdre l'équilibre. Lily la suivit.

— Grand-mère est dehors, entourée de sa cour.

— C'est vrai. Allons plutôt au buffet, dit-elle en changeant de direction. Je suis quasi certaine qu'il me reste de la place pour du chocolat.

— Tu crois que c'est une bonne idée qu'on se tienne toutes les deux près de la nourriture ? Certaines personnes ont l'estomac fragile.

Beth baissa les yeux sur sa robe de demoiselle d'honneur, dont la laideur n'avait rien à envier à celle de Lily.

— Quand je pense que j'ai toujours cru que Susan m'aimait bien. Ce n'est pas comme si elle ne me faisait pas de l'ombre naturellement. Depuis ma naissance, c'est son sport préféré.

— Peut-être qu'elle est devenue daltonienne.

Lily sentit son épaule devenir douloureuse. Une excuse toute trouvée pour s'éclipser, songea-t-elle, mais elle courait le risque que sa mère et ses tantes recommencent à lui apporter à manger. Et en profitent pour lui dire tout ce qu'elle devrait faire différemment… encore une fois.

— Ça n'explique pas la tenue de mère, dit Beth sombrement.

— Rien ne peut expliquer les choix de mère. Je pensais que tu le savais.

Lily n'avait pas vraiment besoin d'avoir son bras libre, se rappela-t-elle. Elle n'aurait pas besoin de renfort au mariage de sa grande sœur. Les risques étaient faibles que survienne une bagarre.

Mais elle fut tout de même soulagée lorsqu'elles arrivèrent devant le buffet et que Beth la lâcha pour jeter son dévolu sur les desserts.

— Il y a eu une razzia sur les cookies au chocolat, remarqua-t-elle tristement, avant d'en prendre un en forme de cloche. Combien de temps a mis Freddie avant de te demander en mariage, cette fois ?

— Il ne me demande plus. Il se contente d'en parler, comme si la décision était prise. Tu aurais pu venir me secourir.

— J'ai horreur d'interrompre un moment de tendresse. À propos, pourquoi tu évites Rule ?

— Tu peux être extrêmement agaçante, tu sais ?

Beth hocha la tête et enfourna l'autre moitié du cookie.

— Tu n'as pas envie de parler de ta relation avec le grand ténébreux qui se couvre parfois de poils. J'ai pigé. Et je comprends pourquoi tu n'as pas beaucoup parlé de lui à mère. Qui aurait pu ? Mais même avec moi, tu te fermes complètement.

Derrière les plaisanteries de sa sœur, Lily sentit qu'elle était vraiment blessée.

— On s'est disputés, d'accord ? Rien de grave. Mais il ne me rend pas si heureuse que ça ces temps-ci.

Beth lui lança un regard inquiet.

— Il n'y pas d'autre femme, dit Lily, agacée. Si c'était le problème, tu crois que je parlerais d'une « petite dispute » ? Je n'aurais pas franchement envie de lui sourire.

— Certes. (Beth était soulagée.) Bien sûr que non. Ceci dit, je ne comprends pas pourquoi tu… Très bien, très bien, ne te vexe pas. Cool, il reste de la sauce au chocolat ! Passe-moi ces fraises.

Lily savait à quoi Beth pensait, et pourquoi. Et elle aurait peut-être dû donner à sa sœur une meilleure explication… mais le moment était mal choisi.

— Alors, tu comptes me dire pourquoi vous vous êtes disputés ?

— Non. Tu sors toujours avec le poulpe ?

— Si tu parles de Bill, c'est de l'histoire ancienne. Au moins, dis-moi si Rule est un aussi bon amant qu'il en a l'air.

Cette question lui arracha un sourire.

— Mieux que ça.

Beth plongea sa fraise dans le chocolat en méditant sur sa réponse. Elle secoua la tête :

— Impossible, mais c'est excitant d'essayer de l'imaginer. Tu as ces cernes par manque de sommeil à cause de vos cabrioles, alors ? Ou ta blessure te fait trop mal pour dormir ? Ou c'est autre chose ?

Lily haussa son épaule indemne.

— Je fais des cauchemars. Ça va passer. Tu comptes la manger ou seulement lui rouler une pelle ?

Beth lécha encore un peu le chocolat qui enrobait la fraise.

— Pourquoi pas les deux ? Étant donné ce qui s'est passé, les cauchemars n'ont rien de surprenant. Même si je ne connais pas les détails. J'imagine que tu ne veux pas en parler ?

— Je ne suis pas trop d'humeur bavarde.

— Sans blague.

Beth mit enfin la fraise en entier dans sa bouche.

Sa sœur condamnée temporairement au silence, Lily repensa à sa dispute avec Rule la nuit précédente. Il voulait qu'elle emménage avec lui. Il estimait s'être montré assez patient, mais elle n'était pas encore prête. Elle avait besoin de temps pour s'habituer à tous les changements survenus dans sa vie. Et elle sentait qu'elle avait besoin d'être un peu seule.

Il ne comprenait pas. Nettie lui avait expliqué que les lupins, comme les humains, n'étaient pas tous à l'aise pour se confier. Mais dans l'ensemble, il leur fallait plus de contact physique, plus de temps passé avec l'autre que les humains. Les loups vivent en meute, après tout.

Sa fraise enfin avalée, Beth lui demanda :

— Puisque tu n'es pas d'humeur à parler de ça, t'as bêché, au moins ?

— Je fais la guerre aux mauvaises herbes. Avec un seul bras, je ne peux pas utiliser de pelle.

Rule avait proposé de lui installer une plate-bande pour son jardinage à Clania, mais ça aurait tout changé.

Elle jardinait chez Grand-mère parce qu'elle ne possédait pas de terrain à elle, ce qui ne voulait pas dire…

— Hé ! (Beth passa sa main devant le visage de Lily.) Ça va ? T'es aussi pâle qu'un fantôme.

— Tu ne crois pas si bien dire, murmura Lily.

— Pardon ?

Elle secoua la tête.

— Laisse tomber. J'ai vu… J'ai aperçu une connaissance.

Quelqu'un qui ne pouvait être ici.

Premièrement, la femme que Lily connaissait sous le nom d'Helen ne fréquentait aucun membre de sa famille. Deuxièmement, elle était morte.

— J'ai l'impression que ce n'était pas quelqu'un que tu portes dans ton cœur.

— En effet.

Lily chercha des yeux la femme, qui avait disparu derrière un groupe d'adolescents en pleine conversation. Elle ressemblait en tout point à Helen : minuscule, de longs cheveux blonds, un visage poupin, des yeux aussi froids et vides que ceux d'une poupée.

Elle réapparut : elle se dirigeait vers la sortie, où se trouvaient les toilettes. Le cœur de Lily s'emballa, comme s'il voulait désespérément sortir de sa poitrine.

Elle n'arrivait pas à croire qu'elle avait pu voir Helen. C'était insensé. Pourtant…

— Je vais me rafraîchir, dit-elle à sa sœur en partant à la poursuite de la femme qui ne pouvait être en vie.

Trois semaines plus tôt, Lily l'avait tuée.

NANCY CHEN AIMAIT visiblement danser, et elle était douée. Elle était assez grande pour accorder ses pas à ceux de Rule. Elle sentait le tabac, ce qui ne le dérangeait pas, et le talc, ce qu'il aimait bien. Elle avait un sens de l'humour percutant.

Rule aurait pu apprécier ce slow avec elle, si seulement elle avait arrêté de le tripoter.

— Mmh mmh, fit-il en remontant la main de sa partenaire sur sa hanche.

Pour la énième fois.

Elle sourit.

— Vous ne pouvez pas me reprocher d'essayer. Ce n'est pas comme si votre charmante petite amie allait s'y opposer.

— Vous devez mal connaître Lily.

— Elle n'est sûrement pas folle au point de ne pas connaître votre espèce. Elle a beaucoup de cran, à mon avis, pour sortir avec vous quand bien même. J'ai entendu dire que vous pouviez donner pas mal de fil à retordre à une femme.

En douce, elle lui adressa un regard aguichant… et descendit de nouveau sa main le long du dos de Rule.

Entre exaspération et amusement, il attrapa la main baladeuse. Cette fois-ci, il la tint fermement.

— Je ne serais pas étonné d'apprendre que, vous aussi, vous avez donné du fil à retordre à quelques hommes à votre époque, lui dit-il sèchement.

Nancy Chen avait quatre-vingt-deux ans. C'était la grand-tante du marié.

Elle rit.

— Mon époque n'est pas révolue. Je ne jouis plus de mes charmes aussi souvent, c'est tout. Vous avez saisi ? Je ne *jouis* plus.

Amusée par sa propre audace, elle rit de plus belle.

La retenue de Rule l'amusait aussi, car il lui tint les mains jusqu'à la fin du slow. Nancy ne s'attendait pas à ce qu'il prenne ses propositions au sérieux – même s'il soupçonnait que, s'il ne s'était pas montré aussi désintéressé, elle aurait volontiers cherché un placard où s'isoler avec lui. Ceci dit, la première source de plaisir de la vieille dame semblait être l'outrance.

Certaines femmes avaient ce genre de réaction. Elles étaient grisées par l'idée de s'encanailler avec un marginal. Il était habitué à ce phénomène, comme à la peur qu'il sentait chez la plupart des gens qui le rencontraient. Les deux situations pouvaient être épuisantes.

Il désirait Lily, mais elle l'évitait.

Rule se fraya un chemin dans la salle de banquet, usant de tout son tact pour refuser une nouvelle danse avec une autre femme. La pièce était emplie d'odeurs diverses : nourriture, fleurs, bougies, humains, plus une légère touche océane. Mais il ne perçut pas celle de Lily, pas plus que le tiraillement qui lui aurait indiqué où elle était.

Lily était beaucoup plus douée que lui pour deviner sa position grâce au lien d'âme sœur ; un autre des mystères qui entouraient la jeune femme. La semaine passée, lorsqu'ils s'en étaient rendu compte durant leur petit test, il avait évoqué la possibilité qu'elle soit simplement plus en phase que lui avec l'immatériel en raison de son Don.

Lily avait secoué la tête, irritée.

— Ce n'est pas une explication. Tu réponds à une question par une autre question.

Rule se dirigeait vers l'autre salle lorsqu'un sourire retroussa ses lèvres. Sa *nadia* ne se satisfaisait jamais de l'inexplicable.

Il zigzaguait dans la foule à la recherche d'une femme petite et mince, les cheveux couleur de nuit, la peau comme de la crème versée sur des abricots, et une robe couleur gadoue. Il sourit plus franchement. Il n'est pas d'amour plus vrai que celui d'une sœur qui accepte de porter une robe aussi moche.

Toujours pas de Lily. Rule s'arrêta. Pour l'instant, il n'était pas dans les petits papiers de sa chère et tendre. Pas facile. Il avait aussi quelques griefs contre elle. Elle n'était pas autorisée à reprendre ses fonctions à plein temps. Bon sang, elle n'était pas encore guérie, et il ne comprenait pas pourquoi ses supérieurs ne s'en rendaient pas compte. Mais elle n'aurait pas…

— Rule.

Il connaissait depuis peu cette voix féminine enjôleuse. Il se retourna : la mère de Lily lui faisait signe.

Julia Yu était une grande femme élégante dotée de mains magnifiques, d'un tout petit menton, et des mêmes yeux que Lily placés sous des sourcils si épilés qu'ils étaient réduits à deux traits fins. Elle était debout aux côtés de deux femmes de son âge, une Anglaise et une Chinoise ; toutes deux essayaient de dissimuler leur curiosité à son égard.

Rule réprima un soupir. Il avait été heureux d'avoir une chance de faire la connaissance des proches de Lily à l'occasion de ce mariage. Ils faisaient partie de sa vie, après tout, et il s'intéressait à tout ce qui la concernait. La nuit précédente, il avait rencontré ses parents au dîner de répétition, mais le résultat avait été mitigé. Tous deux s'étaient montrés très polis, mais ni l'un ni l'autre n'approuvait leur relation. Son père réservait son jugement, pensait-il. Sa mère l'aimait bien, malgré elle, mais elle ne voulait qu'une chose : qu'il sorte de leur vie.

De toute façon, seule Lily comptait pour lui. Il était las de sentir la curiosité, la peur, la spéculation à son égard. Même s'il avait l'habitude qu'on l'observe sous toutes les coutures, cette fois c'était différent. C'était personnel. *Regardez tout le monde, regardez qui Lily a ramené à la maison. Il marche et il parle, comme un être humain !*

Mais après les présentations les plus courtes qui soient, Julia Yu s'excusa auprès des autres et prit Rule à part. Entre ses deux sourcils en ligne droite, elle avait casé un froncement d'inquiétude.

— Avez-vous vu Lily ?

Il eut l'air surpris.

— Je la cherchais, justement.

— Bah ! Je suis bête. (Elle secoua la tête.) C'est la faute de Beth, de me mettre de telles idées en tête, et j'ai été si occupée… Vous n'avez pas idée du travail que demande l'organisation d'un mariage comme celui-ci.

L'inquiétude lui noua lentement l'estomac. Il répondit poliment, de manière automatique.

— Vous avez fait un travail fabuleux. Le mariage était magnifique, tout comme la réception. Mais que vous a dit Beth ?

— C'est une histoire tellement sotte ! Bien entendu, elle s'est imaginé des choses. Beth a une imagination débordante. (Impossible de dire si c'était pour elle un compliment ou une critique à l'égard de sa fille cadette. L'inquiétude de Rule était loin de se calmer.) Je n'y ai pas prêté attention.

— Une histoire à quel propos ?

— Elle a dit avoir vu Lily partir aux toilettes et l'avoir suivie. Elles n'avaient pas eu beaucoup d'occasions de parler ces derniers temps, vous savez, donc je suppose... mais Lily ne s'y trouvait plus. (Julia pinça les lèvres.) Beth jure que Lily n'aurait pas pu ressortir sans qu'elle la voie, mais ça n'a pas de sens.

Elle s'était forcément trompée. Il le fallait.

Rule demeura totalement immobile quelques instants. Lily n'était pas loin. Il le *savait*. Mais il n'avait pas été capable de la trouver, et le monde n'était pas aussi logique et bien réglé qu'il y paraissait. Les sphères étaient en train de changer de position.

Sans oublier que trois semaines plus tôt, Lily avait mis une déesse à cran.

— Je vais la chercher.

Il se détourna et partit précipitamment, pressé par un sentiment d'urgence qu'il savait idiot.

Le dernier endroit où elle avait été vue était les toilettes des femmes, ce fut donc vers cette pièce qu'il se dirigea. Elle se trouvait à la sortie du hall qui reliait les salles à manger privées et la partie du restaurant ouverte aux clients habituels. Un petit groupe de femmes mécontentes s'était réuni à l'extérieur. Il perçut des bribes de conversation.

— ...quelqu'un a envoyé chercher le gérant ?

— Il y a d'autres toilettes ?

— ...plusieurs cabinets, inutile de fermer la porte à clé.

— C'est une espèce de sadique, voilà ce que je dis !

Quelqu'un avait fermé le verrou de la porte des toilettes. Rule sentit sa bouche s'assécher. Il se fraya un chemin parmi les clientes, usant de sa taille, de son sourire et, passées les premières secondes, de sa notoriété, pour les écarter.

— Excusez-moi, mesdames. Excusez-moi. Non, je ne suis pas le gérant, mais si vous voulez bien reculer…

— Shannon, murmura l'une d'elles, idiote ! C'est le prince des Nokolaï !

Cette remarque les fit toutes taire un moment.

— Je crois pouvoir arranger la situation si vous… merci, dit-il alors que la dernière femme s'écartait.

Une odeur bizarre flottait dans l'air derrière la porte. Il se pencha plus près pour renifler, mais ne parvint pas à l'identifier.

Lily était de l'autre côté. Il la sentait toute proche, comme si quelque chose remuait lentement sous son sternum. Le cœur battant, il toqua.

— Ça ne marchera pas ! s'écria une femme. Vous croyez que nous n'avons pas frappé ?

La poignée tournait mais la porte refusait de s'ouvrir. Verrouillée de l'intérieur, conclut-il.

— Nous avons déjà essayé, remarqua la femme d'un ton sarcastique.

Rule donna un coup de poing à travers la porte. Le bois se brisa. Quelqu'un poussa un cri. Il passa la main dans le trou et trouva la poignée. Son sang la rendait glissante, mais il l'agrippa fermement et tira d'un coup sec. Il ouvrit grand la porte.

Lily était étendue sur le dos, près des éviers. Elle ne bougeait pas.

II

— Mais pourquoi, demanda Rule en contenant son agacement, as-tu renvoyé les ambulanciers ?

Lily était assise par terre, au milieu des toilettes, dans une flaque de mousseline vert gadoue, et effleurait de ses doigts le carrelage blanc. Dans le hall, près de la porte, un officier en uniforme retenait les curieux et les inquiets pendant que son coéquipier notait les déclarations des uns et des autres.

Rule s'assit lui aussi sur le sol, contre le mur, loin de Lily, de manière à ne pas effacer les traces qu'aurait laissées son agresseur.

Le front plissé, elle scrutait le sol, comme si quelqu'un y avait écrit un message hostile à l'encre invisible.

— Ils voulaient m'emmener à l'hôpital.

Il observa l'amour de sa vie, la seule femme au monde qui existait pour lui… cette idiote têtue comme une mule, toujours persuadée d'avoir raison, qui avait refusé d'être soignée.

— Sans blague. Mais qu'est-ce qu'ils avaient dans la tête ?

Ses lèvres tressaillirent. Enfin, elle détacha son regard du carrelage si fascinant.

— Je m'y rendrai plus tard. Mon mal de crâne est une preuve, en quelque sorte, mais à part cela, je vais bien. Contrairement à toi, je n'ai pas perdu de sang…

— Ta blessure s'est rouverte.

— Mais j'ai à peine saigné, et je suis déjà bourrée d'antibiotiques. Ma sœur m'a auscultée.

— Oui, et elle a dû te dire que tu avais une commotion cérébrale…

— Une *légère* commotion.

— … et que tu devrais te rendre aux urgences pour passer des examens.

— Qui confirmeraient mon mal de tête, après quoi ils me diraient de me reposer. C'est ce que je fais.

— Tu mènes une fichue enquête !

— Je n'ai pas beaucoup de temps avant l'arrivée des TSC.

— Tu recommences avec tes acronymes.

Elle leva les yeux au ciel.

— L'équipe des techniciens de scène de crime. Je voulais vérifier certains éléments avant qu'ils débarquent. Eux ou Karonski. (Préoccupée, elle jeta un dernier regard au sol, puis tendit la main.) J'ai appris tout ce qu'il me fallait. Tu m'aides à me relever ?

Il se leva prestement et la rejoignit. Il la tira doucement à lui ; elle se retrouva debout, dans ses bras. Il frotta son nez contre ses cheveux. Il huma son odeur, qui apaisa aussitôt sa colère.

Il ne lui restait plus que sa peur. Il prit une inspiration mal assurée.

— Bon sang, Lily. Tu es aussi blanche qu'une vieille chaussette de sport.

— Trop sympa, merci.

Elle se colla tout de même contre lui et il ressentit sa chaleur, ainsi qu'une légère excitation et le bien-être que leur procurait leur contact. Il savait qu'elle aussi y puisait de la force. En acceptant le lien d'âme sœur, elle avait accepté cette réalité. Elle ne le niait plus par peur d'être submergée par son besoin de contact.

Cependant elle n'acceptait pas de vivre avec lui. Rule s'était promis de lui faire changer d'avis. Après cette agression, Lily elle-même ne pourrait continuer de leur compliquer la vie pour satisfaire l'idée qu'elle se faisait de l'autonomie.

— Le flic nous regarde, murmura-t-elle.

— Mmmh.

Le policier n'était pas franchement ravi d'avoir un lupin sur le lieu de l'agression. Son premier réflexe avait été de l'arrêter par principe. Dissuadé de le faire, il avait voulu que Rule se retire de la scène du crime.

C'était plutôt raisonnable, venant d'un flic, s'était dit Rule. Mais il ne voulait pas s'éloigner de Lily. Finalement, l'agent avait accepté sa présence. Difficile de dire si c'était le nouveau badge fédéral de Lily, son ancien statut de policier à la criminelle, ou le simple refus du lupin de partir qui l'avait convaincu de prendre cette décision.

Rule frotta sa joue contre les cheveux de Lily, comme s'il voulait l'inspirer tout entière. Et s'arrêta.

— Tu as une drôle d'odeur.

— Hé ! fit-elle en s'écartant. Je ne veux plus entendre tes allusions aux chaussettes sales.

— Ce n'est pas ce que je veux dire.

Rule se pencha, renifla son épaule et l'écharpe qui retenait son bras gauche, où l'odeur était la plus forte.

— Pourrais-tu essayer d'être un peu moins bizarre ?

— Tâche de m'imaginer en train de remuer la queue, ça te semblera plus naturel. (Il huma profondément son odeur, cherchant à séparer la senteur étrange de toutes les autres.) Je n'arrive pas à l'identifier, dit-il en se redressant. Pas sous ma forme actuelle.

— Tu perçois peut-être des relents de la créature qui a laissé les traces que j'ai senties sur le sol.

Lily était une sensitive tactile. Elle était dotée d'un Don extraordinairement puissant, peut-être le plus rare de tous. La magie ne l'affectait pas mais Lily pouvait la sentir, et même détecter les traces les plus infimes laissées par le passage d'êtres surnaturels.

Elle haussa les sourcils.

— Qu'as-tu ressenti ? lui demanda Rule.

— C'était bizarre. Un peu comme… de l'orange.

— Cela ne me dit pas grand-chose.

— À moi non plus. (Elle secoua la tête.) La magie procure la même sensation qu'une texture, pas une couleur, pourtant ceci… je ne peux l'expliquer. Je n'ai jamais rien perçu de comparable.

Elle semblait troublée, mais Rule était soulagé.

— Ça n'avait pas l'air d'être cette saleté de crosse, alors.

Avant qu'elle ait le temps de répondre, ils furent interrompus.

— Pardon, m'dame, mais vous ne pouvez pas entrer.

C'était l'officier près de la porte. Une voix féminine familière lui répondit en chinois, suivie par une autre voix tout aussi familière : celle de Julia Yu.

— Je t'avais dit qu'ils ne te laisseraient pas entrer. S'ils refusent l'accès à sa propre mère, ils ne vont pas faire exception pour la grand-mère.

Lily soupira et s'éloigna de Rule.

— Grand-mère, ne maudis pas cet homme parce qu'il fait son devoir.

— Je maudis qui je veux. Sors, maintenant.

La vieille femme qui se tenait debout à côté de l'officier solidement charpenté mesurait moins d'un mètre cinquante. Sa robe orientale rouge descendait jusqu'à ses chevilles. Ses cheveux noirs striés d'argent étaient ramassés en un chignon tenu à l'aide de deux pics émaillés, et la bague à l'un de ses doigts était sertie d'un rubis cabochon. Malgré son grand âge, elle était aussi souple et droite qu'un jeune arbre, et avait le port d'une reine.

Rule ne pouvait regarder madame Li Lei Yu sans penser à un chat. Elle savait que c'était elle qui commandait, quoi qu'en pensent les idiots autour d'elle. Et, en ce moment même, elle était un chat qui voulait qu'on lui ouvre une porte. Sans traîner.

Lily lança un regard amusé à Rule et quitta les toilettes. Il la suivit.

À l'extrémité ouest du hall, un autre agent parlait à l'une des femmes qui s'étaient plaintes de la porte des toilettes verrouillée. Des odeurs de nourriture parvenaient des cuisines non loin de là, et les bruits des clients attablés dans la partie du restaurant ouverte au public rivalisaient avec le bourdonnement des conversations provenant des salles où avait lieu la réception du mariage.

Ici, sous l'œil suspicieux du policier de patrouille, trois femmes formaient un triangle, la plus âgée et la plus petite à sa base. Julia Yu, au milieu, toucha l'épaule de sa fille, l'air anxieuse. Lily lui adressa un sourire rassurant et se tourna vers sa grand-mère.

— Je suis là, comme on me l'a demandé.

— Ah ! Ne te moque pas de moi. Tu viens parce que tu es prête à venir.

Deux paires d'yeux noirs se rencontrèrent, les uns entourés de rides, les autres d'une peau jeune et lisse. Les deux femmes étaient pratiquement de la même taille. Semblables par bien des aspects, dont certains étaient clairement visibles.

— Tu ne voudrais pas que je néglige mon devoir, dit Lily.

— Coquine, déclara sa grand-mère. Tu as toujours été une coquine.

Elle posa sa paume sur la joue de Lily. La peau du dos de sa main était aussi fine et douce que du tissu, déposé sur l'architecture rigide des os et des tendons. Ses ongles étaient rouges, merveilleusement soignés.

— Tu te sens bien, mon enfant ?

Lily sourit, la joue dans le creux de la main.

— Mis à part le petit gars dans ma tête qui martèle mon crâne, oui.

— Alors rassure ta mère. Elle est inquiète.

Julia Yu s'indigna.

— C'est toi qui as insisté pour venir voir par toi-même si elle allait bien. Tu ne voulais pas me croire. Pas même Susan, pourtant elle est médecin.

Madame Yu l'ignora. Elle lâcha la joue de sa petite fille et se tourna vers Rule.

— Vous ne me saluez pas.

— J'attendais d'en avoir l'occasion.

Il se baissa et l'embrassa sur l'une de ses joues aussi douce qu'un murmure.

Elle haussa les sourcils.

— Vous flirtez avec la grand-mère de votre maîtresse ?

— Je flirte avec *vous*, madame. Je ne peux y résister.

— Bien. J'aime qu'on me flatte quand c'est brillamment amené. Dites à votre étrange ami que je voudrais le voir.

— Ah... De quel étrange ami s'agit-il ?

Elle laissa échapper un petit rire.

— Vous en avez tant que ça, hein ? Le bel homme.

— Elle veut parler de Cullen, fit Lily d'un ton pince-sans-rire.

Évidemment. Rule regarda la vieille dame, se demandant s'il voulait savoir pourquoi elle voulait voir Cullen. Il ne valait mieux pas, décida-t-il.

— Je vous donnerai son numéro de téléphone, mais il ne répond pas toujours.

— J'ai les téléphones en horreur. Dites-lui plutôt de venir me voir à mon retour.

— À ton retour ? répéta Julia Yu, l'air inquiète. De quoi parles-tu ? Tu ne vas nulle part. Tu n'aimes pas voyager.

— Demain, je prends l'avion. Je vais en Chine.

Dans le silence soudain, Rule observa les visages des trois femmes. Julia Yu était sous le choc. À l'évidence, Madame Yu prenait plaisir à voir la réaction de sa belle-fille. Quant à Lily... son désarroi était évident, du moins pour lui. Cela transparaissait dans son calme, son absence d'expression, son changement d'odeur.

Il s'approcha d'elle.

— Vous n'avez pas pris cette décision à la va-vite, dit-il à la vieille femme, d'un air grave. On n'obtient pas un visa pour la Chine du jour au lendemain.

— Ah non ?

Son expression suggéra qu'il était tombé en disgrâce. Elle haussa les épaules et s'adressa à sa petite-fille :

— Pendant des années, j'ai songé à faire ce voyage. Je suis ici, en Amérique, depuis longtemps. Il y a en Chine des gens, des lieux que je veux revoir avant de disparaître. Ou avant qu'ils disparaissent.

— Tu as parlé d'un voyage, dit Lily, mais tu n'as jamais concrétisé ce projet. Pourquoi maintenant ?

— Je suis une vieille femme. On me l'a rappelé récemment.

Son ton ironique inattendu donna l'impression à Rule qu'elle faisait référence au combat qui avait eu lieu deux semaines plus tôt, impliquant un certain nombre de membres armés d'Azá, lui-même, Cullen, Lily, quelques agents du FBI, plusieurs loups… et un très gros tigre.

Madame Li Lei Yu, à ce moment-là, ne lui avait pas semblé si vieille.

Lily avait retrouvé ses esprits.

— Li Quin t'accompagnera ?

— Elle a aussi des gens et des endroits à voir. Mes jardins…

Elle s'interrompit pour se tourner, tout comme Rule, vers l'extrémité est du hall.

En entendant les bruits de pas, Rule sut qui arrivait. Un instant plus tard, l'homme fit son apparition : Abel Karonski, ami à temps partiel, agent du FBI à temps plein, membre d'une unité spéciale de la Section des Crimes Magiques. Et sorcier. La mallette qu'il tenait ne devait contenir ni dossiers ni vêtements de rechange.

Mais la personne qui l'accompagnait n'était pas son partenaire habituel, Martin Croft. C'était une femme grande et maigre, avec des cheveux blond platine coupés en brosse, une demi-douzaine de boucles d'oreille de chaque côté, un tailleur gris mal taillé et des yeux très enfoncés de la couleur du vieux whisky.

La plupart des gens ne remarquaient pas ses yeux. Pas de prime abord. Tout ce qu'ils voyaient était ses tatouages.

— Cynna ! s'exclama Rule.

Un sourire apparut sur les lèvres de la femme, entre les volutes indigo qui s'étiraient de ses joues à son menton.

— Salut, Rule. C'est marrant de se croiser ici, hein ?

— Tu en as des nouveaux, dit Rule en prenant une chaise.

Après un petit moment de flottement, Lily, Rule, Karonski et la nouvelle recrue inattendue de leur détachement spécial s'étaient retranchés dans la plus petite salle à manger privée du restaurant. Elle comptait une table, six chaises et une cafetière.

— Plus qu'un peu, mais j'évite d'en exhiber certains en société, dit-elle. (Son sourire fit se mouvoir les tatouages qui lui couvraient les joues.) Bon sang, tu as bonne mine. Tu n'as absolument pas changé. Ça te dirait d'admirer mes nouveaux tatouages, tout à l'heure ?

Lily s'assit sur la chaise que lui tenait Rule. Mieux valait s'habituer aux femmes qui lui faisaient des avances, songea-t-elle. Ce n'était pas près de s'arrêter.

Karonski posa sa mallette et s'assit sur un siège libre.

— C'est pas croyable, Cynna, je vous ai dit…

— Et je vous ai répondu que c'étaient des conneries. Rule est un lupin.

— Ah, Cynna. (L'ombre du regret passa sur le sourire de Rule.) Je suis très tenté, mais je dois décliner l'offre. Je ne suis pas libre.

La femme haussa les sourcils. Elle regarda Lily. Son expression était difficile à décrypter derrière tous ses tatouages. Mais elle n'était pas très amicale, en tout cas.

Lily estima que sa commotion cérébrale la faisait trop souffrir pour réfléchir à la stratégie à suivre avec cette réminiscence du passé de Rule. Cela dit, elle savait pertinemment comment décrire ce qu'elle ressentait :

elle était furax. Mais auquel des deux était-elle censée en vouloir ?

Karonski, peut-être, pour lui mettre ainsi Cynna Weaver dans les pattes. Lily s'était d'abord demandé si cette femme était ici pour exécuter un mandat du procureur général contre elle – ou plutôt un ordre d'exécution signé par le ministre de la Justice. Le directeur par intérim du FBI faisait pression dans ce sens, mais jusqu'ici le ministre s'y refusait. Rien de surprenant. Les retombées politiques risqueraient d'être considérables, car ces mandats étaient traditionnellement émis contre des non-humains.

Contre les lupins, par exemple.

Mais Karonski lui avait assuré que Weaver était là en tant que membre de l'unité. Elle était ici pour participer aux recherches de Harlowe, pas pour le tuer. Lily se tourna vers lui.

— Qu'avez-vous dit, précisément, à propos de Rule et moi ?

— Que c'est à Weaver de bien se tenir. Rule est pris. (Il jeta un coup d'œil alentour.) N'a-t-on pas parlé de boire un café ?

Lily aurait souri si elle n'avait pas eu si mal à la tête. Karonski était un homme très porté sur la nourriture, aux goûts vestimentaires malheureux, plus entêté qu'une mule, et convaincu que le café était la solution à tout. Mais c'était aussi son patron.

— Bien entendu. Il est là. Servez-m'en une tasse également.

Il poussa un soupir et partit en quête de sa dose vitale de caféine.

Initialement, cette petite salle à l'écart servait à des tractations commerciales. La police étant présente partout, les hommes d'affaires avaient jugé que ce n'était pas le moment de parler fusion, acquisition ou autre, et Karonski avait donc pu réquisitionner la pièce et la cafetière. Pendant qu'ils s'entretenaient, l'équipe des techniciens de scène de crime suivait la procédure habituelle – ils étaient arrivés juste après Karonski – et les autres policiers du secteur notaient les noms et adresses de toutes les personnes présentes dans le restaurant.

Parmi elles figurait l'ensemble des invités du mariage, à l'immense désarroi de la mère de Lily. Susan et son nouveau mari avaient été autorisés à partir – ç'avait été les seuls, jusqu'ici, à recevoir cette permission. Les parents de Lily essayaient de rassurer leurs invités, et Grand-mère avait ordonné à Li Quin de la ramener chez elle. Les policiers essayeraient de l'en empêcher, bien entendu, mais Lily était prête à parier que Grand-mère aurait le dernier mot.

C'était étrange d'être assis de ce côté de la barrière, avec les fédéraux.

— Alors, Croft est déjà en Virginie ?

Lily parlait du partenaire de Karonski.

— En chemin. C'est une véritable catastrophe, la pire depuis plusieurs décennies.

— Des pertes humaines ?

— Deux morts confirmés. Ces sales petits merdeux ont provoqué un immense carambolage sur l'autoroute inter-États en glissant sur le pare-brise d'un camion.

Il apporta deux mugs à la table. Son costume du jour était marron, froissé, et il lui manquait un bouton. Sa cravate laissait deviner que son plat du midi avait été accompagné de ketchup.

— Tenez.

— Merci.

Lily enveloppa de ses mains la tasse fumante et but une gorgée. La caféine avait des propriétés analgésiques, non ? Cela devrait lui faire du bien.

— Et toi ? demanda Rule au sorcier. Tu y vas, toi aussi ?

— Je m'y rendrai dès que la situation sera sous contrôle ici.

— Je ne suis pas très calé en lutins. Ils ont toujours été rares sur cette côte des États-Unis. Ils ont été invoqués ?

— Personne n'invoque des lutins volontairement. Ils sont incontrôlables. En revanche, un sort mal exécuté peut les faire venir à la place d'un démon, et la plupart des sorts d'invocation sont nuls. Ça fait partie des choses disparues durant la Purge qui, je l'espère, le resteront à tout jamais. (Karonski but une gorgée de café et soupira de plaisir avant d'ajouter:) Le plus souvent, ceci dit, les lutins se faufilent à travers des failles entre les sphères. Nous ignorons pourquoi. Mais ils ne sont jamais aussi nombreux.

— Il y a du remue-ménage en enfer, ces derniers temps, commenta Cynna.

Lily la regarda.

— Vous avez des moyens de le savoir?

— Pas directement. Je me suis bien comportée ces derniers temps. Mais j'ouvre les oreilles.

Lily savait que leur unité au sein de la Section des Crimes Magiques du FBI était plus souple que le reste du Bureau en ce qui concernait les talents pas forcément très respectables de ses agents. Ils étaient forcés d'être plus ouverts. L'Unité ne pourrait fonctionner sans les Gratifiés, comme le prouvait son propre recrutement fait à la va-vite. Au fil des années, ceux-ci avaient d'ailleurs trouvé différents moyens de se rendre utiles au sein de l'Unité, participation souvent marquée du sceau du secret. La Purge avait mis fin à la pratique de ces investigations au vu et au su de tous.

Mais de là à ce qu'un Griseur travaille pour le FBI?

— Très bien, dit Karonski, j'ai un avion à prendre, et Lily ici présente doit faire examiner sa commotion – parfaitement, c'est un ordre, dit-il en s'adressant directement à elle. Alors faisons vite. Que s'est-il passé?

— J'ai vu Helen.

Karonski renversa son café.

— Vous m'inquiétez.

— Ce n'était pas vraiment Helen. Je le sais. Mais je ne parle pas de simple ressemblance. Cette femme lui était identique en tous points: corps, visage, cheveux.

Karonski fronça les sourcils.

— Une sœur jumelle ?

— C'est une possibilité. Ou il s'agissait d'une illusion. Ou alors, peut-être que j'ai disjoncté. Je ne pense pas avoir eu d'hallucination, mais je n'ai aucun moyen de le prouver. En tout cas, elle a été mise là pour attirer mon attention ou celle de Rule. Et maintenant que je sais que ce n'était pas une illusion…

— Attendez une minute, les interrompit Cynna. Comment pouvez-vous le savoir ?

Lily leva les yeux vers Karonski.

— Cynna arrive tout juste de l'aéroport, dit-il. Je l'ai informée des faits principaux pendant le trajet, mais elle ne sait rien de plus que ce qu'elle a lu dans les journaux après la grande expédition.

Très bien, Lily devait donc s'expliquer, ce qui n'était pas dans ses habitudes. Il y avait un mois encore, elle pouvait compter sur les doigts d'une main le nombre de personnes au courant de son Don.

— On peut me duper, mais pas par la magie. Je suis une sensitive.

Cynna pinça les lèvres comme si elle venait de mordre dans un citron.

— Une sensitive.

— Je n'ai jamais dénoncé personne.

Lily avait plusieurs fois entendu ce refrain ces derniers temps. Trop souvent, les sensitifs avaient été utilisés par les chasseurs de sorcières, officiellement ou officieusement, pour dénicher les Gratifiés ou les gens de la Souche. Mais ces faits remontaient pour la plupart au passé… un passé pas si éloigné.

— C'était parfois utile dans mon travail, mais j'étais à la brigade criminelle, pas à la brigade spéciale. Ça vous posera problème de travailler avec moi ?

— Je peux faire avec. Et vous, vous pensez que vous arriverez à travailler avec moi ?

— L'avenir nous le dira.

Lily lui tendit la main.

Weaver n'hésita pas à la serrer, une brève poignée de mains professionnelle, ce qui était tout à son honneur. Elle pencha la tête sur le côté.

— Alors, qu'avez-vous obtenu comme infos à mon sujet ?

— Rien à votre sujet. Je ne suis pas une empathe. Je décrypte la magie, pas les gens.

Elle prit un moment pour réunir ses impressions de ce bref contact.

— Vous avez un Don puissant, finit-elle par dire. Aussi complexe qu'une multitude d'empreintes superposées. Je n'avais jamais rencontré ce type de magie.

Weaver révéla ses dents en souriant.

— Il y a peu de gens comme moi dans le coin.

Rule se balança sur sa chaise.

— Revenons-en à cette femme qui ressemblait à Helen. Une personne non invitée n'aurait eu aucun mal à s'introduire dans la réception.

— Non. Mais comment a-t-elle su qu'il y en avait une ?

— C'est là où je veux en venir. Tu penses qu'elle était là pour attirer notre attention. Ils en savaient donc assez à ton sujet pour l'amener ici, au mariage de ta sœur. Et naturellement, tu l'as suivie. (Il se remit à tambouriner sur la table de ses doigts.) As-tu seulement songé qu'elle pouvait être un appât ?

— Évidemment qu'elle en était un. Ce n'est pas pour autant que je pouvais l'ignorer. Harlowe n'a toujours pas été retrouvé. Cette saleté de crosse non plus. Le sosie d'Helen devait être lié à lui, à la crosse ou aux deux, et quelqu'un en savait assez pour envoyer cette femme au mariage de ma sœur. J'étais censée faire quoi ? Laisser ce lien s'envoler ?

— Tu aurais pu m'appeler en renfort.

— Le temps de te chercher, je risquais de la perdre.

— C'est ce qui s'est passé, de toute façon.

Comme c'était la vérité, elle ne protesta pas.

— Peut-être que j'ai eu tort, mais je suis la seule à ne pouvoir être affectée par cette crosse, et je ne voulais pas courir le risque. Si elle avait été ici… (Elle secoua la tête, tressaillit, et se tourna vers Karonski.) Elle s'est rendue aux toilettes, je l'ai suivie : c'est la dernière chose dont je me souviens. À peine entrée dans la pièce, on m'a assommée.

— Et tu t'es retrouvée enfermée, dit Rule. Puis cette personne s'est volatilisée.

Karonski plissa le front.

— Que veux-tu dire ?

— Les toilettes se trouvent au milieu du bâtiment. Il n'y a pas de fenêtre. Aucun moyen d'entrer ou de sortir hormis par la porte… qui était verrouillée de l'intérieur.

— Vous n'êtes pas sérieux ? dit Cynna. Une mystérieuse porte fermée de l'intérieur ?

Lily était fatiguée, elle avait mal à la tête et, pour être honnête, elle avait peur. On s'en était pris à elle au beau milieu de sa famille. Comment avaient-ils su où et quand la trouver ?

— Ces tatouages sont décoratifs, ou vous vous y connaissez vraiment en magie ?

— J'en sais assez pour ne pas croire à cette histoire d'agresseurs qui disparaissent comme par enchantement. L'invisibilité était impossible avant la Purge. Et ça n'a sûrement pas changé.

— Le verrou, dit Lily d'un ton sec. Celui ou celle qui m'a assommée n'était pas obligé de disparaître. Il lui suffisait de lancer un sort pour que le verrou se ferme de l'autre côté de la porte.

Cynna ouvrit la bouche… puis la referma. Elle grimaça.

— Je suis une idiote. Pardon.

Même modérée, la colère n'arrangeait en rien les commotions cérébrales. L'élancement empira, accompagné de nausée. Lily surmonta ce malaise passager, puis reprit :

— Nous devons… Hé !

Rule venait d'éloigner la chaise de Lily de la table.

— Tu as assez joué au flic macho pour aujourd'hui. On y va. Abel, c'était un plaisir de te revoir. Toi aussi, Cynna.

— Attends juste une minute.

Mais lorsque, de sa main douce et inexorable, Rule aida Lily à se lever, la pièce se mit à tourner. Elle ferma les yeux et attendit que le vertige soit passé.

— Très bien, c'est d'accord. Je te laisse même conduire.

— L'ambulance est encore là. Je leur ai dit d'attendre.

Elle ouvrit brusquement les yeux pour lui lancer un regard noir. Il sourit et passa un bras autour de sa taille.

— Allez aux urgences, Yu, fit Karonski. Ne faites pas l'enfant.

— J'ai dit que j'irais.

Sa fierté l'empêchait de s'appuyer sur Rule, mais c'était tentant. Elle avait horreur de l'admettre, mais sa détermination avait volé en éclats lorsqu'elle avait voulu se tenir debout toute seule.

— Je ne suis pas à l'article de la mort. Inutile de mobiliser une ambulance.

— Les secours sont ici, autant en profiter. Assurez-vous que votre téléphone soit allumé, et je vous tiendrai au courant de nos avancées avant mon départ.

— Vous reprenez l'avion pour la Virginie dès ce soir ?

Lily essaya de cacher son désarroi. Elle venait d'être engagée au FBI. Elle saurait peut-être comment mener une enquête, mais elle ne connaissait ni les ressources ni les procédures du FBI.

Il marmonna un oui.

— Je ne sais pas combien de temps nous serons absents. Les lutins ne sont pas difficiles à neutraliser, mais il y en a beaucoup, et nous devons découvrir comment ils ont fait pour venir. S'il y a une faille, je vais devoir la fermer.

— Tu en es capable ? lui demanda Rule.

— C'est du gâteau, répondit le sorcier en souriant. Un gâteau très complexe, peut-être. Il se peut même que j'aie besoin d'un peu d'aide. En attendant, Lily et Cynna s'occuperont de rechercher Harlowe et cette crosse. Lily, vous avez l'autorisation de faire appel au bureau local si besoin. Cynna, vous avez plus d'ancienneté…

Elle grogna.

— Comme si j'en avais quelque chose à faire de ces conneries.

— Non, vous êtes un franc-tireur. Comme je m'apprêtais à le dire, vous avez plus d'ancienneté, mais vous ne dirigez pas l'enquête. C'est celle de Yu. Vous êtes ici pour l'assister.

Merde, elle commençait à pencher. Lily s'efforça de se redresser.

— Vous dites que c'est mon enquête, mais vous avez fait venir quelqu'un sans me prévenir.

— Prenez-vous en à Ruben. Il a eu cette intuition hier. Il pense que Weaver vous sera bientôt utile.

Ruben Brooks était le directeur de l'Unité. Il était aussi un médium d'une précision extraordinaire. Lorsqu'une intuition lui venait, cela valait la peine de l'écouter.

Lily tourna la tête pour observer la toute dernière intuition de Ruben : cette femme dont le corps avait été couvert, centimètre carré par centimètre carré, de symboles de pouvoir, d'une complexité inimaginable.

Les Griseurs avaient écumé les rues une dizaine d'années plus tôt, un groupe plus ou moins religieux fondé sur des pratiques chamaniques obscures. La plupart d'entre eux étaient noirs et liés à des gangs, mais ils ne possédaient pas de Don assez puissant pour provoquer de vrais troubles, ou pour faire perdurer le mouvement. Il s'était pratiquement dissous lorsqu'il était devenu évident que leurs chefs n'étaient pas à la hauteur de leurs promesses de puissance.

Sous les tatouages, la peau de Cynna Weaver était blanche. Lily supposa qu'elle était une exception à plus d'un titre, et pas seulement celui de la couleur. L'Unité ne l'aurait pas engagée si elle était aussi inefficace que les autres Griseurs.

— Alors, comment comptez-vous m'assister dans l'enquête ?

— Je suis une détectrice. (Elle montra ses dents avec un sourire de prédateur.) Trouvez-moi quelque chose qui me permette de m'y mettre, et je vous dénicherai ce salaud de Harlowe.

Merde.

— Il risque d'y avoir un problème. Sa maison a brûlé il y a deux jours.

III

Cynna observait Rule qui traînait son joli petit agent fédéral hors de la pièce. Il était tellement attentionné avec elle, alors que c'était parfaitement inutile. Cette fille était plus coriace qu'elle en avait l'air.

Elle se rappela l'époque où Rule avait les mêmes attentions pour une autre femme qui ne cessait de lui répéter qu'elle n'avait pas besoin qu'un homme s'occupe d'elle.

Elle afficha un rictus ironique. Quelle garce irascible elle était alors ! Une fille de vingt ans qui en paraissait douze, dégourdie, impudente et effrayée pour un rien. Mais elle avait eu beau refuser d'être dorlotée, Rule avait senti qu'elle en avait besoin. Et elle s'était laissée convaincre, non ? Et avait gardé précieusement ce souvenir de lui, durant toutes ces années. La bienveillance de Rule avait apaisé l'horrible gamine qu'elle était à l'époque.

Enfin, elle n'était plus cette sale enfant gâtée. Alors peut-être était-elle déçue qu'il soit pris. Mais elle s'en remettrait. Elle se tourna vers Karonski.

— Alors, qu'est-ce que je fiche ici ? Je ne trouverai pas Harlowe sans repérer son motif, ce que je ne peux pas faire sans une de ses affaires sous la main.

Il haussa les épaules.

— Prenez-vous en à Ruben. Il pense qu'il vaut mieux que vous soyez dans les parages.

— Et il est incapable de dire pourquoi, je suppose.

— Parce que ça lui arrive de le savoir ?

Elle secoua la tête.

— C'est une sacrée coïncidence que la maison de Harlowe soit détruite dans un incendie juste avant mon arrivée. Que s'est-il passé ?

— Quelqu'un a aspergé les buissons d'essence.

— Pff. À votre avis, les méchants ont aussi un médium ?

— Possible. Ou ils ont simplement préféré prendre leurs précautions, et le timing est bel et bien une coïncidence. (Karonski se leva pour prendre son mug.) Venez. Allons harceler les flics du coin. J'aimerais étudier ce verrou pour savoir avec certitude s'il s'est fermé par magie.

Elle se leva à son tour.

— Il n'y a rien que j'aime tant que harceler quelques flics.

— Pourtant vous en êtes une.

— Bizarre, hein ?

Leur petite salle à manger s'ouvrait sur la salle principale. Les policiers locaux interrogeaient toujours les clients de l'*Odyssey*; d'après les bribes de conversation que Cynna put entendre alors qu'ils se dirigeaient vers le hall, certains étaient tout excités d'être à quelques pas du lieu d'un crime, d'autres étaient inquiets, et quelques-uns en colère. Les pauvres serveurs et serveuses tâchaient encore de leur servir à manger, mais personne ne s'intéressait plus vraiment au repas pour lequel ils avaient fait le déplacement.

De nombreuses soirées d'entreprises devaient être organisées ici, se dit Cynna tandis qu'ils se frayaient un chemin dans la foule. Seule la moitié environ du bâtiment circulaire était accessible aux clients. L'autre partie était occupée par des salles privées.

Les toilettes étaient installées au centre du bâtiment, de l'autre côté du hall qui encerclait les cuisines, au cœur même de l'établissement. À peine furent-ils arrivés sur place qu'un policier en uniforme leur barra le passage. Il se laissa convaincre par le badge de Karonski et les autorisa à avancer jusqu'au garde suivant – une femme qui semblait fatiguée et qui se tenait devant les toilettes. À l'intérieur, le bruit d'un aspirateur à main leur fit savoir que les techniciens de scène de crime étaient toujours à l'œuvre, et un rapide échange leur apprit qu'il faudrait attendre encore un quart d'heure avant que les fédéraux puissent examiner le lieu.

Cynna et Abel allèrent attendre un peu plus loin dans le hall. Cynna s'adossa mur et croisa les bras.

— Ça fait beaucoup de raffut pour un coup sur la tête.

— Une agression sur agent fédéral en rapport avec son enquête, c'est sérieux. Essayez de garder à l'esprit que vous êtes importante, désormais.

Cynna se contenta de secouer la tête. Elle ne se sentait pas agent fédéral, même si elle collaborait avec l'Unité depuis cinq ans. La plupart de ses collègues diraient qu'elle n'agissait pas non plus comme tel.

— Alors, qui est cette Helen que Yu croit avoir vue ?

Karonski avala une gorgée de café salutaire.

— Elle était télépathe. Elle est morte.

Cynna haussa les sourcils.

— Celle qui voulait ouvrir un portail sur l'enfer ?

— Celle-là même.

Cynna passa en revue le peu de choses qu'elle savait. Cette femme et Patrick Harlowe avaient appartenu à l'Église des Fidèles, également connue sous le nom de secte des Azá. Certaines personnes impliquées dans le projet d'avènement de l'enfer avaient été de véritables croyants ; d'autres avaient été liées à la cause par la magie, avec l'aide d'une mystérieuse crosse qu'Helen avait brandie. Celle-ci lui avait permis de contrôler les esprits.

Ce qui, bien entendu, était impossible. Du moins, c'est ce que tout le monde avait toujours dit.

Trois semaines plus tôt, les Azá, dirigés par Helen et Harlowe, avaient capturé Rule et Lily Yu. Nul ne savait comment ces derniers avaient réussi à inverser les rôles et à faire prisonniers leurs geôliers, mais Harlowe s'était échappé. L'artefact, quant à lui, avait disparu.

— La crosse devra sans doute être notre priorité.

— Nous sommes plutôt bien renseignés sur Harlowe, mais nous ignorons pratiquement tout de cet objet. Pas facile de pister un morceau de bois. (Il but quelques petites gorgées de café tout en surveillant les techniciens qui s'affairaient dans les toilettes.) Seabourne a essayé, sans succès.

— C'est le type dont vous m'avez parlé. L'ensorceleur.

Karonski eut un petit rire.

— Vous êtes sceptique, ça se voit.

— Enfin, bon sang, Abel, on n'avait pas entendu parler d'ensorceleur depuis la Purge ! Pas de vrais, en tout cas. Juste quelques gars qui jouent les sorciers et qui en savent juste assez pour se fourrer dans le pétrin.

— Seabourne en est un, même si ses pouvoirs sont limités.

Elle pencha la tête sur le côté.

— Aux dernières nouvelles, cette activité est toujours illégale.

Il ricana :

— Et je sais à quel point cela pèse sur votre conscience.

— Savoir être souple, c'est important. Ce type travaille pour nous ?

— Hé, c'est une activité illégale. Il ne peut pas travailler pour nous. (Karonski sourit.) Disons que c'est l'ami d'un ami. Sans lui, Turner et Yu n'auraient pas réussi à arrêter Helen.

— Mais c'est la poupée chinoise qui lui a réglé son compte, non ?

— Ouais. Et si vous osez l'appeler comme ça, je veux être aux premières loges.

Karonski posa sa tasse vide sur le sol pour prendre un bonbon à la menthe dans sa poche. Il le mit dans sa bouche.

— Alors, comment connaissez-vous Turner ?

— Oh, Rule et moi, ça remonte à loin. Plus loin encore que le jour où vous m'avez arrêtée. (Elle sourit.) À l'époque, j'étais la reine des garces, je me donnais un genre.

— Et en quoi avez-vous changé ?

— Très marrant. (Elle secoua la tête.) Mon Dieu, le voir, c'est vrai que ça ravive des souvenirs. Je traînais au *Mole's*, à Chicago. Je me demande s'il existe encore...

— C'est là que vous avez rencontré Turner ?

Elle acquiesça.

— On est sortis ensemble quelque temps. (Eh bien, c'était une jolie manière de résumer, sans en faire des tonnes, une relation qui avait bouleversé sa vie.) Mais pourquoi a-t-il dit qu'il n'était plus libre ?

— Ça ne vous regarde pas.

— O.K, mais ça n'a pas de sens. Les lupins ne sont pas fidèles.

— Rule l'est. Ne vous en mêlez pas.

Il ne l'était pas du temps où elle le connaissait. Il le lui avait dit ouvertement, et elle l'avait accepté. En la matière, il ne lui avait pas paru très différent des autres hommes, simplement plus honnête... mais les types avec lesquels elle traînait à l'époque n'étaient pas franchement recommandables.

C'était il y a treize ans. Bon sang ! Difficile à croire, à certains égards... tandis qu'à d'autres, il lui semblait que plusieurs vies s'étaient écoulées depuis. C'était normal qu'il ait changé, mais là, il avait carrément pris un virage à cent quatre-vingts degrés. Pour les lupins, c'était un devoir moral d'avoir des relations libres. C'était lié à leur religion, pensait-elle.

Qu'avait fait la poupée chinoise pour l'amener à changer d'avis sur une question si importante pour lui ? Elle ne lui avait certainement pas fait le coup de la femme fragile. Elle pouvait peut-être duper quelqu'un qui n'était pas attentif, mais ce n'était pas le cas de Rule. C'était l'une de...

— Ils semblent avoir presque fini, dit Karonski en prenant sa mallette. Il va me falloir un bout de temps pour m'installer. Vous voulez inspecter les lieux à votre façon pendant que je mets en place mes charmes de protection ?

— Bien entendu.

Elle se redressa et le suivit.

Karonski était un Wiccan ; les sorts de ces derniers étaient considérés comme des références absolues en matière de sorcellerie. Dans certaines situations soigneusement définies, ce qu'il apprenait était admissible comme preuve au tribunal. Mais ses méthodes nécessitaient beaucoup de temps. Pour les autorités, les sorts de Cynna n'étaient pas fiables, parce que leur précision dépendait des aptitudes du jeteur de sorts.

En revanche, c'était une sacrée détectrice. Carrément plus rapide que Karonski et ses méthodes. Le temps d'arriver à la porte des toilettes, Cynna avait l'esprit clair et concentrait son énergie sur le dédale de serpents tatoué sur son bras gauche. Pendant que Karonski se débarrassait des agents de la bureaucratie locale, elle commença le sort en se déplaçant mentalement à travers le labyrinthe.

Détecter était son Don. Pas besoin de lancer de sorts pour y arriver. Mais pour bien faire son travail, elle devait être capable de repérer, de découvrir le motif des objets et des individus. C'est à cela que servaient la plupart des sorts tatoués sur son corps : trier l'énergie qu'elle repérait de manière à pouvoir détecter sa source.

Karonski lui fit un signe affirmatif et elle entra dans les toilettes, se retourna et posa la main sur le verrou. L'énergie passa de sa main vers celui-ci puis revint, transformée, pour glisser le long des chemins de sa peau et brûler un nouveau dessin en haut de sa cuisse droite.

Elle laissa retomber sa main, les yeux rivés sur le verrou.

— Bonté divine !

***

En proie à un violent mal de tête, Lily était assise sur la table d'examen, les yeux fermés. Sa « chambre » était une alcôve délimitée par des rideaux, qui offrait toute l'intimité sommaire d'une tenue d'hôpital – un outrage qu'on lui avait épargné jusque-là, quoiqu'il y ait des chances qu'elle y soit plus à son avantage que dans sa robe de demoiselle d'honneur. À quelques mètres, un bébé poussait des cris d'épuisement, monotones et faibles. L'air puait le désinfectant, et d'autres odeurs moins facilement identifiables.

Au fond du couloir, une femme maudissait un homme. De l'autre côté du rideau, un moniteur bipait sans discontinuer. Lily tourna la tête.

— Que sens-tu, ici ?

— De la douleur.

Rule s'assit à côté d'elle, sur la table d'examen. Elle avait temporairement abandonné ses grands principes de femme parfaitement indépendante et était heureuse qu'il lui offre son bras et son corps.

Amusant. Ainsi pelotonnée contre lui, elle ne pouvait pratiquement pas utiliser son bras valide, mais elle n'en était pas troublée. Était-ce un effet du lien d'âme sœur, ce sentiment d'être en sécurité alors qu'elle ne l'était pas forcément ? Ou était-elle simplement trop anesthésiée par la douleur et la fatigue pour s'en soucier ?

— Pourtant, tu as insisté pour m'amener ici.

À la façon dont la joue de Rule remua contre ses cheveux, elle sut qu'il souriait.

— J'ai profité que tu étais temporairement affaiblie pour te pousser dans cette direction.

— Je le savais bien, que tu en avais profité.

La taille de Rule avait ses avantages, pensa-t-elle : son épaule était pile à la bonne hauteur pour pouvoir y poser sa tête endolorie.

Lily culpabilisait d'apprécier autant l'absence de ses parents. Les indiscrétions de sa mère et son besoin de tout gérer l'auraient rendue folle. Elle les avait convaincus que le passage par les urgences était une formalité, nécessaire pour des questions d'assurance. Grand-mère, comme prévu, était partie avant que Rule n'emmène Lily se faire examiner, mais de toute façon, elle ne lui aurait posé aucun problème. Grand-mère n'allait jamais dans les hôpitaux.

— Calme tes ardeurs, dit Lily. Nous ne sommes pas seuls.

Rule avait glissé sa main le long de ses côtes et, de son pouce, caressait doucement la peau sous ses seins.

— Je ne vois pas pourquoi tu dis ça.

— Je te l'ai déjà dit : tu ne sais pas jouer les innocents.

Mais il n'y avait aucun reproche dans sa voix. Le plaisir montait par vagues apaisantes, déclenchées par les caresses de son pouce, par sa simple présence contre elle. Elle ferma les yeux.

— Comment je peux me sentir comme ça malgré ma douleur à la tête ?

Il se pencha et passa lentement sa langue le long du pavillon de son oreille.

— J'en sais rien. Tu te sens comment ?

— Distraite.

— Tant mieux.

Maintenant, la femme au bout du couloir vociférait à propos d'une valise. Quelqu'un la lui avait volée, et il avait intérêt à la lui rendre tout de suite.

Lily se redressa avec un soupir.

— J'espère que Nettie sera bientôt ici.

Nettie Two-Horses était une chamane, en plus d'être un médecin formé à Harvard. Elle avait une sorte de lien avec le clan de Rule. Elle n'était pas un lupin, bien entendu, puisque ces derniers étaient exclusivement des mâles. Mais leurs enfants pouvaient être aussi bien des garçons que des filles.

— Tu m'inquiètes, lui dit Rule.

— Pourquoi ?

— Tu ne m'as pas reproché de l'avoir appelée. Après tout ce que tu m'as fait subir pour m'être mêlé du travail des ambulanciers, je m'attendais au moins à une petite crise.

— Je n'aime pas les hôpitaux. En revanche, j'aime bien Nettie. Il doit bien y avoir quelques avantages à sortir avec un prince. Et Nettie en est un.

Rule grimaça. Il n'aimait pas trop l'habitude de la presse de l'appeler le « prince des Nokolaï ». Il était l'héritier, le Lu Nuncio de son clan, mais cette fonction ne correspondait pas vraiment à la royauté chez les humains.

— Nettie ne va pas te soigner pour me faire plaisir. Elle serait venue pour n'importe quelle personne du clan.

— Oh. Très bien.

Lily oubliait parfois qu'elle faisait désormais partie du clan. Jusqu'à présent, ce changement particulier n'avait pas eu beaucoup de répercussions sur sa vie, même si la cérémonie d'adoption avait été émouvante.

— Tu sais ce qui est bizarre ?

— Toutes sortes de choses le sont ces derniers temps. De ton point de vue, je dirais : moi, le lien d'âme sœur…

Elle le poussa de son coude valide.

— Pas toi. Je parle du fait que je suis toujours en vie.

Il resserra son bras autour d'elle.

— « Bizarre » n'est pas le mot que j'emploierais.

— Je ne me plains pas, mais réfléchis. Quelqu'un s'est donné beaucoup de mal pour m'isoler. Mais qu'ont-ils fait lorsque leur plan a fonctionné ? Ils m'ont donné un coup à la tête et sont partis, en fermant la porte derrière eux. Ça n'a aucun sens.

— Ils ont dû être interrompus.

— Il y avait un verrou sur la porte, tu te rappelles ? Ce n'est pas tout. Pourquoi y en avait-il un ? J'en ai vu sur les portes des toilettes de supérettes ou de stations-service, mais dans un restaurant ?

— Tu crois que ton sosie d'Helen l'aurait apporté avec elle ?

— Possible. (Elle plissa le front.) J'aurais aimé qu'O'Brien dirige l'équipe des techniciens. Il s'en serait tout de suite rendu compte si le verrou avait été… Qu'y a-t-il ?

Sans vraiment changer de position, Rule s'était penché vers sa droite et avait levé la tête. Quoi qu'il eût senti, ce n'était pas une menace.

— Nettie est ici.

Avait-il entendu ou senti sa présence ? Sans doute entendu, se dit-elle. Rule ne serait pas capable de distinguer une odeur particulière dans la soupe olfactive des urgences, pas sous sa forme humaine… si ?

— Super. Elle va te dire que je vais bien, comme ça, on pourra rentrer à la maison.

Une grande femme écarta le rideau. Sa peau était lisse et cuivrée, son abondante chevelure grise et frisée. Le chignon qu'elle avait noué au ras de sa nuque semblait prêt à se détacher à tout moment, et sa bouche prête à sourire.

— Vous devez d'abord me laisser faire. Mon orgueil de professionnelle exige de moi que j'examine mes patients avant de leur donner raison.

Lily sentit ses épaules se relâcher un peu.

— Hé, vous portez une blouse blanche.

— Elle va avec le stéthoscope. Je ne sais pas pourquoi, mais tout le monde veut vérifier mes qualifications si je me montre en short et brassière.

Nettie, comme la plupart des habitants de Clania, portait généralement le moins d'habits possible. Elle s'approcha de la table d'examen.

— Comment vous sentez-vous ?

— Fatiguée. J'ai mal partout. Prête à partir.

— Mmmh.

Nettie lui posa plusieurs questions tandis qu'elle s'adonnait au rituel médical habituel ; elle vérifia le dossier de Lily et passa une petite lampe devant ses yeux. Mais ses méthodes d'auscultation ne lui avaient pas toutes été enseignées à Harvard.

— Parfois, je me demande comment on peut se sentir mieux dans un hôpital.

Elle alluma un petit fagot d'herbes, le laissa brûler un moment, puis l'éteignit en le secouant. Une volute de fumée s'éleva.

— L'énergie est toujours sacrément trouble. Vous pouvez vous lever une minute ?

— Bien sûr.

Lily se glissa au pied de la table. Nettie tourna autour de la jeune femme en psalmodiant doucement de mystérieuses paroles qui juraient avec sa blouse blanche ; à l'aide d'une grande plume, elle envoyait la fumée en direction de Lily. La sauge encore fumante dégageait une odeur piquante de propre. Après trois tours, Lily aurait pu jurer que sa douleur à la tête s'était atténuée.

— Vous avez vraiment fait quelque chose, ou je me sens mieux parce que je veux le croire ?

Nettie eut un petit rire :

— Quelle importance ? Vous pouvez vous rasseoir. Je vais jeter un coup d'œil à cette épaule. Vous dites que la plaie s'est rouverte ?

— Probablement quand je suis tombée.

Rule l'aida à défaire les attaches et à glisser son bras hors de l'écharpe.

— Il n'y a pas eu beaucoup de sang. Je suis sûre que ça va, fit Lily.

Fidèle à elle-même, Nettie n'était pas prête à abonder dans le sens de sa patiente sans avoir elle-même ausculté la zone en question. Lily commençait à avoir la chair de poule, assise là avec son soutien-gorge sans bretelles, le corsage de sa robe sur les genoux, lorsque son téléphone sonna.

Lily voulut décrocher, mais Nettie attrapa son bras.

— Je n'ai pas fini.

— Je prends l'appel, dit Rule. (Il ramassa le sac à main de Lily sur le sol.) Oui ? (Il fit une pause.) Elle se fait examiner en ce moment même… Docteur Two-Horses. Pourquoi ?

Lily s'agita. Elle voulait son téléphone.

— C'est Karonski ?

Rule fit un signe de tête affirmatif, tout en écoutant attentivement.

— Vous combattrez le crime plus tard, lui dit Nettie. Pour l'instant, j'ai un autre mystère pour vous. Votre blessure a quelque chose de bizarre.

— Comment ça ?

— Je perçois une sorte de… dissonance. C'est le mot le plus adapté qui me vient à l'esprit. Quelque chose qui ne devrait pas être là. Vous êtes une sensitive. Touchez vous-même, pour voir si vous pouvez me dire ce que c'est.

Lily haussa son épaule indemne.

— Très bien, mais la magie n'a pas d'effet sur moi, par conséquent je ne vois pas ce que…

Elle se tut à l'instant où elle toucha la peau à côté de sa blessure.

— Vous sentez quelque chose.

— Oui.

Troublée, Lily effleura la croûte propre, ronde, à l'endroit où la balle avait pénétré dans son corps trois semaines plus tôt. Elle n'aurait pas dû être capable de ressentir quoi que ce soit, pourtant c'était le cas.

— Orange, je ressens quelque chose d'orange.

— Salaud.

Au son de ce juron proféré par Rule à voix basse, Lily tourna la tête, mais il semblait répondre à Karonski, pas à elle.

— Qu'est-ce qui se passe ? demanda-t-elle. Karonski a appris quelque chose ?

Il secoua la tête, sans cesser d'écouter son interlocuteur.

— Très bien, dit-il avec réticence. Mais tu te trompes.

Il tendit le téléphone non pas à Lily, mais à Nettie.

— Si cet imbécile croit qu'il doit obtenir la permission d'un médecin simplement pour me dire ce qu'il a découvert…

— Non, dit Rule d'une voix rauque. (Il regarda les deux femmes, puis détourna les yeux.) C'est autre chose.

Le regard de Nettie s'arrêta sur Lily un court instant. Elle écouta un moment, d'un air impassible de professionnel, puis dit :

— Sans problème, oui. Le rituel en lui-même n'est pas long, mais les préparatifs prennent à peu près une heure.

La douleur à la tête de Lily revint dès que son cœur se mit à accélérer.

— Si personne ne me dit ce qui se passe, je crois que je vais exploser.

Cette fois-ci, Rule ne chercha plus à fuir son regard.

— Cynna a identifié ton agresseur. Karonski a confirmé. Tu as été attaquée par un démon. Il veut être certain qu'il n'est pas ici… en toi.

IV

C'ÉTAIT LE WEEK-END et un groupe jouait au *Cactus Corral*. La musique résonnait et martelait les tympans d'une plainte éraillée de *steel-guitar* accompagnée d'un rythme de batterie acharné. Cette musique, tel un bélier, était conçue pour exploser les limites, donner envie aux clients de se laisser aller à boire, aux corps sur la piste de danse de se bousculer. Dans cette obscurité électrique, il était facile de danser avec un inconnu. Et tout aussi facile d'oublier son licenciement ou son divorce, les factures impayées et les rêves non réalisés.

Le seul siège inoccupé se trouvait au bar, à côté d'un homme d'âge moyen, avec une dentition parfaite et une moustache couleur thé. Il était svelte, mais avait moins le profil d'un athlète que celui d'un comptable aussi soigneux de son corps que de l'argent des autres. Bien qu'un peu plus âgé que la plupart des autres clients, il ne se démarquait pas vraiment. Pourtant, la place à sa gauche demeurait libre, malgré la multitude de gens qui cherchaient à attirer l'attention du barman. Et personne ne semblait s'en rendre compte.

Ils ne remarquèrent pas non plus la voix aiguë qui s'éleva à cet endroit.

— T'as vu les seins de cette blonde ?

Patrick Harlowe l'entendit, mais l'ignora.

— Des melons, dit la voix d'un ton rêveur. Gros et fermes. Tu pourrais peut-être passer un peu de bon temps avec elle.

Sale petit monstre. Pourquoi la musique ne recouvrait-elle pas sa voix ? Il se pencha par-dessus le bar rayé et cria sa commande au barman.

— T'as eu des petits problèmes avec la dernière, mais cette blonde pourrait réveiller un mort. Tu vois ce que je veux dire ? Réveiller son membre.

Il conclut cette dernière remarque par un rire efféminé.

Patrick avait à peine entendu sa propre voix, couverte par ce piètre groupe de soi-disant musique, mais il avait entendu le moindre mot prononcé par la créature à côté de lui.

— Ferme-la.

— Eh ! Ferme-la toi-même. T'as plutôt intérêt, si tu veux pas qu'ils te prennent pour un fou qui parle tout seul.

Patrick baissa les yeux. Il vit une *chose*, petite, trapue, avec une peau orange luisante - beaucoup de peau, parce qu'elle était à la fois imberbe et nue. Elle se tenait sur deux jambes qui avaient plutôt la forme de pattes que de membres humains. Avec sa queue et son inclinaison vers l'avant, la créature ressemblait vaguement à un kangourou ratatiné. Dotés de mains à cinq doigts, les bras avaient ceci dit une apparence assez humaine ; la tête était ronde, sans oreilles visibles, avec une large fente en guise de bouche.

— Hermaphrodite puant, murmura Patrick. Pourquoi regardes-tu des seins, de toute façon ? Occupe-toi des tiens.

— C'est ce que je fais. Ce n'est pas pour autant que je n'aimerais pas m'amuser un peu avec les siens.

Le petit démon décocha une œillade à la femme blonde qui, ignorant qu'elle était un objet de convoitise, discutait avec son ami à quelques pas.

Ignore-le, se dit Patrick. Il était peut-être contraint de tolérer ce vilain petit parasite pour le moment, mais c'était temporaire. Tout comme ses heures passées dans ce genre de bouge. Purement temporaire.

Cela ne voulait pas dire qu'il avait oublié la garce de chinetoque qui était à l'origine de tous ses problèmes. Elle paierait pour ce qu'elle lui avait fait. Il eut un rictus. Oh, ça oui, elle paierait, et il lui remettrait lui-même la facture. Au début, il avait été furieux de ne pas être autorisé à la tuer, mais c'était encore mieux finalement. De cette façon, elle paierait pendant longtemps.

— Tu devrais peut-être t'en tenir aux blondes. Les brunes te la rappellent, non ?

Patrick se figea. Son cœur se mit à battre si vite et si fort qu'il prit le dessus sur tout le reste : pensées, souvenirs…

Il ne voulait pas réfléchir à cela. Ses souvenirs étaient flous, de toute façon. Rien ne le forçait à les ressasser. *Elle* était en enfer, et il était ici. Il ne risquait rien.

— Sale petit merdeux. Tu ne sais pas de quoi tu parles. Elle est chinoise : ses cheveux sont noirs, pas bruns.

— Ce n'est pas d'elle que je parle. Je voulais dire… Hé, attention !

Patrick venait d'effleurer cette peau orange luisante avec la crosse, faisant passer à travers elle rien de plus qu'un filet de puissance. Il sourit. C'était satisfaisant de voir cette petite saleté sursauter.

— Oups.

— Tu ferais mieux de faire attention avec ce machin ! Si tu me fais griller, tu auras de sérieux ennuis !

— Je serai prudent, lui assura Patrick solennellement, faisant comprendre au démon à quel point il pensait peu ce qu'il disait, histoire de lui rappeler qui commandait. Tu feras gaffe, toi aussi, n'est-ce pas ?

La créature frotta son épaule, qui fumait légèrement, et grogna.

Patrick se détourna. Il se sentait mieux. Il remarqua la façon dont l'homme près de lui le regardait. Comme s'il était cinglé.

Mieux valait réparer cela. Il sourit et caressa la crosse de son index. L'homme au look de cow-boy, vêtu d'un tee-shirt jaune moutarde tendu sur sa bedaine de buveur de bière, se détendit et lui rendit son sourire. Il dit quelque chose, mais Patrick ne put l'entendre à cause de la musique tonitruante. Il secoua la tête, toujours souriant, et fit un geste près de ses oreilles.

Avant que Grosse Bedaine ne devienne un problème, le barman glissa vers Patrick sa commande. Ce dernier se tourna vers lui avec une expression aimable et amicale, sa main gauche tenant fermement la crosse.

— Merci, connard.

L'homme cligna des yeux. Dans cette cacophonie, bien sûr, il n'avait pas entendu. Seul le ton lui était parvenu, le rythme mélodieux de la voix de Patrick... amplifiée par la crosse hors de sa vue.

Ces idiots ne voyaient pas ce qui était important : ni le démon, ni la crosse, seulement ce que Patrick les autorisait à découvrir de sa personne. Comme maintenant. Lorsque la musique s'arrêta enfin, le barman stupéfait balbutia :

— C'est la maison qui invite. La maison vous l'offre, mec.

— Vous m'avez reconnu. (Patrick prononça ces mots d'un ton légèrement chagrin.) Je compte sur vous pour ne dire à personne que je suis ici. Parfois, j'ai besoin de m'évader, vous savez ? De me détendre avec de *vrais* gens.

— Mince, non, évidemment que je dirai rien. Je voudrais surtout pas qu'on vous repère, mec.

— Merci.

Patrick tourna le dos à l'homme ; il se demanda négligemment quelle identité lui donnait le barman. Quelqu'un de puissant, bien entendu. Une personnalité qu'il vénérait intérieurement... mais qui un pareil crétin pouvait-il donc admirer ?

Peu importe. C'était plus facile de les laisser inventer leur propre version de son identité. Il lui suffisait de les persuader qu'il était important, un homme qu'on vénère et qu'on sert. Il avait toujours été doué pour ça. Et maintenant qu'il avait la crosse pour le soutenir, il était invincible.

— Invincible, murmura-t-il dans son verre avant de boire une gorgée.

La sonorité du mot, sa vérité absolue lui plaisaient. Cette salope ne gagnerait pas, et il la démolirait. Lui en personne. Sa main glissa amoureusement le long de la crosse.

Le groupe se lança dans une nouvelle chanson au rythme lourd et prenant, parfait pour taper le sol en cadence avec ses bottes. Patrick fit la moue. Il détestait la country. Rien qu'une bande de ratés qui se lamentaient sur leur vie minable.

— Alors, tu vas baiser la blonde ou te contenter de la buter ?

Cette fois, Patrick parvint à ignorer ce petit crétin trop bavard. Il continua d'observer la foule, à la recherche de la bonne personne. La crosse n'était pas difficile. Elle prendrait tout ce qu'il lui donnerait pour la nourrir, ce qu'elle réclamait souvent. La Diablesse lui avait fait quelque chose, l'avait changée, lorsqu'il était dans… cet endroit. Avec Elle.

Mais ça faisait partie du plan, ce qui n'était pas si mal, en fin de compte, même s'il avait été très énervé lorsqu'il s'était aperçu que fréquemment… mais un bon ouvrier prend soin de ses outils. C'est ce que son père disait toujours, et qu'était la crosse, sinon un outil ? Son outil à lui.

Là. La fille au tee-shirt rouge et à la minijupe noire. Elle recherchait un peu d'action ce soir, non ? Rien qu'à la voir sourire au cow-boy qui dansait avec elle… il n'aurait pas trop de mal à les séparer. Patrick avança vers la piste de danse de manière à être en place à la fin de la chanson.

Une fois au pouvoir, peut-être qu'il déclarerait la country illégale. *Peine de mort prononcée contre quiconque vénère Kenny Chesney*, pensa-t-il en gloussant.

La fille balança la tête et ses cheveux se soulevèrent, comme un halo brun de lumière chatoyante, animé par la jeunesse, le mouvement et la lumière des stroboscopes. Ça aussi, c'était temporaire. Tout à fait temporaire.

V

QUARANTE-CINQ MINUTES APRÈS avoir appris qu'elle était peut-être possédée, Lily était en sous-vêtements et blouse d'hôpital ; à son cou pendait le *toltoï* au bout d'une chaîne en or. Elle était assise dans un lit médicalisé dont la partie supérieure était relevée, la télévision était éteinte et la pièce remplie de gens.

Pendant un moment, elle avait eu peur d'être non pas admise mais jetée dehors. Elle se demandait ce qui aurait été le mieux.

Les autorités de l'hôpital étaient prêtes à tolérer une certaine déviance par rapport aux méthodes scientifiques. Les guérisseurs étaient en vogue actuellement – plusieurs stars hollywoodiennes avaient chanté les louanges de la guérison chamanique – et Nettie avait une réputation discrète mais sérieuse au sein de la communauté médicale. Mais l'idée d'un mini-exorcisme pratiqué entre leurs respectables murs dépassait quelque peu les limites de ce qu'ils pouvaient sereinement accepter.

Or, l'opération avait tout de cela. Nettie leur avait expliqué que le meilleur moyen de découvrir si Lily avait un démon en elle était d'exécuter les étapes préliminaires d'un exorcisme. Ainsi, ils seraient prêts à passer à l'étape suivante en cas de réponse affirmative.

Nettie avait donc demandé une chambre privée pour « une procédure plus complexe, qui nécessitait une certaine intimité », sans préciser la nature de celle-ci. Inutile de froisser les sensibilités s'ils pouvaient l'éviter. Hélas, une infirmière les avait entendus discuter de la situation. Elle était allée cafarder auprès du responsable des urgences, qui avait appelé le vice-directeur de l'hôpital.

Lily ne savait pas exactement si l'homme avait peur qu'elle soit vraiment possédée et sème le chaos dans son service, ou que la presse ait vent des pratiques qu'on autorisait dans son hôpital et que celui-ci se couvre de ridicule. Elle pariait plutôt sur la deuxième possibilité. Beaucoup de personnes considéraient l'exorcisme comme une pratique aussi peu sérieuse que ces vieilles cartes avec des représentations de monstres marins dans les coins. Certes, les démons existaient, et de temps à autre un cinglé parvenait à en invoquer un, mais les portails de l'enfer avaient été fermés pendant des siècles.

Une possession ? Soyons sérieux !

Entre le badge de Lily, le professionnalisme de Nettie et les explications de Rule, truffées de noms de gens haut placés – son clan détenait un cabinet d'avocats prestigieux – ils l'avaient emporté sur la bureaucratie. Juste avant que Lily ne soit déplacée dans une chambre normale au deuxième étage, Karonski et Cynna Weaver étaient arrivés. Et Nettie s'était retirée à la chapelle de l'hôpital pour prier.

La prière était un élément essentiel du rituel, apparemment. Lily n'avait pas d'idée très arrêtée à ce sujet. Soucieuse, elle baissa les yeux vers le drap qui couvrait ses cuisses. Ce n'était pas comme si elle avait eu quoi que ce soit contre la religion. Mais c'était un sujet délicat, non ? Une personne croyait ceci, une autre cela, et avant d'avoir le temps de comprendre ce qui se passait, elles se livraient une jolie petite guerre en raison de leurs différences. Elle n'aimait pas dépendre d'une chose si difficile à appréhender.

— Ton épaule te fait mal ? lui demanda Rule.

Il s'assit sur une chaise à côté du lit et prit sa main gauche dans la sienne. Lily baissa rapidement son autre main avec laquelle elle avait recommencé à se frotter l'épaule, comme on gratte une cicatrice ou on passe sa langue sur un trou laissé par une dent. Pas parce que ça fait du bien, mais parce qu'on sent la présence d'une anomalie.

— Pas vraiment.

— Tu n'es pas possédée.

Il prononça ces mots avec calme, comme s'il en était absolument certain. Elle grimaça.

— Je ne crois pas non plus. Je ne peux pas avoir de magie en moi, alors comment pourrais-je avoir un démon ?

Pourtant, elle avait senti quelque chose autour de la blessure. Qui n'aurait pas dû s'y trouver.

— C'est probablement impossible, dit Karonski tranquillement, affalé sur une chaise près de la fenêtre, plongeant la main dans un sac de chips mexicaines.

Les stores levés permettaient à l'obscurité tachetée de la nuit urbaine d'entrevoir ce qui se passait dans la chambre.

— On en aura bientôt le cœur net.

Karonski était en chemise ; il avait déposé sa veste sur le dossier de sa chaise. Peut-être qu'il avait trop chaud. Ou qu'il voulait pouvoir accéder rapidement au .357 qu'il portait dans un étui à l'épaule, au cas où Lily virerait brusquement au vert et se mettrait à démembrer des gens.

Cynna faisait les cent pas. Ils auraient pu lui trouver un autre siège, mais elle n'en voulait pas. Le genre de personne incapable de rester en place, pensa Lily. Qui n'aime pas attendre.

Elle pouvait comprendre.

— Je conçois parfaitement pourquoi vous ne pouvez pas me croire sur parole. Mais je m'en rendrais compte, non ? Si j'étais possédée, je serais capable de le dire.

— Possible.

Karonski plongea sa main au fond du sac de chips, fronça les sourcils, et en sortit des miettes.

— Je le saurais, dit Rule.

Il serra la main de Lily.

— Possible, répéta Karonski, avant d'enfourner d'autres chips dans sa bouche.

— J'ai repéré l'odeur du démon sur la porte. S'il était en Lily, je l'aurais sentie sur elle.

— Ah oui ? (Cynna s'interrompit une seconde.) À quoi ressemble cette odeur ?

— Clou de girofle et gaz d'échappement. Quelque chose de ce genre.

Karonski secoua la tête.

— Si votre test olfactif était fiable, le docteur Two-Horses l'aurait dit.

Lily ne pensait pas que Rule parlait seulement de l'odeur, mais ils ne pouvaient pas évoquer le lien d'âme sœur devant Cynna. Celui-ci pouvait-il alerter Rule d'une présence étrangère à l'intérieur d'elle ? Elle n'en savait rien. Et lui non plus, sans doute.

Elle regarda Cynna.

— Pas d'opinion ?

— J'en ai plein, mais pas sur la possession.

Elle arriva devant la porte fermée, fit demi-tour et repartit dans l'autre sens.

— Je ne sais pas grand-chose à ce propos.

— Je croyais que les Griseurs donnaient dans la démonologie.

— Certains. (Elle s'arrêta près de la fenêtre et, le front plissé, scruta l'obscurité, comme si elle la désapprouvait.) Mais la majeure partie de la démonologie consiste à découvrir suffisamment de noms d'un démon, afin de pouvoir l'invoquer puis de l'intercepter s'il se manifeste.

L'exorcisme, c'est une tout autre histoire. C'est à la religion de s'en charger.

La religion. Le sujet revenait souvent sur le tapis ces temps-ci. En particulier avec l'Église des Fidèles, alias les Azá, et son ancien chef, le Très Révérend Patrick Harlowe. Il avait tenté de sacrifier Lily et Rule à sa divinité. Mais il y avait aussi la mystérieuse déesse de Rule, celle qui, selon lui, les avait tous deux gratifiés du lien d'âme sœur. Celle qui, d'après les légendes, avait créé les lupins quelques millénaires plus tôt pour vaincre la déesse des Azá.

Il n'en fallait pas plus à Lily pour que son pouls s'accélère.

— Je croyais que les Griseurs étaient les adeptes d'une religion. Euh… ça ne vous dérange pas que j'emploie ce terme ?

Elle s'était rappelée un peu tard que ce mot était une déformation d'un terme swahili à l'origine.

Cynna haussa les épaules.

— Tout le monde nous appelait comme ça. Je dois admettre que j'ai un peu tâté de la démonologie quand j'étais une jeune idiote. C'est ce qui m'a permis de reconnaître les traces laissées par votre démon.

— Ce n'est pas *mon* démon.

— Peu importe. Le fait est qu'il est parti. (Elle jeta un regard mauvais à Karonski, toujours assis sur sa chaise près de la fenêtre.) Tout ce cinéma n'est pas nécessaire. J'ai relevé deux noms du démon.

Karonski roula en boule son sac de chips et le lança en direction de la poubelle. Il la manqua.

— Vous nous avez dit que c'était insuffisant pour le détecter.

— Oui, mais je le saurais s'il était dans cette pièce avec moi !

— Je vous crois, c'est bon. Mais il y a des procédures pour ce genre de chose.

Lily l'ignorait. Ceci dit, elle n'avait pas encore lu la moitié de la pile de documents qu'on lui avait remise sur les ressources, les réglementations et les procédures de la SCM et du FBI.

— Et pourtant, vous avez repoussé votre vol, dit-elle.

Il posa sur elle des yeux plus doux que d'habitude.

— Si j'étais partie, il n'y aurait pas eu d'agent en charge de la supervision de la procédure. On ne peut pas vraiment vous donner la responsabilité d'une enquête majeure tant qu'il n'est pas établi que vous êtes clean.

D'accord, son explication tenait la route. Lily respira profondément pour se calmer. Elle aurait aimé que Nettie fasse vite et qu'elle en finisse.

— Au moins, dit Rule, on peut essayer de comprendre ce qu'ils ont voulu faire.

Elle hocha la tête. Son mal de tête s'atténuait. Elle avait d'abord pensé que c'était grâce à l'intervention de Nettie, mais c'était stupide. Aussi douée fût-elle, la magie ne pouvait affecter Lily, pas plus que la magie curative ; son état s'améliorait sans doute de lui-même.

— Ils ont envoyé un démon pour qu'il me possède. Ils avaient besoin d'être tranquilles pour le faire, alors quelqu'un a fourni un verrou et le démon l'a installé sur la porte.

Les techniciens de scène de crime avaient confirmé que le verrou avait été posé récemment.

— Plausible, dit Cynna. La femme que vous avez suivie était en fait le démon, qui avait changé de forme pour ressembler à Helen. Il vous a assommée et a fait… ce qu'il a fait.

Lily regarda au dehors. À une cinquantaine de mètres, deux fenêtres semblaient la regarder également, l'une allumée, l'autre éteinte. Comme deux grands yeux mi-clos. Qu'est-ce que le démon avait bien pu faire pendant qu'elle était inconsciente ?

Elle ne se sentait pas différente. Rien ne lui donnait l'impression d'une présence étrangère dans son corps ou son esprit, rien qui lui rappelât la lutte qu'elle avait observée en Karonski lorsqu'il combattait la manipulation mentale que lui infligeaient Helen et sa crosse.

Et pourtant, elle avait eu une sensation bizarre en touchant son épaule. Une sensation qui n'aurait pas dû être possible. Les doigts de Lily tressaillirent dans la main de Rule lorsqu'elle songea au contact étrange et glissant de sa blessure. Orangé.

Elle regarda Karonski.

— Vous savez de quoi un démon a besoin pour posséder quelqu'un ?

Il était en train d'épousseter les miettes sur sa chemise.

— Il y a un tas de théories, la plupart se contredisent. Mais en raison d'un incident il y a sept ans, le règlement de la SCM en matière de démons impose que les personnes impliquées soient croyantes. Peu importe leur religion, tant que les agents en ont une.

Il y a sept ans… Lily mit un peu de temps avant de se rappeler à quoi il faisait allusion, mais l'événement avait fait assez de bruit pour coller.

— Vous parlez de la fusillade à la Nouvelle Orléans ? L'agent du FBI abattu par sa propre équipe… Il était vraiment possédé ?

Quelqu'un avait divulgué l'affaire à la presse, mais très peu de journalistes y avaient cru. Trop extravagant.

— Oh, évidemment. Mais les autorités de l'époque ne voulaient pas alarmer le public en racontant la vérité.

— Et ce type possédé n'était pas… euh, croyant ?

— Catholique, mais il ne pratiquait plus. (Karonski étendit ses jambes et croisa les mains sur son ventre.) Carrément plus. Mon point de vue sur la question, c'est qu'il était plus vulnérable que la plupart parce qu'il avait perdu la foi, mais ce n'est qu'une supposition. (Il haussa les épaules.) Quant au règlement de la SCM, là encore, il n'est fondé que sur une hypothèse.

— Que savez-vous avec certitude ? lui demanda-t-elle, exaspérée.

La porte s'ouvrit brusquement.

— La proximité entre en jeu, dit Nettie sèchement. Le démon doit être physiquement proche de sa victime. La possession ne se produit pas à distance.

— Comment avez-vous fait ? s'exclama Lily. Rule peut m'entendre à deux pièces de distance. Pas vous.

Rule sourit.

— Tu parlais un peu fort.

Mince, elle était aussi un peu plus paniquée qu'elle ne voulait bien l'admettre. Lily prit une lente inspiration pour se calmer. Il y avait quelque chose de changé chez Nettie. Elle portait la même blouse blanche, le même jean. Ses cheveux ne formaient plus un nuage de boucles, elle s'était fait des tresses ; cela dit, Lily l'avait déjà vue avec cette coiffure. Mais alors, qu'est-ce qui...

— Autre chose, dit Karonski. Les démons peuvent s'infiltrer dans des animaux, en particulier des oiseaux. J'ai déjà travaillé sur deux affaires qui impliquaient des volatiles possédés. (Il haussa les épaules.) Pourquoi, aucune idée. C'est peut-être plus facile pour eux avec ces bêtes.

— Si vous avez déjà été confronté à des cas de possession, pourquoi Nettie s'en occupe-t-elle, et pas vous ? (Lily jeta un coup d'œil à la femme.) Ne le prenez pas mal.

Nettie se contenta de sourire.

Karonski secoua la tête.

— Je n'ai pas dit que j'avais exécuté un exorcisme. Je n'en ai jamais fait. Lorsqu'un animal est impliqué, la procédure n'est pas la même. Les démons ne se cachent pas aussi bien dans les animaux que dans les humains, c'est pour cette raison que nous pouvons confirmer la possession très facilement. Ensuite, nous tuons l'animal. Le démon est forcé de sortir, et nous pouvons l'éliminer ou le bannir.

Ah. C'était différent, d'accord.

— Autre chose, dit Rule. Ils ne peuvent pas posséder les chats. Ni les lupins.

— Les chats ?

Lily ne parvenait pas à deviner ses pensées. Ses yeux étaient noirs et brillants à la lumière des néons ; ils ne laissaient voir que leur reflet et cachaient tout le reste. Mais Rule semblait fatigué.

— Tu as parlé à Max, lui dit-elle.

Nettie grommela :

— Je ne prendrais pas les déclarations de Max pour argent comptant à votre place, mais ce qui concerne les lupins est vrai.

— Qui est Max ? demanda Cynna.

— Un ami, lui répondit Rule.

— C'est le propriétaire du *Club Inferno*.

C'était le visage de Nettie, conclut Lily. Ou peut-être seulement ses yeux. Ils semblaient détenir… quelque chose de plus. Ce qui paraissait complètement idiot. Qu'entendait-elle par « quelque chose de plus » ? Plus de quoi ?

Nettie fit un signe de la tête à Cynna.

— Allez vous placer près d'Abel, s'il vous plaît.

Karonski haussa les sourcils.

— Les lupins ne peuvent pas être possédés ?

— Non. La Déesse les a ainsi faits. (Nettie approcha du lit de Lily.) À présent, vous devez tous vous taire.

— C'est une croyance religieuse, alors ? Une de vos légendes ? demanda Karonski.

Rule lui répondit :

— C'est une réalité, même si je ne m'attends pas à ce que tu y croies.

— Vous en parlerez plus tard, leur dit Nettie, sinon sortez. Rule…

— Je reste là.

— Tiens-toi de l'autre côté du lit, alors. Ne la touche pas tant que nous n'avons pas fini.

Elle prit la place de Rule près du lit de Lily.

— Comment vous sentez-vous ?

Sa question n'était pas de la pure courtoisie, elle la posait sincèrement. Et ses yeux, ces immenses yeux sombres… plus sombres encore que ceux de Rule, du brun profond, abyssal, que les gens appellent parfois le noir.

— Ça va. Je ne sais pas à quoi m'attendre. Vous avez déjà fait ça ?

— Oui. Deux fois. La possession est aussi rare que la véritable amnésie, c'est donc une expérience inhabituelle pour moi. La première fois, c'était avec un poulet.

Lily sourit.

— Un poulet possédé. C'est… je ne sais pas. Comme l'histoire de Bunnicula, le lapin vampire qui suce le jus des carottes. Pas très effrayant.

— Le poulet avait tué deux chiens et attaqué un enfant. La seconde fois, c'était un homme adulte. Il – ou devrais-je plutôt dire le démon en lui – a essayé de me tuer.

Cela mit fin aussi sec à son envie de rire.

— Il ne pouvait pas me tuer. Il n'y était pas autorisé. Je vous raconte ça pour vous rassurer. Vous et moi, nous serons protégées.

Par quoi ? Ou peut-être devrait-elle dire : par qui ?

Nettie lui sourit comme si elle avait entendu la question que Lily n'avait pas posée, et l'avait trouvée amusante. Elle s'assit sur le lit, près de la hanche de Lily. Son regard était si sombre. Résolu.

— Ce ne sera pas comme un exorcisme catholique. Mon peuple ne lutte pas spirituellement avec les démons. Nous entrons en contact avec nos dieux par l'intermédiaire de la terre. Les démons ne font pas partie de notre monde, alors nous nous en remettons aux puissances de cette sphère pour expulser l'intrus.

D'accord, ça paraissait logique. Plus ou moins.

— Je ne vénère pas vos dieux.

— Vous appartenez à la terre, vous leur appartenez donc, que vous y croyiez ou pas. Cependant, ils ont besoin de votre permission. Vous devez vous soumettre volontairement au rituel.

Lily réfléchit.

— Je ne suis pas du genre à me soumettre, mais je veux que le rituel ait lieu. L'intention compte ?

— Tout à fait. Vous m'autorisez à continuer ?

— Oui.

— Alors très bien. Restez calme.

Nettie l'était, sans aucun doute. Ses yeux étaient si sereins, et pourtant si vastes. Suffisamment pour détenir les réponses aux questions que Lily s'était toujours posées, et peut-être même d'autres qu'elle avait gardées pour elle.

— Nous ne courons aucun danger. Vous pouvez vous détendre. Vous reposer.

— Je ne suis pas…

Pas nerveuse, s'apprêtait-elle à dire, mais il lui sembla grossier de finir sa phrase. Nettie avait commencé à psalmodier, d'une voix basse et tranquille, une répétition de mots apaisants dont Lily ne connaissait pas le sens.

La psalmodie la fit somnoler. Elle lutta pour ne pas s'endormir. Elle voulait chercher ces réponses, celles qu'elle entrevoyait dans les yeux de Nettie… *le même genre de réponse que les étoiles essaient toujours de nous donner*, songea-t-elle, *lorsque nous levons les yeux haut, très haut vers le ciel pour les voir.* Si haut au-dessus de nous, elles murmurent, de plus en plus fort, au sujet du temps, de leurs cœurs ardents et du froid infini qui s'étire entre…

— Réveille-toi, lui murmura quelqu'un doucement. C'est l'heure de se réveiller, Lily.

Le temps de cligner des yeux, tout avait changé. Nettie n'était plus assise sur le lit, mais debout. Karonski aussi, il enfilait sa veste. Cynna, quant à elle, avait déjà quitté la chambre.

Rule était resté au même endroit. À côté d'elle.

Lily fusilla Nettie du regard.

— Je dormais. Vous m'avez fait dormir !

Nettie sourit.

— Je vous ai mise en somnie, c'est vrai. Lorsque vous étiez inconsciente, j'ai pu découvrir s'il y avait quelqu'un d'autre en vous.

— Vous avez fini ?

— C'est terminé, et vous n'êtes pas possédée.

Rule posa sa main sur le bras de Lily. Elle se tourna vers lui ; il lui souriait.

— Le rituel n'a pas été franchement passionnant. Nettie a psalmodié, tu as somnolé, elle a posé des questions et personne n'a répondu.

Lily était mécontente. Cela n'aurait pas dû se passer comme ça. Après toute cette tension, cette montée de stress, elle n'avait même pas été là pour… eh bien, pour ce qui s'était passé.

Ou plutôt, pour ce qui ne s'était pas passé, et c'était ce qui comptait. Lily se retint de se frotter l'épaule. Elle prit plutôt la main de Rule.

— Bon, très bien. Tout le monde dehors. Je veux rentrer chez moi.

VI

Un million trois cent mille personnes travaillaient, mangeaient, dormaient, tombaient amoureux et se querellaient sur les mille kilomètres carrés que compte San Diego. L'ambiance n'y était jamais calme, l'obscurité jamais totale. Ce soir, le temps couvert avait transformé le ciel en une cloche d'un brun sale qui repoussait la nuit et renfermait les lumières de la ville. Rule ne voyait pas la lune.

Bien entendu, il la sentait tout de même. Lent et profond, le doux chant de la lune résonnait dans son sang et ses os, et s'amplifiait lorsqu'elle était croissante, comme ce soir. Mais sa face changeante lui manquait. Il aurait aimé voir les étoiles et les ténèbres pailletées de la nuit. Enfin, il aurait tant voulu être sur ses quatre pattes. Il avait eu peu d'occasions de courir dans la nature sous son autre forme, ces derniers temps.

S'il ne pouvait courir sur quatre pattes, il trouverait un autre moyen de se délecter de la vitesse. Les rues de la ville n'étaient pas désertes, certes, mais à minuit elles n'étaient pas embouteillées. Rule jugea donc qu'il avait le droit d'ignorer les limitations de vitesse.

Il s'attendait aux réprimandes de sa passagère respectueuse des lois. Pourtant, lorsqu'il arriva sur l'autoroute I-5 et propulsa sa Mercedes à une confortable vitesse de cent quarante-cinq kilomètres à l'heure, Lily demeura immobile et silencieuse, son arme sur ses genoux.

Elle l'avait récupérée dans le coffre dès qu'ils étaient arrivés à la voiture de Rule. Il n'avait pas été surpris. Cette nuit, elle aurait besoin de l'avoir près d'elle. Et elle aurait raison.

Mais elle ne posait pas de questions. Pour elle, en poser lui permettait de donner au monde des contours qu'elle parvenait à appréhender, or, durant ces dernières heures, elle avait été projetée sur des courbes carrément bizarres.

Les femmes étaient des créatures complexes, se rappela-t-il. Les hommes qui croyaient en avoir une se berçaient d'illusions, et sa *nadia* était plus compliquée que la plupart. Le lien d'âme sœur n'était pas livré avec un mode d'emploi. C'était à eux deux de le décoder. Il serait idiot de s'inquiéter de son silence alors qu'il y avait tant de dangers plus concrets.

Après tout, elle était fatiguée. Lui non, et il était encore trop énervé pour ne serait-ce qu'envisager de dormir. Lily, elle, rêvait de se coucher. Un corps blessé avait besoin de repos.

Il songea au moment où il l'avait vue étendue sur le sol, inconsciente ; la colère, chaude et vive, brûla dans son sang. Il voulait hurler… et arracher la gorge du premier venu.

— Tu imprimes la forme de tes doigts dans le volant ?

— Hmm ? Oh. (Il déplia ses mains pour qu'elles se décrispent.) Comment ça va, la tête ?

— Mieux. (Elle la secoua légèrement.) Beaucoup mieux. Cela paraît même bizarre.

— Tu remarqueras peut-être également que ton épaule est moins douloureuse. Nettie t'a laissée quelque temps en somnie après le rituel.

Cette fois, elle tourna brusquement la tête.

— Comment ça ?

— Tu sais ce qu'est la somnie.

— Plus ou moins. C'est une transe de guérison, provoquée par la magie. Elle en a parlé, je sais, mais je croyais qu'elle utilisait simplement un terme que je connais pour décrire un phénomène comparable.

— Non, elle voulait bien dire cela. Tu étais en somnie.

— Impossible ! C'est de la magie. La magie ne m'affecte pas.

Voilà donc ce qui la perturbait.

— En principe, elle n'aurait pas dû être capable de te mettre dans cet état, mais elle a fait appel à des énergies spirituelles, pas à la magie. Ce qui a peut-être stimulé ta guérison, d'ailleurs.

— C'est insensé ! C'est… Je *sens* le Don de Nettie quand je la touche, c'est donc que ses pratiques sont magiques.

— Tu sens quoi ? lui demanda-t-il, curieux.

Elle fit un geste vague.

— Une sensation de terre friable, ou de feuilles de fougère : élémentaire, terreuse, complexe. Le fait est qu'elle utilise la magie. Même si elle y parvient par des prières, cela en est quand même.

— Apparemment pas, puisqu'elle t'a plongée en somnie.

Elle fronça les sourcils en posant son regard sur le ver scintillant des feux arrière qui brillaient devant eux.

— Au début, j'ai pensé… je me suis demandé… si le fait que j'étais une sensitive semait la pagaille. Elle a cru que j'étais clean parce qu'il n'y a pas eu de réaction du démon, mais mon Don pourrait bloquer son rituel. Remarque, cette théorie n'a pas de sens non plus, parce qu'elle m'a bel et bien mise en somnie. Seulement, je ne comprends pas comment elle y est parvenue.

Il lui prit la main.

— Tu t'inquiètes pour rien, Lily. Il n'y a pas l'ombre d'une trace démoniaque en toi.

— Je sais. Je sais, pourtant j'ai une curieuse sensation. Quand je touche mon épaule, je perçois toujours l'empreinte de cette texture orangée. Le démon m'a fait quelque chose, et je ne comprends pas de quelle manière. J'ai besoin de découvrir ce qu'il a fait, et comment.

Que lui répondre ? Il savait qu'elle n'était pas infectée, mais seulement parce que son instinct le lui disait. Elle voulait une preuve rationnelle.

Il tenta tout de même de la rassurer.

— Même si un démon pouvait, d'une manière ou d'une autre, percer tes défenses, ou ce qui fait de toi une sensitive…

— L'un d'eux l'a fait.

— Peut-être. Tu ne sais pas ce que signifie cette sensation orange. Mais même si ta nature de sensitive ne t'avait pas protégée, le lien d'âme sœur l'aurait fait. Tu as été touchée par la Déesse.

Elle se tut quelques instants. Du coin de l'œil, il vit qu'elle fronçait les sourcils, comme s'il lui avait donné un nœud délicat à dénouer.

— Je vois bien que tu le crois, dit-elle enfin. Mais Karonski a dit que seuls les croyants étaient protégés. Ma foi n'est pas la même que la tienne, par conséquent la protection de ta Déesse ne saurait s'étendre jusqu'à moi.

Elle se donnait tant de mal pour ne pas paraître manquer de respect à ses croyances. Son tact l'agaçait.

— La Déesse est réelle, Lily. Aussi réelle que son adversaire… et je sais que tu crois en Son existence.

— Celle que l'on ne peut nommer. D'accord. Elle est réelle. (Lily se mit à triturer la mousseline de soie qui couvrait ses cuisses.) Admettons que ta déesse soit réelle, ce n'est pas pour autant que les croyances que tu as à son égard sont des faits.

— Nous ne prétendons pas tout savoir au sujet de la Déesse, mais elle a parlé de nombreuses fois aux clans au fil des siècles. Nous pouvons estimer que nous connaissons l'essentiel.

— Hmm.

Elle ne l'interrogea pas plus. Elle supposait qu'il parlait de vagues histoires de prophètes et d'une foi où la logique n'avait pas sa place, et ne se donna pas la peine de lui demander ce qu'il voulait dire.

— Pas la peine d'être aussi dédaigneuse à propos de tout ce que tu n'as pas appris en classe.

— Il y a une différence entre les mythes et l'histoire consignée dans les livres.

— Notre histoire orale n'est pas un mythe. Que tu y croies ou non, lorsque les clans sont en danger, la Déesse nous parle ou nous apporte son aide d'autres manières. Elle se sert d'un des Élus, ajouta-t-il durement.

Elle se tourna vers lui pour le dévisager, horrifiée.

— Tu ne penses pas sérieusement ce que tu dis.

Il sourit. Ce n'était pas un sourire sympathique.

À la *gens amplexi* deux semaines plus tôt, lorsque Lily était officiellement devenue une Nokolaï, elle avait reçu un fervent accueil. Tant de membres du clan avaient voulu parler à la nouvelle Élue. La toucher. Cette attention l'avait déconcertée, et il ne lui avait pas donné d'explication. Il était presque certain qu'elle aurait été effarée.

Il avait eu raison.

Elle déglutit.

— Tu veux dire qu'ils croyaient... qu'ils croient... Bonté divine.

— Ils espèrent que la Déesse les aidera à travers toi.

— Tu leur as dit que ça ne marchait pas comme ça, hein ?

C'était plus une exigence qu'une question.

— Que pouvais-je leur dire ? Je ne connais pas le dessein de la Déesse.

— Eh bien, tu ne peux tout de même pas penser que je suis une sorte de porte-parole de ta Déesse, une prophétesse ou... comment on les appelle ? Un avatar.

— La Déesse n'a pas recours à des avatars.

Il pouvait presque l'entendre grincer des dents.

— Appelle cela autrement, alors. Bon Dieu. Je ne sais même pas quels mots employer. C'est évident que je… Hé ! Tu as raté l'embranchement.

— Non.

Pendant plusieurs longs battements de cœur, elle ne répondit pas. Lorsqu'elle reprit la parole, c'était d'un ton ferme.

— Je ne vais pas à ton appartement.

— Ils en savaient assez sur toi pour te trouver au mariage de ta sœur. Ils savent où tu habites, c'est évident.

— Rule…

— Pour l'amour du ciel, Lily, sois raisonnable ! Ta porte est solide et bien verrouillée, mais quelqu'un qui veut entrer peut facilement briser la jolie et grande fenêtre qui donne sur ton salon. Je peux te protéger de presque tout, mais si ce démon…

— Je ne t'ai pas demandé de me protéger. Si tu…

— Ils ont essayé et ne sont pas parvenus à te posséder. Qui peut dire ce qu'ils essayeront ensuite ? Si la déesse des Azá est derrière cette tentative – et on ferait mieux de supposer que c'est le cas –, Elle ne laissera pas passer l'occasion de se venger. Le plus simple pour eux serait de te tuer. Benedict a envoyé deux de ses hommes chez moi pour renforcer la sécurité cette nuit, et c'est là-bas que nous allons.

— Très bien. Super. Mais si tu crois que je vais traîner des gardes du corps un peu partout pendant que je mène mon enquête, tu te fourres le doigt dans l'œil. Je ne peux pas rester chez toi cette nuit. Si tu pouvais juste…

— Mince, Lily, ce n'est pas le moment de nous disputer pour déterminer où nous vivons. Ou, pour commencer, si nous vivons ensemble, ou si nous dormirons ensemble toutes les nuits. As-tu seulement idée de la force de ces démons ? lui demanda-t-il en faisant un écart pour dépasser une camionnette trop lente à son goût. Tu es protégée des attaques magiques, mais ça ne t'aidera pas si le démon décide de t'arracher la tête.

— Tu peux ralentir ? Tu as peut-être des réflexes extraordinaires, mais les conducteurs que tu dépasses doivent faire avec leurs temps de réaction d'humains ordinaires. À trop leur faire peur, tu risques de les faire sortir de la route ou foncer dans une autre voiture.

Il jeta un coup d'œil au compteur de vitesse. Il serra les dents en se forçant à lever le pied de l'accélérateur. Il avait dépassé les cent soixante sans s'en rendre compte.

— Tu dois aussi faire demi-tour. Et écoute. J'ai essayé de te dire…

— Quoi ? Quelle raison bidon pourrais-tu bien avoir pour refuser de te mettre au maximum en sécurité ?

— L'Inspecteur Harry.

Rule ravala ce qu'il était sur le point de dire et profita à la place de l'occasion pour maudire le chat de Lily – cette sale bête idiote, antisociale et pleine de haine envers les loups, qu'ils avaient dû enfermer dehors parce que cette maudite créature était partie vaquer à ses stupides occupations de chat au moment où ils devaient partir pour se rendre au mariage.

Mais Lily avait accepté de s'occuper de cet animal, et on ne pouvait abandonner une créature démunie parce qu'il y avait du danger. Rule comprenait qu'elle devait rentrer, même si au moment présent il n'avait pas une once d'affection pour cet animal. Le voisin qui acceptait de temps en temps de le nourrir était en déplacement. Personne d'autre n'avait les clés, et il était minuit passé.

Il avait épuisé son stock d'injures lorsqu'ils quittèrent l'autoroute inter-État.

— Tu te sens mieux ? lui demanda-t-elle sèchement.

— Non. (Il fit demi-tour vers l'appartement de Lily.) Les chiens, je comprends. Ils ont le sens de la hiérarchie et de la coopération. Ils viennent quand on les appelle. Mais un chat… Un chat prendra ton numéro et verra s'il a le temps plus tard. Et encore. S'il est de bonne humeur. (Non pas qu'il ait déjà vu Harry de bonne humeur.) Tu ne pouvais pas prendre un chien ?

— Parce que tu crois que j'avais le choix ? Maintenant que j'y pense, être réclamé par un chat, ce n'est pas très différent d'un lien d'âme sœur.

— Il n'y a pas le moindre rapport.

Elle se contenta de le regarder.

Il inspira profondément pour reprendre son calme.

— On donnera à manger à Harry et on l'emmènera chez moi.

— Tu ne penses jamais à me demander mon avis.

— Alors ?

Il n'était pas raisonnable. Tout allait bien. Il ne *se sentait pas* raisonnable.

Elle le surprit. Il ne s'attendait pas à ce qu'elle boude – Lily n'était pas du genre à bouder – mais il pensait réellement qu'il aurait droit à une dispute, peut-être même à une crise. Pourtant, elle soupira, défit sa ceinture de sécurité, et se pencha sur la console qui séparait leurs sièges.

Il tendit machinalement son bras derrière elle, pour l'aider à se tenir.

— Mais qu'est-ce que…

— Tais-toi, Rule.

Elle s'appuya contre lui.

Être ainsi penchée sur la console ne pouvait être confortable pour elle. Il en existait des plus hautes que celle-ci, mais si Lily n'avait pas été si petite, elle n'aurait pas pu se mettre là.

Sa tête était au niveau de celle de Rule. En principe, ce n'était possible qu'au lit. Il pouvait sentir ses cheveux – elle était récemment passée à un shampoing à la pomme qu'il aimait – et l'odeur musquée, indescriptible de Lily.

Il desserra son étreinte. Elle avait son avant-bras pressé contre le sien, et son mollet gauche reposait contre sa jambe droite. Elle était chaude. Si chaude.

Et puis tant pis. Il ferait ce qu'elle disait et la fermerait.

Il conduisit d'une seule main sur plusieurs centaines de mètres, en silence et plus lentement. Son bras ne remplaçait pas une ceinture de sécurité.

Peu à peu, ses pensées ralentirent elles aussi. Il perçut comme une mesure de silence, un rythme intérieur. Comme lorsqu'il écoutait le vent ou laissait le lent battement de la terre s'insinuer en lui, c'était un calme apaisant, même quand il le poussait à faire attention à des choses qu'il aurait préféré ignorer.

Elle était si chaude et bienvenue contre lui, et il pouvait la perdre.

À faible distance, un chien aboya. Quelques dizaines de mètres plus loin, quelqu'un klaxonna. Ils dépassèrent des maisons sombres, des commerces fermés, une vieille Chevrolet dont s'échappaient des basses assourdissantes. Il y avait le ronronnement du moteur, le grondement des pneus sur le béton, et le souffle tranquille de Lily.

Pouvait-elle entendre sa respiration à lui ? Il ne savait jamais ce que les humains étaient capables d'entendre. Sous son autre forme, il aurait perçu les battements de son cœur, mais son ouïe n'était pas aussi affinée lorsqu'il était sur ses deux pieds.

Bien entendu, dans sa peau de loup, les bruits, les odeurs et les sensations que lui procurait Lily ne l'auraient pas affecté avec autant de force qu'à présent. Il était conscient de son propre pouls qui résonnait à ses oreilles, de la chaleur et de sa lourdeur à l'aine. Entre désir et panique, son besoin d'être avec elle ne le quittait pas.

Il pouvait la perdre.

Lorsqu'il tourna dans l'impasse au bout de laquelle se trouvait l'immeuble de Lily, elle lui dit doucement :

— J'ai peur pour toi, moi aussi.

Rule la prit par la taille.

— Si tu allais à Clania…

— Je ne peux pas traquer Harlowe si je suis enfermée quelque part.

— Je sais. Je sais, mais cela ne facilite pas la situation.

— Que veux-tu que je te dise ?

Qu'elle était d'accord pour démissionner, rester à Clania, le laisser veiller sur sa sécurité. Qu'elle serait…

quelqu'un d'autre, quelque chose d'autre : la femme de sa vie. La seule, aujourd'hui et pour le restant de ses jours. En plus d'être un flic.

Son instinct lui disait de la protéger. Lily ressentait la même chose à son égard. Leur vie ensemble était bien partie pour être intéressante.

— Rien, dit-il. Tu n'as pas besoin de dire quoi que ce soit. Je ferai avec.

Il essaya de ne pas penser à son frère. Cela ne servirait à rien, pas plus que de repenser à ce que l'Élue de Benedict lui avait fait subir. Lily n'avait pas le moindre point commun avec Claire, Dieu merci. Mais elle était humaine. C'était si facile de lui faire du mal. Il ne pouvait s'empêcher de repenser au terrible tourment de Benedict, à la façon dont la douleur avait arraché à son frère son équilibre mental comme on dépèce un corps et laisse les entrailles à vif, dégoulinantes de sang.

Seigneur, les hurlements de Benedict…

Il n'avait pas compris. Il était très jeune, bien sûr, au moment de la mort de Claire. Mais même adulte, il n'avait pas saisi à quel point la peine de son frère avait été profonde, même s'il avait été témoin des répercussions de cette blessure.

Aujourd'hui, il en avait eu un aperçu. Pendant une infime fraction de seconde, lorsqu'il avait vu le corps de Lily dans cette salle de bain…

— Arrête !

— Arrêter quoi ?

— Tes yeux sont devenus tout bizarres. Comme si tu allais te transformer ou quelque chose comme ça.

Il reprit ses esprits en haletant. Mince, elle disait vrai, il avait dérapé, glissé vers l'animal sans s'en apercevoir. Comme un adolescent affolé qui perd le contrôle de lui-même, simplement parce qu'il ne fait pas attention.

— Pardon. Je suis désolé. J'ai du mal à croire que… Ne t'en fais pas. Je me contrôlerai.

— Contente-toi de ne pas te couvrir de fourrure tant que tu es au volant.

Elle repassa sa jambe par-dessus la console et se glissa sur son siège.

Elle lui manqua aussitôt. C'était tellement absurde.

Ils étaient arrivés devant sa résidence, quoi que le terme soit un peu trop noble pour le petit groupe de bâtiments en stuc disposés en fer à cheval. Construit dans les années trente, il était destiné à être un motel bas de gamme, et la couche de peinture rose infligée à ses murs par un gérant dérangé ne l'avait pas franchement embelli. Au moins, l'extérieur était convenablement éclairé : un bon point accordé, si ce n'était à l'esthétique, en tout cas à la sécurité des lieux.

— Comment fais-tu pour toujours trouver une place ? lui demanda-t-elle tandis qu'il se garait au pied de l'escalier extérieur qui menait à son bâtiment.

— Ce n'est pas difficile à cette heure-ci.

Il sortit de la voiture.

Le seul avantage de la résidence de Lily était son emplacement, à quelques rues de l'océan. L'air était chargé de sa senteur complexe ; Rule en emplit ses poumons.

Comme d'habitude, elle sortit sans même attendre qu'il vienne lui ouvrir la portière, son revolver automatique hors de son étui, dans sa main valide.

— Il ne s'agit pas de ça. Tu fais toujours… Quoi ? fit-elle avec humeur en apercevant un demi-sourire sur le visage de Rule. Qu'est-ce qu'il y a de drôle ?

— J'ignorais qu'une arme pouvait servir d'accessoire de mode.

Elle baissa les yeux vers son revolver et sa robe toute chiffonnée ; elle haussa les épaules et se dirigea vers l'escalier. Puis s'arrêta.

— Très bien, très bien, dit-elle à l'énorme bête grise qui s'enroulait autour de ses chevilles en lui faisant part de son opinion sur l'heure tardive. Ta gamelle est là-haut, Harry. Si tu veux manger, laisse-moi passer.

— Il s'inquiétait pour toi.

— Il s'inquiétait pour son dîner. Hé !

Rule était passé prestement devant elle, presque aussi vite qu'un homme qui court. Il n'avait pas l'intention de la laisser entrer en premier, et elle était du genre à remettre cela en question également, s'il lui en laissait l'occasion.

— Pas question que tu sois en première ligne cette nuit.

La voix de Lily résonna derrière lui dans l'escalier.

— Pense juste à t'écarter s'il y a une créature à abattre.

— J'y penserai.

Il n'y avait aucune trace d'entrée par effraction. Harry, dont l'odorat était plus fin que celui de Rule, ne paraissait nullement alarmé : il remua la queue, impatient d'entrer. Rule introduisit sa clé dans la serrure du haut, puis dans la seconde, et ouvrit la porte d'un coup sec.

Détectant une odeur qu'il n'aurait pas dû sentir dans ces lieux, il s'accroupit en position de combat ; puis il se redressa lorsque son cerveau parvint à en identifier la source.

— Qu'est-ce que tu fais là, bon sang ?

VII

Lorsqu'elle vit Rule se tendre, Lily sentit son pouls s'affoler. Elle monta quatre à quatre les dernières marches, arme au poing. Puis il se détendit et demanda à quelqu'un ce qu'il faisait là.

— Bonne question, dit-elle, reprenant une allure normale.

Bon sang, elle était trop fatiguée pour une autre montée d'adrénaline. Son cœur battait toujours la chamade, mais elle sentait qu'elle n'allait pas tarder à flancher. Tout ce qu'elle espérait, c'était ne pas tomber la tête la première.

— Il y a aussi : qui, comment et pourquoi, mais je suis tentée de passer tout de suite à « Bonne nuit ».

— Je ferai tout ce que je peux pour en arriver vite à « bonne nuit ».

Rule entra dans l'appartement, et Lily eut une réponse à l'une de ses questions.

Il n'y avait qu'un fauteuil dans son petit salon dépouillé. Son visiteur inattendu avait préféré s'asseoir sur le coussin près de la table basse, et jouait avec de l'air entre ses doigts. Il portait une chemise bleu nuit, sans col, à moitié boutonnée. Il était pieds nus, et ses cheveux couleur cannelle étaient devenus trop longs. La tête inclinée, ils cachaient un visage qu'elle savait d'une beauté renversante.

Cullen leva les yeux.

— Salut, beauté. Ta robe est carrément hideuse. C'est ton sang dessus ?

Lily soupira :

— Je suis sûre d'avoir fermé la porte à clé, pourtant tu es ici. Dans mon salon. Alors que je ne t'y ai pas invité.

— Ah, eh bien, j'ai pensé que tu ne voudrais pas me laisser attendre sur le béton froid, et je savais que moi, je n'en avais pas du tout envie. Je suis venu pour… (Il cessa de remuer les doigts.) Bon sang, il doit être minuit passé.

Il la détailla de haut en bas de ses yeux bleus brillants auxquels elle n'était pas totalement habituée. Trois semaines plus tôt, ses orbites étaient des trous couverts de croûtes.

— Apparemment, votre soirée a été mouvementée. Vous avez fait l'amour comme des bêtes ?

Elle grogna et se dirigea vers la cuisine.

— Viens, Harry.

Manquant de perdre l'équilibre, elle retint un cri de surprise lorsque Rule la rattrapa dans ses bras.

— Ne fais pas ça quand je tiens une arme.

— Elle n'a pas tort, remarqua Cullen.

Rule la déposa dans l'énorme fauteuil.

— Tu peux poser ton arme, maintenant. Je vais m'occuper de Harry et me débarrasser de Cullen. Et avant que tu ne t'emportes contre moi, ajouta-t-il en s'accroupissant devant elle, rappelle-toi que je suis habitué à ce qu'on me hurle dessus pour mes manières autoritaires.

Cullen gloussa.

— Il veut parler du Rho. Le vieil homme est en voie de guérison, mais c'est long à son âge. Il s'amuse beaucoup avec nous. Il a passé un nouveau savon à Rule la semaine dernière pour avoir suivi les instructions de Nettie à propos de la réunion du Conseil.

Rule avait prévenu Lily qu'il avait à faire avec le clan le jeudi précédent. Il n'avait pas précisé que le Conseil se réunissait. Il n'était pas obligé de tout lui dire, mais elle était des leurs maintenant, non ? N'était-ce pas normal de la mettre au courant ?

Elle observa ses yeux qui restaient plongés dans les siens, des yeux sombres, pas bleu vif comme ceux de son ami, dans un visage superbe mais imparfait. Son nez était étroit, un peu trop long. Ses lèvres étaient un peu trop fines, quant à ses oreilles... L'oreille gauche de Rule était légèrement plus haute que la droite.

Amusant. Elle ne l'avait jamais remarqué auparavant.

Elle se pencha pour poser délicatement son arme sur le sol à côté du fauteuil, puis se redressa pour retrouver sa position initiale. Les sentiments se déchaînaient en elle telle une troupe d'acrobates : ils bondissaient, roulaient, formaient une pyramide instable. Elle s'aperçut qu'elle souriait.

— Je devrais me lancer dans un discours impressionnant, à faire pâlir d'envie ton père avec ses diatribes. Je ne m'en sens pas le courage.

— C'est toi qui es impressionnante. (Il se pencha pour déposer un léger baiser sur ses lèvres.) Quoi que tu fasses.

— Tout ça, c'est très mignon, déclara Cullen, et en principe je serais ravi d'assister à vos préliminaires, mais je ne suis pas venu pour ça. Ce serait sympa d'arrêter de roucouler quelques instants.

— Je suis trop fatiguée pour le tuer, lança Lily. Je te laisse t'en charger.

— Après avoir donné à manger à Harry, dit Rule en se relevant. Qui n'est pas doué pour garder la maison, apparemment.

Cullen secoua la tête sans lever les yeux de l'espace vide entre ses mains.

— Ne t'en fais pas pour Harry. Je l'ai déjà nourri.

En effet, au lieu de les observer depuis l'entrée de la cuisine, Harry était installé près de la table basse et ne quittait pas Cullen des yeux.

— Que lui as-tu donné ? lui demanda Lily.

Harry était censé être au régime, quoi que le chat soit en désaccord avec son vétérinaire sur la nécessité de cette diète.

— Du jambon. Il y en avait dans ton frigo, il a semblé l'apprécier. D'ailleurs il en a mangé pas mal, avant de retourner dehors. Et moi, je me suis fait un sandwich.

Il fit une pause et regarda le chat d'un air mécontent.

— Arrête.

Rule secoua la tête, se pencha et prit à nouveau Lily dans ses bras afin de s'installer dans le fauteuil à côté d'elle. C'était un fauteuil une place et demie, ils pouvaient donc y tenir tous les deux, tant qu'elle plaçait ses jambes en travers, sur les siennes.

Ce fut dans cette position qu'il la déposa, en tout cas.

— Nous devons parler de cette nouvelle habitude que tu as prise de me déplacer quand ça t'arrange.

— Je te promets de te laisser me faire tout ce que tu veux plus tard.

Lily eut aussitôt la vision du corps de Rule, grand et sublime, dans une autre position, et soudain le sien, bien qu'endolori, devint accueillant.

Bien entendu, il le savait. S'il n'y avait aucun autre signe, son odeur le lui disait. Il retroussa les lèvres, mais ses yeux demeurèrent sombres et sérieux lorsqu'il glissa une mèche de cheveux de Lily derrière son oreille.

— Quand tu te seras reposée, *nadia*, lui dit-il doucement.

Elle haussa les sourcils.

— On verra. (Elle regarda Cullen et soupira.) Viens-en au fait. Tu disais que tu étais venu pour une raison précise.

— Un moment. Satanée bête envahissante, marmonna Cullen en remuant son petit doigt comme s'il tirait sur quelque chose. J'avais un chat comme familier, ajouta-t-il, comme si c'était une explication. Ils ne peuvent pas s'empêcher d'y aller de leur commentaire… et voilà.

— Cullen, fit Lily, exaspérée, qu'est-ce que tu fais ?

Il leva les yeux. Un léger sourire transforma cet insupportable cinglé en dieu vivant.

— Je me suis frotté à un peu de *sorcerí* errantes pendant que je vous attendais. Il y en a un paquet qui s'entassent par ici, vous savez, vu qu'il n'y a pas de noyau dans le coin. Peut-être l'océan… mais ce n'est sans doute pas le moment de se lancer dans un débat théorique. Vous voulez voir ?

Sans attendre leur réponse, il inclina ses mains vers l'extérieur, murmura quelque chose et, tout à coup, y apparut ce qui ressemblait tout à fait à une balle de tennis constituée de vers brillants qui se tortillaient.

La seconde d'après, la balle tremblota et redevint invisible. Lily était impressionnée malgré elle.

— Ce sont des lignes de *sorcerí* ? Je ne savais pas que tu pouvais faire apparaître ces trucs pour nous, vu que nous ne sommes pas des ensorceleurs.

— Un nouveau tour. (Il eut l'air content de lui.) Je n'ai pas encore compris comment le stabiliser, du coup son utilité est limitée. Mais c'est un joli spectacle, non ?

Rule semblait loin d'être aussi content :

— Je croyais que c'était dangereux d'être en contact direct avec elles, sans passer par un sort.

— Celles-ci sont très faibles. Et moi, je suis très doué. *Ciao*, dit-il.

Il frappa des mains, apparemment pour supprimer les énergies qu'il avait réunies. Le chat tourna la tête comme s'il regardait quelque chose d'invisible dériver dans un coin, près de l'armoire.

— Les chats les voient aussi ? lui demanda Lily.

Cullen haussa les épaules.

— Certains. C'est pour ça que tant de sorcières en adoptent comme familiers.

Elle réfléchit à ce qu'il venait de dire.

— À l'instant, ce que tu as fait… consistait à modifier quelque chose des *sorcerí*, c'est ça ? C'est sur elles que tu es intervenu, pas sur nous.

Cullen haussa les sourcils.

— En général, tu ne poses pas de questions stupides. Hormis le fait que Rule serait furax si je pratiquais de la magie sur lui sans son consentement, modifier directement les gens, c'est sacrément complexe. J'avoue que ça dépasse mes capacités. Ainsi que pour toute personne de cette sphère, bien sûr, à moins que nous divertissions un seigneur des fées sans le savoir. De plus, tu es immunisée, ce qui me ramène à ma remarque initiale sur la stupidité de ta question. Qu'est-ce que tu as ?

— Lily a été attaquée par un démon, lui dit Rule d'un ton impassible. Il a pu laisser derrière lui une sorte de résidu.

Cullen s'immobilisa totalement. Seuls ses yeux se déportèrent sur elle.

— Je ne suis pas possédée, dit-elle, agacée. Nettie m'a examinée. Mais il a laissé quelque chose sur moi. Il n'aurait pas dû en être capable, pourtant il l'a fait.

— Tu te sens bien ?

— Mis à part le fait que je suis importunée dans mon propre appartement alors que ma seule envie est d'aller me coucher, oui.

Un sourire apparut sur le visage de Cullen.

— C'est merveilleux. Absolument merveilleux.

Lily laissa retomber sa tête sur l'épaule de Rule.

— Je dois faire quoi pour qu'il s'en aille ?

— Pardon, fit Cullen en se levant dans un mouvement fluide, l'air tout sauf désolé, et en se mettant à marcher.

Cullen était danseur. Un danseur exotique, en fait, également connu comme strip-teaseur, et même s'il pouvait être horripilant, c'était un plaisir de le voir bouger. Lily n'avait jamais vu de personne aussi gracieuse naturellement.

— Tu me connais, je suis qu'un sale égoïste. C'est juste que maintenant, tu ne pourras pas m'envoyer balader.

— Comment cela ?

Rule ne laissa pas le temps à Cullen de répondre.

— Il veut participer à la traque officielle de Harlowe.

Elle leva la tête et ses yeux rencontrèrent ceux de Rule. Elle avait pensé que Cullen faisait peut-être des recherches de son côté. Elle s'était demandé si Rule le savait… mais ne lui avait pas posé la question. Apparemment, il était au courant mais ne lui avait rien dit.

Leur relation leur posait de sérieux problèmes de loyauté à l'un comme à l'autre. Elle tourna les yeux vers Cullen.

— Pourquoi ?

— La crosse, évidemment. Je dois la trouver et la détruire.

Une pointe de pitié la tint silencieuse. Cullen avait terriblement souffert après avoir été fait prisonnier par cette cinglée d'Helen. Comme il avait une sorte de bouclier mental d'ensorceleur, elle n'avait pas pu utiliser la crosse pour s'emparer de son esprit, ce qui l'avait passablement contrariée.

Il avait eu les yeux arrachés. Il avait été enfermé dans une cage de verre, et n'en sortait qu'à de rares occasions, entravé par des chaînes, pour être interrogé. Il avait été battu et régulièrement menacé de mort.

Lily ne reprochait pas sa haine à Cullen, mais à cause d'elle il n'était pas fiable. Même si sa magie n'avait pas été illégale, Lily n'aurait pas pu le prendre dans l'équipe.

— Impossible. Je suis désolée.

— Je ne parle pas de participer officiellement. Prends-moi comme consultant, comme Rule. Tu as besoin de moi. (Il s'approcha.) Je peux t'aider à détecter la crosse.

— J'ai déjà un détecteur dans l'équipe.

Il haussa les sourcils.

— À supposer qu'elle soit douée…

— Attends une minute. Pourquoi as-tu dit « elle » ?

— C'est ce qui me paraît le plus probable. Presque tous les détecteurs sont des femmes.

Alors qu'elle intégrait sa réponse, il continua, cherchant à la convaincre :

— Les détecteurs ont besoin d'un élément concret sur lequel se fonder, or tu ne possèdes pas de morceau de cette abominable crosse, n'est-ce pas ? Par conséquent, ta détectrice va devoir mettre la main sur Harlowe, et il est protégé.

— Que veux-tu dire ? lui demanda-t-elle brusquement.

— Je l'ai cherché dans les flammes divinatoires. Quelque chose lui sert de bouclier, très probablement la crosse elle-même.

S'il avait raison, Cynna ne ferait pas avancer son enquête comme Lily l'avait espéré.

— Si un détecteur ne peut pas le localiser, comment le pourrais-tu ?

Le sourire de Cullen lui rappela Harry. Un air satisfait.

— Il n'est pas protégé constamment, et contrairement à la détection, les flammes divinatoires ne sont pas liées au moment présent.

— Je ne te suis plus.

— Dans ce type de vision, les images proviennent des esprits élémentaires. L'eau est le passé, la terre est le présent et l'air, le futur ; quant au feu, il les brouille. J'ai mes visions dans le feu, c'est-à-dire l'esprit élémentaire du feu, ce qui signifie que je peux obtenir des images du passé, du présent ou du futur. (Il fit une pause.) Il y a deux jours, j'ai vu Harlowe dans les flammes. *Sans* la crosse.

— Il y a deux jours.

La colère la ragaillardit. Elle posa prestement ses pieds au sol et se redressa.

— Il t'a fallu tout ce temps pour nous le dire.

— Tu es furax, observa-t-il. Mais pourquoi est-ce que je devrais te tenir au courant, si tu n'es pas obligée de tout me dire ? Et inutile de me mettre ton badge sous le nez. Tu ne peux pas me contraindre à divulguer des informations que la loi ne reconnaît pas comme valides.

— Je le peux, dit Rule d'une voix égale. Et je le ferai, si je dois en passer par là. Lily a été agressée cette nuit.

Pendant un long moment, les deux hommes se toisèrent en silence. Une sorte de message complexe sembla passer entre eux. Finalement, Cullen sourit.

— Heureusement, tu n'en auras pas besoin. Comme je l'ai dit, c'est pour cela que je suis venu. Il m'a fallu deux jours parce que j'avais besoin de faire quelques recherches pour être certain de mes conclusions. Il s'avère que mon impression initiale était la bonne. J'ai vu Harlowe en enfer.

Lily cligna des yeux.

— Je croyais... quand tu as parlé des flammes, j'ai pensé que tu faisais référence aux flammes divinatoires. S'il est en enfer, il est hors de notre portée.

— Oublie ces clichés théologiques. (Cullen se dirigea vers la porte, où l'attendait Harry en remuant la queue.) Je parlais bien de mes flammes divinatoires, pas des flammes de l'apocalypse. L'enfer n'est pas une destination touristique pour les anciens pécheurs. En tout cas, pas celui-ci. (Il arriva à la porte.) L'autre, je n'en sais rien.

Celui-ci ? L'autre ? Combien y avait-il d'enfers ? Lily se frotta les tempes.

— Harry n'est pas censé sortir si tard.

— Ah non ? fit Cullen en regardant le chat d'un air perplexe. Désolé. Sa porte, ses règles, dit-il en revenant s'asseoir sur la table basse près de son ordinateur portable. En tout cas, l'enfer - ou Dis, si vous préférez, c'est comme ça que les autochtones l'appellent, selon quelques-unes de mes sources. Je me demande s'ils ont emprunté ce nom à Dante ou s'ils le lui ont inspiré ? - bref, Dis est la sphère des démons.

— Tu dis que Harlowe s'y trouve ?

— Qu'il s'y trouve, s'y trouvait ou s'y trouvera, à une semaine près environ. Cela correspond parfaitement à l'attaque du démon, n'est-ce pas ?

— Ça ne pourrait pas mieux coller, fit Lily en grimaçant. Comment as-tu pu savoir où il était ?

— Les démons, chérie. J'ai vu deux démons avec lui.

— On pensait que la Diablesse s'y trouvait peut-être, dit Rule. C'est la sphère la plus proche de la nôtre, et nous savons qu'Elle a essayé d'ouvrir un portail de l'enfer. Peut-être qu'Elle a fait venir Harlowe à Elle quand cette tentative a échoué.

Le sourire de Cullen étincela.

— Grâce à nos formidables héros. Ceci dit, je n'ai pas eu l'impression que Harlowe était Son fervent disciple. Plutôt un opportuniste. Je serais étonné qu'Elle se donne beaucoup de mal pour lui. Peut-être qu'il tenait la crosse, au moment où elle est retournée à Elle, lorsque tu… (Il fit un signe de tête vers Lily.) …as tué Helen. Il a fait le trajet avec elle.

Lorsque tu as tué Helen… Ses mains qui tenaient cette tête blonde, qui la frappaient contre le sol en pierre de la grotte… La culpabilité et la superstition s'insinuaient dans les entrailles de Lily et laissaient derrière elles une trace visqueuse. Elle secoua la tête. Mince, elle n'allait tout de même pas s'en vouloir d'avoir fait son devoir.

— Alors tu crois que Harlowe aurait pu atterrir en enfer par accident.

— Possible. (Il fit un geste dédaigneux.) Ce qui ne nous apprend pas grand-chose et nous éloigne du sujet.

— Bien entendu, tu es le genre de gars qui ne peut avoir qu'une idée en tête.

— Je ne dirai pas le contraire.

Il se pencha en avant. Une pierre brillante suspendue à un cordon en cuir autour de son cou glissa hors de sa chemise.

— C'est un diamant ? lui demanda Lily, surprise.

Cullen ne roulait pas franchement sur l'or. Rule disait qu'il avait presque tout dépensé pour se procurer des fragments de vieux grimoires.

— C'est du toc. Joli, non ?

Cullen remit la pierre sous sa chemise, puis se leva et s'étira, d'une manière qui évoquait davantage un chat que le loup qu'il était à temps partiel.

— Je ne te demande pas de me répondre tout de suite. Il est tard, tu es fatiguée, un peu amochée – sans doute pas disposée à me dire oui. Mais je te laisse méditer là-dessus : comment détruiras-tu la crosse sans moi ?

— Ah. Voilà où tu voulais en venir, fit Rule, avant de réciter doucement : *Suus scipio scindidi – Id uri, uri, uri ! In niger ignis incendi – Aduri vulnus ex mundus.*

— Exactement. Ça me fait plaisir de constater que tu connais l'*Indomitus*... c'est devenu rare à notre époque dégénérée.

— Tu me le répétais souvent quand tu étais ivre.

— J'ai toujours eu une bonne mémoire, dit Cullen avec suffisance.

— De quoi diable parlez-vous tous les deux ? Soyez brefs, je vous en prie. (Lily réprima un bâillement. Elle se demandait quand elle pourrait enfin aller se coucher.) On aurait dit de la poésie.

— Bingo, fit Cullen. L'*Indomitus* est un poème épique, rédigé en latin très ancien, écrit bien avant que les clans aient fini de mutiler cette langue pour en faire le latin qu'on connaît aujourd'hui. Même si on ne l'utilise plus beaucoup à notre époque, ajouta-t-il d'un ton clairement désapprobateur. L'anglais devient notre langue commune, exactement comme pour les humains.

D'un ton pince-sans-rire, Rule lui dit :

— Je crois que Lily préférerait une traduction qu'un débat linguistique. Les événements relatés dans le poème appartiennent à la Grande-Guerre, lui dit-il. La partie que j'ai citée fait allusion à la crosse de Gelsuid, qui était un avatar de Celle que nous ne nommons pas.

— Mon petit doigt me dit que tu ne parles pas de la Première Guerre mondiale. Garde tes explications, ajouta-t-elle à la hâte. On abordera les légendes claniques une autre fois. Dis-moi seulement pourquoi tu penses que les vers d'une vieille poésie auraient un rapport avec la crosse que nous recherchons aujourd'hui.

Cullen haussa les épaules :

— C'est la même crosse, évidemment.

— Allons. Tu n'as aucune raison de penser…

— Quand nous étions entre les tendres mains d'Helen, tu l'as vue tenir un long morceau de bois noir. Ce n'est pas ce que j'ai vu.

Il n'avait pas d'yeux à ce moment-là, mais Lily savait qu'il avait tout de même « vu » les *sorcerí*. Apparemment, la crosse était aussi apparue sur son écran radar d'ensorceleur.

— O.K. Qu'as-tu vu ?

— Une plaie, une entaille, une déchirure dans le tissu du monde. La crosse en bois que tu as vue est peut-être de confection récente, mais sa réalité sous-jacente est en fait très, très ancienne. C'est pour cela que tu as besoin de moi : pour reboucher ce trou. « Cautériser la plaie », comme dit le poème. (L'idée lui donna le sourire.) Je suis doué avec le feu.

— C'est vrai, reconnut Rule. Mais l'*Indomitus* recommande de brûler la crosse avec du « feu noir ». Je ne t'ai jamais vu en utiliser. Je ne sais pas exactement ce que c'est.

— Le feu du mage. C'est un peu dangereux. Je n'avais aucune raison de m'y frotter avant, mais j'apprends.

Étant donné que Cullen trouvait amusant de jouer avec des *sorcerí* errant dans son salon, elle n'avait pas envie de savoir ce qu'il considérait comme « un peu dangereux ».

— J'espère que tu apprends très loin des zones habitées.

Il la regarda d'un air réprobateur.

— Évidemment. On ne gagne rien à affoler les voisins avec un incendie occasionnel.

Elle ouvrit la bouche pour mentionner quelques autres dangers associés au feu, mais bâilla à la place.

— Pardon. Savoir qu'une menace pèse sur le tissu du monde devrait pourtant me tenir éveillée.

— Pour dire les choses autrement, conclut Rule, bonne nuit, Cullen.

Le lupin gloussa.

— Je pige vite. Pas toujours, mais ça m'arrive. (Il s'approcha et lui déposa un baiser sur la joue.) Va te coucher, ma belle. Tu me harcèleras de questions quand je reviendrai te tourmenter pour obtenir ce que je veux.

— Laisse ton téléphone allumé, pour une fois, et je le ferai.

— Pour toi, je le laisserai.

Il se prépara à partir.

— Cullen…

— Oui ? fit-il en haussant les sourcils. Tu as changé d'avis ? Tu acceptes de céder à tous mes désirs ?

— Que sais-tu sur la possession ?

— Pas grand-chose. Les grands chefs religieux sont carrément muets à ce sujet, depuis toujours. Ils défendent jalousement leur pré carré, j'imagine. Ceci dit, je n'aurai pas le temps de te faire part de mes connaissances, aussi incomplètes soient-elles, avant que Rule ne m'attrape par la peau du cou pour me jeter dehors. Tu ne peux pas préciser ?

Lily retourna maintes fois la question dans sa tête, mais finit par la poser :

— Pourquoi la foi serait-elle une protection ?

— Que le diable m'emporte si je le sais. (Il sourit.) Je plaisante. Je ne sais pas si la foi est réellement une protection.

— Nettie le croit. Le FBI aussi.

Il sembla étonné.

— Vraiment ? Intéressant… Peut-être que *L'Exorciste* n'était pas totalement une fiction. (Toujours souriant, il se tourna vers Rule.) Tu te rappelles quand le film est sorti ? Les gens y croyaient vraiment. Des imbéciles ont surgi de nulle part, se prétendant experts. Seigneur, je me souviens de ce débile dans le talk-show de Phil Donahue, qui affirmait avoir accompli des exorcismes par dizaines. Par dizaines, répéta-t-il en riant.

Lily grommela :

— T'es pas crédible, Cullen. *L'Exorciste* est sorti avant ma naissance. Toi et Rule, vous deviez en avoir fini avec les couches, mais vous étiez encore des bambins.

Cullen lança à Rule un regard énigmatique.

— Ah, tu m'as démasqué. C'est vrai que j'adore me donner de grands airs, mais c'était un peu évident, non ?

Pourtant, il ne cherchait pas jusque-là à se vanter. Il bavardait à bâtons rompus, tranquillement, d'un sujet dont Rule, l'espérait-il, devrait se rappeler… C'était absurde. Lily se trouvait ridicule, mais elle posa tout de même la question :

— Quel âge as-tu au juste ?

— Je t'ai convaincu que j'étais un centenaire bien conservé, hein ? (Le sourire de Cullen était aguicheur.) Ou peut-être seulement sexagénaire ou septuagénaire. Je devrais être dans le livre des records. Je ne crois pas qu'il existe d'autres strip-teaseurs de mon âge encore en activité.

Rule l'interrompit sur un ton impassible :

— Arrête.

Lily sentit son estomac faire le grand huit, comme si elle avait plongé si brusquement que la gravité n'avait pas pu suivre.

Cullen soupira.

— Je n'ai pas fait exprès de gaffer.

— Je sais. J'attendais de trouver le bon moment pour le lui dire… et ce n'est sûrement pas maintenant, mais je ne veux pas lui mentir à ce sujet. Ni te demander de mentir.

Lily retrouva sa voix.

— Mentir à propos de quoi ?

Il lui caressa les cheveux.

— Je suis désolé, *nadia*. J'aurais dû t'en parler.

Lui parler de quoi ? Ce qu'il disait n'avait aucun sens. C'était grotesque. Elle se leva brusquement.

— Tu n'as pas cent ans.

Un sourire s'esquissa sur les lèvres de Rule, ses lèvres jeunes, fermes.

— Non. Je ne suis pas si vieux. Mais je suis plus âgé que j'en ai l'air. Plus que ce que je t'ai permis de croire.

Son cœur battait à tout rompre.

— Quel âge ?

— Cinquante-quatre ans. Cullen est un peu plus âgé.

— Cinquante-neuf en juin prochain. (Le lupin prit un air franchement contrit.) J'espère que tu as remarqué que je ne t'ai pas menti. Pas tout à fait.

Elle contempla le grand et beau jeune homme qui se prétendait plus âgé que sa mère, et secoua la tête.

— Non, ce n'est pas possible.

Ils ne répondirent ni l'un ni l'autre. Cullen semblait désolé. Rule arborait son air impénétrable, celui qu'elle n'arrivait pas à percer.

Ils étaient sincères. Elle se mit à faire les cent pas.

— Comment ça se fait que je n'en aie jamais entendu parler ? Comment avez-vous pu duper tout le monde depuis toujours ?

Comment avait-il pu la duper *elle* ?

Rule se leva. Il se déplaçait avec tant d'agilité. Il ne pouvait pas avoir cinquante-quatre ans !

— Nous avons dû faire des pieds et des mains pour garder le secret. Il y a encore trois ans, il était légal de tirer à vue sur nous dans cinq États américains. Quel aurait été notre sort si des humains avaient su que l'on vit deux fois plus longtemps qu'eux ?

Deux fois plus longtemps ?

Le cœur de Lily battait trop fort, trop vite. Elle avait la tête comme remplie de coton. Elle savait déjà que Rule était plus vieux qu'il en avait l'air, et il paraissait avoir à peu près son âge à elle. Vingt-huit ans. Son assurance faisait penser à un homme qui a dépassé le mélange de doute et d'arrogance de la jeunesse. *Dans les trente-cinq ans,* pensait-elle. C'était l'âge qu'elle lui avait donné la première fois qu'elle l'avait vu.

— D'après ton permis de conduire, tu as trente-cinq ans.

— Bon, fit Cullen en se levant pour se diriger vers la porte. Qu'on ne dise jamais que je ne suis pas un gars sensible, car je sens que je ferais mieux d'aller voir ailleurs si j'y suis.

Il saisit la poignée.

— Attends, lui dit Rule. Pourrais-tu mettre en place des sortes de protections ici ? Sinon on devra mettre Harry dans sa caisse de transport et aller à mon appartement.

— Bien sûr, je peux. Pas de vrais boucliers, ça prendrait trop longtemps, mais un petit sort d'invisibilité pourrait faire l'affaire. Un petit sort bien comme il faut. Ça ne nécessite pas beaucoup de pouvoir. Il embrouille l'esprit de manière à ce que les gens ne puissent pas repérer l'endroit concerné. Je ne sais pas s'il fonctionne sur les démons, ceci dit.

— Je préférerais tenir les démons à distance.

— J'ignore s'il existe un sort pour ça, lui répondit Cullen avec franchise. Certains croient au pouvoir des symboles sacrés, mais je suis sceptique. Dans le temps… mais on ne peut pas utiliser ce qui appartient au passé, n'est-ce pas ? En tout cas, vous avez déjà un système d'alarme : les chats haïssent les démons. Harry se mettra à miauler à l'approche de l'un d'eux.

Lily chercha son chat du regard, mais Harry était apparemment fatigué de surveiller le salon. Il n'était visible nulle part.

— C'est à toi de décider, lui dit Rule tranquillement.

Elle serrait les poings. Elle ne le remarqua qu'au moment où les fourmillements dans ses paumes devinrent trop douloureux. Elle s'efforça d'ouvrir les mains.

— Ici. Ils m'ont trouvée au mariage de ma sœur. Ils savent sûrement où tu habites.

— Cullen ? fit Rule.

— Mon sort fera l'affaire. Vous avez du romarin ?

— Du romarin en poudre, ça ira ?

Ils n'avaient pas besoin d'elle. Lily ramassa son arme.

— Je vais prendre une douche.

Cullen haussa les sourcils.

— Avec ton arme ?

— Tes sorts ne fonctionnent peut-être pas sur les démons, mais je parie que mes balles, oui.

VIII

DANS LA SALLE de bain, Lily ouvrit le robinet, retira sa robe de demoiselle d'honneur, la roula en boule et la fourra dans la poubelle. Malgré ce qu'elle avait dit à Cullen, elle avait laissé son revolver sur sa table de nuit. Sa salle de bain était bien trop petite pour un combat armé.

Culotte et soutien-gorge finirent sur le sol tandis que la pièce se remplissait de vapeur. Elle retira la compresse de gaze qui recouvrait sa blessure.

Le plus gros de la lésion ne se voyait pas. Les médecins pensaient qu'elle avait été touchée par ricochet : il n'y avait aucune brûlure autour de l'impact, et la balle s'était logée dans la chair au lieu de ressortir de l'autre côté. Mais en pénétrant dans son épaule, elle avait déchiré le muscle et ébréché l'os.

Tout ce qu'elle pouvait voir était un petit cercle plissé, toujours d'un rouge vif. Une croûte en forme de croissant sur un bord marquait l'endroit où la blessure s'était rouverte quand elle était tombée. D'après les médecins, la cicatrice disparaîtrait avec le temps. Elle l'espérait. Depuis l'âge de dix ans, elle savait qu'elle pouvait être amochée, de manière permanente et irréversible, et que les cicatrices ne devaient pas l'arrêter. Mais elle était suffisamment vaniteuse pour ne pas aimer l'apparence de celle-ci.

Rule pensait que la somnie avait pu accélérer la guérison de son épaule et de sa commotion cérébrale. Avec précaution, Lily toucha le petit cercle de peau plissée.

Orange.

Il existait des drogues qui modifiaient les interconnexions neuronales de façon à ce qu'une couleur provoque un goût, un son ou une odeur. On appelait cela la synesthésie. Le LSD, le peyotl, la mescaline… et même la marijuana étaient connus pour brouiller les sens. Mais Lily ne prenait pas de drogue, et ses sens ne mélangeaient rien habituellement. Elle en avait simplement un sixième qui lui permettait de sentir le contact de la magie.

C'était peut-être normal. Son Don était rare. Elle n'avait jamais rencontré d'autre sensitif tactile, et bien peu d'informations circulaient sur eux dans le folklore. Elle ne pouvait pas s'appuyer sur grand-chose d'autre que ses propres expériences, et elle n'avait jamais rencontré de démon jusque-là. Et si la magie provenant d'autres sphères lui procurait des sensations différentes ?

Mais pourquoi était-elle restée sur elle ?

Préoccupée, elle ajusta la température de l'eau, entra dans la baignoire et déploya le rideau de douche.

Seigneur, c'était si bon. Pendant un moment, le pur plaisir animal procuré par l'eau chaude lui vida l'esprit. Elle voulait dormir ici même, debout, sous le jet d'eau qui coulait sur elle… et ne pas avoir à se retrouver nez à nez avec Rule.

C'était complètement nul. Énervée contre elle-même, Lily fit gicler le shampoing dans sa main. Elle aurait pu utiliser sa main gauche, mais elle ne pouvait pas lever le bras au-dessus de sa tête. C'était difficile de se laver d'une seule main, mais il était absolument hors de question qu'elle se couche avec du sang séché dans les cheveux.

Depuis qu'elle avait été blessée, c'est Rule qui les lui avait lavés.

Elle ressentit une pointe de culpabilité. Donc, il était plus vieux qu'elle l'avait cru. Des tas de femmes sortaient avec des hommes plus âgés. Pourquoi en faire tout un plat ?

Elle ferma les yeux et laissa l'eau couler sur son corps. Il avait cinquante-quatre ans, elle vingt-huit, ils avaient donc vingt-six ans de différence. Vingt-six ans, c'était toute une vie pour elle. Pas pour lui. Le problème était là.

Elle sortit de la baignoire, se sécha, et demanda à la voix intérieure de sa mère, qui jacassait sur l'importance de prendre soin de sa peau, de la fermer. Puis elle attrapa tout de même la lotion.

Se disputait-il encore avec la voix de sa mère ? Ou était-ce celle de son père, vu qu'il était un homme… Mais à cinquante-quatre ans, il avait sûrement trouvé sa propre voix.

Lily enfila un tee-shirt et une culotte, peigna ses cheveux et envisagea sérieusement d'aller se coucher sans les sécher. Mais l'idée d'avoir un oreiller trempé l'en dissuada. Elle sortit le sèche-cheveux et le brancha.

Les sèche-cheveux existaient-ils quand Rule était enfant ? Il avait dû naître vers 1950. Ces appareils avaient fait leur apparition bien plus tard, non ?

Il faisait la trentaine. C'était blessant de découvrir qu'il n'avait pas cet âge-là. Qu'il l'avait laissée dans le mensonge. Elle avait pensé qu'ils avaient à peu près les mêmes références, et ce n'était pas le cas. Enfant, elle écoutait du disco. Qu'écoutait-il ? Les Beatles ? Elvis ? Elle avait grandi en regardant *Cagney et Lacey*, *Cheers*, *Happy Days*. Rule avait grandi dans *Happy Days.*

Elle éteignit le sèche-cheveux, roula le cordon autour de l'appareil et le rangea dans un tiroir. Elle s'apprêtait à prendre une nouvelle compresse et du sparadrap, mais se ravisa et décida qu'elle n'avait pas besoin de pansement. La magie mystique de Nettie semblait avoir fonctionné sur elle – c'était déconcertant, mais elle se pencherait sur la question plus tard.

Enfin, elle prit une profonde inspiration et ouvrit la porte.

Rule était couché à droite du lit – elle dormait toujours à gauche –, le dos calé par deux oreillers, le drap remonté sur ses jambes et ses hanches. Dessous, il était nu. D'après lui, le pyjama était une des inventions les plus bêtes qui avaient jamais vu le jour.

Il la regardait attentivement. Ses yeux lui firent penser à une étendue d'eau la nuit, pleine de mystères et d'allusions, qui laissait entrevoir si peu.

Elle en avait assez des mystères.

— Pourquoi ne m'as-tu rien dit ?

— Avant que tu n'entres dans le clan, je ne pouvais pas. Après… j'ai eu peur, je suppose. C'est dur, mais c'est la vérité.

— Tu craignais que je sois bouleversée ?

— Ce n'est pas le cas ?

« Bouleversée » n'était pas le bon mot. Confuse, troublée, douloureusement consciente de toutes les différences qui existaient entre eux…

— Ce n'est pas comme si tu n'avais pas également tes secrets. Je les ai respectés.

— De quoi parles-tu ?

— Grand-mère.

Elle cligna des yeux.

— Sauf que tu es au courant. Je ne te l'ai pas dit, mais tu l'as vue en pleine action. Benedict l'a même vue se transformer.

Rule eut un rictus.

— Je sais aussi que les métamorphes n'existent pas. Pourtant, c'est ce qu'elle est. Je ne t'ai pas harcelée pour avoir une explication.

— Vraiment trop sympa ! Je n'en ai pas.

— Je ne te demandais pas de m'expliquer.

Elle serra les dents.

— Tu n'écoutes pas. Je n'ai pas dit que je refusais de t'expliquer. Je ne peux pas le faire, parce que je ne sais pas.

S'il existe quelqu'un de plus cachottier que ton père, c'est bien ma grand-mère.

Pendant un moment, il ne dit rien, puis grimaça et se frotta le torse.

— En effet, cela rend mon silence plus dur à justifier.

— Tu as le même âge que ma mère. Mon père n'a que deux ans de plus que toi. (Une autre idée la frappa.) Tu vieillis quand même, n'est-ce pas ?

Il haussa les sourcils.

— Tu as rencontré mon père, entre autres. Oui, nous vieillissons. Mais plus lentement, c'est tout. Peut-être que nous guérissons en partie des dommages causés par le temps.

Les lupins guérissaient de tout, du rhume aux MST, en passant par les blessures par balle. Pourquoi ne pourraient-ils pas se remettre de la plupart des dommages dus au vieillissement ?

— Des copies, marmonna-t-elle.

— Pardon ?

— J'ai lu un article à ce sujet. Lorsque nous atteignons l'âge de sept ans à peu près, toutes les cellules de notre organisme sont des copies. Jusqu'à soixante-dix ans, notre ADN crée des copies de copies de copies, et le système commence à s'épuiser. Peut-être que ce phénomène qui te touche et qui perturbe les analyses biologiques est ce qui garde tes copies en meilleur état que les miennes.

— Tu aimes que les choses soient logiques.

— Et alors ? La magie est un système, non ? Trouve les règles, et tu sais comment l'appréhender.

— Tu as plus de points communs avec Cullen que tu ne veux le croire.

Non, ce n'était pas vrai.

— Aurais-tu omis de me dire autre chose ? Quoi que ce soit d'important ?

Les secondes de silence qui s'ensuivirent furent éloquentes. Elle avait l'estomac noué.

— Nous ne sommes pas ensemble depuis longtemps. Je sais, mais…

— Ce n'est pas ça. Je… Bon sang. (Il passa une main dans ses cheveux.) Je ne suis pas censé te le dire. C'est… c'est du ressort de la Rhej.

La prêtresse ou historienne à laquelle elle était supposée parler dans deux jours.

— C'est donc un secret du clan. Un secret de lupin. Tu n'es pas le seul concerné.

Il ne dit rien. Elle se détourna et contourna doucement le lit. Elle pouvait comprendre. Elle serait sans doute contrainte elle aussi, à certains moments, de lui cacher des choses. Des secrets du FBI.

Mais cela ne la concernerait pas directement. Mince ! C'était peut-être puéril, mais elle voulait que ce soit Rule qui le lui dise, pas cette inconnue. Elle repoussa d'un coup sec les couvertures.

— Lily.

Elle lui jeta un regard mauvais.

— Je suis sans doute stérile.

Elle ouvrit la bouche. Puis la referma et déglutit.

— Tu as un fils.

— C'est une bénédiction. Un miracle, peut-être. Mais j'ai cinquante-quatre ans, Toby est mon seul enfant. « Pratiquement stérile » est sans doute plus exact.

Il avait le visage fermé, ne laissant pas voir à Lily l'effort qu'il avait dû faire pour le lui dire.

— Mais… tu ne peux pas être sûr. À moins d'avoir fait des examens…

— Tu ne comprends pas. Les analyses biologiques sont faussées pour les gens de la Souche.

Évidemment. Évidemment, elle le savait.

— Tout de même, tu as connu beaucoup de femmes, et tu n'es pas toujours resté assez longtemps avec elles pour savoir si… Tu ne peux pas en être sûr.

— Nous avons la capacité de savoir si notre semence s'anime.

Ils le savaient ? Les lupins savaient systématiquement qu'une femme était enceinte d'eux ? Rule le saurait si elle… Lily se frotta la poitrine. Elle avait l'impression d'étouffer.

Elle prenait la pilule, bien sûr. Elle l'avait prise dès qu'elle avait eu ses règles, des années avant son premier amour. Sa mère avait compris. Sans avoir besoin, pour une fois, d'explications ou d'une longue discussion, sa mère avait su pourquoi Lily avait besoin de cette protection.

Elle avait huit ans lorsque c'était arrivé – à cet âge, elle n'était pas encore fertile. On l'avait enlevée. Jetée dans un coffre de voiture et kidnappée… avec sa meilleure amie, Sarah. Elles avaient fait l'école buissonnière pour aller à la plage ; là, un monsieur qui avait l'air d'un gentil grand-père les avait attrapées. Lily n'avait pas été violée parce que la police l'avait retrouvée à temps.

À temps pour elle. Pas pour Sarah. Lily savait donc, au plus profond de sa chair, que l'on pouvait voler à une femme la liberté de choisir, et elle s'assurait donc de toujours garder cette liberté, ce choix de porter un enfant.

Seulement, elle perdait cela aujourd'hui.

— Je suis désolé, lui dit-il doucement.

— Non.

Elle inspira profondément et s'efforça de mettre de côté son trouble pour l'instant.

— Ne t'excuse pas pour une chose à laquelle tu ne peux rien. Je peux voir…

Elle le voyait avec son fils ; il lançait Toby en l'air, empli d'une joie évidente, spontanée. Elle aurait eu du mal à le croire un mois plus tôt, mais Rule était fait pour être père. « Toutes mes condoléances. » Ces mots qu'elle adressait aux familles de victimes semblaient adaptés à la situation.

— J'ai eu le temps de me faire à l'idée. C'est un choc pour toi. Je ne sais pas ce que tu ressens à l'idée d'avoir des enfants.

Elle non plus, en fait.

— Il n'y avait personne à l'horizon, par conséquent… (Elle haussa les épaules.) J'ai repoussé la question à plus tard.

Elle ne savait pas ce qu'elle était censée en penser à présent.

— Tu peux toujours avoir des enfants, si tu le veux.

— Avec un autre, c'est ça ? dit-elle entre ses dents.

— Je sais que ton éducation t'affirme que ce serait mal. La mienne me dit que ce qui le serait, ce serait de te priver du bonheur que procurent les enfants, juste parce que je refuse de te partager.

— Ce n'est pas qu'une question d'éducation.

Elle ne savait pas comment lui expliquer pourquoi la fidélité était essentielle pour elle, à lui qui avait un point de vue si différent. Et… Oh, bon sang. Elle se raidit.

C'est du ressort de la Rhej. C'est ce qu'il avait dit sur son secret. Mais ce qu'il lui avait révélé ne concernait pas les lupins, à moins que cette confidence soit vraie pour tous.

Ils ne pouvaient pas tous être totalement stériles. C'était évident. Mais peut-être que la magie qui les guérissait si bien provoquait chez eux des troubles de la fertilité. Peut-être était-ce la raison pour laquelle les lupins avaient élevé le sexe et la séduction au rang d'arts, et pour laquelle la jalousie était pour eux un sentiment immoral. Leur espèce s'éteindrait s'ils ne faisaient pas tout leur possible pour avoir des enfants.

Le visage de Rule ne lui révélait rien. Pour une fois, elle ne poserait pas de question. Il avait enfreint une sorte de loi ou de coutume en lui faisant ces aveux. Elle pouvait apprendre le reste plus tard.

D'une manière ou d'une autre. Et elle tombait de fatigue. Elle s'assit au bord du lit.

— J'imagine que Cullen a lancé son petit sort.

— Oui. L'effet devrait s'atténuer dans dix heures environ, ou lorsque la porte d'entrée sera ouverte.

— Bizarre.

Il lui tendit un oreiller et ne fit pas de commentaire sur le fait qu'elle ne dormait pas nue comme d'habitude. Ce choix était sans rapport avec lui. Peut-être que les méchants ne seraient pas prêts à réattaquer aussi vite. Peut-être que le sort de Cullen marcherait à merveille, ou que le démon était retourné en enfer, ou à Dis – peu importe comment elle était censée appeler cet endroit.

Mais ce n'étaient que des suppositions. Et si elle devait affronter des méchants, humains ou non, il était hors de question qu'elle se batte toute nue. Elle éteignit la lumière et s'allongea… et entendit Rule soupirer lorsqu'il put l'entourer de ses bras.

C'était un soupir de soulagement. Il avait craint qu'elle ne veuille pas dormir avec lui, même si elle n'aurait pas la force de faire quoi que ce soit d'autre cette nuit.

Elle n'avait pas songé un instant à dormir autre part. Elle ne savait absolument pas ce que cela signifiait, et était trop fatiguée pour se poser la question. La gravité l'entraînait, balayait ses pensées et ses soucis pour la laisser merveilleusement décontractée.

Elle bâilla à s'en décrocher la mâchoire. Rule remonta les couvertures en s'installant tout contre elle. Elle se blottit machinalement dans ses bras, et sentit comme c'était bon, et juste, malgré tout ce qu'elle avait appris cette nuit.

Et tout ce qu'elle n'avait pas encore appris. Tant de questions…

Une masse atterrit au pied du lit et se mit en boule près de Lily. Elle put entendre Harry ronronner, un grondement à peine audible, aussi apaisant à sa façon que le bras qui lui enserrait la taille. Ses yeux se fermaient tout seuls lorsqu'elle fut prise d'un autre bâillement.

Spontanément, elle laissa échapper une question :

— Quel genre de musique écoutais-tu, quand tu étais enfant ?

— Hmm ? fit-il d'une voix somnolente.

— Quand tu étais enfant, tu écoutais quoi comme musique ?

— Oh. Bach, Beethoven, Tchaïkovski. Toutes les œuvres pour instruments à cordes. Du jazz.

Seigneur. Il ne pouvait vraiment rien faire comme tout le monde ? Lily abandonna la partie et laissa le sommeil l'emporter.

IX

De temps à autre la foule rugissait, telle une bête dotée d'une multitude de gorges, ne cessait de marmonner, de marmonner encore, lorsqu'une de ses gueules ne hurlait pas à une autre. Bien plus bas, les joueurs de base-ball étaient minuscules, mais leurs uniformes blancs ressortaient sur la pelouse baignée de lumière.

Tout semblait si bien ordonné en bas. Si sûr. Mais elle était en haut, au beau milieu de la bête aux innombrables gueules. Et elle n'était pas en sécurité.

Le cœur de Lily battait la chamade. Elle s'élança entre les grandes silhouettes d'adultes, en quête de la sortie. Elle avait perdu de vue sa mère et ses sœurs lorsqu'elle était partie à la recherche de Grand-mère.

Sa mère serait dans une telle colère. Lily sentit son estomac se nouer. *Ne t'égare pas*, disait-elle toujours. *Ne parle pas aux inconnus, ne te plains pas, reste tranquille et sois une gentille petite fille, et ne t'égare pas.*

C'était toujours très, très ennuyeux d'être une gentille petite fille. Mais sans doute mieux qu'être perdue.

La bête aux multiples gueules rugit encore, et les nombreux corps qui la constituaient bondirent. Du pop-corn jaillit, des poings s'agitèrent et des haut-parleurs diffusèrent de la musique dans l'atmosphère électrique. Lily, la gorge serrée, essaya de contourner un homme vraiment gros qui sentait mauvais, une odeur de bourbon. Elle détestait l'odeur du bourbon. Il lui rappelait les moments où Oncle Chen se mettait en colère et commençait à crier. La plupart du temps, il s'en prenait à ses fils, pas à elle, mais elle n'aimait pas cela.

Sa mère n'avait même pas remarqué l'absence de Grand-mère. Lily avait tenté de lui dire, mais elle n'avait pas écouté. Elle n'écoutait jamais. Alors c'était à Lily de trouver Grand-mère, non ?

Elle devait bien se trouver quelque part. C'était pour elle qu'ils venaient voir ces stupides matchs de base-ball, parce que Grand-mère les appréciait. Elle était donc ici. Lily devait simplement la trouver, puis tout serait réglé.

Peut-être avait-elle été avalée par le monstre-foule. Grand-mère n'était pas bien grande. Pas aussi petite que Lily, mais pas de la taille des autres adultes non plus.

Non, se dit Lily. Non, c'était stupide. Rien ne pouvait manger Grand-mère. Si le monstre-foule essayait, elle lui ordonnerait simplement de la laisser tranquille. Et il obéirait. Grand-mère était petite, mais seulement petite en taille. Autrement, elle était très grande.

Son secret l'était aussi. Ils n'étaient pas censés en parler, jamais, pas même entre eux. Ce n'était pas le même secret que celui de Lily, mais ils concernaient la magie tous les deux. Les gens n'aimaient pas la magie, les gentilles filles ne trempaient pas là-dedans. Et si elles ne pouvaient s'empêcher de s'y frotter – Lily savait toujours instinctivement qu'elle touchait un objet empreint de magie – elles n'étaient pas censées en parler à qui que ce soit.

Lily renifla. Les adultes étaient toujours en train de concocter des règles stupides. Surtout sa mère. Sa mère appliquait un tas de règles, la plupart idiotes. À cet instant, Lily aurait aimé avoir de super-pouvoirs magiques, qui auraient pu faire partir tout le monde pour qu'elle puisse trouver Grand-mère.

Elle sentit un certain malaise s'installer en elle. Cette situation n'était pas tout à fait normale. Toute cette scène paraissait bizarre. Pourquoi considérait-elle les adultes comme des grandes personnes ? Elle était…

Soudain, le monstre-foule enfla autour d'elle et la serra fort, comme si elle était une écharde qu'il essayait d'extraire. Elle avait du mal à respirer. Lily repoussait comme elle pouvait toutes ces jambes et ces corps imposants qui la faisaient suffoquer. Elle parvint à s'extirper de là, comme un tendre grain de raisin pressé hors de sa peau, et se retrouva dans un petit espace inoccupé, libre.

Elle se tint là, haletante, à la recherche de Grand-mère. Ou de sa mère. De quelqu'un, n'importe qui, qui pourrait…

— Besoin d'aide, petite fille ?

Lily sursauta lorsqu'une personne, derrière elle, posa la main sur son épaule. La voix, malgré la gentillesse des mots prononcés, était terrifiante. Elle était aiguë, mielleuse et froide, si froide…

— Tu es perdue ?

La main se durcit, lui faisant mal. Lily cria et voulut se dégager, mais une autre main la saisit et la força à se retourner lentement. Elle se débattit. Elle ne voulait pas voir, ne voulait pas…

Ce visage, ce joli visage souriant de femme, encadré par de doux cheveux blonds, et ces yeux, tels ceux d'une poupée… Lily connaissait ce visage. Ces yeux.

— Non ! hurla-t-elle. Vous êtes morte. Je vous connais. Je vous ai ôté la vie !

— Je vais te dévorer, dit la femme en souriant. Tu seras morte toi aussi. Nous serons ensemble.

— Non !

— Ensemble pour l'éternité.

Elle se pencha en avant pour s'approcher de Lily.

— Non, non, non ! Mourez ! Je veux que vous soyez morte pour de bon… morte, morte, morte !

Alors que les doigts de la femme s'enfonçaient plus profondément dans sa chair, et que son visage se faisait de plus en plus proche, Lily ferma les yeux et souhaita posséder la magie la plus puissante de tous les temps, si puissante qu'elle tuerait pour toujours la femme souriante.

Tout à coup, elle se retrouva assise à califourchon sur l'autre femme, étendue sur le dos. Lily n'était plus petite. Elle tapait la tête de la femme contre le sol froid en pierre, la tapait encore et encore. Du sang et une matière grise s'échappèrent du crâne fracassé qu'elle tenait dans le creux de ses mains, des éclats d'os blanc, scintillants, ressortaient entre les cheveux. C'était mal. Ça s'était déjà produit avant. Pourtant, ses cheveux… ils n'étaient pas blonds comme ils étaient censés l'être. Ils étaient… ils étaient…

Lily s'arrêta, submergée par l'horreur.

La femme cligna des yeux. C'était sa mère qui la regardait, le crâne de sa mère dans ses mains, les cheveux noirs de sa mère collés par la matière grise, luisant de sang.

— Tu m'as tuée, dit-elle.

Un cri dans la gorge, Lily se réveilla.

— Chhhhh… là, Lily, là, ma chérie. Tout va bien. Tu vas bien.

Rule. C'était Rule qui la regardait, penché sur elle, la main posée sur son épaule droite, chaude et douce, alors que son épaule blessée l'élançait comme si Helen y avait vraiment enfoncé ses doigts. Elle était une adulte, pas une enfant, et Helen était morte. Bel et bien morte, pour toujours.

Lily avait du mal à reprendre son souffle.

— Cette fois, c'était vraiment horrible, murmura-t-elle.

De sa voix calme et grave, rassurante, il lui dit :

— Tu devrais peut-être en parler.

Elle secoua la tête, incapable de mettre des mots sur l'horreur qu'elle ressentait. Quel bien cela lui ferait-il ? Elle voulait seulement se débarrasser de cette culpabilité qui l'oppressait. Elle ne la troublait jamais pendant la journée. Éveillée, Lily savait qu'elle avait fait son devoir.

Pourquoi ces cauchemars, dans ce cas ?

Va-t'en, dit-elle à la noirceur persistante de son cauchemar. Puis elle se blottit contre Rule.

— Attention… ton épaule…

— Pas grave.

Non, ce n'était pas grave, même si cela l'élançait comme une dent cariée. Mais ce n'était rien comparé à la réalité physique, solide de Rule. Il l'entoura comme un cocon, son corps était chaud, assez chaud pour faire fondre la peur et l'horreur. Elle respira son odeur et se sentit purifiée.

Il était nu. Pas elle, mais ses jambes étaient au contact des siennes. Les cuisses de Rule étaient fermes, ses poils les rendaient légèrement rugueuses… une rugosité dont elle avait besoin. Vraiment besoin. Elle frotta sa cuisse contre la sienne et sentit que le corps de Rule répondait aussi à cette caresse.

Des volutes d'une douce chaleur se répandirent dans ses veines, descendirent le long de ses cuisses, jusqu'à ses orteils, fourmillant et bourdonnant en elle. Elle s'immobilisa, toute à son plaisir. Puis elle passa sa main le long des côtes de Rule, toute à son bonheur de l'avoir.

Il ne lui demanda pas de mettre des mots sur son désir. Il ne lui demanda pas si elle était sûre, ne lui rappela pas non plus qu'elle devait faire attention à son épaule, non, il ne dit rien. Pour cela, elle bénit les années d'expérience qui lui déplaisaient un peu plus tôt.

Au lieu de parler, il prit son visage dans ses mains et l'embrassa. Lentement. Avec une sensualité aussi évidente et délicate que la chaleur qui remuait dans son ventre.

Oui, pensa-t-elle. *Oui.* Elle en avait besoin… besoin de se tourner doucement vers l'autre au milieu de la nuit, de la rencontre muette de leurs lèvres, de leurs peaux, de leurs souffles. De sentir grandir sa certitude, comme une fleur qui déploie ses pétales un à un, qu'il serait toujours là.

Il la fit rouler sur le dos pour s'étendre sur elle et la caressa doucement, lui embrassa l'épaule, remonta son tee-shirt pour mordiller sa peau le long de ses côtes, titiller son nombril avec sa langue. Il baissa sa culotte le long de ses jambes et la lui retira. Elle passa ses mains sur son corps, émerveillée, comme si ses caresses lui révélaient tout ce qu'elle savait de lui et chérissait. Et toutes les questions qu'elle se posait encore à son sujet.

Cette fois, il n'y eut ni coups de cymbales ni délire de luxure. Elle avait mal à l'épaule, et chevauchait autant la vague de l'épuisement que la houle du désir.

Pourtant, lorsqu'il se glissa en elle, elle eut le souffle coupé. Ses va-et-vient, doux et faciles, lui procurèrent la joie tranquille de le retrouver à chacun de ses mouvements. Alors qu'elle s'abandonnait à l'élan physique qui l'amenait doucement au paroxysme du plaisir, elle oublia son obsession de donner des noms à ces sentiments, de leur coller des étiquettes : luxure, amour ou lien d'âme sœur. Il n'y avait plus rien d'autre que le mystère, l'indicible, la plénitude, qui déferlaient sur elle en silence.

Elle retomba sur Terre sans même l'avoir quittée et fut là pour le retenir lorsqu'il s'arrêta de respirer, dans un silence presque total, au sommet de sa propre vague. Puis il resta allongé sur elle, et tous deux sourirent à la nuit. Lorsqu'il roula sur le côté, elle dormait déjà.

DEBOUT DANS LA baignoire de Lily, Rule bâilla sous le jet de la douche. L'appartement avait ses défauts mais offrait deux avantages : une chambre sans fenêtre, facile à défendre, et de l'eau chaude en abondance. Ce matin, celle-ci était presque aussi précieuse que le véritable bunker qui faisait office de chambre à coucher.

Après avoir dormi d'un œil, il s'était réveillé tôt, d'un seul coup. Il avait préféré abandonner la chaleur du lit de Lily avant de céder à l'envie irrépressible de son corps et de la réveiller pour refaire l'amour. Elle devait se reposer.

Elle avait eu besoin de rester ici, chez elle. Il comprenait. Elle avait eu trop de chocs la veille.

Il en était en partie responsable. Rule grimaça et prit le savon.

Elle s'était tournée vers lui, pourtant. Au milieu de la nuit, hantée par un cauchemar dont elle avait refusé de parler, elle s'était tournée vers lui. À cette pensée, une tension qu'il n'avait pas remarquée à son épaule se dénoua. L'odeur du savon se mêla à la vapeur, au massage de l'eau, pour le plonger plus profondément encore dans l'expérience de ses sens. Il ferma les yeux et balaya ses pensées, pour se laisser aller aux sensations de l'instant présent.

Il fut pris d'un autre bâillement et secoua la tête. Autrefois, il n'aurait jamais été aussi somnolent après une nuit de garde. Il avait vieilli. Perdu l'habitude.

Il manquait d'entraînement, lui dirait Benedict.

Rule sourit en se savonnant, à la pensée de son frère aîné qui les avait entraînés, lui et tant d'autres jeunes lupins. Benedict était plutôt coriace avec ses recrues, mais il ne leur demandait jamais plus que ce qu'ils pouvaient donner, et il avait le don de comprendre les limites de chacun. Contrairement à certains individus tout aussi musclés, il n'attendait pas des autres qu'ils soient à son niveau.

Il savait bien qu'une telle attente aurait été irréaliste. Que ce soit à deux ou quatre pattes, Benedict occupait une catégorie à part.

Cela remontait à de bien nombreuses années, mais l'entraînement de Benedict lui était resté. Les humains n'auraient jamais toléré ses méthodes, mais elles n'étaient pas conçues pour eux, de toute façon. La peur d'être tiré du sommeil par les dents d'un ennemi arrachant un morceau de votre épaule suffisait à tenir un jeune garçon éveillé.

Le chagrin transforma son sourire en rictus. Il ferma les yeux lorsqu'il sentit remonter à la surface ce souvenir aux griffes acérées.

Mick.

Il resta longtemps debout sans bouger, à encaisser la douleur, encore fraîche et mêlée à tant d'autres sentiments. C'était Mick, l'autre frère de Rule, qui lui avait arraché un bout d'épaule, il y a si longtemps. Mick était – *avait été* – presque du même âge que Rule, ce qui était très rare parmi les siens. Leur première rencontre remontait à l'été qui avait précédé le début officiel de son apprentissage avec Benedict.

Il y avait de la rivalité entre eux, pensa Rule en inclinant la tête en arrière pour se rincer. C'était évident. Mais elle était bon enfant à l'époque.

Et s'il se trompait ? Si le prisme du présent déformait le passé, ou le révélait avec plus de netteté ?

Le passé est le passé, songea Rule en fermant le robinet. Mick était mort. En héros, en lui sauvant la vie. Même s'il l'avait mis en danger, la folle Helen était l'unique responsable de tout cela. Grâce au pouvoir de cette maudite crosse, elle avait plongé le frère de Rule dans une sorte de démence.

Mais elle n'aurait pas pu manipuler l'esprit de Mick si la graine n'avait pas été déjà plantée, la graine d'une jalousie particulièrement mesquine. Les clans la nommaient *fratriodi*. La haine du frère.

Rule se brossait les dents lorsque le téléphone portable de Lily sonna. Il l'entendit jurer, tâtonner, puis répondre. L'instant d'après, elle parlait d'une voix parfaitement alerte, un changement aussi brusque qu'une lampe qui s'allume. Il termina sa toilette en vitesse et sortit de la salle de bain.

Il était à peine six heures du matin. La lune s'était couchée et le soleil n'avait pas encore fait son apparition, c'est pourquoi Lily avait allumé sa lampe de chevet. Assise sur le lit près du halo de lumière jaune, elle griffonnait sur le bloc-notes qu'elle gardait à portée de main, en culotte jaune pâle et tee-shirt noir, court, qui dévoilait une partie de son dos et de son ventre.

Sa culotte, il la lui avait retirée après son cauchemar. Elle l'avait sans doute enfilée en entendant le téléphone sonner.

Elle lui jeta un coup d'œil, échangea encore un peu de jargon policier avec son interlocuteur, puis raccrocha.

— Je dois y aller.

— Je sais. J'ai seulement manqué le début. C'était qui ?

Elle écarta les cheveux de son visage et le regarda, contrariée.

— J'aimerais que tu arrêtes d'écouter mes conversations téléphoniques.

Il haussa les épaules. Même s'il le pouvait, il n'avait pas l'intention d'empêcher ses oreilles de si bien entendre.

— Tu ne travailles plus à la Criminelle. Pourquoi t'ont-ils appelée à propos d'un meurtre à Temecula ?

— Suspicion d'homicide, le corrigea-t-elle.

Sa contrariété était peut-être liée à autre chose. Elle persista sur son visage pendant qu'elle passait mentalement en revue tout ce que Rule ignorait.

— C'était le bureau régional du FBI, dit-elle en se levant. Les autorités de Temecula l'ont contacté à propos d'une mort suspecte.

— Pourquoi t'appeler, toi ? répéta-t-il.

— Il y a un rapport avec Harlowe. Un témoin. Le corps a été découvert il y a deux heures, ajouta-t-elle rapidement avant de se diriger vers la salle de bain.

Songeur, il s'écarta pour la laisser passer.

C'était loin d'être la première fois qu'un témoin disait avoir vu Patrick Harlowe. Dix jours plus tôt, Ruben Brooks avait réussi à le placer dans la liste des dix personnes les plus recherchées par le FBI. Les autorités de tous les États américains avaient reçu sa photo et sa description. Mais l'homme était incroyablement quelconque : anglo-américain, un mètre quatre-vingts environ, yeux et cheveux bruns, quatre-vingts kilos. Ni cicatrice ni autre signe distinctif, si ce n'était une voix étonnamment douce. Le genre d'homme, avait dit Lily avec dégoût, qu'on pourrait rencontrer dans une soirée et oublier l'instant d'après. Rule ignorait le nombre de rapports qu'ils avaient reçus de témoins qui prétendaient l'avoir aperçu ; Lily n'avait mentionné que les rares témoignages qui semblaient prometteurs.

Mais c'était la première fois qu'il était question d'une suspicion d'homicide. Elle voulait se rendre rapidement sur les lieux. Il devait s'habiller.

Il jeta un coup d'œil à la porte fermée de la salle de bain. Il fallait parer au plus pressé. S'il ne préparait pas de café, elle en achèterait probablement un à emporter sur la route.

Rule revint de la cuisine à l'instant où Lily sortait de la salle de bain.

— Pourquoi n'est-ce qu'une simple suspicion d'homicide ? demanda-t-il.

Elle retira son tee-shirt tout en marchant jusqu'à la grande commode face au lit. Son épaule allait nettement mieux, pensa-t-il. Jusqu'à présent, il l'avait aidée à s'habiller.

— La cause de la mort n'a pas été déterminée.

Elle ouvrit le tiroir du haut, grogna et le referma. Il l'avait déjà vu faire cela plusieurs fois. Elle avait oublié qu'elle avait vidé ce tiroir pour lui faire un peu place.

Elle ouvrit le second tiroir et en sortit un morceau de soie noire.

— Ça, c'est sûr, c'est pas à moi. Comment peut-on porter un string ? (Elle le lui lança.) On doit constamment avoir l'impression d'avoir un bout de tissu coincé entre les fesses.

Il mit ses sous-vêtements et la regarda enfiler les siens – roses, ce matin. Il adorait la regarder s'habiller. C'était amusant de la voir couvrir ce qu'elle découvrirait plus tard, et ses gestes avaient une tranquille intimité qu'il aimait plus encore.

Elle mettait toujours sa culotte en premier, puis son soutien-gorge. Elle préférait prendre sa douche le soir et portait rarement des collants. Elle achetait du dentifrice goût fraise, des cornichons en quantité industrielle, et des culottes de toutes les couleurs. Sa blessure l'empêchait de courir sur la plage comme elle en avait l'habitude, mais elle suivait religieusement son programme de rééducation. Lorsqu'il serait l'heure de partir, elle se mettrait le bras en écharpe avant de se chausser.

Des petits détails, certes, mais il la connaissait de mieux en mieux.

— Pourquoi portes-tu un soutien-gorge ?

Elle baissa les yeux vers sa poitrine et secoua la tête.

— Dieu seul le sait.

Il rit et s'approcha d'elle.

— Je veux dire, un string donne un peu de soutien. Ça évite les ballottements.

Lily parcourut son corps du regard. Force était de constater que ses parties intimes ne ballottaient pas, le mouvement était plutôt ascendant.

Il posa sa main sous l'un de ses jolis petits seins, désormais couverts de dentelle blanche tendue sur sa peau, et passa son pouce sur la pointe.

— Tu sais que j'aime tout de tes seins : leur taille, leur forme, leur texture… et leur goût. Surtout leur goût.

Son téton se durcit et ses yeux se perdirent dans le vague. Cela ne l'empêcha pas de lui donner une tape sur la main.

— Je dois y aller.

— *Nous* devons y aller, tu veux dire.

Résigné, il ouvrit le placard, organisé par couleurs, saisons, et types de vêtements. Elle avait réussi à lui faire un tout petit peu de place, mais son choix était limité. Il prit un pantalon noir.

— Tu ne portes pas de pansement.

— Le moment passé en somnie a dû me faire du bien. Mon épaule n'est pas totalement guérie, mais c'est sur la bonne voie.

Elle le rejoignit devant le placard et y prit un tee-shirt noir.

— Tu n'as pas besoin de partir si tôt.

— Essaie encore, lui dit-il sèchement, en enfilant son pantalon. Même si j'étais d'accord pour te laisser sortir sans moi alors que tu es une cible…

— Tu n'es pas loin d'employer le mot « autoriser ».

— Et toi, tu essaies adroitement d'éluder la question. On est à une heure de Temecula, si ça roule bien.

— Environ quatre-vingt-dix kilomètres, lui confirma-t-elle.

— Le lien d'âme sœur pourrait peut-être supporter cette distance, mais ce n'est pas le meilleur moment pour faire le test.

— Oh. Très bien.

Elle lança sur le lit son tee-shirt, qui y fut rejoint par un pantalon brun clair et une veste rouge.

— Si tu allais nous faire un peu de café ? Tu vas râler si tu dois boire du café à emporter.

— Il est déjà prêt.

À coup sûr, même un nez humain pouvait le sentir infuser. Soudain, il la regarda d'un air soupçonneux.

— Pourquoi ne veux-tu pas que je t'accompagne ? Que me caches-tu ?

Elle soupira.

— J'espérais t'empêcher de devenir dominant et protecteur envers moi, mais j'imagine que c'est peine perdue.

— Tu imagines bien. Continue.

— Le témoin était sorti avec la défunte la nuit dernière. Il a identifié Harlowe comme la personne avec laquelle elle a quitté le club.

— Il connaît Harlowe ?

— Il a découvert son identité à partir d'une photo qu'ils lui ont montrée.

— Dans ce cas, ils devaient déjà avoir des raisons de penser que Harlowe était impliqué.

— Ça, oui. (Son regard était aussi neutre que sa voix.) Il a écrit un petit mot sur le ventre de sa victime avec un stylo-plume, et il a signé.

— Il a mis quoi ?

— « Yu, celui-là est pour toi. »

X

Lily en avait marre d'avoir un chauffeur où qu'elle aille. Cela dit, elle ne pouvait guère revendiquer le volant, même si son épaule allait mieux. Rule semblait plus en forme qu'elle. Elle se contenta donc de râler un peu sur le fait qu'elle le laissait conduire encore une fois.

Une chose était sûre : la voiture de Rule, une Mercedes dotée de sièges moelleux et d'une sono haut de gamme, était beaucoup plus confortable que la sienne. Elle posa son sac à main et son ordinateur à ses pieds et plaça un mug de café encore fumant dans le porte-gobelet.

— Passe par l'*Holiday Inn* du port, lui dit-elle en fermant la portière. Le bureau régional s'apprêtait à appeler Weaver. On la prendra là-bas.

Il eut une parole évasive et sortit en marche arrière de la place de parking.

Elle lui jeta un coup d'œil.

— Je n'ai pas de problème avec elle, tu sais.

— Tant mieux.

— Si je m'énerve à chaque fois que je croise une de tes ex, je risque de passer ma vie à broyer du noir.

— Ma réputation dépasse largement la réalité, tu sais. Je suis loin d'avoir été avec toutes les femmes dont parlent les magazines.

— Ce serait physiquement impossible, à mon avis. (Lily tambourina sur sa cuisse avec ses doigts.) On devrait peut-être lui parler du lien d'âme sœur.

— Pardon ? (Il lui jeta un regard sévère.) Non.

— D'accord, c'est censé être un grand secret, mais nous lui demandons d'intervenir sans avoir toutes les données. Ce n'est pas correct.

— Si ça ne tenait qu'à moi, je n'hésiterais pas à le dire à Cynna, mais même le Rho ne peut décider de divulguer certaines coutumes qui touchent à notre lien avec la Déesse. Les Élus ne dérogent pas à cette règle.

— Tu veux dire qu'on ne pourra jamais en parler à personne ?

— Pas tout à fait. (Il se tut un moment, les sourcils froncés.) Tu ignores trop de choses. Tu dois parler avec la Rhej.

— C'est prévu dans quelques jours, mais nous devons éclaircir cette question le plus vite possible.

— Je devrais aller à Clania. Elle ne s'en absente jamais. Quant au téléphone, elle ne veut pas en entendre parler.

— On dirait Grand-mère.

Mal à l'aise, Lily n'arrêtait pas de changer de position. S'attendait-on à ce qu'elle vénère la Déesse, maintenant qu'elle faisait partie du clan ? Ce n'était pas près d'arriver, mais elle ne voulait pas aborder ce sujet maintenant.

— Dis-moi un truc. Weaver a déclaré que tu n'avais pas changé. C'est le genre de phrase que tout le monde dit, mais je suppose que dans ton cas, c'est presque vrai. Depuis combien de temps tu la connais ?

— Dix ans. Non, plutôt douze.

— Alors Weaver est peut-être davantage un problème pour toi que pour moi. Si elle commence à s'interroger sur le fait que tu as si peu vieilli…

— Ce sujet sera abordé. (Il accéléra en douceur sur Harbor Drive.) Tôt ou tard, il viendra sur le tapis. Nous sommes relativement nombreux à ne plus passer pour des humains, il était donc inévitable qu'on remarque notre longévité à un moment donné. C'est notamment pour cette raison que certains lupins ne voulaient pas apparaître en public.

— Qu'est-ce qui vous a décidés à vous montrer ? Pas un vote, je suppose.

Il lui adressa l'un de ces regards difficiles à déchiffrer.

— Non, nous n'avons pas voté. Les Rho ont débattu, argumenté, formé des alliances, et sont parfois allés jusqu'à se battre, mais ils n'ont pas trouvé de consensus. Finalement, mon père a décidé de forcer les choses.

Elle passa en revue ce qu'elle savait d'Isen Turner.

— Il a été impliqué dans la décision de *Borden* ?

— Oui, mais je parlais de l'affaire *Carr contre le Texas*.

Lily était étonnée. Depuis sa fondation, le gouvernement fédéral avait presque totalement ignoré le « problème lupin », laissant à chaque État le soin de gérer les problèmes à sa façon. Jusqu'à récemment, les États n'avaient proposé comme solution que l'incarcération, l'exécution officielle ou officieuse, voire la castration.

L'affaire *Carr contre l'État du Texas* avait totalement changé la donne. Le jugement de la Cour suprême avait fait des lupins des citoyens lorsqu'ils étaient sous leur forme humaine. Le Congrès s'était empressé de déclarer que la lycanthropie était un danger pour la santé publique, ce qui avait inauguré une décennie d'inscription à un registre et de traitement forcés. Puis cette mesure avait également été déclarée anticonstitutionnelle. La forme animale des lupins avait toujours un statut trouble, mais un projet de loi était en instance à ce propos.

— Carr était un Nokolaï ?

— Tu sous-estimes Isen. (Son sourire était crispé.) William Carr était un Etorri, l'un de nos clans les plus anciens et les plus respectés. Ils n'ont pratiquement aucun pouvoir. Ils sont trop peu nombreux. Mais ils ont un formidable *du*. L'honneur, ajouta-t-il en la regardant.

Réputation, prestige, magie, histoire… le *du* englobe toutes ces notions. Tous les lupins sur Terre les possèdent, et les posséderont jusqu'à la fin des temps.

Cette histoire était passionnante, mais elle devrait attendre.

— Et… ?

— Carr n'était pas seulement Etorri. C'était un Rho. À l'époque, pratiquement tous les autres lupins qui auraient agi comme lui auraient été tués par leurs opposants. Pas le Rho des Etorri.

— Et Isen était d'une manière ou d'une autre le responsable ?

— Oui.

Il ne lui fournit aucune explication, ne lui dit rien de plus. Lily tambourina plus rapidement sur sa cuisse.

— Le jugement de Carr remonte à quand, à douze ans ? Plutôt quinze ? se corrigea-t-elle. Quelques années avant que toi et Weaver ne deveniez intimes. Tu devais avoir trente-six ans, à peu près.

— Trente-huit.

— Tu étais déjà l'héritier de ton père ?

— Où veux-tu en venir ?

— J'essaie de mettre mes idées au clair, rien de plus.

Il serra le volant.

— J'étais déjà adulte il y a quinze ans. Pas toi. Cette réalité continue de te tourmenter.

— Et ça t'énerve.

— Ça ne m'énerve pas.

Il tourna brusquement dans l'allée qui formait un arc de cercle devant l'entrée du *Holiday Inn*.

Elle leva les yeux au ciel.

— Bien sûr. Tu vois Weaver ? Elle doit nous attendre devant l'entrée.

— Tu passes ton temps à me dire ce que je dois ressentir. Je suis énervé, je couche avec n'importe qui…

— Je n'ai jamais dit ça !

— Pas besoin d'être un génie pour comprendre que c'est ce que tu penses.

— Je ne t'ai jamais reproché de coucher avec n'importe qui, insista-t-elle.

— Pas la peine de traiter un Noir de nègre pour lui faire ressentir ton mépris.

— Ah, maintenant je suis raciste.

— Je n'ai pas dit ça. De la même façon que tu n'as pas dit que je couchais avec n'importe qui.

— On se dispute à propos de quoi ? Tu peux me le dire ?

Il arrêta la voiture si brusquement que le buste de Lily se pressa violemment contre sa ceinture de sécurité.

— Je ne sais pas. Pour rien. Voilà Cynna.

— Parfait. Bien.

Lily se tut avant d'avoir le temps de laisser échapper un commentaire stupide, du style « Je suppose qu'elle ne t'a jamais dit que tu couchais avec n'importe qui, elle ». Pour commencer, c'était probablement vrai. Ensuite, ce genre de remarque aurait paru carrément mesquin et dicté par la jalousie. Et elle n'était pas jalouse. Pas exactement.

Mais Rule avait en effet beaucoup changé de partenaires. Peut-être pas selon ses propres normes, quelles qu'elles soient, mais selon les siennes, il s'était conduit comme une abeille qui butine de fleur en fleur… et ce depuis beaucoup plus longtemps qu'elle ne l'avait cru. À peu près vingt ans de plus.

Son passé d'homme aux mœurs légères était derrière lui, cela dit. C'était ce qui comptait. Et c'était peut-être une des raisons de son énervement. En renonçant à toutes les femmes pour n'être qu'avec une seule, il n'avait peut-être pas l'impression d'avoir vraiment gagné au change, ce matin. Il n'avait pas eu le choix, après tout. Le lien d'âme sœur les piégeait tous les deux dans leur relation, et même si, dans le fond, ils en étaient heureux, à beaucoup d'autres niveaux ils mouraient d'envie d'envoyer valdinguer ce bonheur qui devait durer jusqu'à la fin de leurs jours.

— Salut, leur lança Cynna Weaver en ouvrant la portière arrière, côté conducteur.

Elle balança à l'intérieur un fourre-tout noir miteux, se glissa dans la voiture et les regarda l'un après l'autre. Elle fronça les sourcils, et les volutes tatouées sur son front semblèrent dessiner de nouveaux motifs.

— Holà. Vous êtes en pleine dispute, ou quelqu'un est mort ?

Lily haussa les sourcils.

— Kimberly Ann Curtis. Blanche, bruns et bruns, un mètre soixante-quinze, trente et un ans. Elle allait fêter ses trente-deux ans en mars. On l'appelait Kim.

— Très bien, ne m'en parlez pas. Ce n'est pas mes oignons, j'imagine. (Cynna s'installa plus confortablement dans son siège.) Je reconnais que c'était stupide de demander si quelqu'un était mort, étant donné qu'on va sur une scène de crime…

— Suspicion de crime, la corrigea Lily machinalement.

— Peu importe. Il est encore atrocement tôt. N'espérez pas de remarque intelligente de ma part d'ici une heure ou deux.

— Je peux attendre, lui répondit sèchement Lily tandis que Rule démarrait. Veuillez attacher votre ceinture, s'il vous plaît.

L'autre femme grommela quelque chose à propos des « maniaques de la sécurité routière » mais se soumit à sa demande, Lily ignora donc son commentaire. Weaver n'avait peut-être jamais eu à faire face à un carambolage. Elle ne devait pas savoir à quoi ressemblait un visage qui venait de percuter un pare-brise. Ou de passer à travers.

— Alors, que savons-nous sur cette suspicion d'homicide ?

— La victime a été découverte vers trois heures trente ce matin par Mike Sanderson, un de ses collègues. Apparemment, ils sont sortis ensemble plusieurs fois mais n'avaient pas de relation exclusive. Toutefois, il a été suffisamment perturbé en la voyant quitter le *Cactus Corral* hier soir avec un autre homme pour passer chez elle vers trois heures. Il l'a trouvée morte et a appelé la police. Aucun signe apparent de violence. Cause de la mort indéterminée.

— Oh. (Weaver ouvrit son fourre-tout.) Ce Sanderson, c'est lui qui a identifié Harlowe ? C'est avec lui qu'elle est partie la nuit dernière, c'est ça ?

— C'est ça. (Lily jeta un coup d'œil dubitatif au sac de Cynna.) Je croyais que vous n'aviez besoin d'aucun ingrédient, que vos tatouages contenaient vos sorts ?

— Vous aviez raison. (Elle sortit un thermos.) Du chocolat chaud. Vous en voulez ?

— Non, merci. J'ai du café.

Qui était probablement froid à présent. Lily prit sa tasse et en but une gorgée pour vérifier. Exact. Froid.

— Je me demande comment on peut aimer le café. (Cynna but un peu de son chocolat, qui répandait une douce odeur.) Et pourquoi c'est Rule qui conduit. Ne le prends pas mal, Rule, t'es un beau mec, mais t'es un civil. Pourquoi es-tu là ?

— Sexe de réconfort, dit-il platement.

Elle éclata de rire.

— Yu, j'ignorais que le Bureau accordait des avantages en nature. Vous en avez, de la chance. Je suis jalouse.

Lily se sentit rougir et remercia le Ciel d'avoir la peau épaisse : cela ne se voyait pas.

— C'est un consultant civil.

Cynna rit encore plus fort.

— C'est comme ça qu'on le nomme, officiellement ? J'ai cru qu'il était peut-être votre garde du corps, vu que Harlowe vous laisse des mots d'amour, maintenant.

— Je suis également là pour ça, dit Rule. Tu es au courant du message ?

— Oui, j'en ai entendu parler. Yu… (Elle grimaça.) S'il y a un moyen de prononcer votre nom de famille sans avoir l'impression d'interpeller un Anglais, je ne le connais pas.

Il existait trois façons de dire son nom en chinois ; deux d'entre elles étaient trop compliquées pour Lily, ce qui révoltait Grand-mère.

— J'ai l'habitude qu'on ait des problèmes avec mon nom.

— Appelons-nous par nos prénoms, alors. Et on peut peut-être se tutoyer.

Elle se replongea dans son fourre-tout, cette fois-ci pour en sortir un Tupperware.

— O.K. (Lily n'en avait pas envie, pas vraiment, c'est pourquoi elle préféra changer de sujet.) Je dois t'informer que nous avons obtenu de nouvelles informations cette nuit.

— Après ton départ des urgences ?

— Oui. Seabourne m'a rendu visite.

— Il faut que je fasse la connaissance de ce gars. Un ensorceleur… (Elle secoua la tête et ouvrit la boîte en plastique, qui s'avéra contenir un bagel.) C'est dur à croire, mais la réalité est souvent exagérée. Certaines personnes doutent de ce que je suis.

— Il pense que tu auras du mal à trouver Harlowe, que la crosse le protège.

— On n'en saura rien tant que je n'aurai pas essayé, mais je suis plutôt douée, dit-elle avant de mordre à pleines dents dans son bagel.

Lily s'efforça de ne pas fixer trop longtemps le petit déjeuner de Cynna. Elle aurait pu apporter à manger également… si seulement elle avait pensé à s'acheter quelque chose.

— Il dit aussi qu'il a cherché Harlowe dans les flammes divinatoires et qu'il l'a trouvé en… hum, en enfer.

Cynna plissa le front.

— Sans déc' ?

— Ça m'étonnerait que Seabourne ait inventé tout ça. Mais il ne sait pas si Harlowe s'y trouve maintenant, s'il y était récemment ou s'il y sera bientôt.

— Les flammes divinatoires, hein ? Eh bien, c'est intéressant. (Elle lécha une miette sur son pouce.) Ça correspond parfaitement au démon qui t'a assommée.

— On dirait. J'ai une question à te soumettre.

— Vas-y.

Elle mordit dans son bagel.

— Pour détecter un humain ou un objet, tu dois établir un contact avec lui, n'est-ce pas ?

— C'est comme ça que ça marche.

— Dans ce cas, je veux que tu traques Harlowe, pas la crosse. Je préfère que tu n'entres pas en contact avec elle. Elle est… corrompue. (Lily parvenait de mieux en mieux à décrypter les expressions de Cynna sous ses tatouages. Et à l'évidence, Cynna ne prenait pas sa mise en garde très au sérieux.) As-tu déjà été confrontée à la magie macabre ?

Cynna fronça les sourcils.

— Non. C'est une magie très malsaine.

Rule prit la parole :

— La crosse pue la magie macabre.

— Ah oui ? Quel genre d'odeur ?

— La putréfaction.

Cynna fit une grimace en regardant son bagel.

— Tu me coupes l'appétit.

Rule sourit.

— Je t'ai connue moins sensible. Je me rappelle une époque où il fallait te mettre sous le nez un vrai cadavre en décomposition pour obtenir cet effet.

Cynna lui sourit.

— J'ai toujours eu très bon appétit. Tu te rappelles cette nuit, sur le toit ?

— Weaver ? fit Lily, oubliant qu'elles étaient censées s'appeler par leurs prénoms.

— Oui ?

— Tu essaies volontairement de m'énerver, ou c'est naturel chez toi ?

La femme rit.

— C'est naturel, je suppose. Vous avez vraiment une liaison exclusive, tous les deux ?

— Vraiment, oui.

— Hmm. (Elle examina ce qui restait de son bagel. Pendant un moment, son visage peu commun n'eut aucune expression.) Alors, à quoi ressemble ce Seabourne ?

— Il est énervant, lui aussi. Et incroyablement beau.

— Je dois vraiment le rencontrer. (Elle enfourna le dernier morceau dans sa bouche puis, après avoir mâché, continua :) Inutile d'avoir peur que je sois « corrompue » si je trouve quelque chose qui a un lien avec la crosse. J'ai toutes sortes de protections gravées sur moi. Quand je fais le tri, je reçois les motifs que je souhaite détecter sur ma peau. L'énergie ne s'infiltre pas plus profondément.

Cela rappela à Lily ce qu'elle-même ressentait lorsqu'elle touchait quelque chose de magique. Elle sentait sa texture, mais la magie glissait sur elle comme si sa peau était lubrifiée. Pourtant, contrairement à elle, Cynna ne demeurait pas totalement inchangée par ce contact.

— Votre peau fait partie de vous. Je ne veux pas que vous tentiez de trouver la crosse.

La détectrice haussa les épaules.

— Harlowe est une meilleure cible, de toute façon.

Était-elle d'accord, ou était-ce un moyen d'éluder la question ? Lily l'avertit une dernière fois :

— Karonski a une bonne protection, lui aussi. Helen l'a pourtant manipulé sans aucune difficulté. Elle n'a pas pu atteindre l'esprit de Seabourne, mais elle a tout de même utilisé la crosse contre lui. Celle-ci lui a causé une douleur insupportable.

— Où veux-tu en venir ?

— Elle a même réussi à tuer avec la crosse. Elle a voulu l'utiliser contre moi de cette façon. La crosse n'a eu aucun effet.

— Parce que tu es une sensitive. J'ai compris.

— J'espère que tu comprends également que les procédures habituelles d'arrestation ne marcheront pas avec Harlowe. Je suis la seule personne que la crosse ne peut pas affecter : quand nous le trouverons, j'entrerai seule.

Cynna grommela :

— Tu es peut-être immunisée contre la crosse, mais il y a quantité d'autres moyens de se faire tuer.

— Elle aura du renfort, lui dit Rule avec détermination.

— À dix mètres, et hors de vue, précisa Lily.

— C'est trop loin, rétorqua Rule. Cullen a dit que Helen devait se trouver à moins de cinq mètres pour l'affecter.

— Cullen est un ensorceleur. Les situations dans lesquelles il est en sécurité ne sont pas forcément sûres pour les autres. D'autre part, je ne suis pas convaincue qu'il sache ce que le mot « sécurité » signifie, ajouta-t-elle, songeant à ce qu'il avait dit à propos de l'expérimentation du feu du mage.

— Pourquoi diable te montres-tu si attentive à la sécurité des autres et pas à la tienne ?

— C'est ma propre sécurité qui est aussi en jeu ! Je dois être sûre que les personnes qui sont derrière moi ne sont pas contrôlées par...

— On en a déjà parlé. Harlowe ne peut pas lire dans les esprits, par conséquent il ne peut pas les manipuler.

— On ignore complètement ce qu'il est capable de faire. Si tu n'étais pas si persuadé de savoir...

— Temps mort ! chantonna Cynna. Si vous ne parvenez pas à jouer ensemble, je vous envoie dans vos chambres.

Après un moment de silence, Rule dit sèchement :

— Sans dîner ?

— Seulement si vous ne me racontez pas pourquoi vous vous disputez.

Lily prit une profonde inspiration.

— Très bien. (Au moins, cette fois elle savait quel était le sujet de leur querelle.) Le problème, c'est que nous avons plus de suppositions que de certitudes sur les capacités de la crosse.

— D'après ce que tu as dit, elle peut tuer, faire atrocement mal, et contrôler les esprits.

Rule prit la parole :

— Tuer et faire très mal, oui. Mais contrôler les esprits, probablement pas, si elle est entre les mains de Harlowe. Lily et moi sommes en désaccord sur ce point, ajouta-t-il. Je pense que la crosse amplifie le Don naturel de son utilisateur, s'il en a un. Helen était télépathe. Harlowe ne l'est pas.

— Ce n'est pas sur ça que je suis en désaccord, dit Lily impatiemment. Mais Helen n'avait pas de Don qui lui permettait de couper les gens en tranches à distance. Cette capacité provenait uniquement de la crosse. Que peut-elle faire d'autre que nous ignorons ?

— Peut-être qu'elle n'a pas de limites, et que le Président et la majeure partie du Congrès sont déjà sous le contrôle de Harlowe. Lily, nous ne pouvons pas te protéger contre tous les « peut-être » que tu évoques.

— Nous prendrons toutes les précautions qui semblent raisonnables. Dix mètres est une distance raisonnable.

— Pour toi.

— C'est moi qui commande.

— On ne soumet pas ça au vote ? Et moi qui te croyais très attachée à la démocratie.

Lily se fit violence pour taire la réponse qui lui brûlait les lèvres. Ils s'étaient suffisamment donnés en spectacle devant Cynna.

Comment avaient-ils fait pour que la situation s'envenime si vite, après ce qui s'était passé la nuit dernière ?

Sa vie amoureuse était si compliquée, songea-t-elle. Brusquement, elle prit un CD au hasard, qu'elle glissa dans le lecteur. Elle baissa immédiatement le volume.

Elle n'avait pas le temps de ressasser toutes les difficultés de sa vie amoureuse. Elle se tourna vers Cynna Weaver et lui demanda de lui expliquer le fonctionnement de son Don. Et elle réussit admirablement à ne pas penser à leur différence d'âge, aux cauchemars, ni à ce qui avait attiré Rule chez cette femme tant d'années plus tôt.

XI

Cynna ne s'attendait pas à apprécier Lily Yu. Elle éprouvait de l'envie, bien entendu, avec une bonne dose de sa charmante cousine : la jalousie. Mais quoi de plus naturel ? Elle ne se le reprochait pas. Pourtant, à un moment pendant le trajet, elle s'était surprise à sentir une flèche de sympathie se planter en elle, une flèche qui avait transpercé ses sentiments négatifs.

Mis à part cela, elle ne savait pas vraiment quoi penser de cette femme. Lily semblait compétente, mais pourquoi avoir amené Rule ? Il pouvait certainement la protéger, mais elle n'était pas une petite fille sans défense. Cynna ne voyait pas en quoi il pourrait être utile par ailleurs. Les lupins n'étaient pas concernés par la traque de Harlowe… à moins qu'on ne lui ait pas tout dit ?

Ce ne serait pas la première fois qu'on ne la tenait pas au courant. Trop souvent, les gens la prenaient pour une sorte de cinglée bien utile, comme la roulette d'un jeu de société… On la lançait, on la faisait tourner, pour voir quelle direction elle indiquerait. Ils s'imaginaient qu'elle n'avait pas besoin de cerveau pour ses détections. Et que par conséquent, elle n'en avait pas.

Rule la connaissait mieux que les autres, mais il

était d'une nature terriblement secrète. Pourtant, elle ne pensait pas qu'il lui mentirait purement et simplement. Elle guetterait une occasion de lui parler seul à seul, pour lui demander la vraie raison de sa venue.

Temecula se trouvait à mi-chemin entre San Diego et Los Angeles, sur la I-15. Le temps qu'ils arrivent à sa banlieue de fast-foods et de stations-service, le soleil s'était levé au-dessus de l'horizon. Lily éteignit la musique. Elle prévint Cynna de se montrer particulièrement respectueuse vis-à-vis des autorités locales.

Temecula, dit-elle, était autrefois une petite ville tranquille, mais elle avait connu une véritable poussée de croissance ces dix dernières années. Tel un adolescent dégingandé qui peut monter sur ses grands chevaux à tout moment, elle était très orgueilleuse. Il y avait comme de la rivalité entre les nouveaux venus et les employés de longue date du commissariat local. Ces derniers étaient dépassés en nombre, mais ils avaient l'expérience de l'âge et des grades supérieurs, et ils n'aimaient pas que des étrangers leur expliquent le métier.

Kim avait mené une vie tranquille, songea Cynna alors qu'ils s'arrêtaient à proximité de leur destination. Enfin, jusqu'à ce qu'on l'assassine. Elle avait vécu dans un duplex en stuc divisé en deux appartements, avec un toit couvert de ces tuiles rouges très prisées des Californiens. La cour était minuscule, mais la végétation luxuriante. Cynna compta quatre policiers qui y marchaient d'un pas lourd.

Ils se garèrent. Ils étaient à peine arrivés sur les lieux que l'un de ces policiers vint les trouver pour leur demander de passer leur chemin. Lily lui montra son badge. Visiblement peu impressionné, il lui dit qu'ils devaient attendre que l'inspecteur Leung les autorise à entrer. Il ne feignit même pas d'être désolé lorsque, en réponse à la question de Lily, il leur fit savoir que le corps avait été déplacé.

Lily semblait furieuse.

Ils attendirent donc. Cela faisait du bien de ne plus être dans la voiture. Non pas que Cynna ait encore le mal des transports – elle avait lancé un petit sort anti-nausées, juste ce qu'il fallait – mais elle détestait être assise à l'arrière. Elle se sentait toujours à l'étroit, et laissée de côté.

L'air avait cet aspect frais et fluide qu'elle associait plus au printemps qu'à l'automne. Mais cette partie du pays ne connaissait pas vraiment l'automne, et encore moins l'hiver. Cynna était arrivée ici directement après une autre mission à Kansas City, et elle n'avait pas eu le temps de passer chez elle se changer. Ses vêtements n'étaient pas appropriés au climat.

En fait, elle était tout simplement mal habillée, mais ce n'était pas nouveau. Elle n'avait jamais eu la classe d'un agent du FBI. Elle soupira en observant la poupée chinoise. Cynna portait un pantalon elle aussi, mais il n'avait pas l'allure de celui de Lily, et sa veste était loin d'être aussi chic que la sienne, rouge et bien coupée. Lily ne se baladait pas non plus avec un vieux sac de sport noir. Non, elle portait une grande sacoche en cuir en bandoulière.

Elle et Rule parlaient à quelques pas de Cynna, trop bas pour qu'elle puisse entendre ce qu'ils disaient. Ils ne se disputaient pas mais n'avaient pas l'air heureux non plus. Elle retrouva un peu le moral. C'était peut-être mesquin, mais elle était contente de savoir que cette femme n'était pas parfaite.

Finalement, un homme sortit de la maison de la victime. Il était asiatique et ne portait pas d'uniforme, Cynna s'autorisa donc à conclure que c'était lui qu'ils attendaient.

L'inspecteur Leung était un homme de petite taille, à peine plus grand que Lily, mais habillé avec tout autant d'élégance : une chemise blanche impeccable, un costume bleu marine et une cravate fine. Ses rides étaient trop rares pour trahir son âge, mais ses cheveux étaient plus poivre et sel que noirs. Le temps qu'il arrive devant eux, ils comprirent que de toute évidence, ils n'étaient pas les bienvenus.

Il déclina son nom et son grade, puis regarda Rule avec insistance. De froid, il devint glacial.

— Que fait-il ici ? Et elle ?

Le « elle » était destiné à Cynna. Elle lui adressa son sourire « Va te faire voir en enfer ».

Lily lui répondit d'un ton sec :

— Il est consultant, et elle appartient à la Section des Crimes Magiques, tout comme moi... si cela vous concerne en quoi que ce soit. Qui a fait déplacer le corps ?

— Moi-même. Les techniciens avaient terminé.

— J'ai demandé qu'on n'y touche pas.

— On obtient pas toujours ce qu'on veut, hein ? J'ai pas dû recevoir le message.

Il avait un sourire tendu... comme son slip, se dit Cynna. Elle le soupçonnait aussi d'avoir bien eu le message mais de n'en avoir pas tenu compte.

Lily pianota sur sa cuisse avec ses doigts.

— Je voudrais voir votre plaque, inspecteur.

Il plissa les yeux mais la sortit de la poche intérieure de sa veste, la mit sous le nez de Lily rapidement, puis s'apprêta à la ranger.

Main tendue, Lily ne bougea pas. Il s'immobilisa, faisant son possible pour cacher son agacement. Finalement, il la lui donna.

Elle plongea la main dans une des poches de son immense sacoche et en sortit une petite pochette chic en cuir qui contenait un bloc-notes. Là, elle nota son numéro de plaque, avant de la lui rendre.

— Commençons par jeter un œil à la scène du crime. Où puis-je trouver le corps ?

— À la morgue de l'hôpital. La ville n'est pas assez grande pour avoir une morgue séparée pour les victimes d'homicides. Cependant, mince... (Il retrouva le sourire.) ...je crains de ne pouvoir vous laisser entrer.

Lily haussa les sourcils.

— Je ne comprends pas très bien ce qui vous fait penser que vous avez le choix.

— Oh, je coopérerai. Si votre bureau régional veut envoyer quelqu'un d'autre, je coopérerai bien volontiers avec lui. Mais je ne peux pas vous laisser entrer, vous, sur la scène de crime. (Maintenant, il s'amusait franchement.) C'est impossible, dans la mesure où vous êtes impliquée.

Lily se tut un long moment. Cynna jeta un coup d'œil à Rule; elle s'attendait à ce qu'il intervienne. Mais il se contenta d'observer, avec un petit sourire, comme s'il savait que la suite lui plairait.

— Je suis sûr que ça peut s'arranger, dit Leung, plein de suffisance à présent. Mais le petit mot qu'il a laissé vous lie au crime. Je ne peux en aucun cas courir le risque que la scène soit… contaminée. (Il prononça ce mot comme si les trois personnes qu'il avait devant lui polluaient l'air rien qu'en respirant.) Si vous avez une objection, vous pouvez toujours passer en ville parler au commissaire.

— Vous avez mal compris, dit Lily posément. Le titre 28, Code des États-Unis, section 533, autorise le procureur général à nommer des fonctionnaires pour enquêter sur des crimes perpétrés à l'encontre de notre pays.

— Que diable voulez-vous…

— Le titre 18, chapitre 51, section 1111, établit comme crime fédéral un meurtre perpétré par magie. Le chapitre 19 établit également comme un crime fédéral la conspiration dans le but de commettre un acte de violence, y compris de violence perpétrée par magie. Je suis la fonctionnaire dûment nommée, enquêtant sur une conspiration visant à assassiner de nombreuses personnes, y compris des fonctionnaires chargés de l'application de la loi, et ce, par magie. C'est le procureur général qui m'a donné l'autorité pour intervenir, et sa décision prime sur celles de votre commissaire. Mon principal suspect a été aperçu avec votre victime. Il m'a laissé un fichu mot signé à ce propos sur le cadavre. Titre 18, chapitre 55…

— Je ne remets pas en cause les juridictions, glissa-t-il rapidement. Je dis simplement que vous…

— Et moi, je dis que vous n'avez pas l'autorité pour m'empêcher d'entrer dans ce lieu. Si vous avez des doutes sur mes compétences ou ma culpabilité éventuelle dans ce meurtre, faites-en part à mes supérieurs. N'allez pas déranger le bureau régional, ils n'ont pas non plus l'autorité pour interférer. Je vous conseille de contacter directement le directeur de la Section des Crimes Magiques. Ruben Brooks. Il se trouve au siège du FBI à Washington. Appelez-le.

Elle sortit un téléphone portable d'une autre poche de son sac et le lui lança.

Son geste prouva que Leung avait de bons réflexes, car, malgré son expression tétanisée, il attrapa l'objet au vol.

Lily enchaîna :

— Pour avoir sa ligne directe, tapez sept, c'est un numéro abrégé.

— Attendez une minute, dit-il. Je n'ai pas l'intention…

— Si vous n'êtes pas prêt à mettre en doute mes compétences, je demande et j'exige votre coopération.

Elle fit demi-tour et partit en direction de la maison. Les deux policiers en uniforme s'efforcèrent de feindre qu'ils n'avaient pas pris plaisir à entendre cette conversation. Leung ne devait pas être très populaire parmi ses subalternes.

Rule avait aussitôt suivi Lily et marchait à la même allure qu'elle. Cynna leur emboîta le pas.

— Que portait la victime ? demanda Lily sans un regard en arrière.

— Rien. (Leung se hâta de les rattraper et saisit Lily par le bras juste au moment où elle atteignait le porche.) Je ne peux pas laisser entrer ce *métamorphe*. Il n'est pas agent fédéral.

Il n'avait pas essayé de retenir Rule, remarqua Cynna. Bien vu.

— Vous feriez mieux de me lâcher immédiatement,

lui dit Lily d'une voix aussi glaciale que son regard était brûlant. À moins que vous ne comptiez procéder à une arrestation ?

Il laissa retomber sa main, comme s'il s'était retenu de la gifler. Elle se retourna pour le dévisager, le regard aussi fixe que le viseur d'un snipeur. Il finit par détourner les yeux.

Elle monta les marches du porche.

— Turner n'entrera pas tout de suite. Mais c'est ma décision, pas la vôtre.

Elle ouvrit son sac pour y prendre une boule de plastique, qu'elle sépara en gants et chaussons jetables.

Cynna jeta un coup d'œil aux pieds de Leung. Il ne s'était pas donné la peine d'en mettre. Maintenant qu'elle y pensait, il ne portait pas de gants non plus lorsqu'il était sorti de la maison.

— Où le corps a-t-il été trouvé ? demanda Lily en se penchant pour protéger ses chaussures.

— Dans la chambre du fond. Dans son lit, disposée avec soin, ses mains posées sur son cœur.

Il répondait avec réticence, mais Cynna supposa qu'il pensait avoir gagné une bataille lorsque Rule avait été exclu du lieu.

— Des traces d'agression sexuelle ?

Il secoua la tête.

— Aucune blessure indiquant qu'elle aurait résisté, pas de déchirure visible, et je n'ai remarqué aucune trace de sperme.

— Le type qui l'a trouvée, c'est un ami ou un petit ami ?

— Il affirme qu'ils n'avaient pas de relation sérieuse, qu'ils sortaient ensemble de temps en temps, rien de plus. Mais la voir rentrer chez elle avec un autre homme l'a suffisamment ennuyé pour qu'il repasse plus tard. Il dit qu'il voulait s'assurer qu'elle allait bien.

Il n'avait pas l'air convaincu par cette explication.

— Avait-il une clé, ou est-ce que la porte n'était pas

fermée ?

— Ouverte, il a dit. Entrebâillée plus exactement.

Elle était grande ouverte à présent. Dans l'embrasure de la porte, Cynna put apercevoir un salon ordinaire : un sofa et un tapis beiges, une télévision. Pas de technicien de la scientifique en vue. Maintenant qu'elle y pensait, elle n'avait pas non plus entendu leurs petits aspirateurs. Était-ce possible qu'ils en aient déjà fini avec tout l'appartement ?

Lily fit un signe de tête à Rule. Il le comprit certainement, car il s'avança vers la porte, s'accroupit et plaça son visage à côté de la poignée.

— Qu'est-ce qu'il fiche ? s'exclama Leung.

Elle lui fit signe de se taire. Rule renifla longuement, puis passa la tête dans le salon. Le reste de son corps demeura immobile, comme celui d'un chien qui hume l'air. Enfin, il regarda Lily par-dessus son épaule. Cynna aperçut son profil… superbe, mais sombre.

— À la porte, je ne perçois rien de particulier, dit-il. Mais à l'intérieur… (Il désigna le salon du menton.) …je sens de la magie macabre.

Lily se tourna vers Leung.

— C'est mon enquête maintenant, cet appartement est scellé. Personne n'entre sans mon accord.

— Vous ne pouvez pas…

— Je viens de le faire.

Lily dut demander à Leung de lui rendre son téléphone. Tandis qu'il appelait le commissaire pour se plaindre d'elle, elle appuya sur le sept… et pria pour ne pas avoir gravement outrepassé son autorité.

Pendant que sonnait la tonalité, elle regarda rapidement sa montre. Sept heures trente ici signifiait onze heures trente à Washington. Donc, à moins qu'il soit en réunion…

— Bonjour Lily, dit-il.

À moins qu'il soit en réunion, il décrochait lui-même.

Seuls les membres de l'Unité avaient ce numéro.

— J'ai un meurtre perpétré par magie. Harlowe est dans le coup.

— Continuez.

Elle le mit au courant, notamment du fait qu'elle avait annoncé que l'endroit était scellé.

— Donc, dit-elle pour finir, je vais avoir des ennuis pour être allée trop loin ? Si la réponse est non, pourrait-on me trouver quelqu'un qui puisse confirmer comment est survenu le décès, de manière à ce que ce soit recevable auprès du tribunal ? Karonski serait le mieux placé, mais s'il ne peut pas, un autre Wiccan ? L'assistance de quelques agents spécialisés dans la collecte de preuves ne serait pas du luxe non plus. Leung a bousillé la scène, impossible de dire combien de grands pieds dégoûtants de flics ont déjà piétiné le sol de l'appartement, mais on doit tout de même essayer. Qui prend en charge le porte-à-porte ?

S'ensuivit une angoissante seconde de silence, à laquelle mit fin le rire de Ruben.

— Vous semblez bien vous remettre de la perte de Karonski, mais vous ne pouvez pas le récupérer tout de suite, je le crains. Nous devrons faire venir des experts du civil. Il y a une assemblée de sorcières à Los Angeles, dont le témoignage est solide. Je vous les envoie. Appelez le bureau régional… Non, je m'en charge. Ils prendront la relève sur place, mais vous devrez solliciter la coopération des autorités locales pour le porte-à-porte.

— Très bien, monsieur. Leung est un crétin, cela dit. (Ils auraient besoin de toute une assemblée de sorcières pour faire ce que Karonski accomplissait seul ? Elle rangea cette question dans un coin de sa tête.) Ce gars a fichu en l'air l'enquête rien que pour me décrédibiliser. J'ai peur qu'on ait pris un mauvais départ.

— C'est ce que j'avais compris, lui répondit Ruben sèchement. À vous de gérer ça. Vous prendrez Weaver avec vous pour inspecter les lieux ?

— Oui, monsieur. Elle enfile les chaussons à l'instant

même.

— O.K. J'ai cette impression… Eh bien, gardez-la dans le coup, juste au cas où. Oh, à propos de la crosse. On m'a demandé de vous donner l'ordre de la préserver pour analyse, si possible.

Lily voulut protester, mais se retint. Il ne lui avait pas vraiment dit de ne pas détruire la crosse, n'est-ce pas ? Tout ce qu'il avait déclaré, c'était qu'on lui avait demandé de transmettre l'ordre.

— Oui, monsieur, répondit-elle prudemment.

— Appelez-moi ce soir pour me tenir au courant, à moins que les événements n'en décident autrement.

Elle le salua, raccrocha et rangea son téléphone.

Cynna avait écouté la conversation d'un air intéressé. Rule était debout à quelques pas, plus près de Leung, probablement occupé à espionner la conversation du policier plutôt que la sienne.

Bien. Lily savait ce qu'il penserait de l'ordre de conserver la crosse plutôt que de la détruire. Elle était plutôt du même avis que lui, mais elle avait besoin de réfléchir encore à la question.

— Venez, dit-elle à Cynna. Allons voir ce qu'on peut apprendre.

Lily avait conscience qu'elle arrivait après la bataille. Leung avait fait un travail de cochon sur la scène de crime. Mais elle protégerait ce qu'elle pourrait, et Rule devrait donc rester en dehors pour l'instant. Il ne lui avait fait aucun reproche, preuve qu'il pouvait être raisonnable, quand il le voulait.

Le salon était petit, beige et immaculé. Elle s'arrêta au milieu de la pièce pour la balayer des yeux. Kim Curtis était une femme ordonnée. On avait récemment passé l'aspirateur sur le tapis ; le salon était aussi bien rangé que l'appartement de Lily, même s'il n'était pas aussi dépouillé. Les deux fauteuils assortis avaient l'air neuf. Le canapé était couvert d'un tissu matelassé ivoire, avec deux coussins vert pâle exactement de la même couleur que les fauteuils. Deux gravures de paysages étaient accrochées au mur dans de jolis cadres. Une grande télévision était posée sur un meuble bas, accompagnée d'un vieux magnétoscope, d'un lecteur CD/DVD neuf et de cinq boîtes en tissu.

Ni verre ni assiette en vue. Si Curtis avait offert à boire à Harlowe, ils n'avaient rien pris dans cette pièce.

Lily s'approcha du meuble TV et ouvrit l'une des boîtes.

— Que cherchez-vous ? lui demanda Cynna derrière elle.

— Je ne sais pas.

Toutes les boîtes contenaient des CD et des films – sous forme de cassettes et de DVD.

— Elle aimait les vieilles comédies musicales. Et les comédies romantiques.

— Elle s'en sortait plutôt pas mal, hein ? Elle avait à peine trente-deux ans, mais elle possédait déjà son propre appart, plutôt bien meublé.

— Oui. (Elle se redressa.) Peut-être qu'il lui restait encore des crédits à rembourser, mais elle s'en sortait bien. (Jusqu'à ce qu'elle croise la route de Harlowe. Lily serra les dents.) Allons jeter un coup d'œil à la chambre à coucher.

— C'était vraiment amusant de te voir démolir ce type, lui dit Cynna en la suivant dans le couloir. Tu m'as offert une belle leçon de respect des autorités locales.

Lily grimaça.

— Trop tard pour dire « Fais ce que je dis, pas ce que je fais » ?

Cynna rit.

— Toutes les références légales que tu lui as citées, tu les as inventées ?

Lily entra dans la chambre du fond et regarda autour d'elle.

— Disons que j'ai pu mélanger certains numéros de sections. Le fond était exact.

— C'est flippant. Tu connais vraiment tout ce code de

droit ?

— Des extraits. J'ai tâché de me mettre au niveau.

Kim ne s'était pas donné beaucoup de mal pour décorer sa chambre. Des murs blancs, des meubles de récup mal assortis, mais même cette disparité n'avait pas d'intérêt.

— Je ne sais pas si Karonski te l'a dit, mais je ne suis pas avec l'Unité depuis longtemps. J'étais à la Criminelle avant.

Du lit défait tombaient des draps blancs et un édredon rose et jaune déteint. Pas de sang, mais le corps s'était vidé au moment de la mort, et l'air était encore chargé d'une odeur nauséabonde.

— Berk. (Cynna plissa le nez.) Dieu merci, je ne suis pas Rule.

— Il ne réagit pas comme nous aux odeurs, lui dit Lily distraitement.

Pas d'affiches aux murs, mais au-dessus du lit étaient accrochées trois croix en bois. Artisanales, pensa-t-elle. De jolis objets, vraiment.

— La plupart du temps, l'odeur est pour lui une source de données. Par exemple, la vision d'une crotte de chien par terre est pour nous anodine. Nous comprenons que nous devons l'éviter. Les odeurs lui parlent un peu de cette façon.

— Si tu le dis.

Une Bible était posée sur la table de chevet. Lily tiqua ; elle avait du mal à associer ces signes de dévotion religieuse à la personnalité d'une femme qui rentrait chez elle avec un inconnu rencontré dans un bar. Certains croyants s'égaraient parfois hors du droit chemin, pourtant cela ne semblait pas être le cas de Kim. Pourquoi ?

Parce que les objets pieux se trouvaient dans cette pièce, comprit-elle.

Dans l'espace intime de Kim, pas exposés dans son salon. Elle n'exhibait pas sa foi, pourtant elle avait ramené un inconnu. Elle se tourna vers Cynna.

— D'après ce que tu m'as dit, tu ne peux pas chercher

de traces de Harlowe parce que tu ne possèdes pas son motif personnel, mais tu pourrais chercher des éléments qui ne concordent pas avec celui de la victime.

— Je devrai trier certaines de ses affaires d'abord, trouver son motif à elle. Ensuite... (Elle jeta un coup d'œil au lit.) ...j'en chercherai un qui ne lui appartient pas.

— Vas-y. Je vais examiner les lieux à ma façon.

Lily n'avait touché la magie macabre qu'une seule fois. Le contact n'avait pas été plaisant. Elle ôta un gant et s'arma de courage.

Cynna retira également les siens.

— J'ai pensé que nous pourrions être en mesure d'évaluer la puissance de la crosse, dit-elle.

— Comment ?

— Quel est ton PMI ?

Lily s'arrêta.

— Mon quoi ?

— Ton PMI. Tu sais, ton Potentiel de Magie Inné.

Lorsque Lily la fixa, le regard vide, Cynna lui demanda, incrédule :

— On t'a testée, n'est-ce pas ?

— Oh. C'est vrai. (Elle se rappela que Karonski avait dit quelque chose à ce sujet.) Le test ne fonctionnera pas sur moi parce qu'un sort est nécessaire pour mesurer la puissance du Don du sujet. Et le sort glisserait sur moi.

— Merde. C'est logique. Il existe peut-être un autre moyen d'estimer l'importance de ton Don. Il est assez puissant pour empêcher la crosse de t'affecter, donc...

— Ça ne marche pas comme ça. Je ne...

Lily se tut au moment où elle plaça sa paume sur l'oreiller, à l'endroit exact où la tête de Kim Curtis avait laissé son empreinte.

— Hé, ça va ?

— Oui.

Elle avait répondu machinalement ; c'était presque vrai.

— Mais je déteste cette sensation.

— La magie macabre, hein ? Ça fait quoi ?

— Verre pilé et chair putréfiée.

Pire encore. Il n'y avait pas de mots pour décrire cette chair qui pourrissait. Elle avait espéré pouvoir repérer une différence, un changement quelconque dans la magie lorsqu'une autre personne utilisait la crosse, mais la répugnance submergeait tout le reste.

Lily secoua sa main pour se débarrasser de cette sensation, puis remit son gant.

— Comme je te le disais, être une sensitive est différent des autres Dons. Je n'ai jamais considéré que c'en était un, en fait.

— Pourquoi ?

Lily chercha un moyen de le lui expliquer.

— Tu as des sortes de boucliers de protection, c'est cela ?

— Bien sûr. (Elle regarda autour d'elle.) Hmm… je vais devoir toucher un objet qui appartient à Kim.

— Nous étiquetterons tout ce que tu auras manipulé. Tâche de ne pas laisser tes empreintes sur quoi que ce soit d'autre.

Elle s'approcha de la commode, sur laquelle étaient posés un miroir, une boîte à bijoux et plusieurs bouteilles de parfum sur un petit plateau.

— Toute personne Gratifiée peut apprendre à lancer des sorts, n'est-ce pas ?

— Plus ou moins. (Cynna ouvrit la porte de la penderie avec son coude.) Certains sont plus doués que d'autres. La plupart d'entre nous ne sommes vraiment bons que pour lancer certains types de sorts, les plus étroitement liés à notre Don. (Elle s'assit sur le sol pour prendre une chaussure de sport, et passa sa main nue dessus.) Ça fera l'affaire, dit-elle, satisfaite.

Apparemment, les chaussures n'absorbaient pas que la sueur de leurs propriétaires. Lily ouvrit la boîte à bijoux. Kim Curtis avait aimé les boucles d'oreilles et les bracelets. Aucun collier, cependant.

— Par conséquent, la puissance de ces boucliers de

protection dépend de la force du Don et du talent de la personne pour lancer ce type de sort.

— Grosso modo. Il existe des moyens d'emmagasiner de la puissance, mais mieux vaut avoir un Don puissant.

— Eh bien, je ne peux pas utiliser la magie, dit Lily d'une voix neutre en refermant la boîte à bijoux. Et je n'ai pas de bouclier. Être sensitive, c'est plus comme... ne pas être poreuse. Certaines substances n'absorbent jamais l'eau, peu importe combien de temps on les laisse tremper. La magie ne peut pas s'infiltrer en moi, peu importe la force avec laquelle elle me frappe. Sauf si...

— Continue. S'il y a une exception, je dois la connaître.

— La nuit dernière, Nettie a été capable de me mettre en somnie. On m'a dit qu'elle n'utilisait pas de la magie, mais une sorte d'énergie religieuse. Enfin, c'était tout de même un sort. Je ne comprends pas pourquoi il a agi sur moi.

Cynna haussa les épaules.

— Je ne peux pas vraiment t'aider. Je ne connais pas non plus la différence.

Elle posa la chaussure et se leva.

— J'ai le motif de Kim. J'ignore si je serai en mesure de trouver suffisamment de fragments de celui de Harlowe pour en tirer quoi que ce soit, mais je vais tenter le coup.

— Tu es capable de limiter ton balayage à Harlowe, hein ? De manière à ne rien obtenir de la crosse.

— Je ne fais pas de balayage. Je trie.

— Je ne te suis pas.

— Ce sont deux opérations distinctes. Le balayage serait comme... tiens, comme chercher une écharpe rouge qu'on a laissée tomber par terre. On la verrait de loin. On n'aurait ni besoin de la toucher, ni de la ramasser. Avec le tri, il s'agit plus de rechercher un foulard en soie dans un tas de foulards emmêlés. On est obligé de les manipuler pour trouver le bon et le séparer des autres.

— Alors fais bien attention à ce que tu touches.

Cynna adressa à Lily un sourire éclatant et avança jusqu'au lit. Peu à peu, son visage se ferma alors qu'elle se concentrait intensément. Elle plaça sa main gauche au niveau de sa taille, paume vers le haut, comme si elle faisait dévier quelque chose, et tendit son bras droit vers le lit, coude bloqué et doigts joints.

Lentement, elle tendit son bras vers la gauche. Tout le reste de son corps demeura immobile. Elle aurait pu être une statue dotée d'une seule partie mobile, le bras qui oscillait lentement et repartait vers la droite. Si elle respirait encore, cela ne se voyait pas.

Son bras sembla hésiter et se figea. Progressivement, ses doigts s'écartèrent.

Ses yeux roulèrent dans leurs orbites. Puis, comme si tous les muscles de son corps avaient simultanément fondu, elle s'effondra.

Lily se précipita pour la rattraper. Elle arriva, sans la moindre grâce, juste avant que la tête de Cynna ne percute le cadre du lit. Déséquilibrée, Lily se retrouva par terre, Cynna à moitié affalée sur elle.

Elle parvint à s'asseoir et à installer la tête de la détectrice sur ses cuisses. Elle cherchait son pouls lorsque Cynna ouvrit ses yeux couleur whisky.

— Merde, fit-elle.

— Tu vas bien ? Que s'est-il passé ?

— L'ensorceleur avait raison. Cette crosse ne veut pas qu'on mette la main sur elle.

Pendant une seconde, Lily resta là, à la dévisager.

— Tu as essayé de la trouver. Après tout ce que j'ai dit – au mépris d'un ordre direct – tu as essayé de trouver cette fichue crosse.

Cynna eut l'air penaud.

— Je, euh… j'ai pensé que tu ne savais pas de quoi tu parlais.

Lily se leva. La tête de Cynna cogna le sol.

— Hé !

— Karonski avait raison quand il disait que tu étais

un franc-tireur. Comment pourrais-je travailler avec toi si je ne peux pas te faire confiance ? (Elle avait envie de donner un coup de poing dans quelque chose.) As-tu au moins pris la peine de chercher le motif de Harlowe ?

— Bien entendu ! (Elle avait le culot de prendre un ton indigné, songea Lily.) Ce que j'ai trouvé – je suppose que cela provient de Harlowe – était complètement emmêlé avec ce truc dégoûtant. Je n'ai pas pu le trier.

— Ce n'est pas une excuse.

— Je n'en cherche pas. Je t'explique, c'est tout. (Cynna se mit debout avec précaution.) Pfiou… J'ai l'impression de sortir d'une cuite de trois jours. Bon, j'ai eu tort sur un point, alors peut-être que tu devrais, euh, regarder si… eh bien, si on m'a fait quelque chose. Ce ne devrait pas être possible, se hâta-t-elle d'ajouter. Pas à distance. Mais l'impossible se produit sans arrêt, ces derniers temps.

Lily était si en colère qu'elle la laissa mariner. Ce ne fut qu'après avoir fait taire ses pulsions fort peu professionnelles qu'elle parvint à lui dire d'un ton cassant :

— J'ai touché ta peau en vérifiant ton pouls. Aucune trace de magie macabre, je dirais donc que la crosse ne t'a rien fait, si ce n'est te flanquer par terre.

— J'imagine que tu n'aurais pas pu la manquer, même si c'était une trace minuscule ?

— Si la magie macabre avait une odeur, ce serait celle de ce truc qu'on met dans le gaz naturel pour qu'il sente mauvais – une quantité minime nous alerte immédiatement de sa présence. Quand j'ai un contact avec la magie macabre, je le sais.

— Très bien. (Elle eut beau essayer de ne rien laisser paraître, la voix de Cynna trahit son soulagement.) Euh… J'ai une dernière chose à te dire. C'est à propos de Kim Curtis.

— Quoi ?

— Elle n'est pas totalement partie.

XII

Rule avait la nausée.

— Tu es sûre que le résidu que tu as récupéré n'est pas un fantôme ?

Ils attendaient l'arrivée des techniciens du FBI. Cynna et lui se tenaient dans un coin de la cour. Lily était sous le porche, occupée à parler avec l'officier en uniforme arrivé le premier sur les lieux. Les autres agents de police étaient partis. Leung les avait congédiés dans un accès de colère lorsque le commissaire lui avait donné l'ordre de laisser le FBI prendre possession des lieux.

Au moins, la presse ne s'était pas manifestée. Pas encore.

Cynna secoua la tête.

— Je ne sais pas ce que j'ai récupéré, mais, avec les fantômes, il y a toujours une orientation, tu sais ? Cette fois, il n'y en avait pas.

— Qu'est-ce qui t'a poussée à rechercher une femme morte ?

— Je vérifie toujours, admit-elle. Lorsqu'on fait appel à moi, c'est généralement à cause d'une mort violente. Ce qui est souvent à l'origine d'un fantôme. C'est pourquoi je fais une détection de la victime pour être sûre. S'il y en a un, on s'en remet à un spécialiste.

Il la regarda d'un air interrogateur.

— Tu as déjà détecté des fantômes, alors ?

— Bien sûr. Ce n'est pas si inhabituel. La plupart du temps, comme ils ne sont pas assez forts pour se manifester, personne ne sait qu'ils sont là.

— Mais lorsqu'il n'y a pas de fantôme, tu obtiens… quoi ?

— Rien. Quand quelqu'un meurt, je ne devrais rien avoir à détecter. Cette fois-ci il y avait… eh bien, quelque chose d'elle. C'est le genre d'impression que donnent les fantômes. Seulement, contrairement à ceux-ci, ce reste n'était pas lié à un endroit. Je ne sais pas quoi en conclure.

— Il faut en conclure, dit Lily d'un ton sévère en se joignant à eux, qu'il ne l'a pas seulement tuée. Il lui a ôté la vie… et il s'en est servi pour alimenter la crosse.

Cynna secoua la tête obstinément.

— Je n'ai pas réussi à saisir le motif de la crosse. Comment aurais-je pu récupérer quelque chose à l'intérieur ?

— Mais tu as été en contact avec elle. Et elle t'a foutu une raclée. Alors, où est-elle ?

— Je n'en sais rien, bon sang ! Quelque chose… (Elle s'arrêta et déglutit.) Quelque chose m'empêche d'y accéder.

— La crosse elle-même, oui.

Cynna semblait légèrement malade. Rule ne se sentait pas non plus au meilleur de sa forme. Le vestige de Kim Curtis était-il conscient ? Piégé, immatériel…

Il se tourna vers Lily.

— As-tu découvert quoi que ce soit d'utile ?

— Possible. (Il y avait une tension en elle, qu'il voulait instinctivement apaiser.) J'ai appris plein d'autres choses sur Mike Sanderson, le gars qui l'a trouvée. J'essaie de comprendre pourquoi elle a ramené Harlowe chez elle.

— Tu veux savoir si elle y a été contrainte.

— Je sais que tu ne crois pas que la crosse en soit capable, mais ce n'est pas cohérent. Elle avait des croix accrochées à son mur et une Bible près de son lit. De plus, son petit ami la croyait vierge. (Rule haussa les sourcils.) Ça soulève pas mal de questions, hein ? Bien sûr, ce n'est pas parce qu'un type croit qu'une femme est blanche comme neige qu'elle l'est forcément, mais d'après Sanderson, elle prônait la chasteté avant le mariage. C'est pour ça que ça n'a pas fonctionné entre eux - lui-même n'est pas croyant - mais il était dingue d'elle. Il continuait à traîner dans le coin. C'est ce qu'il faisait hier soir. Comme il savait qu'elle adorait danser, il est passé au *Cactus Corral*, pensant peut-être l'y trouver ; il avait vu juste. (Elle secoua la tête.) Il est bouleversé, parce qu'il n'a rien fait pour l'arrêter quand elle est partie avec Harlowe.

— Il s'en veut. C'est naturel.

— Il savait qu'il y avait un problème. Elle est partie avec Harlowe après une seule danse avec lui.

Cynna haussa les épaules.

— Sanderson ne la connaissait peut-être pas aussi bien que ça. Harlowe a aussi pu lui faire prendre à son insu la drogue du viol, du Rohypnol ou de la kétamine.

— Possible. On verra si quelqu'un a remarqué qu'elle semblait somnolente ou ivre. Mais ça m'étonnerait que Harlowe ait réussi à en faire prendre au petit ami réticent.

— Comment ça ?

— Lorsque Sanderson l'a vue partir avec un inconnu, il est allé au-devant d'eux. Il a demandé à Kim ce qui se passait. Harlowe lui a simplement souri et lui a dit que tout se passerait bien pour elle. Sanderson a marché. C'est ce qui le ronge. Il a pensé que c'était une bonne chose qu'elle parte avec ce type.

Rule savait où elle voulait en venir.

— Ce n'est pas comparable à ce que Helen a fait à Abel. Harlowe, lui, n'a pas effacé les souvenirs de Sanderson.

Elle hésita, puis dit doucement :

— La situation rappelle davantage ce qu'elle a commis sur ton frère. Changer son point de vue sur quelque chose.

Il prit une brève inspiration. Les souvenirs frappaient avec une violence encore plus grande quand on leur tournait le dos.

— Oui. C'est bien ce qu'elle a fait.

— L'effet semble s'être dissipé très rapidement sur Sanderson. Deux heures plus tard il était ici, pour voir si Kim allait bien. Il n'a pas cru longtemps que « tout se passerait bien pour elle ».

Cynna semblait sceptique.

— Vous tirez beaucoup de conclusions de preuves très sommaires. La télépathie n'est pas la seule explication. Pour commencer, d'autres Dons existent.

Lily la fixa.

— Par exemple ?

— Eh bien, le charisme. Il n'est pas aussi rare que la télépathie ; de plus, si l'on associe un bon sort de persuasion à un Don vraiment puissant…

— Merde, merde, merde ! (Lily se tapa la cuisse.) J'avais oublié. Karonski a dit un truc à ce sujet. Qu'il était possible que Harlowe ait un Don de charisme.

— Ce n'est pas dans son rapport.

— C'est venu sur le tapis au cours d'une conversation que j'ai eue avec lui. Il émettait une hypothèse, je crois. Je ne me rappelle ni quand c'était, ni le contexte de cette discussion.

Cela raviva la mémoire de Rule.

— Après que Croft et lui ont été manipulés, lorsque nous les avons retrouvés dans leur chambre d'hôtel. Il décrivait leur rencontre. Il a dit que Harlowe avait peut-être un léger charisme.

— Voilà qui expliquerait beaucoup de choses. Pourquoi une jeune femme chaste l'aurait ramené chez elle, entre autres…

— Et pourquoi un ex encore un peu amoureux ne s'y est pas opposé.

— Stop ! (Cynna leva la main.) Je sais que j'ai mentionné la possibilité du charisme, mais il faudrait que ce Don soit sacrément puissant, plus un sort de persuasion hyper efficace pour altérer à ce point le comportement normal et la morale d'un individu. Il ne suffirait pas d'avoir un « léger charisme ».

— La crosse, fit Rule d'un air sombre. Elle change la donne.

Cynna secoua la tête.

— Sanderson a-t-il dit quoi que ce soit à propos d'un morceau de bois noir d'un mètre cinquante que Harlowe aurait brandi ? Un des témoins ? Ce n'est apparemment pas le genre d'objet que les videurs lui auraient permis d'introduire dans le club.

— Il a pu les charmer pour entrer avec.

— Ou, dit Lily calmement, peut-être que la crosse est touchée par un sort d'invisibilité.

Cynna réfléchit avant de secouer la tête encore une fois.

— Les démons peuvent devenir invisibles. Mais c'est inné, comme la transformation de Rule. Aucun sort ne reproduit les capacités innées des personnes de la Souche. Beaucoup trop complexe. Ce sont deux choses aussi différentes que créer de l'ADN et le manipuler.

— Pourtant, Cullen a lancé un sort d'invisibilité sur mon appartement la nuit dernière.

— Je suis impressionnée… s'il a réussi. Mais ton appartement ne bouge pas. Un objet mobile, ce serait une tout autre histoire. Un sort d'invisibilité sur un morceau de bois d'un mètre cinquante, avec lequel quelqu'un se promène dans un bar plein à craquer ? Non, non. Je ne marche pas.

Rule et Lily échangèrent un regard.

— Je vais l'appeler, déclara Lily en prenant son téléphone. Il a dit qu'il répondrait si… Mince !

Une berline américaine, blanche, s'arrêta, suivie d'un fourgon, de la même couleur et de la même facture. Les deux véhicules se garèrent, de part et d'autre de celui de Rule. Les hommes dans la voiture portaient des costumes gris.

Le FBI – ou le fisc – venait d'arriver, et Rule n'avait pas l'impression que la défunte faisait l'objet d'un contrôle fiscal.

— Weaver…

Cynna fit la grimace.

— Appelle-moi Cynna, O.K ?

— C'est vrai. J'avais oublié. Essaye de joindre Karonski. Et de découvrir s'il se rappelle pourquoi il a pensé que Harlowe pouvait avoir un Don de charisme. Je dois informer nos confrères de la situation, voir quel genre d'équipement ils ont apporté. Rule…

— J'appelle Cullen.

— Merci. Utilise mon téléphone. Il décrochera plus volontiers, puisqu'il attend quelque chose de moi.

Elle le lui tendit et partit à la rencontre des nouveaux venus.

Rule observa Lily tout en composant le numéro de Cullen. Elle lui avait dit un jour qu'une personne aussi petite qu'elle avait deux options : apprendre à se déplacer vite ou rester à la traîne. Ce n'était pas une mauvaise métaphore de son approche de la vie, pensa-t-il. Elle avait une démarche rapide, efficace, pleine d'assurance. Et de féminité.

Il y avait aussi la façon dont ses cheveux se balançaient au gré de ses mouvements. Il adorait ses cheveux. Ils étaient aussi noirs que la nuit et brillaient à la pâle lumière du soleil, qui venait à peine de quitter son lit au-delà de l'horizon…

— Tu es vraiment amoureux d'elle, hein ? lui demanda Cynna.

Rule la regarda avec gravité. En attendant que Cullen décroche, il songea à tout ce qu'il n'avait pas dit à Lily. Tout ce qu'il ne pouvait lui dire. Elle le soupçonnait de lui avoir caché des choses à propos de Cullen et de sa quête de la crosse. Elle avait raison. Mais ce n'était pas sa pire omission.

Il ne lui avait pas menti la nuit dernière. Mais découper la vérité en fines tranches revient à tromper.

Telle une gravité inéluctable, le lien d'âme sœur les retenait ensemble. Mais il n'y avait pas que ça : l'affection, la loyauté, le devoir les rapprochaient également. Par ailleurs, la gravité provoquait parfois des avalanches, des coulées de boue, et même des tremblements de terre lorsque des plaques tectoniques bougeaient et soumettaient à des pressions intolérables le sol moins solide qu'il y paraissait…

— Oui, dit-il enfin. Je suis amoureux.

Pour une fois, l'extravagance naturelle de Cynna se fit suffisamment discrète pour transformer en masque les tatouages qui couvraient son visage.

— Je vois. Bon, dit-elle. Il me faut mon téléphone. Il est dans ta voiture, dans mon sac.

— Tiens.

Il lui donna les clés et la regarda partir, les sourcils froncés. Après tant d'années, cela n'aurait pas dû importer à Cynna qu'il ne soit pas libre pour s'amuser avec elle. Pourtant, c'était apparemment le cas. Il ne savait pas trop quoi en penser, et encore moins quoi faire.

La voix de Cullen se fit enfin entendre à l'autre bout du fil :

— Tu as déjà changé d'avis, ma belle ?

— Non, lui répondit Rule sèchement. Je suis dans le même état d'esprit que cette nuit.

— Oh, c'est toi. Si tu m'appelles pour te plaindre du sort de pistage…

— Non, mais je veux bien savoir comment il fonctionne.

Il y eut un moment de silence puis, d'une voix bougonne, Cullen répondit :

— Il ne fonctionne pas. Pas correctement, en tout cas. Je t'ai dit que c'était essentiellement un sort terrestre, n'est-ce pas ? Eh bien, tu ne voudras jamais croire combien de fichues églises puisent leur énergie dans la terre – et leurs paroissiens seraient aussi sous le choc, je parie. Celle-ci s'enchevêtre avec les énergies spirituelles, ce qui crée une saleté d'interférence à chaque fois qu'on arrive à quelques dizaines de mètres. C'était prévisible, c'est pour cette raison que j'ai essayé de lier également le sort à l'air, mais c'est un élément risqué, et avec toute la pollution…

— Je vois. (Trois personnes étaient sorties du fourgon. Lily s'approcha pour leur parler. Cynna discutait au téléphone.) Tu nous as perdus.

— Deux fois, admit-il. Je vous ai retrouvés, mais vous avez disparu de la carte à un moment donné, sur plus de mille cinq cents mètres.

— C'est mauvais signe.

Rule regarda sa voiture, à présent bloquée par deux véhicules fédéraux. Il avait rangé le charme que Cullen lui avait donné la veille sous le siège du conducteur, où il y avait peu de risques que Lily le voie ou le touche.

Elle était si obstinée. Observatrice aussi, malheureusement. Le charme de Cullen était censé permettre à ses gardes du corps de la pister, sans être détectés – une excellente idée, à condition qu'il fonctionne.

Rule glissa sa main dans la poche gauche de son pantalon et toucha du doigt un petit bouton en or. Il semblait assez ordinaire, pourtant il était en or véritable : vingt carats, pur et très mou.

— On devrait peut-être tester le signal d'alarme que tu m'as donné. S'il ne marche pas…

— Si tu ne cherches pas à m'insulter, ramène ta langue dans ta bouche pour ne pas trébucher dessus. Ce truc est simple. Les sorcières en confectionnent tout le temps. Maintenant, si tu n'as pas appelé pour me harceler au sujet du sort de pistage, que diable veux-tu ?

— La réponse à une question.

Lily et les techniciens de scènes de crimes se dirigèrent vers la maison. Cynna avait rangé son téléphone et suivait le groupe. Brièvement, Rule expliqua à Cullen ce qui était arrivé à la victime de Harlowe et son petit ami réticent.

— Tu as raison à propos d'une chose, dit Cullen. Helen pouvait faire oublier aux gens qu'ils avaient vu la crosse. Harlowe n'en serait pas capable. Au mieux, un Don de charisme pourrait les convaincre de mentir sur le fait qu'ils l'ont vu avec la crosse.

Cela pouvait compliquer les choses, songea Rule, lorsque Lily parlerait aux témoins.

— Le petit ami semble s'être très rapidement libéré des effets que Harlowe a pu avoir sur lui.

— Le charisme est un Don risqué. Certaines personnes y sont plus sensibles que d'autres, et s'il y a beaucoup de discordances, les effets ne durent pas. Si c'est tout ce que tu devais savoir, je dois retourner à…

— Pas si vite. Si Harlowe avait besoin de la crosse pour obtenir les effets qu'il a eus sur sa victime et son petit ami, c'est qu'il l'avait avec lui, or, d'après les témoignages, personne ne l'a vue. Un sort d'invisibilité pourrait être l'explication, mais on m'a dit que ça ne marchait pas sur un objet mobile.

Cullen grommela :

— Ce serait trop compliqué par rapport à ce que je suis capable de faire, c'est certain. Je n'arrive même pas à lancer correctement ce fichu sort de pistage. Je dois parler à ta détectrice. Elle aura peut-être des sorts que je pourrais utiliser. Ou des bribes de sorts, en tout cas, une fois que je les aurai désassemblés pour comprendre leur fonctionnement.

— Elle aussi aimerait te rencontrer. Mais pour le moment, je dois savoir s'il est possible de rendre la crosse invisible.

— Une véritable invisibilité, je dirais que non. Le processus altère les propriétés matérielles de l'objet, ce qui nécessite non seulement un immense pouvoir, mais…

— Cullen.

— Très bien. Pas de théorie, pas d'explication, juste une réponse. (Rule put presque entendre son ami hausser les épaules.) La crosse appartient à la Diablesse. Je n'ai vraiment pas envie de penser à tout ce qu'Elle est capable de faire contrairement à moi.

— Ses pouvoirs sont pourtant limités dans cette sphère.

— Mais nous ne connaissons pas ces limites, sauf dans les très grandes lignes. Nous savons qu'elle ne peut intervenir directement dans notre sphère : elle doit utiliser un agent. Elle ne peut pas non plus nous espionner… espionner les lupins, j'entends.

C'était à la fois du folklore et, d'après Cullen, du bon sens. Il affirmait que l'omniscience présumée des dieux – ou des Anciens, puisqu'il préférait les appeler ainsi – était en fait un sort de clairvoyance sacrément puissant. Et ces sorts ne fonctionnaient pas correctement sur les gens de la Souche.

— Et Lily également, tant qu'elle porte le symbole de la Déesse.

— Selon la Rhej, oui, et j'ai tendance à penser qu'elle sait de quoi elle parle. Mais autrement… nous avons franchement peu d'informations au sujet de la crosse. On n'en détient pas beaucoup plus sur les démons, ajouta-t-il, songeur. Sauf concernant les entités mineures que ces idiots font parfois venir. Pourtant, la Diablesse semble avoir conclu une sorte d'alliance avec l'un des seigneurs démoniaques. Difficile d'en tirer une conclusion.

— Tu ne me remontes pas le moral.

— Tu te sentiras mieux lorsque j'aurai détruit cette saleté de crosse.

La gorge de Rule se serra.

— J'avance la date du prochain cercle à cette nuit.

Il y eut un très court silence.

— Il s'est passé quelque chose.

Des tas de choses.

— Je t'expliquerai ce soir.

— Soit j'arriverai en retard, soit je passerai entre deux shows. Je danse.

— Entre deux shows, dans ce cas. Au même endroit. Assure-toi que Max nous réserve la salle. Dis aux autres de venir seuls, comme les dernières fois.

— Je suis qui, ta foutue secrétaire ?

— Je ne peux pas appeler, répondit Rule calmement. On pourrait écouter mes appels.

— *Filius aper umbo*. Très bien. Je jouerai à la secrétaire, exceptionnellement.

Rule sourit malgré lui.

— Tu as peut-être raison, mais je ne mentionnerais pas cela au Rho.

— Vu qu'on ne parle pas souvent, lui et moi, je doute qu'on en vienne à évoquer ce sujet. Ciao.

Cullen raccrocha.

Rule prit une profonde inspiration et fit ce qu'il avait à faire : il composa un numéro qu'il connaissait bien. Pourquoi avait-il le sentiment de commettre encore une trahison, il n'aurait su le dire. Mais c'était ce qu'il ressentait.

Son père répondit exactement comme il le faisait toujours :

— Oui ?

— J'ai besoin de Benedict.

— Ça ne va pas l'enchanter. Il vient de retourner sur sa montagne.

— Je n'ai pas le choix. Je réunis un nouveau cercle.

Rule le mit au courant de la situation aussi brièvement que possible. Nettie avait probablement informé son père de l'agression de Lily, et lui résumer les autres événements ne fut pas long.

— Très bien. Quelle heure, dans ce cas, et où ?

— Demande-lui de me recontacter. Je ne sais pas exactement où nous…

Rule se tut. Il avait vaguement entendu quelque chose, qui avait mis ses sens en alerte.

Lily. Qui parlait à quelqu'un à l'intérieur. À cette distance, il n'entendait pas précisément ce qu'ils disaient, mais le ton… Il se dirigea vers l'appartement.

— On a besoin de moi.

— Alors vas-y… *t'eius ven*. Appelle-moi après le cercle.

Le Rho raccrocha.

Rule arriva au porche juste au moment où Lily apparaissait dans l'embrasure de la porte. Elle s'y arrêta. Elle lança un regard à Rule, qu'il ne parvint pas à décrypter.

— Baxter, appela-t-elle.

L'un des gars en costume avec lesquels Cynna parlait leva les yeux.

— Ouais ?

— On a trouvé un truc.

Baxter s'approcha, Cynna sur les talons.

— Qu'est-ce que c'est ? demanda Rule.

Lily le regarda et secoua la tête… et lorsqu'il put voir nettement son visage, il se rendit compte qu'elle n'était ni contrariée ni bouleversée comme il l'avait cru. Elle était dans une colère froide.

— Qu'avez-vous trouvé ? lui demanda Baxter en arrivant près d'eux.

L'agent du bureau régional avait la soixantaine et entretenait visiblement son corps ; pratiquement chauve, il avait d'épais sourcils roux. Il portait des lunettes à monture invisible et empestait la fumée de cigarette. Il jeta un regard à Rule et dégagea une légère bouffée de *seru*, juste assez pour prévenir ce dernier que, même si son âge et ses apparences indiquaient le contraire, Baxter se considérait comme le mâle dominant dans pratiquement toutes les situations.

Après ce bref regard, il ignora Rule.

— Harlowe nous a laissé un autre petit cadeau dans le lecteur DVD, répondit Lily.

Baxter haussa ses sourcils broussailleux.

— Il aime jouer avec nous, hein ?

— On peut dire ça comme ça. (Elle inspira, visiblement pour se maîtriser.) Il aime prendre des photos, et Curtis n'était pas sa première victime.

GAN N'ÉTAIT PAS heureux. La Terre ne l'avait pas autant distrait que d'habitude, pas avec l'agent de la Diablesse auquel il était lié. Harlowe n'avait qu'une obsession :

planifier des meurtres, encore et toujours. Baiser n'intéressait plus le démon, puisqu'il ne pouvait pas le faire.

C'est que… eh bien, tous ces meurtres l'assommaient. Il avait espéré voir ou *uth* une âme à l'instant de la mort – c'était à ce moment-là qu'elles étaient censées se montrer, non ? Pourtant, il n'en avait pas eu l'occasion. D'après tout ce qu'il avait pu percevoir, les humains ne mouraient pas à moitié.

Gan savait qu'ils étaient différents. Leurs règles étaient toutes liées au fait d'avoir une âme : comment un démon pouvait-il s'y retrouver ? Il leur arrivait même de se réunir en groupes pour s'accorder sur ces règles – ils appelaient ça la « démocratie » – et la notion de propriété les excitait terriblement. Ils avaient des tas et des tas de lois sur cela, encore plus qu'en matière de sexe. Ils faisaient la guerre pour elle, mais la propriété n'avait rien à voir avec qui avait le droit de manger qui, car ils ne se dévoraient pas les uns les autres. Non, eux mangeaient des animaux morts, et disaient « tu ne tueras point », ce qui ne les empêchait pas de tuer quand même.

Mais cette situation paradoxale s'expliquait par le fait qu'ils n'étaient pas contraints d'obéir à leurs règles. Tant qu'ils ne se faisaient pas prendre, ils pouvaient enfreindre autant de lois qu'ils voulaient, c'est pourquoi la Terre était d'ordinaire si distrayante.

Mais pas cette fois. Il soupira et appuya encore une fois sur la télécommande.

— Arrête de jouer avec ce machin, lui dit Harlowe d'un ton irrité. Tu m'empêches de me concentrer.

Gan tourna les yeux vers l'homme, dans l'autre lit de ce qu'on appelait une « chambre de motel ». Les chambres de motels étaient très ennuyeuses, mais comme Harlowe était traqué, il devait se cacher. Gan pouvait le comprendre – lui aussi devait se déplacer sans être vu, parce que les humains le chasseraient s'ils le savaient ici. Mais une petite traque pouvait également s'avérer amusante.

Pas dans une chambre de motel. Durant leur passage à l'autre cachette, avec le gang des Douze, Gan avait passé un fort agréable moment. Il n'était pas autorisé à se montrer, mais il pouvait jouer des tours, regarder les hommes qui parlaient, se battaient et baisaient, ce genre de chose. Parfois, il parvenait à piquer des trucs. La bande portait en très haute estime le vol, même s'ils ignoraient, bien entendu, que c'était Gan qui se procurait ainsi l'argent et les armes. Ils pensaient que c'était Harlowe.

Dans une chambre de motel, tout ce qu'il pouvait faire, c'était regarder la télévision. Il soupira et appuya encore une fois sur le bouton de la télécommande pour changer de chaîne.

— Arrête avec ce truc, lui lança Harlowe d'un ton brusque.

De toute évidence, il n'était vraiment pas drôle. Lorsque cet humain n'était pas en train de tuer, il planifiait son prochain meurtre. Son lit était couvert de papiers.

— Je n'arrive pas à trouver cette putain de chaîne, répondit la créature.

— Laquelle ? Il y en a une centaine !

Gan s'égaya.

— Une centaine ? Ça en fait, de la baise.

— Stupide petit pervers. Pas une centaine de chaînes porno. Une centaine de putains de chaînes.

Gan plissa le front.

— Je n'y comprends rien.

L'une des difficultés avec la Terre, c'était qu'on ne pouvait pas entendre les pensées, seulement les mots.

Harlowe ne se préoccupait plus de lui et s'était remis à étudier ses papiers en marmonnant.

— Il doit de nouveau être à moitié aussi grand…

Gan se remit à « zapper de chaîne en chaîne », une jolie expression. Les humains étaient très inventifs avec le langage parce que c'étaient les mots qui donnaient leur sens à la moindre chose.

Toujours pas de porno, mais des gens se tiraient dessus. Une guerre ? Gan dressa les oreilles. Il était très curieux sur la façon dont les humains menaient leurs guerres. « …encerclent les chariots », criait l'humain à l'écran. « Dépêchez-vous ! Ils arrivent ! »

— … tout de même, si je me débarrasse du bureau, murmura Harlowe, le trône pourrait être installé entre les fenêtres. Quel besoin j'aurais d'un bureau, de toute façon ?

Gan essayait de comprendre ce qui se passait à la télévision. Deux groupes d'humains se tiraient dessus. Un groupe était à cheval ; l'autre non. Le premier criait beaucoup et semblait gagner la partie. Certains hommes étaient armés de fusils, d'autres d'arcs et de flèches.

Ce fut alors que deux autres gars arrivèrent sur leurs montures avec leurs fusils étincelants. De nombreux cavaliers tombèrent de leurs chevaux, morts, et les autres se dispersèrent. Puis le deuxième groupe manifesta sa joie.

— Je ne peux pas tout faire en une nuit. (Harlowe parlait d'une voix vive, satisfaite.) Le bureau ovale fera l'affaire comme salle du trône, les premiers temps. Je pourrai faire réaménager le Capitole plus tard.

« Qui était cet individu masqué ? » demanda une femme de la télé à un homme de la télé.

La fusillade était terminée, Gan changea de chaîne. La situation s'améliorerait bientôt, se dit-il. La nuit dernière, Xitil avait utilisé la main de Gan pour écrire des instructions pour Harlowe. Des instructions qui provenaient de la Diablesse.

Gan avait joué son rôle. Il avait amené Lily Yu sur Dis et bu un peu de son sang… Oh, Ciel, que cela avait été savoureux ! Pétillant, puissant… mais pas assez puissant pour qu'il puisse la posséder. Pas sans l'aide de la Diablesse. Seulement, Elle ne pouvait intervenir directement : ce serait rompre le pacte.

La Diablesse devait donc agir par l'intermédiaire d'un agent. Une fois que Harlowe aurait fait ce qu'il était censé faire, Gan pourrait s'introduire en Lily Yu. Et là, il s'amuserait enfin comme un petit fou.

Mais alors qu'il regardait un homme cuisiner à la télé – c'est ce que les humains faisaient aux bêtes mortes avant de les manger – il se demanda si Xitil savait que l'agent de sa nouvelle associée était complètement cinglé.

XIII

— Il y a trois photos qu'il ne nous a pas envoyées. Trois victimes dont il ne voulait pas que nous soyons au courant.

— Nous ne pouvons pas en être sûrs.

Lily jeta un coup d'œil impatient par-dessus son épaule. Baxter s'assit à son bureau, un vestige éraflé des années cinquante qui ne semblait pas à sa place dans l'immeuble moderne du bureau du FBI de San Diego. Y étaient posés un méli-mélo de dossiers, un ordinateur et cinq canettes vides de Dr. Pepper, en plus de celle qu'il venait d'ouvrir.

L'homme était accro au soda.

— Il a tué le vingt-cinq, le vingt-sept, le vingt-neuf. Aucune photo de victime ne date du trente et un, mais nous en avons une pour le deuxième et le quatrième jour de ce mois, puis rien, ni le six ni le huit. Une autre victime le dix, et maintenant Curtis, le douze. Qu'en concluez-vous ?

— Que nous avons un schéma. Cela ne veut pas dire qu'il a tué aux dates manquantes. Ces jours-là, quelque chose a pu interférer avec ses projets. Peut-être qu'il n'a pas trouvé le bon type de personne.

— Il a bel et bien un type de victime.

Elle s'arrêta devant le tableau où étaient accrochés les éléments des meurtres. Sept photos y figuraient. Sept images de femmes, toutes avec des cheveux châtain clair, toutes jeunes, toutes dépossédées de leurs vêtements et sous-vêtements. Cinq étaient allongées dans des lits, à l'instar de Kim Curtis. Une se trouvait dans une ruelle, tandis qu'une autre regardait aveuglément vers les branches d'un arbre, au-dessus d'elle. Aucune d'entre elles ne portait une quelconque marque de violence.

Sept mortes installées avec soin, les mains sagement posées sur leur poitrine.

— Pourquoi nous laisser des photos ? demanda-t-elle. Pourquoi nous faciliter la tâche ?

— Nous ne l'avons pas encore trouvé, remarqua Baxter. Mais c'est vrai, je vois ce que vous voulez dire. Il nous a fourni une multitude d'infos avec ces photos.

Elles avaient été prises à l'aide d'un appareil photo numérique, ce qui signifiait que les images étaient reliées à des données. Il avait formaté le disque chez *Kinko's*, bon sang.

— Nous savons quel appareil il a utilisé et à quel moment il a pris chacune des photos. Nous avons à présent les noms des victimes et les lieux du crime pour trois d'entre elles… Saleté de bigleux de Leung, gronda Lily.

— Je ne peux pas lui en vouloir de ne pas s'être aperçu que l'autre victime dans son district avait été assassinée, dit Baxter. Quand on trouve une putain morte, sans trace de violence, on ne se dit pas « Tiens, je parie qu'un gars avec une crosse magique a aspiré sa vie ».

— Étant donné que Curtis était dans le même état et positionnée de la même façon, il savait qu'il s'était trompé au sujet de Cynthia Porter. Il s'est gardé de nous le dire jusqu'à ce que son patron fasse pression sur lui.

— Vous découvrirez que c'est monnaie courante chez les flics.

Elle échangea un regard avec l'homme plus âgé. Baxter savait qu'elle en était un jusqu'à très récemment.

— Ce n'était pas mon habitude, dit-elle d'une voix égale.

Il haussa les épaules.

Baxter et elle ne s'étaient pas vraiment affrontés. La juridiction de la Section des Crimes Magiques était claire, et Baxter avait placé plusieurs personnes à sa disposition sans faire d'histoire. Mais il lui avait fait comprendre qu'il la trouvait trop jeune et inexpérimentée pour prendre en charge une enquête d'une telle envergure.

Lily ne lui donnait pas tout à fait tort. Elle voulait que Karonski revienne. Elle l'avait dit à Ruben lorsqu'elle lui avait fait son rapport sur l'enquête en cours. Mais la vague de lutins empirait. Il y avait eu une multiplication des incendies, plusieurs accidents, et depuis peu quelques morts. Le gouverneur de Virginie parlait d'entreprises qui mettaient la clé sous la porte, l'invasion était décrite comme la plus grande du siècle. Ruben ne pouvait se passer de Karonski tant qu'ils n'avaient pas localisé et fermé la faille.

Mais Lily et son équipe avaient progressé dans l'enquête. Ils avaient désormais identifié trois des victimes : une à Oceanside, une autre à Escondido, et la troisième à Temecula, comme Curtis. Toutes trois avaient été déclarées mortes de causes naturelles et devraient être à nouveau examinées par le biais d'un rituel. Lily eut un élan de compassion pour l'assemblée de sorcières de Los Angeles qui avait reçu cette corvée. Elles semblaient compétentes, ceci dit : une trentaine de minutes leur avait suffi pour confirmer qu'on avait eu recours à la magie macabre pour assassiner Curtis.

Lily avait parlé au commissaire de Temecula et à trois témoins du *Cactus Corral*, y compris le pas-tout-à-fait-petit-ami. Elle attendait maintenant d'interroger un autre témoin, le barman qui avait apparemment servi à boire à Harlowe. Il était de repos cette nuit, et ils n'avaient pas encore réussi à le localiser.

C'était étrange de n'avoir rien à faire qu'attendre que d'autres personnes trouvent les témoins et les lui amènent. Elle était habituée à être sur le terrain, à effectuer les recherches elle-même, mais quelqu'un devait coordonner les efforts fédéraux et régionaux. Pour l'heure, elle s'en chargeait.

Elle serait heureuse lorsque Croft serait ici.

— S'il a bel et bien fait des victimes les jours manquants (elle avait l'intime conviction que oui), il avait une raison de garder ces photos. Laquelle ? Y a-t-il eu d'autres victimes que nous ignorons ? La première que nous avons en photo remonte au vingt-cinq du mois dernier.

— Huit jours après que vous avez démantelé son opération avec les Azá. Mouais, j'aimerais savoir ce qu'il a fabriqué cette semaine-là.

Peut-être qu'il se cachait en enfer. Lily n'avait pas mentionné cette éventualité à Baxter. Non seulement cette hypothèse était assez folle pour le faire douter de tout ce qu'elle avait dit d'autre, mais elle provenait d'une source impossible à révéler.

— Nous aurons bientôt une autre victime, dit Baxter, si vous avez raison à propos de la crosse et du fait qu'il doit l'alimenter. Je prie le Ciel pour que vous fassiez erreur, mais je n'y compte pas trop.

Elle le savait. Elle le savait, et cette certitude la rongeait.

— On en revient toujours à ces photos. Pourquoi les prendre ? Pourquoi nous les donner ? Pourquoi voulait-il ou avait-il besoin qu'on en sache tant ?

— Il n'avait peut-être pas conscience de toutes les infos qu'il nous livrait. Des tas de gens ne sont pas des pros de l'informatique. Moi-même, je n'avais jamais entendu parler des données EXIT.

— EXIF, le corrigea Lily, l'air absent, les yeux rivés sur la carte accrochée à une extrémité du long tableau d'affichage.

Ils n'avaient identifié jusqu'ici que trois victimes, pas assez pour établir un schéma précis. Mais ces trois-là semblaient les diriger vers le nord, loin de San Diego.

— Même si vous ne connaissiez pas la terminologie, vous les auriez trouvées, non ? Avant de partager les photos de vos trophées avec le FBI, vous vous seriez assuré que les images n'en disent pas plus que ce que vous vouliez.

Baxter sourit d'un air revêche.

— On ne peut pas s'attendre à ce que Harlowe soit aussi intelligent que moi.

— Il l'est pourtant.

Lily avait passé assez d'heures à se renseigner sur cet homme, à apprendre à le connaître à travers les yeux des autres, pour en avoir la conviction.

— Les as du profilage pensent qu'il a un besoin maladif de reconnaissance. Il nous avait semés, mais cela ne lui a pas suffi. Il devait être sûr et certain que nous savions à quel point il était malin.

— Peut-être. (Lily tambourina des doigts sur le bureau.) Non, bon sang, cela ne colle pas. Ça ne correspond tout simplement pas avec l'homme qu'il était avant : ambitieux, amoral, sans être un tueur en série, et extrêmement doué pour ne pas courir de risque lui-même. Quelque chose a changé, ou nous faisons une erreur d'interprétation.

La porte s'ouvrit.

— Il se croit peut-être invincible, dit Rule. (Il tenait une boîte en carton plate dont se dégageait un délicieux parfum : pizza pepperoni et sauce tomate.) Il est persuadé qu'il ne peut être ni attrapé ni tué.

— Merde alors ! s'écria Baxter. Vous écoutez aux portes ?

Lily fronça les sourcils. D'habitude, Rule prenait soin de ne pas mettre mal à l'aise les humains qu'il rencontrait. Un coup de fatigue, peut-être.

— J'ai l'ouïe fine. (Rule posa la boîte sur le bureau.) Il est presque vingt et une heures, et j'ai faim. J'ai pensé que vous ne diriez pas non à quelques parts de pizza. J'espère, dit-il en jetant un coup d'œil à Lily, partager le reste avec ma dame.

Ma dame. Il n'y avait que Rule pour prononcer une telle expression sans paraître nullement bizarre.

— Cela arrangerait bien nos affaires que Harlowe entretienne des délires d'invincibilité, mais d'après Cullen, c'était Helen qui prenait les risques. Harlowe était plus prudent, dit Lily.

— On parle de l'époque où Helen tenait la crosse. Elle est dans les mains de Harlowe, désormais.

— Elle altérerait la personnalité de son détenteur, selon toi ?

— Je crois que nous avons beaucoup d'hypothèses, mais très peu de faits. Je crois aussi que c'est l'heure de dîner. Il y a une salle de repos au fond du couloir, où nous pourrions finir les parts que Baxter veut bien nous laisser.

Baxter en avait déjà englouti trois.

— Allez-y, allez-y. Le Bureau peut survivre sans vous quelques minutes.

Vide à cette heure, la salle de repos n'était que quatre portes plus loin.

— Où est Cynna ? demanda Rule.

— Comme elle ne peut rien utiliser pour détecter Harlowe, elle assiste une autre équipe. Un enlèvement d'enfant par l'un de ses parents. Elle était à peu près sûre de pouvoir détecter l'enfant.

Lily déchira quelques feuilles d'essuie-tout en guise d'assiettes et de serviettes.

— Qu'est-ce qui t'a pris, avec ton « ma dame » ?

Rule introduisait des pièces dans le distributeur. Il lui sourit par-dessus son épaule.

— C'est ce que tu es, non ?

— Ça sonne un peu… (Comme s'il parlait de sa déesse, mais Lily préférait ne pas aller sur ce terrain.) … médiéval. Cela me donne l'impression que tu vas sauter sur ton cheval et affronter un adversaire à la lance.

— Je me passerais de cheval. Ils ne nous aiment pas beaucoup. (Il apporta sur la table deux cannettes de soda : du Coca Light pour elle, du classique pour lui.) Baxter est exceptionnellement à l'aise en ma présence.

— Je lui ai expliqué que tu étais un consultant du civil.

— C'est plus que ça. En général, je remarque une sorte de réaction à une menace, la peur ou l'agressivité, parfois les deux, chez les gens qui m'entourent. C'est viscéral, la conscience n'a pas de prise sur elle. Mais lui, la plupart du temps, il m'ignore. C'est rare.

Elle n'avait pas de peine à le croire. Rule était dur à ne pas remarquer.

— Il est un petit peu… eh bien, il n'est pas comme les autres. C'est une impression trop vague pour lui donner un nom, mais il y a quelque chose. Je suppose qu'une sorcière, peut-être même un individu de la Souche, figure parmi ses ancêtres. D'où sa plus grande tolérance que la plupart des gens.

L'odeur lui mettait l'eau à la bouche. Lily détacha une part de pizza et mordit dedans.

— Possible. (Rule s'assit et en prit une également, dégoulinante de longs fils de fromage fondu.) Ta sœur a eu un mariage civil, pas religieux.

Elle cligna des yeux.

— Quel est le rapport ?

— Tu n'étais pas en train de penser que « ma dame » te faisait trop penser à la Déesse ?

— Tu as reçu un Don de télépathie ?

— Non, tu veux que j'exprime tout ce qui me passe par la tête. Ce qui t'ennuie, ce sont mes croyances personnelles, ou la religion en général ?

Elle résista à l'envie de se tortiller sur son siège.

— Je crois simplement que ce genre de chose est privé. Je suis gênée quand les gens parlent de leurs croyances en public.

— Comme si tu exhibais tes sous-vêtements, c'est ça ?

Elle sourit.

— Peut-être.

— Je me demande si c'est une opinion personnelle ou familiale.

Il y avait des champignons sur la pizza. Lily ne les avait pas en horreur, mais elle ne les aimait pas particulièrement. Elle en ôta un.

— Une opinion familiale, je dirais. J'avais six ans quand la plupart des guerres de religion se sont achevées dans ma famille, mais il s'agit plutôt d'une trêve armée avec des échauffourées de temps à autre que d'une véritable paix.

— Ils ont des croyances différentes ?

— Mère va à l'église deux fois par an, à Pâques et à Noël. Mon père a reçu une éducation bouddhiste, mais je ne sais pas très bien s'il y attache de l'importance. On pourrait penser qu'ils ont trouvé un compromis, puisqu'ils ne sont pas particulièrement pieux, mais…

Elle haussa son épaule valide. Sa pizza refroidissait, elle mordit dedans.

— Tu as dû t'habituer à éviter totalement le sujet, dans ce cas, pour éviter les conflits dans ta famille. (Il hocha la tête.) Toi aussi, tu as arrêté d'y penser ?

C'était presque cela. Lily retira d'autres champignons, sans lever les yeux.

— Ado, je suis passée par la période de questionnement classique. Tu vois ce que je veux dire : pourquoi nous sommes là, quel est le sens de la vie, ce genre de chose. Tout le monde semblait avoir des réponses différentes, et aucun moyen de les justifier.

— Tu voulais des preuves. Une preuve.

— En quoi est-ce mal ? Pour des sujets aussi essentiels que le sens de la vie, n'est-ce pas normal de vouloir une base concrète sur laquelle fonder nos théories ?

— Il n'y a rien de mal à vivre dans une réalité qui repose sur des faits. Mais la science, aussi forte soit-elle lorsqu'il s'agit du comment, n'a pas les outils pour traiter le pourquoi.

D'aussi loin qu'elle s'en souvienne, personne dans sa famille n'était très doué pour s'attaquer au pourquoi, mais cela ne les avait pas empêchés de penser qu'ils détenaient la vérité absolue. Lily fronça les sourcils et planta ses dents dans la pizza, dans l'espoir qu'il comprendrait le message et abandonnerait ce sujet.

Rule posa sa main sur les siennes.

— J'essaie de te comprendre, pas de te convertir.

D'accord. Comme elle avait la bouche pleine, ce mot se manifesta par un petit hochement de tête. Il voulait savoir où elle se situait en matière de foi, ce genre de chose était important pour lui.

Elle aussi devait y attacher de l'importance, sinon le sujet ne la mettrait pas si mal à l'aise.

Troublée, elle finit sa part en silence.

Rule ne sembla pas le prendre mal et ne l'obligea pas à lui faire la conversation pendant le reste de leur repas. C'était l'une de ses qualités, songea-t-elle. Il ne la considérait pas comme une distraction. Il n'avait pas besoin qu'elle le fasse rire ou flatte son ego, ou qu'elle devine ses pensées sans qu'il ait besoin de parler. Beaucoup d'hommes qui disaient rechercher une relation sérieuse voulaient en réalité une femme qui soit à la fois une partenaire sexuelle, une psy et un miroir.

C'était peut-être le genre de femme qu'il avait cherché, lui aussi, lorsqu'il était plus jeune.

Une petite pointe de gêne la titilla, comme si un être invisible lui avait donné un coup de coude dans les côtes. Elle n'aimait pas penser à l'âge de Rule. *Pas facile*, se dit-elle. Elle ferait mieux de s'y faire. Il ne rajeunirait pas.

Ce qui l'ennuyait en particulier, comprit-elle, c'était l'idée qu'elle ignorait beaucoup plus de choses de lui qu'elle ne l'avait cru. Une vingtaine d'années. Elle devrait peut-être demander à Cynna comment il était douze ans plus tôt, à l'époque où ils étaient ensemble.

— Pardon ? dit-il en s'essuyant les mains sur une feuille d'essuie-tout.

— Je n'ai rien dit.

— Tu avais des questions dans les yeux.

Elle se dit que Rule n'apprécierait pas qu'elle compare ses notes avec Cynna.

— C'est sympa de pouvoir être assis tous les deux sans sentir que j'ai besoin de te sauter dessus.

Il sourit.

— Je suis crevé. Et peut-être que tu es également épuisée. Tu as passé une dure journée hier, et tu n'as pas beaucoup dormi.

— Je vais bien. (Pendant les deux prochaines heures, en tout cas, songea-t-elle.) Tu sais ce que je veux dire. Le lien d'âme sœur s'est relâché, non ? La distance entre nous peut être plus grande à présent. Beaucoup plus grande. (Pendant un temps, elle n'avait pas pu se tenir à plus de cent mètres de lui.) C'est bon d'être près de toi, mais le charme m'enivre plus comme une simple bière qu'un pack de six.

— Tu as bu un pack de six bières d'un coup à la fac ? J'ai du mal à visualiser la scène.

— J'ai été soûle une fois. Je n'ai pas aimé. (Elle ne comprenait vraiment pas pourquoi des gens recherchaient cette perte de contrôle totale.) Et toi ?

— Les lupins sont difficilement ivres. Notre corps perçoit l'alcool comme une toxine et en débarrasse notre organisme trop vite pour que nous soyons sous son emprise.

— Voilà qui pourrait être pratique… à moins que tu désires vraiment te soûler.

Un sourire apparut sur le visage de Rule, aussi bref et brillant que la foudre.

— J'ai connu ça, c'est vrai, à l'époque. Je voulais voir comment c'était. Comme la plupart des garçons de mon âge, j'étais un imbécile ; on se prenait pour des adultes dès lors qu'on avait atteint la majorité.

Elle avait du mal à imaginer Rule à la fac. Faisait-il du sport ? Était-il studieux, rebelle ? Avait-il des amis ? Des amis humains, précisa-t-elle intérieurement. Des gens qui ne faisaient pas partie d'un clan.

— Ton père a-t-il des photos de toi quand tu étais jeune ? Quand tu étais enfant ou ado, je veux dire. J'aimerais les voir.

Il pencha la tête, surpris.

— Henry a plusieurs albums. Je suis sûr qu'il te les montrerait, si tu lui demandais.

Henry ? Qui… Ah.

— L'homme à tout faire de ton père, son cuisinier, et que sais-je encore. Il garde vos photos de famille ?

— Henry est chez nous depuis de nombreuses années. Il m'a en partie élevé.

Rule n'était pas l'enfant de son père uniquement, mais elle ne se rappelait pas l'avoir entendu parler d'un autre parent. Cette absence béante l'avertit d'avancer avec précaution.

— Tu n'évoques jamais ta mère.

— On pourrait dire que j'ai eu de nombreuses mères. Les nôtres font beaucoup d'enfants.

Très bien, il préférait que cette porte reste fermée. Elle ne s'aventurerait pas plus loin pour l'instant. Ce n'était pas le meilleur moment pour parler de sujets aussi personnels, de toute façon.

— Je suppose que Nettie était l'une de ces présences maternelles… (Elle se tut en comprenant quelque chose.) Ou pas. Elle, euh, doit avoir ton âge, ou pas très loin. Vous deviez jouer ensemble.

— Oh… Ses cheveux gris sont trompeurs. Nettie n'a que quarante-quatre ans. (Il hésita.) C'est ma nièce.

— Ta… nièce ?

Il hocha la tête.

— Elle a été élevée dans sa famille maternelle, mais venait à Clania, chez Benedict, presque chaque été.

Nettie semblait plus âgée que Rule. Elle semblait plus vieille que son propre père. Qu'arrivait-il aux familles lorsque la moitié de celles-ci – la moitié femelle – vieillissait deux fois plus vite que l'autre ?

— Quel âge a Benedict ?

— Soixante-quatre ans.

Ciel. Il avait effectivement l'air plus âgé que Rule, mais elle lui aurait donné quarante ans, à peu près. Pourtant, il avait encore quatre-vingts ans, si ce n'était plus, devant lui, alors que sa fille…

— Mince, fit-elle doucement. Il la verra vieillir. Alors qu'elle ne le verra jamais vieux.

— Ce n'est pas facile pour nous d'avoir des filles quand on est encore jeunes.

Une pensée lui vint brusquement.

— C'est pour cette raison que les lupins ne se marient pas et ne croient pas au mariage ? Vous ne pourriez cacher votre secret à une épouse. Elle vieillirait, mais pas vous, du moins pas aussi vite. Puis elle mourrait. Ce serait trop dur à supporter.

Le visage de Rule était un masque sans expression.

— C'est l'une des raisons.

— Je deviendrai vieille et je mourrai avant toi.

Voilà, c'était dit. Les battements de son cœur semblèrent hésitants.

— Possible.

Elle haussa les sourcils.

— Si tu vis deux fois plus longtemps qu'un humain, ton espérance de vie est de cent cinquante ans, voire plus. Je tiendrai peut-être jusqu'à quatre-vingt-cinq ou quatre-vingt-dix ans, si je reste longtemps en bonne santé. Par conséquent, quand je serai une octogénaire fatiguée, tu seras à peine sexagénaire, et en pleine forme.

— Certaines Élue vieillissent plus lentement, comme nous. Pas toujours. On ne l'explique pas.

Il ne savait pas s'il la perdrait alors qu'il lui resterait encore de nombreuses années à vivre. Le fait de ne pas savoir… pourrait être aussi dur à supporter que le désespoir à l'idée de la perdre. Elle lui caressa la main.

Il saisit soudain la sienne, comme s'il lisait dans ses pensées. Comme s'il comptait la garder jeune par la force de sa volonté. Au bout d'un moment, il relâcha sa prise. Il secoua la tête puis reposa la main de Lily.

— J'ai assez d'inquiétudes en ce moment même sans avoir à me préoccuper de suppositions qui nous entraînent dans un lointain futur. Pour ce qui est de cette nuit, je crains de devoir me charger d'affaires liées à mon clan.

— Très bien. Que se passe-t-il ?

— Le Rho a décidé de convoquer un Tout-Clan. (Il balaya les miettes de pizza qu'il récupéra dans sa paume puis jeta dans la boîte.) On a besoin de moi pour assurer certaines rencontres.

— Qu'est-ce qu'un Tout-Clan ? Une sorte de rassemblement des clans ?

— Oui. Il se tient environ tous les sept ans. Le dernier a eu lieu il y a deux ans seulement, nous n'avions donc pas d'obligation de nous réunir de sitôt. La convocation en urgence d'un Tout-Clan nécessite certaines démarches. Le Rho pense qu'on n'y échappera pas.

— À cause de la Diablesse, c'est ça ? Elle a une dent contre les lupins.

— Exact. On s'est déjà passé le mot à Son sujet, bien entendu, mais il n'est pas étonnant que certains aient du mal à croire à une telle histoire.

— Mais qu'est-ce que ton père espère accomplir, dans ce cas ? Croit-il que vous serez capables de convaincre davantage de lupins d'une menace réelle ?

— Je me garde bien d'essayer de deviner les intentions d'Isen, lui répondit sèchement Rule. Mais l'un de ses objectifs est certainement de faire comprendre aux incrédules qu'il ne faut pas prendre la situation à la légère. Que la Diablesse est redevenue active dans notre sphère.

Lily fronça les sourcils et pianota sur la table du bout des doigts. Rule lui avait dit un jour que les lupins avaient été créés pour combattre cette déesse. Vérité ou pure invention, lui le croyait. Apparemment, la plupart des lupins aussi – même Cullen, pourtant pas très porté sur la foi.

— Que se passera-t-il si les autres clans vous croient ? Que feront-ils ?

Rule hésita ; le trouble envahit ses yeux sombres.

— *Thranga*, finit-il par dire. Peut-être.

— Eh bien, maintenant je comprends parfaitement. Si vous…

Rule tourna la tête ; elle comprit aussitôt qu'il avait perçu quelque chose. Une seconde plus tard, elle entendit aussi des bruits de pas.

Baxter apparut dans l'embrasure de la porte.

— Hastings a localisé le barman chez sa petite amie, il nous l'amène. Je lui ai dit qu'on utiliserait mon bureau. Peut-être que l'homme s'y sentira plus à l'aise que dans une salle d'interrogatoire. (Il lorgna sur la boîte à pizza.) Il en reste ?

— Non. (Lily recula sa chaise pour se lever.) J'arrive tout de suite.

Baxter hocha la tête et repartit dans le couloir. Lily jeta la boîte vide à la poubelle. Ils n'avaient plus le temps… comme d'habitude. À croire qu'ils n'avaient jamais assez de temps pour les questions importantes.

Mais il en restait une qu'elle pouvait encore lui poser :

— Quelle était ton émission préférée quand tu étais gosse ?

— Tu me poses de ces questions…

— Moi, je regardais *1, rue Sésame*. Elle passait quand tu étais petit ?

— Non, moi j'étais un fan du club Mickey.

— Un fan de Mickey. (Lily sourit.) Vraiment ? Tu avais le casque avec les oreilles ?

— Je ne m'en souviens pas. Non, je ne crois pas. (Il s'approcha d'elle et posa sa main sur son épaule indemne.) Tu restes encore un peu ici, je présume.

— Ça m'en a tout l'air. Écoute, si ça peut te rassurer, je t'appellerai juste avant de partir.

Lily était contente d'elle. Qui avait dit qu'elle était incapable de transiger ?

À voir son rictus, Rule n'était visiblement pas aussi satisfait.

— Ma réunion devrait durer un bout de temps. Je finirai probablement après toi.

— D'accord. Si tu as besoin de ta voiture, je prendrai un taxi.

— Je ne peux pas partir si tu refuses qu'un autre garde me remplace.

— Rule. (*Ne monte pas sur tes grands chevaux*, se dit-elle. Il s'inquiétait. Quoi de plus naturel, étant donné la façon dont elle avait été agressée.) Je ne prétends pas être invulnérable, mais je suis une excellente tireuse. Je peux très bien rentrer chez moi toute seule.

— Un revolver ne te sera pas très utile si tu dors.

Elle jeta un coup d'œil dans le couloir. Était-ce le bruit de l'ascenseur ?

— Toi aussi, tu dors.

— Le sommeil sentinelle est différent.

— Comment ça ? Non, attends, je n'ai pas le temps pour des explications. Je dois y retourner.

— Donne-moi un petit moment. Je ferai vite.

Il prit le visage de Lily entre ses mains et se pencha pour l'embrasser.

C'était un autre de ses bons points, pensa-t-elle après s'être écartée de lui pour retrouver ses esprits. Lorsqu'il l'embrassait, il lui accordait toute son attention. Peut-être avait-elle eu tort en comparant l'effet à celui d'une simple bière.

— Rappelle-moi de te poser la question sur le sommeil sentinelle.

— D'accord. Benedict attend dans le parking pour te ramener quand tu auras fini.

— Pardon ?

— Il a pensé que le mieux serait qu'il t'attende devant le bâtiment pour qu'il n'ait pas besoin de laisser ses armes à l'accueil. Il est du même avis que moi au sujet de l'utilité des balles face à un adversaire démoniaque.

— C'est très gentil, mais…

— Tu pourras prévenir le vigile ? Histoire qu'il n'aille pas imaginer que Benedict attend, tapi dans l'ombre, de pouvoir poser une bombe dans l'immeuble.

Il fit demi-tour pour partir.

— Attends ! Attends une minute ! Je n'ai pas dit que je le laisserais jouer les gardes du corps.

— Jouer ? (Rule s'arrêta dans l'embrasure de la porte, souriant.) Comment peux-tu dire ça ? Tu as pourtant rencontré mon frère.

Elle le dévisagea. Elle était loin de trouver sa remarque amusante.

Il soupira.

— Lily, le Rho fait appel à des gardes du corps. Il n'en est pas moins le Rho.

— Il est d'accord pour en avoir. Je n'ai pas absolument pas dit oui.

— Mais comme tu n'es pas idiote, tu seras d'accord. D'ailleurs, il faut bien qu'on te ramène chez toi. Pourquoi ne pas laisser Benedict le faire ? Puisqu'il est là.

— Il est là parce que c'est ce que tu as organisé. Tu ne m'as pas demandé mon avis.

Elle entendit des voix dans le couloir – le barman, qui se plaignait qu'on l'ait dérangé pendant sa nuit de repos, et un agent qui tâchait de le calmer.

— Tu étais occupée. J'ai pris la liberté d'entrer le numéro de portable de Benedict dans tes numéros abrégés. C'est le douze. Préviens-le lorsque tu seras prête à partir, il sera là.

Elle comprit par sa réponse qu'il avait tout arrangé plusieurs heures plus tôt, lorsqu'elle lui avait tendu son téléphone pour qu'il appelle Cullen. Il la mettait devant le fait accompli.

— Mince, je dois y aller. Mais on en reparlera.

Il lui sourit.

— Bien sûr. À plus tard, *nadia*.

XIV

À VINGT HEURES LE samedi, le *Club Inferno* était plein à craquer et bruyant. Rule sentait la musique vibrer sous ses pieds, jusque dans le débarras que Cullen utilisait comme loge. Il se demandait vraiment comment les clients humains pouvaient s'entendre avec un bruit pareil.

Évidemment, c'était l'une des raisons qui l'avaient poussé à choisir le *Club Inferno* pour le Tout-Clan. Les lupins devaient se retrouver sur un terrain neutre, ce qu'avait été le club à de nombreuses occasions au fil des années pour des rencontres moins formelles que celle prévue ce soir. Personne ne pourrait physiquement entendre leurs discussions.

— Max a dit que les autres étaient déjà là.

— J'en ai vu quelques-uns.

Cullen s'essuya le visage avec une serviette. Il était en sueur et aussi nu que la loi l'autorisait, car il venait de finir son show.

— Y compris le clan Leidolf.

Ce nom fit tressaillir Rule. Fichu Max, il s'était bien gardé de le prévenir.

— Ils ont envoyé qui ?

— Ce cher Randy.

Randall Frey, le Lu Nuncio de l'autre clan. L'homologue de Rule. Tant mieux : c'était un signe qu'ils prenaient l'affaire au sérieux… mais il éviterait de tourner le dos à cet homme.

— Ça m'étonnerait que les Leidolf acceptent de participer, dit Cullen en lançant la serviette sur l'étagère qui lui servait de coiffeuse. Ils veulent savoir ce que tu fabriques, c'est tout.

Les Leidolf et les Nokolaï avaient une longue et triste histoire. Très récemment, elle avait été marquée par l'agression du père de Rule, dont il était sorti gravement blessé, sans compter la mort d'un Nokolaï… et de trois membres du clan Leidolf.

— C'est valable aussi pour les autres, dit Rule. Nous savions que dès que nous aurions convaincu un certain nombre d'entre eux de venir, d'autres jugeraient qu'ils ne pouvaient se permettre de rester à l'écart. Les Leidolf ont donc envoyé leur héritier.

— Question de rang. (Cullen attrapa son jean.) Ils ne peuvent pas se permettre que leur représentant soit d'un rang inférieur au tien.

— Possible.

Rule s'appuya contre le mur. Il luttait intérieurement contre une irrépressible envie d'ouvrir la porte. L'insensibilité de Cullen à l'aversion habituelle des lupins pour les espaces exigus et fermés était exaspérante.

— Combien ont accepté de venir ce soir ? demanda Rule. Max était dans tous ses états quand il m'a fait entrer par-derrière. Il n'est pas resté assez longtemps pour me le dire.

Cullen sourit et enfila son jean.

— Je vois d'ici la scène. Pauvre Max. Il aime être au cœur des événements presque autant qu'il aime ne prendre aucun risque.

Rule haussa les sourcils.

— Tu sais quelque chose que j'ignore ?

— Il y aura cinq personnes de plus à cette réunion qu'à la première, bien qu'on les ait prévenues au dernier moment... et il y aura parmi eux une récolte exceptionnelle de Lu Nuncio. La rencontre devrait être animée. Je sens presque déjà le *seru*.

— Qu'est-ce qui a changé ?

— Les Etorri sont venus.

Les Etorri... le clan le plus vénérable de tous. Au cours des longs siècles qui avaient suivi la Grande-Guerre, le clan avait failli disparaître plus d'une fois. Le seul Etorri qui avait survécu à ce conflit avait été tant transformé que lui et ses descendants avaient été mis à l'écart ; la magie était trop brute en eux, elle réduisait leur fertilité. Le clan avait tout de même réussi à se maintenir, nul ne savait comment. Toute aussi surprenante était peut-être leur intégrité sans faille. Ils étaient à la hauteur de leur *du*.

Les Etorri. Cette bande de fous bien-pensants, aveuglés par leur fierté, qui avaient rejeté Cullen de leurs rangs parce qu'il pratiquait la sorcellerie, et l'avaient condamné à une vie de paria... si toutefois il arrivait à survivre. Les individus qui n'appartenaient pas un clan ne faisaient pas long feu : ils se suicidaient ou sombraient dans la folie.

Pour une raison ou une autre, Cullen ne s'était engouffré dans aucune de ces deux voies. Trois semaines plus tôt, sa vie de loup solitaire s'était achevée lorsque les Nokolaï l'avaient appelé à eux par le sang, la terre et le feu. Si les sentiments de Rule à l'égard des Etorri étaient mitigés, ceux de Cullen étaient changeants.

— Qui ont-ils envoyé ? demanda-t-il prudemment.

— Qui, à ton avis ? (Un rictus, qui aurait pu être une tentative de sourire, déforma la bouche de Cullen.) Mon cher cousin. Oh, n'aie pas l'air si méfiant. Inutile de prendre des pincettes pour ne pas me blesser.

Cullen ferma sa braguette et ouvrit la porte, sans prendre la peine d'enfiler une chemise. Vu qu'il considérait les pantalons optionnels après un show, ce n'était guère surprenant.

— Je n'en mourrai pas de revoir Stephen, et Dieu seul sait qu'il est trop pur pour être souillé par la présence des êtres inférieurs que nous sommes.

— Je suis content d'entendre que tu n'es pas aigri.

Cullen laissa échapper un éclat de rire.

Rule était heureux de sortir de cette espèce de placard. Ceci dit, le hall sombre et exigu dans lequel ils entrèrent n'était pas beaucoup mieux. Il donnait d'un côté sur une pièce insalubre que Max appelait son bureau, mais ils partirent dans l'autre direction, vers les odeurs et le vacarme du club proprement dit.

Une salle immense occupait le sous-sol et le rez-de-chaussée du bâtiment, son plafond disparaissant dans l'obscurité au-dessus de leurs têtes. Max avait pris beaucoup de plaisir à décorer l'endroit. Il s'était inspiré de tous les clichés de l'enfer qu'il avait pu trouver pour créer une représentation caricaturale de celui-ci, en trois dimensions : murs en pierre, fausses flammes, et une odeur qu'il prétendait être du soufre.

La plupart des clients du club étaient humains, bien entendu. La fréquentation du lieu par les lupins attirait les amateurs de sensations fortes, ainsi que des amateurs d'une autre sorte. Plusieurs femmes – Rule en connaissait certaines – essayèrent d'attirer son attention. Quelques autres tentèrent d'arrêter Cullen.

Le show avait dû être réussi ce soir. Les deux hommes se frayèrent un chemin entre les tables en distribuant des sourires, des mots et des signes de tête. Ils cherchaient des yeux ceux qui n'étaient pas humains.

Là-bas, au bar. Rule attira le regard de l'homme et lui adressa un léger salut. De l'autre côté de la salle, un autre les aperçut ; il embrassa la femme à côté de lui et se leva. Deux hommes attablés en compagnie de demoiselles provoquèrent chez elles une vive déception lorsqu'ils prirent congé. Partout dans la salle, seuls ou par deux, des hommes qui se ressemblaient, principalement par leur forme physique inhabituelle, commencèrent à se retirer vers le fond de la pièce, d'où un escalier en colimaçon montait vers un loft dans l'ombre au-dessus, invisible du rez-de-chaussée.

Rule et Cullen arrivèrent les premiers au pied de l'escalier. Rule s'y engagea, Cullen sur ses talons.

— As-tu eu du mal à t'en aller ? lui demanda Cullen.

— Non.

Il n'avait même pas eu besoin de mentir. S'il ne lui avait pas dit la vérité, il ne lui avait pas non plus raconté de mensonge.

— Même si le sort de pistage ne fonctionne pas – mais je l'ai peut-être réparé –, Benedict a le signal d'alarme, hein ?

— Oui.

— Eh bien, tu parles par monosyllabes tout à coup. Je suis sûr que tu te sens horriblement coupable. C'est une mauvaise habitude, la culpabilité.

— Ferme-la, Cullen.

— O.K. Mais tu en fais trop, tu sais. Lily est une sensitive. Elle sera bouleversée, mais en y repensant…

— Tu es sûr que nous parlons de la même femme ? lui demanda Rule. Celle qui, parce qu'elle refuse d'avoir un garde du corps, nous contraint à inventer un nouveau sort pour m'assurer qu'elle est protégée ? Celle que j'ai dû piéger pour que Benedict reste avec elle pendant mon absence ? Elle a été attaquée par une saleté de démon hier soir, mais, bien sûr, elle n'a pas besoin de protection. C'est une réaction de sensitif, ça ?

Ils étaient arrivés au niveau du loft, une plateforme ouverte, dépourvue de meubles, qui se déployait sur toute la longueur du mur du fond. Pour faire de la place sur le sol couvert de moquette, tous les coussins avaient été poussés sur les côtés. Il n'y avait pas de lumière ; le seul éclairage provenait d'en bas.

D'un regard, Cullen modifia cela. Douze bougies noires qui formaient un grand cercle s'allumèrent. Puis il regarda Rule.

— Peut-être qu'elle n'aime pas Benedict. Moi, je ne l'aime pas.

Rule grogna.

Quelqu'un montait l'escalier en colimaçon, et ne se privait pas pour faire plus de bruit que le strict nécessaire. C'était un signe de politesse. Rule en prit bonne note et rangea ses regrets – d'accord, sa culpabilité aussi – tout au fond de lui, là où ils ne risquaient pas de s'immiscer dans les discussions de cette nuit.

Cullen prit une bougie blanche encore éteinte dans un petit sac et avança vers l'escalier. Il s'arrêta à côté de Rule et posa une main sur son bras – un geste rare de sa part. Les contacts tactiles étaient faciles et courants chez les lupins, mais Cullen avait passé la majeure partie de sa vie isolé des autres. Plusieurs décennies le séparaient de l'époque où ces gestes étaient naturels pour lui.

Il se mit à subvocaliser si bas que, même tout près de lui, Rule l'entendait à peine.

— Ça ne sert à rien de te punir, tu sais. Lily le fera très bien elle-même le moment venu.

Rule eut l'air amusé.

— C'est marrant, à t'entendre c'est censé me réconforter.

En guise de réponse, Cullen esquissa un sourire. Il se retourna au moment même où arrivaient en haut des marches les premiers convives : Ben Larson des Ansgar, le plus grand clan de Scandinavie. Ben était un combattant hors pair, mais il pouvait se montrer trop mesuré et chercher des certitudes là où il ne pouvait y en avoir.

Il fronça les sourcils à la vue de Cullen. Peut-être avait-il espéré que Rule aurait interverti les gardiens. Pas de chance. Tous allaient devoir s'adapter à ces changements. Les sphères étaient en train de bouger, et la Diablesse avait repris ses activités.

— Un moment, dit Cullen à Ben.

Cette fois, il remua sa main au-dessus de la bougie qu'il tenait et murmura quelques mots pour faire danser une flamme sur la mèche. Tout ce cinéma était l'idée de

Rule. Il voulait que les autres s'habituent à Cullen mais n'aillent pas fouiner pour savoir à quel point son ami était différent. Certains Gratifiés pouvaient appeler le feu par l'intermédiaire d'un rituel. Cullen n'avait besoin que de son esprit.

Il tendit d'abord la bougie à Rule.

— *Accipisne alios in pace ?*

— *Accipio in pace.*

Rule frôla la flamme de sa paume et compta lentement jusqu'à trois, assez longtemps pour sceller le pacte, et tout de même assez brièvement pour que la brûlure soit guérie une fois le rituel terminé. Ensuite, il s'avança jusqu'à la bougie noire la plus proche et s'assit en tailleur, la bougie dans son dos.

Cullen tendit la bougie blanche vers Ben.

— *Accipiaris in pace.*

— *Advenio in pace.*

Ben tendit la main au-dessus de la flamme, comme Rule l'avait fait, puis prit place à l'intérieur du cercle de bougies.

Un à un, les autres entrèrent, placèrent une main au-dessus de la flamme et promirent de préserver la paix. Conn McGuire des Cynir. Stephen Andros, le Lu Nuncio des Etorri, aux yeux étonnamment pâles caractéristiques de sa lignée, et aux cheveux couleur de poussière. Ito Tsegaye des Mendoyo. Randall Frey des Leidolf – un vrai fourbe, celui-là. Javiero Mendozo des Ybirra, à la peau presque aussi noire que celle d'Ito. Rikard Demeny des Szós. L'héritier des Kerberos, Jon Sebastian, qui avait l'air d'un comptable et se battait comme un dément. Sean Masters des Kyffin.

Au total, quinze des vingt-deux clans dominants étaient directement représentés, dont huit par leurs Lu Nuncio. L'un des héritiers et deux des fils *nonheris* avaient traversé un océan pour se rendre au premier cercle. Pour celui-ci, Stephen Andros avait voyagé de presque aussi loin – les terres des Etorri se trouvaient dans le nord du Canada.

Rule fit son possible pour ne pas s'indigner du fait qu'il avait fallu le concours de l'Etorri pour convaincre beaucoup d'entre eux de venir. Ils étaient ici. C'était le principal.

Lorsque toutes les personnes présentes furent assises, Cullen éteignit sa bougie et s'assit à l'écart, près du mur. Il était chargé de garder le cercle d'intrusions physiques ou magiques. La Diablesse ne pouvait les espionner directement, mais ses agents en étaient capables.

Rule était responsable de ce qui se passait dans le cercle. Et c'était loin d'être facile. Il commença par un moment de silence, qui leur permit à tous de revenir au calme intérieur qui leur était nécessaire pour se maîtriser.

Derrière chaque homme brûlait une bougie, qui laissait leurs visages dans l'ombre et propageait une forte odeur de cire. De la musique et des voix montaient du rez-de-chaussée. Et effectivement, sous le puissant parfum des bougies et les effluves, mêlés les uns aux autres, de chaque personne présente, Rule découvrit plus qu'une trace de *seru*.

Par définition, les Lu Nuncio étaient dominants. Ce n'était pas une mince affaire d'en rassembler autant dans un cercle de *pace*, et ça ne serait pas plus facile de faire en sorte qu'ils écoutent et coopèrent. Il était interdit de recourir à la violence directe ou de défier un autre participant pour se battre plus tard. Mais chacun chercherait instinctivement à dominer les autres.

Y compris lui, bien sûr. Cullen avait raison. Cette rencontre serait animée.

— *In pace convenio*, dit-il cérémonieusement. Commençons.

— Commencez alors par nous expliquer quelque chose, dit Rikard. Pourquoi ce type-là… (Il hocha brusquement la tête en direction de Cullen.)… se conduit-il comme un gardien ?

Rikard était le plus âgé, mais les années ne l'avaient en rien adouci. Il gardait son caractère explosif et n'hésitait pas à dire ce que tout le monde pensait tout bas par prudence ou simple courtoisie.

— Parce que la Rhej des Nokolaï ne quitte pas Clania. Parce que Cullen a des talents dont nous avons besoin. Et parce que je l'ai choisi.

L'un des *nonheris* marmonna quelque chose ; Rule l'ignora. Rikard grommela :

— Évidemment, que vous l'avez choisi. Mais…

Stephen Andros l'interrompit :

— Nous perdons notre temps à nous disputer au sujet d'un point que nous avons déjà accepté en prenant place dans le cercle. Le Nokolaï a convoqué cette assemblée. C'est donc lui qui est en droit de choisir son gardien.

Rule ne le remercia pas. Ce serait une insulte, impliquant que Stephen l'avait soutenu – il apparaîtrait comme son subalterne. Mais il croisa longuement le regard de l'héritier des Etorri. Stephen Andros était bâti comme un rugbyman, mais il avait un regard lointain, un regard de sage… ou d'ensorceleur.

Rule s'était demandé si cette particularité qui marquait l'héritage de Cullen était ce qui avait rendu l'impossible possible. Aucun ensorceleur lupin n'avait jamais existé ; on disait que leur magie innée évinçait tout autre type de magie. Il ne lui avait jamais posé la question. Cullen ne parlait pas de la période de sa vie où il appartenait au clan des Etorri.

— J'aimerais en savoir plus sur la raison de ma présence ici.

C'était la voix d'Ito Tsegaye des Mendoyo, un individu aussi maigre que grand, à la peau foncée. Il parlait avec un fort accent, qui rappelait des mélodies lointaines et étranges. Les Mendoyo avaient vécu isolés des autres clans durant plusieurs siècles, lorsque l'Afrique était coupée du continent européen ; leur accent n'était pas ce que Rule trouvait de plus étrange chez eux.

— Vous êtes ici pour transmettre certaines informations lorsque vous retournerez dans vos clans et, je l'espère, certains d'entre vous sont ici pour se joindre au combat contre la Diablesse. Quelque chose a changé, et les sphères ne sont plus aussi éloignées les unes des autres qu'avant. Elle est de nouveau capable d'atteindre notre monde, et a l'intention de nous détruire.

Randall, du clan Leidolf, sourit.

— Que la Diablesse nous détruirait si Elle le pouvait, je n'en doute pas. Mais pour le reste… nous n'avons que votre parole.

Rule le regarda, imperturbable. Il dut se maîtriser pour ne pas dégager une forte bouffée de *seru*.

— Oui, vous avez ma parole. Vous avez tous entendu parler de ce qui s'est passé, de la manière dont Ses disciples ont été vaincus et dont Sa crosse a disparu. Mais certains d'entre vous n'ont eu que des propos rapportés, qui parfois avaient eux-mêmes été déjà rapportés. Voulez-vous les entendre de ma propre bouche ?

En effet, ils le voulaient, pourtant ils durent en passer par quelques débats pour arriver à un consensus. Lily, songea Rule avec un petit sourire, lui aurait sûrement demandé de procéder à un vote.

— Vous trouvez cela amusant ? lui demanda Ito.

— Je pensais à autre chose. Mon Élue trouve étranges certaines de nos façons de faire. Pendant quelques secondes, j'ai vu la scène avec ses yeux.

Cela ne faisait pas de mal de rappeler aux autres l'existence de Lily. La Déesse n'avait jamais uni un Lu Nuncio à une Élue, en tout cas, pas depuis l'âge des légendes.

— Votre Élue… Il paraît que c'est une sensitive.

Rule toisa l'homme qui avait parlé. Conn était plus qu'un ami : il était du même avis que Rule. Ils devaient s'organiser maintenant, tant que le pouvoir de la Diablesse était encore limité dans leur sphère.

— Oui, c'en est une.

Sa réponse entraîna un air perplexe sur plusieurs visages.

— Étrange, fit Rikard.

— Pas depuis que Magya des Etorri…

— Une coïncidence. Ça ne signifie pas…

— Un Lu Nuncio avec une Élue sensitive… une coïncidence ? grommela Conn. C'est ça, et la Déesse est seulement en train de nous jouer un tour.

Ben était rouge de colère.

— Vous êtes spécialiste des intentions de la Déesse, maintenant ?

— Ce que je dis, c'est que ce n'est pas une coïncidence. Nous n'appelons pas nos compagnes des « Élues » parce que la Déesse les attribue au hasard.

— Tout à fait vrai, dit Randall, mais il ne faut pas en tirer trop rapidement des conclusions.

Il se tourna vers Rule avec son sourire de pub pour dentifrice. C'était un bel homme, dix ans plus jeune que Rule, avec des cheveux blonds méchés et de longs doigts de pianiste. Il était réputé pour être plus insaisissable qu'un serpent.

— Vous ne cherchez pas à nous faire croire que vous nous rejouez le scénario de Senn et Magya, n'est-ce pas ?

— Randall. (Rule lui sourit doucement.) Je respecte trop votre caractère pour penser que je pourrais vous faire croire quoi que ce soit.

Sa réponse provoqua des sourires et quelques rires. Rule profita de cet instant pour commencer son récit. Ce n'était pas dans leurs habitudes de raconter une histoire en des termes neutres, d'en faire une sorte de rapport impersonnel du type de ceux que Lily pouvait soumettre, cela prit donc un certain temps.

Il y eut quelques regards vers Randall lorsque Rule évoqua l'attaque qu'avait subie son père et, un peu plus tard, d'autres vers Cullen, qui s'était comporté en héros à la fin. Lorsqu'il eut terminé, les questions fusèrent. Les premières étaient faciles, mais quelqu'un posa inévitablement une question au sujet de Lily.

— Elle est encore flic, oui, mais au sein du FBI.

— L'une de vos polices fédérales, vous voulez dire ? demanda Ito.

— Exact. (Rule prit une profonde inspiration. Il ne pouvait remettre à plus tard cette révélation – après tout, c'était ce qui avait motivé l'organisation de cette assemblée.) Elle est chargée de retrouver la crosse. C'est ainsi que j'ai pu apprendre aujourd'hui que le gouvernement n'a pas l'intention de la détruire.

Cette déclaration provoqua un tollé, même de la part de ceux qui n'étaient pas totalement convaincus de son existence. Rule leur donna un moment avant de reprendre :

— Lily a reçu l'instruction de préserver la crosse pour permettre de l'analyser. Je ne sais pas qui veut cette fichue crosse, d'ailleurs, c'est sans importance. Nous devons empêcher qu'ils mettent la main dessus.

Même si ce « ils » incluait Lily.

XV

À 22 H 57, Lily prit l'ascenseur pour descendre. Les yeux fermés, elle était adossée à la paroi de la cabine. Plus que fatiguée, elle en était arrivée au stade où les rires et les larmes arrivent aussi facilement.

Elle aurait probablement dû partir plus tôt. D'accord, elle aurait dû, c'était certain, mais ils avaient si peu de temps – un jour, peut-être. Ensuite, Harlowe reprendrait sa série macabre.

La bonne nouvelle, c'était que Rule n'était pas dans les parages pour la tanner. La mauvaise... eh bien, c'était que Rule n'était pas là. Elle s'était habituée à dormir blottie contre lui. Cela lui manquerait, en tout cas pendant les quelques secondes qui sépareraient le moment où elle s'allongerait et celui où elle sombrerait dans le sommeil.

Elle ouvrit les yeux et se redressa avant que s'ouvre la porte de l'ascenseur. L'immeuble avait un système de sécurité efficace, un mix entre des méthodes anciennes et modernes : une porte verrouillée par un système électronique, et un gardien chargé de vous faire signer un registre. Il la taquina sur le fait qu'elle avait rendez-vous avec un « jeune homme d'une extrême patience ».

Elle regarda à travers les épaisses portes vitrées : Benedict l'attendait dehors.

Elle avait longuement hésité à rentrer en taxi. C'était tentant mais stupide. S'ils lançaient une autre attaque cette nuit, elle perdrait de précieuses secondes à bâiller. Elle s'était fait une raison et avait pris la décision la plus raisonnable : appeler Benedict pour le prévenir qu'elle partait. Comme on le lui avait demandé.

Elle pinça les lèvres. Rule la trouvait têtue de refuser une protection. Il n'avait pas totalement tort, admit-elle lorsque le gardien appuya sur le bouton qui déverrouilla la porte. Mais elle ne supportait pas son côté autoritaire. Il avait pris la décision pour elle, ce matin, puis avait attendu la fin de la journée pour la mettre au courant.

Elle sortit dans la rue, où il faisait à peine assez froid pour pouvoir affirmer qu'on était en automne ; il s'y répandait des odeurs de béton et de gaz d'échappement, pourtant elle se sentit ragaillardie par la fraîcheur de l'air. Il n'avait pas été traité et filtré, transformé en produit de consommation. C'était simplement de l'air, rien que de l'air.

Mais peut-être était-ce le fait d'abandonner l'immeuble sécurisé pour aller vers un danger éventuel qui lui donnait ce coup de fouet. Peu importe. Elle s'arrêta une seconde pour inspirer, plus réveillée qu'elle ne l'avait été depuis plusieurs heures.

— On est exposés, ici. Tu ferais mieux d'entrer dans la voiture.

Elle jeta un coup d'œil sur sa droite et vit un bon mètre quatre-vingt-dix de mâle agacé.

— Salut, Benedict. Je vais bien, merci. Et toi ?

Le sourire qui effleura les lèvres du frère de Rule apparut tel un visiteur inhabituel :

— Content de te revoir. D'autant plus que, cette fois, tu n'es pas en sang. On peut aller à la voiture, maintenant ?

Elle soupira.

— Bien sûr. Où… Attends une minute. C'est *ma* voiture que tu comptes prendre ?

— Je conduis une Jeep. Pas de portières, pas de protection.

— Évidemment, Rule t'a donné les clés.

— Tu as l'air fâchée.

— Tu es observateur. Mais je ne le suis pas contre toi.

Elle marcha à ses côtés vers la voiture, se sentant minuscule comparée à lui. Rule était grand, son frère tout simplement immense : un mètre quatre-vingt-douze, plus de cent kilos, au jugé, et le moindre centimètre de son corps était dur comme du béton.

Ils ne se ressemblaient pas. Benedict portait sur sa peau les gènes humains de ses ancêtres – une teinte cuivrée qui évoquait ses origines indigènes, tout comme ses cheveux noirs striés d'argent. Il était vêtu d'un jean et d'un tee-shirt noir, avec une veste qui cachait son étui de revolver à l'épaule. Et Dieu merci, il ne portait pas le fourreau qui enveloppait le mètre d'acier qu'il affectionnait tant à Clania.

— Tu as emporté quoi ? lui demanda Lily.

— Une ou deux armes. La principale est un Sig Sauer.

— Moi aussi, je me sers d'un Sig.

— Bon choix. Je voulais apporter ma SAW, mais il y avait un risque qu'on fouille la voiture. Je ne te serais pas très utile sous les verrous.

— Une SAW... Tu veux parler d'une mini-mitrailleuse.

Il hocha la tête.

— Bonne puissance de feu.

— Eh bien, je l'ai vraiment échappé belle.

Ils arrivèrent devant sa Toyota. Il revendiqua la place du conducteur avant Lily, qui se retrouva sur le siège passager, contrariée.

— Je pourrais conduire. Mes réflexes sont presque aussi bons que les tiens.

De ce côté-là, elle tenait de Grand-mère.

— Presque aussi bons que ceux de Rule, peut-être. (Il fit démarrer la voiture.) Mais moins que les miens.

Elle le regarda, se demandant à quel point il était rapide. Lily l'avait vu une fois en pleine action, mais il était loup – parmi d'autres loups – et elle était occupée à se faire tirer dessus et à riposter. Mis à part Rule, elle ne savait pas qui étaient les autres. Elle éprouvait donc une certaine curiosité professionnelle à l'égard des capacités de Benedict. Comment s'en sortirait-il lors d'un combat sous sa forme humaine ?

Elle n'avait pas très envie de le découvrir cette nuit. Elle attacha sa ceinture.

— Rule m'a dit un jour que tu aurais dû être le Lu Nuncio. Pas seulement parce que tu es plus âgé que lui. Il pense que tu es un meilleur combattant.

Benedict répondit d'un ton impatient :

— Je croyais qu'il avait passé l'âge de ce genre de chose.

— Que veux-tu dire ?

— Je suis un meilleur combattant. Cela ne fait pas de moi un meilleur Lu Nuncio.

— Le Lu Nuncio défend le Rho et répond à des défis officiels, n'est-ce pas ? Le combat n'est pas une qualité négligeable dans ce genre de mission.

— Il est aussi l'héritier. Celui qui sera finalement le Rho. Rule dirigera les nôtres bien mieux que moi.

— Tu ne te sens pas évincé ou offensé ?

Il garda le silence si longtemps qu'elle se demanda si elle-même ne venait pas de le blesser. Mais lorsqu'elle tourna les yeux vers lui, il lui parut être en train de réfléchir, pourtant il gardait un œil vigilant sur les voitures qui roulaient devant, derrière et à côté d'eux. *Un regard de flic*, pensa-t-elle. Il était curieux de remarquer cela chez quelqu'un qui avait été un hors-la-loi pratiquement toute sa vie, jusqu'à ce que la loi évolue.

Finalement, alors qu'il accélérait pour s'insérer dans la circulation sur l'autoroute I-15, il dit :

— C'est à Mick que tu penses. Il voulait être le Rho. Je n'ai jamais partagé cette ambition. Au moment où notre père a fait de Rule son héritier, Mick s'est mis en colère. J'étais soulagé.

Ce fut au tour de Lily de se réfugier dans le silence. Les deux rubans parallèles des feux arrière lumineux semblaient les entraîner avec eux, comme s'ils n'étaient qu'une perle parmi d'autres, qui glissait sur un fil. Ses paupières devinrent lourdes. Elle pencha sa tête contre le dossier… Puis la redressa brusquement. Elle avait failli s'assoupir.

Je lui fais confiance, songea-t-elle, surprise. Quelque part en elle, elle avait décidé qu'elle pouvait compter sur Benedict pour assurer leur sécurité. Cela ne lui ressemblait pas, et elle ne savait pas très bien comment l'interpréter.

Contrairement à Rule – et à la plupart des gens qu'elle connaissait, d'ailleurs – Benedict n'allumait pas la radio ou le lecteur CD. Et si, tout en surveillant la route, il ouvrait grand ses oreilles également ? Ils roulèrent donc en silence à travers la nuit de la ville surpeuplée, dans l'obscurité que seuls éclairaient par intermittence les feux des véhicules d'urgence, si faiblement qu'on les devinait plus qu'on ne les voyait.

Pourquoi l'avait-elle interrogé sur ses sentiments ? Il présentait apparemment la panoplie habituelle, mais il les gardait si bien cachés qu'elle se demandait s'il les connaissait mieux qu'elle. Il y avait peu de chance qu'il se confie.

Pourtant, son instinct l'encourageait à le croire. Benedict avait quelque chose de rassurant, d'étrangement paisible. Il semblait en paix avec lui-même.

Contrairement à elle. Maintenant qu'elle était inactive et silencieuse, l'inconfort de son corps en train de guérir s'exprimait trop bruyamment. Elle remua sur son siège pour trouver la meilleure position pour son épaule, puis s'agita de plus belle. Son esprit était tout sauf tranquille.

Elle finit par rompre le silence.

— J'aimerais te poser une question, mais il se peut que, selon vos critères, tu la trouves déplacée.

— Nos critères ne sont pas si différents des vôtres.

— Alors peut-être qu'elle est tout simplement déplacée. Elle concerne… ta fille.

Il lui jeta un coup d'œil furtif.

— Rule t'en a parlé.

— Ce soir, oui. Et la nuit dernière, il m'a parlé de, euh… de cette histoire d'âge. J'essaie encore de m'y faire.

— Ça t'a fait un choc. (C'était une simple observation, qui n'exprimait ni compassion ni jugement.) Que veux-tu savoir à propos de Nettie ?

— Sa mère était-elle ton Élue ?

— Non. (Le silence entre cette réponse catégorique et la suite dura tout au plus une fraction de seconde.) J'ai rencontré Claire lorsque Nettie avait douze ans. Nous n'avons pas eu d'enfant.

Une dizaine de questions s'enchaînèrent dans l'esprit de Lily. Elle était pratiquement sûre que l'Élue de Benedict était morte, mais elle ignorait à la fois ce qui s'était passé et si son décès remontait à longtemps. Elle voulait savoir ce qui se passait lorsqu'un partenaire soumis à un lien d'âme sœur mourait. Quel impact sa disparition avait-elle sur l'autre ?

Et elle avait d'autres questions, plus personnelles. Avait-il aimé Claire ? Avaient-ils été amis, en plus d'avoir été amants ? Quelles étaient les limites de leur lien ? Avaient-ils jamais senti que leurs aptitudes passaient de l'un à l'autre, comme c'était le cas pour Lily et Rule ?

Lily était habituée à poser des questions extrêmement personnelles, souvent à des moments où ses interlocuteurs étaient sous le coup d'émotions très vives. Mais elle ne menait pas une enquête, et la retenue de Benedict était grande.

— Merci de m'avoir répondu, lui dit-elle enfin.

Il lui demanda, une pointe d'amusement dans la voix :

— C'est tout ce que tu voulais savoir ?

— Non, mais…

Son téléphone portable sonna. Elle le prit dans son sac et décrocha :

— Oui ?

— Lily Yu ? demanda un homme dont elle ne reconnut pas la voix.

Elle fronça les sourcils. Très peu de gens avaient ce numéro.

— Qui êtes-vous ?

Il eut un petit rire, agréablement masculin.

— Ce doit être la première fois que nous parlons ensemble. Je suis Patrick Harlowe.

Son épuisement s'évapora en un instant. Elle se redressa sur son siège.

— C'est gentil d'appeler. Je vous cherche.

— C'est ce qui m'a semblé.

Il avait une voix chaude, qui conférait à tout ce qu'il disait un sens caché et une touche d'intimité. Comme un télévangéliste, pensa-t-elle, ou un vendeur de gadgets culinaires dans un programme télé diffusé tard le soir.

— Vous n'avez pas vraiment été chanceuse jusque-là, hein ?

— Pas jusqu'à maintenant, répondit Lily.

Continue de le faire parler. Elle jouerait à son petit jeu, peu importe lequel, tant qu'il continuait à parler. Les gens lâchaient toujours beaucoup plus d'infos que ce qu'ils croyaient si on arrivait à maintenir le dialogue.

— Comment avez-vous obtenu mon numéro, au fait ?

— De la même façon que j'ai appris tant de choses intéressantes récemment, d'une personne pratiquement omnisciente. Vous trouveriez cela pratique, dans votre boulot, ajouta-t-il. Être capable de regarder ou d'écouter qui vous voulez.

— Sûrement. Mais par « pratiquement », vous insinuez que la Diablesse n'est pas omnisciente, n'est-ce pas ? Elle ne peut pas voir les lupins. Ni moi. Elle ne peut pas non plus vous parler directement.

Le pouvait-Elle ? Seigneur, si la crosse avait vraiment rendu Harlowe télépathe, qu'il pouvait recevoir des instructions et des informations directement de la Diablesse…

— Vous êtes drôlement sûre de vous, hein ? (Il avait prononcé ces mots sur le ton d'un gentil oncle qui s'adresse à sa nièce adorée.) Vous avez cependant raison sur ce point. Elle n'est pas tout à fait omnisciente. Mais comme cet appel le prouve, nous avons néanmoins trouvé des moyens de contourner Ses quelques limites. Malgré tout, le téléphone est limité également, vous ne trouvez pas ? C'est tellement plus agréable de faire connaissance en personne.

— Vous voulez qu'on déjeune ensemble ? (Lily avait la gorge sèche.) Eh bien, laissez-moi consulter mon agenda.

— Un déjeuner, ce ne sera pas possible pour moi, répondit-il en riant, manifestement amusé. Pourquoi pas tout de suite ? Il est un peu tard, mais mon emploi du temps est surchargé ces jours-ci.

Lily regarda Benedict du coin de l'œil. Il était intensément concentré.

Bien sûr. Lui aussi écoutait Harlowe.

— Je suis libre ce soir. Où nous retrouvons-nous ?

— Vous devrez venir à moi, j'en ai peur. Et je dois insister : ne le dites à personne. À personne d'autre, Lily… que votre chauffeur, bien entendu.

Il savait que quelqu'un d'autre conduisait ? Lily regarda Benedict. Elle pouvait encore subvocaliser, même si elle ne parvenait plus à s'entendre :

— *Nous sommes suivis ?*

Il secoua la tête.

— C'est valable également pour votre conducteur. Aucun contact téléphonique. Si quiconque est informé de notre petit rendez-vous, j'en serai offensé, et je crains de ne pas très bien réagir quand je suis offensé. Je le *saurai*, Lily. (Il baissa d'un ton.) La Diablesse n'est peut-être pas en mesure de vous surveiller directement, mais Elle n'en a pas besoin. Elle peut observer les autres, toutes les autres personnes que vous pourriez être tentée d'appeler. Comme vos collègues du FBI, la police, ou même votre famille.

Lily sentit soudain sa nuque devenir moite, comme si on y appliquait un tissu humide et froid.

— Alors, où se retrouve-t-on ?

— Je vous donnerai le chemin dans un moment. D'abord, j'ai avec moi une personne qui aimerait vous parler.

— Attendez…

Mais il avait passé le téléphone à quelqu'un d'autre. Quelqu'un dont la voix fit perdre à Lily tous ses moyens.

— Lily ? dit Beth Yu d'une voix enjouée et pressée, comme à son habitude. Patrick veut que je te fasse savoir que je vais bien. Je ne comprends pas vraiment pourquoi. En fait, je ne sais même pas pourquoi il m'a demandé de venir ici… cet endroit ne me ressemble *tellement* pas. Mais tout va bien, tu sais. Patrick l'a dit. Il va s'occuper de moi.

Les bougies avaient à moitié fondu. Ils avaient beaucoup parlementé et pris peu de décisions ; il était presque temps pour Cullen de partir exécuter son deuxième show.

Pourtant, il n'avait plus besoin de danser. Pas pour de l'argent, du moins. Rule avait supposé qu'il démissionnerait lorsque le Rho l'avait pris comme serviteur du clan – « comme un maudit avocat », avait dit Cullen. Mais il continuait à assurer deux performances par nuit, deux nuits par semaine. Il avait expliqué à Rule qu'il s'accrochait à ce job à mi-temps parce qu'il avait besoin de ces revenus supplémentaires.

Peut-être pensait-il ce qu'il disait. Mais Rule ne le croyait pas. Cullen n'avait jamais vraiment été porté sur l'argent, qu'il considérait davantage comme un moyen d'acquérir des bouts de papier, ses biens les plus précieux : des fragments de vieux sortilèges et autres documents du même ordre. Non, Rule pensait que la danse lui apportait quelque chose dont il avait besoin.

Mais cette fois, cet impératif tombait vraiment mal.

— Nous devons en finir dans peu de temps, dit-il lorsqu'il eut l'occasion de placer un mot. Une fois le cercle brisé, pensez à être prudents lorsque vous débattrez entre vous.

Il y aurait d'autres réunions après celle-ci, il en était certain – moins formelles, mais peut-être plus décisives.

— Je ne comprends toujours pas ce que vous voulez, dit Ben, revêche. Que voulez-vous qu'on fasse ? C'est très bien, de parler de combattre la Diablesse, mais Elle n'est pas ici.

— Gardez l'œil, dit Rule aussitôt, et vos nez à ras du sol. Demandez-vous si ce que j'ai dit sur les sphères qui évoluent, qui produisent des changements, correspond à ce que vit votre clan. Je vous ai parlé de la banshie aperçue au Texas, par exemple.

— Qui a *peut-être* été aperçue, le corrigea Javiero. Mais je me suis penché là-dessus : les récits des témoins tiennent la route.

— Que se passe-t-il sur vos propres territoires ? demanda Rule. Revenez nous dire tout ce que vous aurez appris d'inhabituel. Essayez aussi de découvrir ce que les autres personnes de la Souche pourraient savoir ou deviner. Vous, Ben, vous devriez passer le mot aux trolls, pour savoir s'ils ont remarqué des changements, quels qu'ils soient.

Le clan de Ben était installé en Scandinavie, région qui comptait la toute dernière population de trolls, toutes tailles confondues.

— Les trolls, grommela Ben. Vous avez déjà essayé de parler à l'un d'eux ? Autant s'adresser à un arbre.

— À propos de s'adresser à des arbres, dit un autre. Je veux bien me renseigner auprès des dryades.

Cette annonce fut accueillie par des sourires et des rires. Les dryades étaient connues pour être timides… et vibrer d'amour envers ceux qui arrivaient à venir à bout de leur timidité.

Ito secoua la tête.

— Je ne connais ni les dryades ni les trolls, mais je connais les arbres. Avec eux, on ne parle pas. On écoute.

Il y eut un moment de silence; tous étaient légèrement embarrassés en présence d'Ito. Il était apprécié, mais pas toujours compris.

— Nous nous écartons du sujet, dit Randall. Nous demander de rechercher des anomalies, c'est comme nous dire de faire attention à la lettre *S*. Une fois qu'on a porté notre vigilance dessus, on en voit partout. Évidemment que les gens mettront le doigt sur des bizarreries s'ils en cherchent.

— La lettre *S* est banale. Des bizarreries sont, par définition, rares. Je ne vous demande pas de me parler, par exemple, de la nouvelle coupe de cheveux de votre sœur… même si celle-ci est extrêmement bizarre. (Il y eut des sourires et quelques gloussements.) Mais si vous avez vent de rumeurs au sujet de créatures, ou d'individus de la Souche qui ne devraient pas se trouver dans notre sphère, nous devons tous être mis au courant.

— Alors à qui devons-nous en parler ? À vous ? (Randall eut un rictus méprisant.) Vous avez un plan. Vous pouvez utiliser tout ce que vous entendez pour faire vos preuves, accroître vos chances d'être nommé chef de guerre si les clans s'alignent, et avec l'habitude mégalomaniaque de votre père de…

— Vous feriez mieux de vous s'arrêter là. (Rule se tint parfaitement immobile.) Puisque je n'ai pas parlé de celle de votre père de tuer les gens par derrière, vous…

— Vous pouvez tous me faire vos rapports, si vous le souhaitez, dit Stephen calmement. Je veux bien m'occuper de regrouper les informations. À moins que l'un de vous ne doute de la capacité d'un Etorri à rester impartial ?

Randall n'osa pas aller si loin, mais il plissa les yeux en tournant la tête vers Stephen.

— Vous n'adhérez quand même pas à cette théorie absurde de déplacement des sphères ?

— S'il vous plaît, dit Ito à l'homme à côté de lui, que veut dire « adhérer » ?

Randall répondit sans quitter Stephen des yeux.

— Il y croit. Il est d'accord. Il pense que cette idée vaut plus qu'un bac de litière pour chats.

Stephen demeura impassible.

— Les Etorri envisageaient déjà la possibilité que les sphères bougent lorsque nous avons reçu l'invitation à ce cercle.

— Pourquoi ? explosa Randall. Pour l'amour du Ciel, quelle preuve avez-vous ?

— Premièrement, cette théorie s'accorde avec la prophétie…

Cette réponse déclencha une réaction générale.

— Quelle prophétie ?

— Les Etorri adorent ce charabia mystique…

— Si vous êtes au courant d'une prophétie et n'en avez parlé à personne…

— Deuxièmement, dit Stephen, j'ai moi-même été témoin de la Grande-Chasse dans les forêts septentrionales.

Un silence de mort s'installa. La voix de Cullen le brisa :

— Rule.

— Que se passe-t-il ? demanda celui-ci en tournant brusquement la tête.

— Nous devons rompre le cercle *tout de suite*. Benedict a déclenché le signal d'alarme.

XVI

COMME SI LA foudre le traversait, Rule sentit ses poils se hérisser sur tout son corps. Sa vision s'affûta. Son esprit aussi. Pas besoin de réfléchir : les actions nécessaires coulaient de source, s'enchaînaient les unes après les autres, claires comme de l'eau de roche.

— Le cercle est terminé, dit-il en se mettant debout d'un mouvement fluide. Lily est en danger, peut-être qu'on l'attaque en ce moment même. Je pars. Cullen…

Lui aussi était déjà debout.

— La carte est dans mon vestiaire. Ton téléphone aussi. Benedict tente peut-être de nous appeler.

Rule commençait déjà à partir lorsque l'un des fils *nonheris* le saisit par le bras.

— Attendez une minute.

Rule le repoussa du revers de la main et continua son chemin.

Il y eut une courte bagarre : l'homme, qu'il avait fait tomber au sol, était en colère, mais Rikard et Con le retinrent.

— Imbécile, grogna Rikard. Son âme sœur est en danger. Estimez-vous heureux qu'il ne vous ait pas brisé le cou.

Rule se dirigea vers la balustrade – pas le temps de prendre l'escalier – mais Stephen était là, devant lui. Avec un rictus, il lui dit de sa fichue voix calme :

— Je n'essaie pas de t'arrêter. Je viens avec toi.

— Fais vite, alors.

Rule posa ses mains sur la balustrade. Les deux jambes en même temps, il l'enjamba.

Les autres suivirent.

Ce soir-là, les clients du *Club Inferno* eurent droit à un spectacle inattendu. Seuls, par deux, trois ou quatre, des hommes tombèrent de l'obscurité au-dessus de leur tête, pour atterrir sur les tables ou le sol et se déplacer incroyablement vite. Comme un torrent qui s'écoule entre les rochers, ils contournèrent ou passèrent agilement pardessus tous les obstacles. Ceux qui atterrirent sur les tables sautèrent simplement au-dessus des clients assis là et se mirent à courir dès qu'ils eurent touché le sol.

Les pneus de la Toyota crissèrent légèrement lorsque Benedict prit le virage. Lily avait la bouche pâteuse, comme si sa langue prenait soudain trop de place.

— Nous sommes sur la cinquante-neuvième, maintenant, dit-elle à l'homme qui retenait sa sœur en otage.

— Prenez Barbara… Je crois que c'est ce qui est écrit. Beth, ma chérie, peux-tu lire ces minuscules lettres ? Je ne sais pas pourquoi ils font des cartes si… Oui ? Oh, Bandera, pas Barbara. Tournez à droite sur Bandera. Essayez de faire vite. Vous y serez dans quinze minutes.

— Prenez à droite et continuez sur Bandera, répéta Lily en regardant Benedict.

Harlowe savait que Lily avait un chauffeur. Il ne savait pas qui, et ignorait que Benedict entendait tout ce qu'il disait, ou encore qu'il portait un kit mains libres connecté à son propre téléphone. Lily lui avait composé le numéro de Rule pour qu'il continue à se concentrer sur la route.

Appeler Rule était un risque calculé. Harlowe faisait en sorte qu'elle reste en ligne en lui donnant un ultimatum, en lui révélant l'itinéraire rue par rue. Ils ne connaîtraient pas leur destination avant d'être arrivés : Benedict ne pourrait pas savoir à quel moment retirer son casque. Si Harlowe le repérait…

Mais ils avaient besoin de renforts. Harlowe détenait Beth, la balle était dans son camp : non seulement il décidait de l'heure et du lieu de rendez-vous, mais il n'avait peut-être pas monté son coup tout seul.

Lily n'osait pas demander de renfort officiel, mais Rule serait en mesure d'entendre Benedict qui subvocaliserait. Pas Harlowe.

À condition que Rule décroche son putain de téléphone.

Comme s'il était un aimant et qu'elle avait un éclat de fer dans la gorge, elle sentait la direction que Rule avait prise et la distance approximative qui le séparait d'elle. Il n'était pas à Clania. Il se trouvait beaucoup plus près. Quelque part en ville. Elle était capable de tendre le doigt vers lui, mais elle ne pouvait couvrir cette distance pour lui faire décrocher son téléphone.

— C'est un quartier pourri, dit-elle pour faire parler Harlowe. Vous n'avez plus vraiment le même train de vie qu'avant, hein ?

— C'est un hébergement temporaire, seulement temporaire. Vous devriez voir les plans que j'ai dessinés. Peut-être que je vous montrerai avant… Beth, ne me dérange pas maintenant. Où en étais-je ? Ah oui, mes plans. Mais vous passez d'abord, ma chère Lily, c'est pour vous que je suis là, n'est-ce pas ? Je ne dis pas que je suis heureux avec vous, pas du tout, mais vous aurez ce que vous méritez. Et vous… Pas *maintenant*, Beth.

— Alors, quels sont vos plans ? lui demanda-t-elle aussitôt.

Elle entendait la voix agacée de sa sœur dans le fond. *Beth, je t'en prie, garde ton calme. Ne le mets pas en colère.*

— Vous voulez être le roi du monde, peut-être ?

— Non, non. (Sa bonne humeur était revenue.) Ils m'éliront. Ils m'aimeront tous, vous verrez.

Benedict lui tapota le bras. Lorsqu'elle tourna les yeux vers lui, il désigna son casque et hocha la tête.

Dieu merci. Il avait enfin réussi à joindre Rule.

— Marrant, dit-elle, je ne vous aime pas beaucoup en ce moment.

— Oui, vous êtes différente, n'est-ce pas ? Vous n'avez pas de chance. Mais ne vous en faites pas, ma chère, c'est temporaire. Ou peut-être devrais-je dire que c'est *vous* qui l'êtes.

Il gloussa de son propre trait d'humour.

— Accrochez-vous à cette pensée, si ça peut vous remonter le moral.

Leur plus sérieux avantage était que Harlowe – ou sa déesse, peut-être – ne semblait pas vouloir la mort de Lily. Il voulait la donner en sacrifice à la crosse ou au démon, ou à Dieu sait quoi d'autre, ce qui demandait beaucoup plus d'organisation que de simplement la tuer. Ils avaient une toute petite marge de manœuvre.

À moins, bien sûr, qu'ils ne se trompent sur les intentions de Harlowe.

— Mais vous ne serez plus très longtemps un problème. Je m'occuperai de... Là, là, je t'ai pourtant dit de la laisser tranquille, non ?

Cette dernière phrase était destinée à une autre personne. Lily entendit une voix d'homme, puis celle de Beth, haut perchée et effrayée.

— Qu'est-ce qui se passe ? demanda Lily. Si vous lui faites du mal...

— Je fais ce que je veux. Tant qu'elle est avec moi...

— Vivante et en bonne santé, sans quoi vous me faciliterez le travail. Je vous tuerai.

— Oh, mais vous ne pouvez pas. Et même si c'était possible, vous ne le feriez pas. Vous devez *m'arrêter*. (Il prononça ce mot comme si cette possibilité était aussi improbable qu'amusante.)

— Je n'ai pas arrêté Helen.

Cela le fit taire un court instant.

— Eh bien, eh bien, vous n'aurez pas l'occasion de me tuer. Mais ne soyons pas si macabres. Après tout, votre sœur est vivante et en bonne santé. Pas très heureuse actuellement, mais c'est sa faute. Elle prend la mouche si facilement.

Rire d'homme en fond sonore. Lily serra son poing libre et sentit ses ongles se planter dans sa paume.

— Elle doit vous trouver repoussant.

— Non, elle est follement amoureuse de moi. Même si je… Beth, il me semble t'avoir dit de te tenir tranquille, s'écria Harlowe.

Lily dut le distraire.

— C'est la vengeance qui vous anime, Harlowe ? C'est pour ça que vous me voulez… parce que j'ai fait foirer vos grands projets ?

— Je l'avais dit à Helen, marmonna-t-il. Je lui avais dit qu'elle allait trop vite, mais m'aurait-elle écouté ? Et vous… vous pensez être si maligne, mais ce n'est pas vraiment vous qui l'avez vaincue. C'est à cause de la stupidité d'Helen que tout est allé de travers. Non pas que vous soyez tirée d'affaire, ça non, je ferai… Comment ? (La voix qu'elle entendit cette fois dans le fond était aiguë.) Oh, très bien. (Harlowe avait dû détourner la tête du téléphone. Sa voix était atténuée, il parlait d'un ton irrité.) Vas-y, attache-la, puisqu'elle ne sait pas se tenir.

Lily entendit sa sœur prononcer son nom – *Patrick* – d'une voix claire et incrédule. Puis le bruit d'une gifle.

L'instant d'après, il était de retour au téléphone, et avait retrouvé sa voix enjouée :

— Elle apprendra. Peut-être que je la garderai. C'est un joli petit bout de femme, même si elle n'est pas aussi loyale qu'elle pourrait l'être. Elle pense apparemment que votre sécurité mérite de me mettre en colère.

La crosse entretenait peut-être la fascination totale de Beth, mais elle ne changeait ni sa nature ni son intelligence profonde. Elle ne devait pas comprendre ses sentiments… et avait probablement deviné depuis le temps qu'il l'utilisait pour atteindre Lily.

Lily prit une profonde inspiration pour retrouver une voix calme.

— Nous tournons dans Bandera. Où allons-nous, ensuite ?

SON TÉLÉPHONE À l'oreille, Rule s'accroupit sur le béton froid du parking à côté du *Club Inferno*. Près de lui, Cullen avait pris la même position. Ils regardaient un point lumineux mobile sur la carte que Cullen avait dépliée. Le point avançait le long de la ligne qui représentait Bandera Street.

Douze hommes les entouraient, immobiles et silencieux.

— Très bien, dit Rule à Benedict. Nous avons votre localisation. Il y a huit Lu Nuncio et sept *nonheris* ici, plus moi-même et Cullen. Je vais les briefer. (Une pause.) Oui. Appelle-moi dès que tu les as rejoints.

Il éteignit son téléphone et regarda les hommes silencieux qui formaient un cercle autour d'eux.

— Vous êtes là par curiosité ou pour aider ?

— La crosse est-elle concernée ? demanda Javiero.

— Oui. Harlowe a enlevé la sœur de ma *nadia* et se sert d'elle pour amener Lily à lui. Il a la crosse.

— Alors j'en suis, dit Javiero d'une voix neutre, suivi par un chœur de réponses positives, certaines à haute voix, d'autres réduites à de simples hochements de tête.

— Alors sachez bien ceci : nous chassons, je commande.

Le simple mot « chasser » fixait les conditions : une obéissance immédiate. Pas de discussion, pas de question. Rule était incapable de fonctionner d'une autre façon dans cette situation, et ils le comprenaient. Même Randall acquiesça, un peu réticent.

— Très bien. Lily et Benedict sont dans sa voiture à elle. Benedict conduit. Il lui avait assigné des gardes, mais il pense qu'ils n'ont pas été capables de les suivre. Il les appelle en ce moment.

Les gardes avaient en leur possession une des cartes enchantées de Cullen, mais ils n'avaient pas l'ensorceleur pour la faire fonctionner depuis que le signal s'était brouillé.

— D'après la carte, vous voyez que Lily et Benedict se dirigent en principe vers nous pour le moment. Nous n'avons pas encore leur destination finale - Harlowe garde Lily au téléphone et lui donne l'itinéraire au fur et à mesure. À ce qu'il prétend, il obtient les infos en temps réel de la Diablesse et saura si Lily contacte qui que ce soit.

Certains murmures se firent entendre. Rikard se renfrogna.

— C'est possible, ça ?

Cullen se chargea de lui répondre :

— Possible ? Oui. Probable ? (Il haussa les épaules.) Les légendes indiquent clairement que la Diablesse est capable d'observer notre monde, même si Elle ne peut pas nous voir.

— Mais personne ne peut communiquer entre les sphères. Pas même Elle. À moins qu'elle n'ait un autre larbin télépathe… ?

— C'est peu vraisemblable.

Rule sentait son besoin instinctif d'intervenir le brûler comme de la lave, une force implacable, aussi impérieuse que le sang ou les marées. Mais pour le moment, son sentiment d'urgence était atténué par son esprit calme et clair, comme s'il baignait dans la lumière de la lune. *Merci, Déesse.*

— Harlowe a su que Lily quittait le bâtiment du FBI. Il savait que quelqu'un conduisait sa voiture, mais pas qui. Soit il a un complice qui la suit physiquement et rapporte ses faits et gestes par des moyens traditionnels, soit la Diablesse lui donne les infos, d'une manière ou d'une autre. (Il s'arrêta avant de conclure :) Benedict dit que personne ne les suit. Et il est difficile à berner.

Certains acquiescèrent, d'autres froncèrent les sourcils. Personne ne marqua son désaccord.

Songeur, Stephen prit la parole :

— Harlowe ne sait pas que Benedict t'a contacté, je suppose. Ce qui laisse penser que sa source est en effet notre ennemie. Un humain qui les suivrait pourrait voir Benedict utiliser son téléphone, mais Elle n'en saurait rien, tant qu'il parle à l'un de nous.

Rule hocha la tête, l'air absent, son attention fixée sur la carte. Il sentait à présent Lily, faiblement, très faiblement, mais sa position demeurait à la limite de ses sens très développés, telle une plume qui effleurerait sa peau. Il ne l'avait jamais sentie d'aussi loin auparavant : un Don de la Déesse, peut-être. Il réfléchit à la logistique.

— Pourquoi, demanda l'un des plus jeunes, sommes-nous encore ici ?

Cullen désigna la carte d'un coup de menton :

— Nous perdrons du temps si nous fonçons dans la mauvaise direction. Une fois qu'elle aura dépassé Garner Street, ici… (Il pointa une ligne juste devant le point de lumière.) …nous saurons vers où nous diriger.

— Nous devrons prendre plusieurs véhicules, dit Rule. La plupart d'entre vous ne connaissez pas la ville, par conséquent…

Son téléphone sonna. Il l'eut à son oreille avant même que la sonnerie ait fini de retentir.

— Oui. (Il entendit la voix de son frère, trop basse pour des oreilles humaines, et répondit :) Ils viendront. Règles de chasse, mon commandement, Etorri comme second.

Après quelques instants à écouter, il se leva doucement.

— Les gardes de Lily n'ont pas pu les suivre, c'est donc à nous de jouer. Harlowe la guide. Ils vont tourner vers le sud, dans Garner Street. Vers nous. (Il regarda les lupins rassemblés autour de lui.) Allons-y.

Ce quartier était vraiment glauque.

Il était si tard que de nombreuses maisons étaient plongées dans le noir, et certains lampadaires avaient été cassés par des tirs. Mais l'obscurité totale n'existait pas dans une ville de cette taille. Le ciel d'un violet sale reflétait les lumières des rues et l'éclairait faiblement.

Lily savait à quoi ressemblait ce coin à la lumière du jour, de toute façon : des petites maisons délabrées, certaines inhabitées. La peinture qui s'écaillait, des arrière-cours jonchées de détritus, les pelouses ornées, de temps à autre, d'une voiture rouillée. Bien trop souvent, les murs avaient été couverts de graffitis aux couleurs d'un gang.

Le territoire des Cripps, à l'époque où elle avait patrouillé ici pendant cinq mois mémorables. Mais les graffitis actuels racontaient une tout autre histoire : le gang des Douze avait récupéré ce quartier.

C'était un gang relativement récent, composé de membres du quartier et d'ailleurs. Nombre de ses chefs avaient été des victimes collatérales des violentes guerres qui avaient fait rage pendant très longtemps en Amérique centrale, des adolescents et de jeunes adultes qui, enfants, avaient été directement témoins d'atrocités qui les avaient touchés personnellement. Un frère massacré à coups de hache. Une mère violée par un gang. Une sœur en bas âge tailladée à la machette par un soldat.

Des enfants qui avaient réussi à venir en Amérique, à s'échapper avec ceux de leurs proches qui avaient survécu. Des enfants qui avaient grandi pour commettre eux-mêmes des atrocités.

Dès que Benedict avait pris le dernier virage, elle avait su qu'ils étaient sur le point d'arriver à la planque de Harlowe. Elle lui avait fait signe de toute urgence pour qu'il se débarrasse de son casque. Dieu merci, il avait terminé l'appel et caché le casque sans hésiter ni protester.

— Je parie que c'est notre escorte qui vient de démarrer devant nous, dit-elle à Harlowe. Une vieille Chevrolet Impala, violet clair avec des flammes orange sur les côtés. Une *lowrider*. Le conducteur et l'un des passagers sont hispaniques. L'autre est afro-américain.

— Eh bien, vous êtes drôlement politiquement correcte ! (Maintenant qu'elle s'était livrée à lui sur un plateau, Harlowe était de très bonne humeur.) Faites attention de bien rester derrière Raul et ses amis.

— Nous y sommes presque, je suppose.

Le passager sur le siège avant de la Chevrolet parlait dans un téléphone portable, certainement pour signaler qu'ils avaient récupéré Lily et Benedict.

— Peut-être.

— On devrait me botter les fesses pour ne pas avoir pensé plus tôt aux gangs. (Elle pouvait lui révéler qu'il s'était montré plus malin qu'elle. Le laisser s'autocongratuler, se pavaner et se croire invincible.) Quel meilleur endroit que celui-ci pour vous cacher ? Ils accueilleraient volontiers un leader charismatique.

— Les garçons m'ont été extrêmement utiles. Ils comprennent mon message.

Benedict lui toucha l'épaule. Elle le regarda.

— Pourquoi ne pas m'en parler ?

— Vous voulez entendre mon message ?

— Bien sûr.

Benedict fit un geste, comme s'il tirait quelque chose d'une main. Elle lui subvocalisa : « *Le faire parler ? Essayer de gagner du temps ?* » Il acquiesça ; elle aussi. C'était rassurant de savoir qu'ils étaient sur la même longueur d'onde.

Harlowe commettait des erreurs. Il se reposait trop sur sa déesse, pas si omnisciente que ça. Il n'avait pas les idées claires, sinon il aurait tenu compte de Son angle mort : les lupins. Peut-être se croyait-il vraiment invincible, comme Rule l'avait suggéré plus tôt.

Il demeurait très dangereux. Mais ils avaient une chance. Rule était en chemin – avec du renfort, espérait-elle. Elle ne savait pas quelle distance il avait à parcourir, mais elle ressentait plus nettement sa présence.

— C'est que, reprit-elle à voix haute, j'aimerais savoir si ça va plus loin que la rengaine « Alliez-vous à moi et je vous donnerai tout l'argent et toutes les femmes que vous voulez. »

Il rit :

— Ne sous-estimez pas le gang des Douze. Ils veulent des armes, de l'alcool et de la drogue. Et vous, Lily Yu ? Que voulez-vous ?

— Je veux que ma sœur soit libérée, vivante et indemne.

— C'est ce que je pensais, sinon vous ne suivriez pas Raul. Mais vous ? Vous n'espérez pas vous en sortir vivante et indemne, vous aussi ?

— C'est mon plan.

— Mes propres plans sont tombés à l'eau récemment, dit-il, rêveur. J'en ai prévu d'autres, bien sûr. Un homme de valeur ne reste pas longtemps à terre. Mais vous pourriez exprimer des regrets pour les avoir sabotés. En fait, je suis sûr que vous y viendrez. Je prédis que vous regretterez bientôt amèrement d'avoir été si présomptueuse.

La Chevrolet s'arrêta brusquement. Lily fut secouée lorsque Benedict enfonça la pédale de frein pour éviter de rentrer dans le pare-chocs de la voiture de devant. Le passager assis à l'arrière se retourna pour leur sourire. Il positionna une carabine à canon scié sur le dossier du siège, droit vers Lily.

— Prédire le futur est une affaire délicate.

Peut-être avait-elle eu tort quant au but de Harlowe. Et s'il l'avait conduite ici parce qu'il voulait qu'elle soit tuée à un endroit où il pourrait jouir du spectacle ?

— Même les bons médiums se trompent parfois, déclara-t-elle.

— On verra. Garez-vous le long du trottoir, lui dit-il en ronronnant presque. Garez-vous et sortez de la voiture. Les garçons vous guideront.

Il y avait une place libre, directement en face d'une maison isolée en stuc, pâle et terne dans le noir. Les fenêtres étaient condamnées, mais des fentes laissaient s'échapper de la lumière. Un pick-up récent, si bidouillé qu'il en était méconnaissable, occupait la majeure partie de la petite cour devant la maison.

Elle lança un regard à Benedict. Il avait l'air ennuyé, comme s'ils s'apprêtaient à rendre visite à des parents assommants.

Il saurait à quel point elle était effrayée. Il le saurait à son odeur. Bon sang… Lily prit une inspiration et décida de tenter sa chance, mettant en jeu sa vie, celle de Beth et celle de Benedict.

— Non.

— Pardon ? J'ai dû mal entendre.

— Dès que je serai entre vos mains, je n'aurai plus rien pour négocier. Laissez partir ma sœur. Ensuite, on pourra discuter.

Benedict hocha discrètement la tête.

Le rire de Harlowe fut moins convaincant que précédemment.

— Vous plaisantez. Faites ce que je vous ai dit, sinon Beth le regrettera, même si ce n'est pas votre cas.

— Je ne la protégerai pas en entrant dans cette maison. Si nous sommes toutes les deux à votre merci, je ne pourrai plus négocier.

— Et votre sécurité à vous ? (Harlowe avait élevé la voix, plus du tout mélodieuse.) Vous voyez ce fusil pointé sur vous ? Les autres ont également des revolvers. Qu'est-ce qui vous fait croire que vous avez le choix ?

— Abattez-nous, alors. (Son cœur battait si fort et si vite qu'elle crut qu'elle allait vomir.) Dites-leur de faire feu. À moins, bien sûr, que vous pensiez que ça pourrait mettre votre déesse sur les nerfs.

— Elle ne me contrôle pas. C'est moi qui commande, vous comprenez ?

— Ah ouais ? Alors pourquoi vous ne faites que tuer encore et encore la même femme, Patrick ? Ces filles aux cheveux châtain ne vous rappellent personne ?

C'était plus qu'il ne pouvait en supporter. Il les maudit, elle et la Diablesse. Toutes les femmes. Pendant qu'il fulminait contre elle, Lily regarda Benedict à la dérobée.

— Combien de temps ? murmura-t-elle, ce qui voulait dire « Combien de temps avant l'arrivée des renforts ? »

L'air somnolent, il ouvrit les deux mains, les ferma, puis n'ouvrit les doigts que d'une seule.

Quinze minutes. Elle pourrait sûrement empêcher Harlowe d'agir pendant encore quinze minutes. Mais il était de plus en plus tendu, et elle craignait qu'il finisse par les tuer tous les trois pour prouver qu'il en était capable. Elle interrompit son monologue :

— D'accord, d'accord, c'est vous qui commandez. C'est vous le chef. J'ai compris. Mais vous devez tout de même négocier. Si vous me voulez, vous allez devoir mettre quelque chose sur la table.

Il y eut un silence, seulement interrompu par son souffle qui grésillait dans le combiné. Il haletait comme s'il avait couru.

— Je ne renvoie pas votre sœur, finit-il par dire. Ce serait moi qui me priverais de mon pouvoir de négociation, non ? Vous avez peut-être besoin d'être convaincue. Felix, lança-t-il à quelqu'un d'autre, tu la violerais, pour moi ? Vous pourrez écouter, fit-il à Lily. Vous l'entendrez supplier.

Elle sentit ses mains devenir froides et s'engourdir. Elle les ferma, ravala sa bile, et dit :

— Nous nous garons, mais je refuse de sortir tant que je n'aurai pas vu Beth.

Il rit.

— Je vais vous dire : nous allons la déshabiller pendant que vous réfléchissez.

Plus que quatorze minutes. Elle devait continuer à le faire parler encore quatorze minutes. Elle reprit :

— Je ne suis pas très au fait de ces histoires d'otages, et vous ? Mais vous ne lâchez pas assez de lest pour me laisser croire que j'ai une chance. Si je décide que c'est sans espoir, j'appellerai quarante ou cinquante agents fédéraux, juste pour être sûre que vous payerez.

— À votre avis, qu'arrivera-t-il à votre sœur si vous le faites ?

— Je n'en sais rien. Est-ce que ce sera aussi horrible que ce qui vous attend si vous ne me livrez pas à votre déesse ?

Il y eut un autre silence prolongé.

— Nous pouvons peut-être faire affaire.

E OUVRIT LA portière de la voiture, Lily sentit le
manquer. Son esprit, totalement focalisé sur
tif, s'était refermé sur lui-même.
rze ou quinze jeunes hommes, certains âgés
aine d'années, d'autres au début de la vingtaine,
èrent en demi-cercle devant la dalle de béton qui
ce de porche. Tous étaient armés. Elle compta
deux carabines et divers types de revolvers.
ne visibles derrière eux se trouvaient trois
s : Harlowe, Beth et le membre du gang qui la
nobile d'un seul de ses gros bras.
urité ne cachait pas tout. La crosse de Harlowe,
nt. D'un noir mat, Lily n'aurait pas dû être
e la voir, pourtant elle la repéra aussi facilement
nme qui l'avait en main. Le membre du gang
ait Beth était immanquable, car, bâti comme un
l dépassait d'une tête tous les autres. Mis à part
seuls le bandana qu'il portait sur le crâne et son
blanc étaient parfaitement apparents, mais un
umière fugitif passa sur l'arme qu'il tenait contre
de Beth.
t à Beth… elle était habillée des pieds à la tête.
de Lily se serra. Sa sœur n'avait pas été violée, et
avait accepté de la laisser partir.
oins, Lily pouvait poser cette saleté de téléphone
ant. Avant d'ouvrir sa portière complètement,
urna vers Benedict :
ste dans la voiture. Harlowe me veut vivante. Il
ne raison de t'épargner.
ne peux pas faire grand-chose d'ici.
ne pourras pas non plus faire grand-chose
as si tu as vingt ou trente balles dans le corps.
urit de manière imperceptible et tendit la main
oignée de sa portière.
lui saisit le bras.
ne peux pas t'en empêcher. Tu es trop costaud.
va pas te jeter dans la gueule du loup. Avec cette

XVII

BENEDICT MIT FIN à l'appel en subvocalisant deux mots : « *Dépêche-toi.* »

Rule sentit la force grandir comme une explosion imminente, l'aspirer jusqu'à ce qu'il ne reste plus en lui que son objectif, l'éloignant de la rationalité humaine pour le rapprocher de la puissance de la bête. Il trouva un nouvel équilibre. Sa pensée était encore là, mais altérée ; les mots ne le guidaient plus, mais attiraient comme des aimants la tempête qui se déchaînait dans son corps.

Cullen était à l'arrière de la Mercedes, la carte déployée devant lui. Conn conduisait ; Rule n'avait pas voulu détourner son attention. Ils avaient progressé rapidement sur une route à quatre voies, mais en raison de travaux, ils avaient dû faire un détour par une route à double sens. Ils étaient pratiquement au pas à présent, à cause d'un accrochage un peu plus loin.

Mais ils étaient proches. Rule sentait nettement Lily maintenant, comme un autre pouls. Il sentait la lune aussi, qui l'appelait de manière différente. Néanmoins, celle-ci alimentait la fureur qui montait en lui plutôt qu'elle ne la calmait à présent.

Bientôt, dit-il à la rage qui coulait dans son sang. *Très bientôt*.

— Arrête la voiture, ordonna-t-il à Con.

Celui-ci s'exécuta. Comme Rule ne lui avait pas précisé de se garer d'abord, il ne l'avait pas fait. Trois véhicules suivaient le sien, chacun roulant beaucoup trop près de celui de devant pour être protégé en cas d'accident, si les conducteurs avaient été humains. Mais ils ne l'étaient pas, et tous trois s'arrêtèrent immédiatement, comme s'ils exécutaient une chorégraphie.

Rule sortit. Les passagers des autres voitures firent de même : pas de question, pas de discussion.

Les règles de la chasse.

— Nous n'avons plus le temps, leur dit-il en haussant le ton pour se faire entendre malgré les klaxons assourdissants des conducteurs derrière eux, et vite, parce qu'il ne pourrait retenir sa transformation encore très longtemps. Lily a retrouvé ou est sur le point de retrouver Harlowe. Il a recruté un gang, des gars qui ne plaisantent pas. Je ne sais pas combien ils sont. Ils ont des armes.

Rule se tut, haletant.

Encore quelques petites minutes.

— Cullen, dit-il d'un ton brusque, écarte-toi.

Carte en main, Cullen recula de plusieurs pas.

— Nous sommes tout près, continua Rule. Les voitures ne feront que nous retarder à partir de maintenant : la moitié d'entre nous partira en avant, à quatre pattes, aussi vite que possible. Nous approcherons dans le sens contraire au vent – les humains ne nous sentiront pas, mais Benedict si. Ils seront surpris de nous voir.

Des sourires s'affichèrent sur leurs visages. Très peu d'humains avaient eu l'occasion de voir une meute lupine en chasse. Ceux qui avaient fait cette expérience n'avaient généralement pas vécu suffisamment longtemps pour en parler.

— L'autre moitié reste avec Cullen, sous le commandement de l'Etorri. Stephen. (Il lui fit face.) Reste sur tes

crosse, Harlowe peut te faire tomber sous son charme, te pousser à le croire, à vouloir le suivre. Ne te fie pas à tes réactions. Laisse-le-moi.

Il la dévisagea calmement avec un lent hochement de tête :

— Compris. Mais son charisme n'aura pas beaucoup d'effet s'il sent mauvais.

— Comment ça ?

— Vous venez ? lui lança Harlowe. Beth, tu devrais peut-être demander à ta sœur de se dépêcher.

Lily entendit Beth pousser un cri de douleur ; elle ouvrit grand sa portière.

— D'accord, d'accord. J'arrive. Maintenant, laissez Beth partir.

C'était le marché qu'ils avaient conclu : Benedict et elle sortiraient, s'exposeraient à sa petite armée de délinquants, et il relâcherait Beth.

Elle ne comptait pas sur lui pour tenir parole.

Encore combien de temps ? Cinq minutes ? Plus ? Moins ?

Rule était proche. Il était proche et il venait dans leur direction.

— Je ne crois pas, dit Harlowe.

Il avança, la crosse dans les mains, ce qui lui donnait l'air de jouer le rôle d'un berger dans un spectacle de Noël. Mais cette crosse n'avait pas de crochet à son extrémité : c'était simplement un long bâton de la couleur du charbon.

Derrière le mur formé par le gang, Beth cria :

— Lily, je suis désolée. Je suis tellement désolée.

— Tu n'y es pour rien, dit-elle, debout devant sa voiture, les mains légèrement en l'air, sur les côtés. (*Vous voyez, je ne porte pas d'arme. Inutile de tirer sur qui que ce soit.*) La crosse de Harlowe t'a manipulée. Tu ne peux rien y… (Elle s'arrêta, le regard fixé sur quelque chose.) C'est quoi, ce truc ?

La chose en question était pâle, arrivait à la taille de Harlowe, et ressemblait à un kangourou cauchemardesque.

— Hé, elle me voit ! (La chose s'agita sur son arrière-train disproportionné et reprit de sa voix haut perchée :) Elle me voit !

— Évidemment qu'elle te voit, crétin, marmonna Harlowe. C'est une sensitive.

— Je croyais que ça ne marchait que pour les sorts, mais elle me voit vraiment, alors que je suis un *dhsatu*.

— Je vous entends aussi, fit Lily.

— Tu peux me dire à qui ou à quoi tu parles ? lui demanda Benedict tout bas.

Elle sursauta. La chose s'était déplacée sur sa droite, si silencieusement qu'elle ne l'avait pas remarquée. Elle répondit doucement.

— Au démon, je crois. Tu ne l'entends pas ?

La chose… il… elle… avait des seins sur sa poitrine dénudée, mais son sexe, bien que petit, pendouillait à l'extérieur.

— Non. Et personne d'autre, je crois.

— Harlowe l'entend. (Elle éleva la voix.) Vous êtes un démon ? C'est vous qui m'avez assommée ?

— Oui, et j'ai terriblement hâte de…

Harlowe frappa le démon sur la tête avec sa crosse :

— Tâche d'être un peu moins stupide. Et maintenant, dit-il à Lily, il est temps de remettre vos armes à mes garçons.

Elle s'efforça de détourner son attention de la créature bizarre qui se tenait à côté de Harlowe.

— Hé ! C'est maintenant que vous devez demander à Musclor ici présent de relâcher Beth.

Harlowe gloussa.

— Forcez-moi, si vous pouvez.

— Très bien, dit Benedict.

Elle n'avait jamais vu personne bouger aussi vite, pas même Rule. Elle eut à peine le temps d'apercevoir un objet briller dans la main du lupin… qu'elle fut projetée au sol par un coup qu'elle reçut par-derrière.

Prise par surprise, elle tomba lourdement alors que les tirs commençaient à résonner, tel un grondement de tonnerre qui arriverait des quatre coins du ciel. Elle roula sur le côté en recrachant de la poussière et se releva péniblement pour prendre son arme.

Des cris. D'autres coups de feu. L'odeur âcre de la poudre dans ses narines et la sensation du revolver dans sa main.

Et les hurlements.

Puissants, mystérieux, magnifiques, les hurlements jaillirent des gueules d'une meute de loups énormes. Deux, trois, une demi-douzaine d'entre eux bondirent à travers la cour, telles des bandes d'obscurité éclaircies par la lune, dans leurs manteaux de fourrure tachetée, tout droit vers les membres du gang qui leur tiraient dessus.

Les membres du gang encore présents, en fait. Plusieurs avaient disparu : ils avaient fui ou s'étaient écroulés, c'était difficile à dire dans l'obscurité et la confusion. D'autant que Lily voyait à peine ce qui se passait, la vue obstruée par un corps puissant, couvert de fourrure, qui avait atterri pattes écartées au-dessus d'elle.

— Rule !

Bon sang, il la protégeait comme un bouclier. Elle essaya de repousser son ventre – c'était à peu près tout ce qu'elle pouvait voir : son ventre, ses pattes et son poitrail.

— Je n'arrive pas à viser. Je ne vois pas ce qui est arrivé à Beth.

Et à Benedict. Avait-il été touché ?

Harlowe cria :

— Non, non ! Arrêtez ça ! Arrêtez !

Rule ne bougea pas.

Avec un grognement, il résista à Lily, qui se débattait.

Elle abandonna et se coucha face contre terre, les bras dégagés ; elle tint fermement son revolver dans sa main droite et le stabilisa de la gauche.

Le jeune géant était parti, mais Beth n'était pas libre pour autant. Harlowe la détenait toujours. Elle se débattait, mais elle était beaucoup plus petite que lui et n'avait été entraînée à aucune technique de combat. D'un bras, il la plaqua contre lui. De l'autre, il utilisa la crosse. Là où il la dirigeait, des cris de douleur insupportables ne tardaient pas à se manifester.

Il ne faisait pas de distinction. Loups et hommes s'effondraient en hurlant et en se tordant. Parfois, le sang jaillissait. Parfois non. Harlowe criait « Pas ça, pas ça ! » encore et toujours en frappant presque au hasard. Il avança vers Lily, avec ce fichu démon-kangourou qui sautillait à ses côtés.

Elle ne parvenait pas à le mettre en joue.

— Beth, tiens bon ! cria-t-elle par-dessus les hurlements et les coups de feu.

— Attrape sa main, ordonna Harlowe. Attrape-la, attrape-la !

— Débarrasse-toi du loup ! fit le démon. Comment je pourrais attraper quoi que ce soit s'il m'arrache la main ?

— Ça ne marche pas ! Il est censé m'aimer, me suivre…

— Tu n'as pas l'odeur d'un loup, crétin ! Fais attention… Non, non ! (La créature saisit le bras de Harlowe alors qu'il brandissait la crosse vers Rule.) Ne la blesse pas ! J'ai besoin de ce corps. Approche, approche !

Le curieux couple se déplaça pour essayer d'atteindre Lily et Rule par le côté. Rule pivota en même temps qu'eux; son grognement résonnait, ininterrompu, comme le tonnerre au-dessus de Lily. Elle se tortillait, tâchant désespérément d'avoir dans son viseur une partie du corps de Harlowe pour le neutraliser, terrifiée à l'idée de toucher sa sœur à la place.

Viser la tête. Lily devait viser la tête. Ç'aurait dû être facile à cette distance, mais sa cible bougeait trop et ses mouvements étaient limités par un fichu loup aussi héroïque que têtu.

— Fais vite ! cria le démon. Les loups prennent le dessus !

— Ferme-la ! Et éloigne-toi : il ne peut pas nous repousser tous les deux en même temps.

Lily pivota vers la droite pour suivre Harlowe dans son viseur alors que le démon partait dans l'autre direction. Elle se cogna contre la patte de Rule, mais parvint à tenir Harlowe dans sa ligne de mire – *oui, reste comme ça espèce d'ordure, ne bouge surtout pas.* Elle pressa la détente au moment même où Harlowe repartait de l'autre côté. Salaud, qu'il aille au diable. Mais où donc… ?

Plus vite qu'elle n'aurait pu le faire, Rule se retourna, mais Harlowe braqua la crosse vers le bas à l'instant même où le loup se retrouvait face à elle.

La crosse l'effleura à l'épaule. Tout son corps fut pris de spasmes, et il s'écroula.

Le monde s'effondra autour d'elle. Il n'y eut plus qu'une chute soudaine, vertigineuse, dans la terreur et la culpabilité. *Ma faute, c'est ma faute… D'abord Beth, puis Rule, qui souffrent à cause de moi…*

La rage s'empara d'elle et lui donna la force de repousser le corps de Rule pour se retourner, lever son arme… mais une main chaude et sèche, dure comme le fer, la saisit alors par le poignet et bloqua son geste.

Elle dégageait une sensation orange. Orange, comme son épaule.

— Je la tiens ! Vite, vite !

Harlowe repoussa violemment Beth, qui tomba au sol et resta immobile. Lily essaya de dégager sa main de toutes ses forces, mais le démon ne bougea pas d'un pouce. Elle voulut rouler sur le côté pour attraper son arme de l'autre main… Impossible, car ses jambes étaient toujours bloquées par le poids de Rule. Elle ne parvenait pas tout à fait à l'atteindre.

Le visage couvert d'un masque de joie démente, Harlowe lui frappa le ventre avec la crosse.

Quelque chose d'immonde gicla sur elle telle une substance visqueuse, et se disloqua en dizaines de fragments rampants qui se durcirent en se précipitant sur son corps, des fragments qui s'agrippaient à sa peau et la déchiraient de manière indescriptible tandis que cette main orange et chaude la retenait et qu'une force la poussait vers un endroit impossible…

Elle hurla.

Une boule de feu noir, sinistre et terrifiante, apparut autour de la tête de Harlowe comme un halo obscène, et descendit le long de son bras jusqu'à la crosse.

Une effroyable douleur s'abattit sur elle, tel un couteau aiguisé, tranchant, qui scindait son monde, et la fit tournoyer, tournoyer… jusque dans le néant.

XVIII

L'ÉPUISEMENT. LA DOULEUR. Les bruits…

— …sauf Rikard. Cette saleté de crosse lui a brisé le cou. Il était parti avant même d'avoir une chance de guérir.

— Merde. Il est parti avec classe, cela dit. Il en serait heureux. Il y en a d'autres ?

Elle connaissait la seconde voix, mais sa mémoire était un poisson fuyant, qui s'échappait avant qu'elle puisse l'attraper. Elle faillit partir de nouveau à la dérive, mais la douleur physique insista pour la tenir à distance de l'obscurité attirante.

Elle avait l'impression qu'un fer brûlant était posé juste en dessous de son nombril, et palpitait en cadence avec les battements de son cœur. Mais il est des maux pires que la douleur physique. Flottant entre ici et ailleurs, elle ressentait une perte si intense que son esprit fuyait, se démenait pour ne pas s'approcher de cette pensée.

— …a évacué tous les blessés, alors je vais y aller. La police sera ici d'une minute à l'autre. Tu ferais mieux de partir, toi aussi.

— Et la laisser se réveiller seule et voir ça ?

La voix familière était amère.

— Sa sœur ne devrait pas tarder à reprendre conscience. Elle pourra…

Sa sœur. Beth. Oui. Elle était venue pour… pour… Tout à coup, ses souvenirs lui tombèrent dessus, laids, frémissants. Et incomplets.

Elle devait savoir.

Lorsqu'elle ouvrit les yeux avec peine, l'obscurité régnait encore. Sa vision était sombre et floue, comme si elle n'arrivait plus à fixer son regard. L'air empestait la poudre, le sang et la viande carbonisée. Elle eut soudain un flash-back : il y avait un feu, un feu mystérieux, noir en son centre, dont les bords viraient au bleu. Le feu noir autour de la tête de Harlowe était descendu à toute vitesse sur sa crosse… laquelle reposait sur le ventre de Lily.

Elle avait dû être brûlée. Brûlée par le feu du mage. Peut-être qu'elle aurait été carbonisée avec Harlowe si elle n'avait pas eu son Don… qui n'était pas vraiment une protection aussi complète qu'elle l'avait cru jusque-là.

Les formes obscures se précisèrent. Au-dessus de sa tête, le ciel, trop brumeux pour voir les étoiles, réfléchissait les lumières de la ville. Agenouillé à côté d'elle, en train de regarder ailleurs… Cullen, reconnut-elle. Torse nu, il écoutait une autre personne, debout près de lui.

— Si tu ne pars pas, autant te rendre utile ici, lui dit l'autre.

Elle eut vaguement l'impression de distinguer des traits réguliers, une peau pâle et des cheveux clairs, mais l'obscurité l'empêchait de mieux voir.

— Il faut s'occuper de sa blessure.

— Je ne suis pas un guérisseur, dit Cullen.

— Tu n'as jamais prêté attention aux méthodes du commun des mortels. De l'eau froide rafraîchira la brûlure et empêchera sa chair de continuer à cuire.

— Tu en as ?

Assez. Rien ne l'obligeait à les écouter parler d'elle. Lily passa sa langue sur ses lèvres et s'éclaircit la voix.

— Rule ?

L'autre homme se glissa dans l'obscurité, si rapidement et si discrètement qu'il aurait pu être le fruit de son imagination. Lentement, Cullen baissa les yeux vers elle. Il y avait dans son regard une lassitude indescriptible.

— Je suis désolé, Lily. Rule est parti.

L'ÉPUISEMENT. LA DOULEUR. Les bruits…

Des bruits impossibles à définir, des paroles qu'elle ne comprenait pas. Sa conscience vacilla. Rien dans ces babillages ne l'attirait… pourtant quelque chose l'interpellait.

La colère. C'était la colère qui alimentait ces bavardages. Quelqu'un était en train de piquer une crise.

Peut-être était-ce l'impression d'être en danger qui l'empêcha de replonger dans l'inconscience. Peut-être la curiosité. Mais dès le premier battement de cœur, elle sut qu'il y avait quelque chose d'anormal. Elle avait mal, et cette douleur en faisait partie… comme si un fer incandescent reposait en travers de son ventre, une blessure la faisait souffrir. Mais il y avait autre chose d'anormal. De pire.

Elle devait savoir…

La confusion, aussi vaste et puissante que la douleur, lui fit ouvrir les yeux.

Elle vit le ciel, le ciel de la couleur du cuivre terni, qui luisait comme les cendres d'un feu mourant. Qui luisait à perte de vue, sans aucun signe du soleil. Sous elle, le sol était rocailleux. Des cailloux s'enfonçaient dans la peau de son dos et dans ses fesses… la peau *nue* de son dos et de ses fesses.

Elle était entièrement dénudée. Cela la contraria. Elle essaya de réfléchir à ce qu'elle pouvait faire pour ne plus l'être, mais son esprit était embrouillé, comme si ses pensées pesaient lourd et que la force lui faisait défaut pour les pousser et les soulever afin de les mettre en ordre. Elle était allongée, nue, sur le sol, sous un ciel cuivré. Ce n'était pas la nuit, mais… où était-elle censée être ?

Au moins, il ne faisait pas froid. Ni froid ni chaud, en fait, sauf au niveau de ses jambes. Elles étaient très chaudes. Une chose lourde, posée en travers d'elles, les réchauffait.

Oh…

Une impulsion plus forte que la douleur ou la faiblesse la poussa à tendre une main. Elle toucha de la fourrure… de la fourrure qui se soulevait lentement au rythme d'une respiration.

Tout allait bien, alors.

Elle soupira et referma les yeux une fois de plus.

LILY FUT PRISE de vertige, comme si le monde s'était incliné sous un angle nouveau, impossible. Elle leva les yeux vers le visage las de Cullen, perdu dans ses pensées.

Non, comprit-elle. Le monde n'était pas de travers. C'était le vide qui donnait cette impression – le gouffre entre la réalité et ce qu'on lui avait raconté.

— Non. Il n'est pas parti.

— Lily…

Les traits de Cullen s'adoucirent. Il prit une expression qu'elle vit pour la première fois sur son visage. De la pitié.

Elle en fut agacée.

— Pas si « parti » est pour toi un euphémisme pour désigner la mort. Il n'est même pas très loin. À moins de deux kilomètres. (Elle avait suffisamment testé le lien d'âme sœur pour être assez sûre de la distance.) Je peux le trouver assez facilement, mais tu devras peut-être m'aider à me déplacer.

Il secoua simplement la tête, l'air si misérable qu'elle ne savait pas si elle devait le secouer ou lui tapoter la main. Elle pinça les lèvres, mais passa à la question suivante.

— Ma sœur. Harlowe l'a jetée au sol. Elle est…

— Elle va bien, s'empressa-t-il de lui répondre. Elle est évanouie, mais d'après Stephen, sa respiration et son pouls étaient normaux ; elle devrait bientôt revenir à elle.

Il l'a portée sous le porche, histoire qu'elle ne se réveille pas à côté des restes de Harlowe.

— O.K, c'est une bonne nouvelle. Stephen, est-ce celui avec lequel tu… Laisse tomber. (Cette question pouvait attendre. Ils étaient pressés par le temps.) Nous devons trouver Rule.

Il grimaça :

— Lily…

— Écoute, je ne sais pas où il est, mais il a été blessé, pas tué. Donne-moi un coup de main. Je dois m'asseoir.

Cullen secoua la tête ; à sa lassitude se mêla la perplexité.

— Non. Tu as été blessée.

— Sans blague. Mais je manque d'autorité quand je suis à plat sur le dos, et ces sirènes se rapprochent. Tu auras besoin de tout le soutien officiel que je peux rassembler si tu ne veux pas être arrêté et exécuté pour avoir fait griller Harlowe par la magie.

Et elle devait trouver Rule.

Il soupira.

— Attends une minute. Laisse-moi essayer quelque chose. Il ne me reste pas beaucoup de jus, mais…

Il sortit le petit diamant qu'il avait pris l'habitude de porter autour du cou.

— À quoi te sert-il ?

— Vois-le comme un accumulateur. Le feu du mage demande beaucoup de pouvoir, alors j'en ai réuni pendant un certain temps.

À son appartement… lorsqu'il avait joué avec les *sorcerí*, les avait-il vraiment mis de côté pour plus tard ?

— Je croyais que ce savoir-faire avait été perdu pendant la Purge ?

— Je suis un putain de génie, hein ?

Sa voix était aussi légère que son visage était lugubre. Le petit diamant dans une main, il posa l'autre sur le ventre de Lily, murmura quelque chose puis pointa le doigt.

Une petite flamme jaillit à l'endroit qu'il avait désigné et mourut aussitôt. Une vague d'un froid incroyable aspira une bonne partie de la chaleur qu'elle ressentait dans son ventre.

— J'ai déplacé la chaleur. C'est mieux ?

— Oui. Merci. Maintenant, aide-moi à me lever.

Elle lui tendit la main.

Au lieu de la prendre, il se pencha, passa un bras sous ses aisselles et la souleva. Elle eut mal, mais pas au point de perdre connaissance. Une fois qu'elle eut repris son souffle, elle balaya rapidement les alentours du regard.

Ils étaient seuls, à l'exception des morts.

Et des morts, il y en avait beaucoup, réduits à des amas de chair qu'elle discernait difficilement et qui jonchaient le sol de la petite cour. Elle remarqua un monticule près de ses pieds : Harlowe, sans doute, du moins ce qu'il en restait. Elle n'était pas vraiment pressée que les projecteurs de la police éclairent les détails de cette vision.

Ils seraient ici d'un instant à l'autre. Les sirènes retentissaient à quelques centaines de mètres seulement.

— Benedict ?

— Fichu héros. (Il secoua la tête.) Il a minuté les choses de façon un petit peu trop juste.

Quelque chose remua dans sa poitrine.

— Il est mort, alors.

— Seigneur, non. Criblé de balles, mais il n'a même pas eu la décence de mourir. Il nous a envoyés récupérer son couteau avant d'être évacué. S'il passe la nuit, il s'en sortira, même si sa guérison prendra un certain temps.

— Les autres… (Quelle que fût leur identité, elle avait une foule de questions à leur sujet.) Ils l'ont emmené malgré ses blessures ?

— On ne peut abandonner personne. Tes compatriotes les arrêteraient. Les morts, cependant… (Il hésita.) Traditionnellement, ils servent une dernière fois en endossant la faute des victimes humaines. Il y en a eu un certain nombre cette nuit.

— Pas Rule, dit-elle fermement. Tu ne lui feras porter le chapeau de rien. Il n'est pas mort, et je peux jurer qu'il n'a tué personne. Il était avec moi.

— Lily. (Il avait l'air exténué.) La crosse a explosé, puis disparu. Rule est parti avec.

Deux voitures de police tournèrent au bout de la rue en faisant crisser leurs pneus, sirènes hurlantes et gyrophares allumés.

— On se disputera plus tard, dit-elle rapidement. Voilà ce qu'on va faire : ne réponds aux questions de personne mis à part les miennes. Prends un avocat s'il le faut. Je leur dirai qu'à ce que j'ai vu, Harlowe a brûlé vif alors qu'il essayait de me tuer. Je ne t'ai pas aperçu, après tout, je ne peux donc pas témoigner à propos de ce que tu aurais fait ou non. Et la magie, c'est dangereux, hein ? Utiliser la crosse sur une sensitive aurait très bien pu retourner le feu contre lui.

— Cette histoire ira aussi bien qu'une autre, dit-il d'un ton indifférent.

Il est en deuil, comprit-elle. *Il ne me croit pas à propos de Rule. Son chagrin est tel qu'il se moque de son propre destin.*

— Cullen, dit-elle.

Elle avança sa main pour la poser sur son bras nu… et se figea.

Parce qu'ils n'étaient pas là. Le bourdonnement, le tintement, la texture indéfinissable de la magie qu'elle aurait dû ressentir à la seconde où elle avait touché la peau de Cullen… avaient disparu.

Elle se réveilla en sursaut, frappée par la peur. Dans son esprit s'attardait l'écho d'un hurlement lugubre. Ce bruit avait quelque chose…

Mais elle ne l'entendait plus. Il ne restait plus que les bavardages furieux, haut perchés. Le même ciel cuivré. Ni nuages, ni soleil. Elle fut prise de la même douleur terrible, lancinante, au niveau du ventre.

Le poids sur ses jambes n'était plus là.

Elle inspira et trouva la force de se redresser sur un coude.

Un loup immense se tenait à ses pieds. Il était magnifique, avec sa fourrure noire et argentée, ses proportions élégantes. Il avait faim également : ses babines retroussées marquaient sa gueule d'un rictus qui révélait de longues dents terrifiantes.

Il grogna vers la source des bavardages : une créature qui ne ressemblait à rien de ce qu'elle aurait pu imaginer. Elle était d'un orange lumineux et graisseux. Nue. Et au moins à moitié mâle.

Mis à part les petits organes génitaux flasques, le bas du corps de la créature ressemblait à celui d'un kangourou ou à d'un dinosaure en peluche, avec des hanches disproportionnées et une queue hérissée de pics. De grandes pattes. Pas de nombril. La poitrine était musclée mais ornée d'une paire de seins très féminins, qui se terminaient par des tétons vert olive de la taille de pièces de cinquante *cents*. En revanche, les bras et les épaules semblaient presque humains.

Pas de poils. Ni à proximité des organes génitaux, ni sur la tête ronde. La créature avait une large fente en guise de bouche, pleine de dents aussi pointues que celles du loup, mais moins longues. Les yeux étaient grands et rehaussés de nombreux cils, ridiculement mignons par rapport au visage. Ils étaient placés trop loin l'un de l'autre, au-dessus de deux ouvertures qui étaient, supposa-t-elle, des narines.

La créature mesurait environ un mètre. La taille d'un jeune enfant.

— Qui êtes-vous ? demanda-t-elle.

La créature sursauta, les yeux écarquillés. Puis elle les leva au ciel d'une façon si humaine que c'en était déconcertant.

— Fantastique. Tout simplement fantastique. Vous n'avez pas compris un seul mot de ce que j'ai dit, hein ?

— C'étaient des mots ?

— Vous avez de la chance que je parle votre langue, rouspéta la créature.

Le loup jeta un coup d'œil à Lily et s'arrêta de grogner. Il recula, veillant à garder la créature en vue, jusqu'à ce qu'il soit arrivé à côté de Lily.

Elle n'aimait pas être couchée à plat sur le dos. Elle n'aimait pas non plus être nue, mais il ne semblait pas y avoir d'alternative pour le moment.

Cela lui fit mal de s'asseoir, mais elle s'en accommoda. Elle écarta les cheveux qui lui tombaient sur le visage et ses doigts effleurèrent quelque chose autour de son cou… une chaîne avec un pendentif. Toucher le bijou lui procura un certain bien-être, qui provenait autant de la forme que du léger bourdonnement de la magie qu'il contenait. Elle le serra dans sa main et s'appuya contre le loup.

Sa fourrure n'était pas aussi douce qu'elle en avait l'air, mais la sentir contre sa peau était agréable. Le loup semblait satisfait de lui servir de soutien, elle posa donc un bras sur son dos et s'appuya plus lourdement contre lui. Ce contact était agréable. Naturel.

Il lâcha une plainte aiguë, qui ressemblait presque à une question.

La créature prit la parole :

— Je suppose que vous ne l'avez pas compris non plus.

— Parce que vous oui, peut-être ?

La créature leva les deux mains vers sa tête comme si elle voulait s'arracher les cheveux qu'elle n'avait pas.

— La situation pourrait-elle être pire ? Serait-ce même possible ? Je suis censé être *en* vous, sur Terre, et me voilà ici, de retour sur Dis…

Le sol gronda. Et bougea.

Elle s'agrippa à la fourrure du loup. Un tremblement de terre ? Son cœur martelait sa poitrine. Pour la première fois, elle regarda autour d'elle.

De la roche. Ce fut tout ce qu'elle vit : des rochers, grands et petits, des cailloux. Des pierres orange, rouille, grises et jaunes. Ni arbre, ni herbes, ni mauvaises herbes, ni eau. Au loin, elle aperçut une montagne, d'un noir monotone, au sommet de laquelle se trouvait ce qui ressemblait à une caldera. Un volcan éteint ?

Elle espéra qu'il l'était.

Mais elle ne pouvait le voir à cette distance. Ils étaient dans un petit cul-de-sac, dont le fond était délimité par les rochers qui s'élevaient autour d'eux. Des rochers qui risquaient d'être délogés si la terre se remettait à trembler.

Elle ne voulait pas être ici. Elle ne savait pas où aller, mais cet endroit n'était pas pour elle, à tout point de vue. Elle devait partir, sortir d'ici… mais le simple fait de s'asseoir l'avait vidée de toute son énergie.

Comment pourrait-elle marcher ? Pour aller où ?

La créature grogna.

— Elle est vraiment furax. Nous devons sortir de là. Il y a une Zone toute proche. Une Zone, répéta-t-il impatiemment en voyant son visage dénué d'expression. Vous savez. Là où les régions se chevauchent.

Le loup montra les dents d'un air qui traduisait plus le mépris que la colère.

— Je sais, je sais. Tu ne me fais pas confiance, mais tu devrais. En ce qui concerne Lily, en tout cas…

Lily ?

— … parce que je dois à tout prix éviter qu'il lui arrive quoi que ce soit. Je suis lié à elle, par les grands et luisants mamelons de Xitil ! Si elle meurt, je meurs ! Cet imbécile était censé m'aider à m'introduire en elle, mais je n'ai pas pu l'atteindre parce que ton maudit ensorceleur a détruit la crosse, et maintenant je suis lié à une stupide sensitive qui ne devrait pas être ici, et Xitil livre bataille à la Diablesse et… (Sa voix monta dans les aigus.) …nous devons sortir d'ici !

Le loup tourna la tête vers Lily pour la regarder directement. Dans ses yeux sombres, elle discerna avec certitude une question.

— Ne me demande pas, lui dit-elle d'une voix sèche comme la poussière - sèche comme le douloureux vide qu'elle ressentait en elle. Je ne sais pas ce que je dois croire ou faire. Je ne sais pas qui vous êtes, pourquoi je suis ici, quel est cet endroit ou... (Malgré la sécheresse de sa bouche, elle voulut déglutir, mais reprit la parole d'une voix râpeuse.) ...qui je suis.

Autour du cône noir du volcan, le ciel s'embrasa soudain, passant subitement du cuivre sombre à l'orange et l'or incandescents. Une seconde plus tard, le sol se mit à chatoyer sous leurs pieds, accompagné d'un grondement sourd et lointain, comme si le tonnerre frappait sous la surface.

— Faites-moi penser, murmura la créature, à ne plus jamais, jamais demander si la situation pourrait être pire.

XIX

Bien que l'homme ne soit jamais loin du loup, et que le loup ne soit jamais loin de l'homme, la forme faisait bel et bien une différence. Son instinct était plus fort lorsque Rule était sur ses quatre pattes, les mots plus distants. Ce qui était tout aussi bien. La bête, qui ressentait le moment présent plus intensément que l'homme, craignait peu pour l'avenir.

Pourtant, il y avait de nombreuses raisons de paniquer à cet instant. Des raisons qui lui donnaient envie de pointer sa truffe vers le ciel et de hurler… mais cela, il l'avait déjà fait. Le démon, avec sa saleté de peau orange et grasse, avait raison. Rule savait combien c'était stupide, mais il n'avait pas pu s'en empêcher, malgré le risque de les faire repérer.

Ce qui, bien sûr, était une possibilité. Pire… Lily pourrait y laisser la sienne. Impossible de dire quel être ou quelle créature aurait pu l'entendre. Mais à la seconde même, à la terrible seconde où il s'en était rendu compte, le loup comme l'homme avaient perdu toute maîtrise d'eux-mêmes.

Il avait essayé de se transformer. Et n'y était pas parvenu.

La bête voulait agir. Se nourrir, se désaltérer, trouver un refuge… ces besoins qu'elle comprenait. L'homme était d'accord, mais où trouver ce genre de chose en enfer ?

Rule tâcha de retrouver son calme. Il n'y avait pas de menace immédiate. Si le volcan entrait en éruption, il était suffisamment loin pour ne pas constituer un danger imminent. Qu'est-ce que Benedict disait toujours ? Il y a un temps pour agir, un temps pour prévoir la prochaine action, et un temps pour réunir des informations de façon à s'organiser.

Il eut une pointe de tristesse à la pensée de son frère, qui était peut-être mort. Le loup, plus dans l'instant que l'homme, ne s'appesantit pas sur cette possibilité. Si lui et Lily ressortaient de ce lieu vivants et parvenaient à rentrer chez eux, il aurait tout le temps de s'inquiéter du sort de Benedict.

Rule leva la truffe. L'air était sec, sans vent. Il portait peu d'odeurs, et la plupart de celles qu'il huma étaient étrangères, donc sans intérêt pour lui.

Il regarda les deux autres. Lily palpait sa blessure à l'épaule, presque cicatrisée ; peut-être se demandait-elle si c'était de là qu'était venue la douleur un peu plus tôt. Elle plissait le front. Elle avait l'air hagarde.

Qu'avait-elle perdu exactement ? Ses souvenirs avaient disparu, à l'évidence, mais elle n'avait pas tout oublié. Il lui restait le langage et des aptitudes motrices élémentaires. Se rappelait-elle la Terre, alors même qu'elle avait oublié sa famille ? Savait-elle qu'il avait une autre forme, même si elle ne se souvenait pas de son visage ? Une part d'elle le connaissait. Il en était persuadé. Ne s'était-elle pas reposée contre lui, un peu plus tôt ?

Il ne pouvait lui poser la question. Pas plus que la prendre dans ses bras ou soigner sa blessure. Il ne pouvait même pas prononcer son nom. Rule voulait pointer sa truffe vers ce ciel hideux et hurler encore, mais ce serait totalement stupide.

Elle était si seule à présent, privée de ses souvenirs. Incapable de lui offrir le réconfort d'un homme, il avança vers elle et pressa doucement sa truffe contre son bras. Et recula.

Il sentit, mêlée à son odeur qu'il aimait tant, une bouffée de clou de girofle et de gaz d'échappement. L'odeur du démon.

Elle se tourna vers lui, l'air distrait.

— Quelque chose ne va pas ?

Pire que ça. Mais il ne pouvait le lui dire. Avec hésitation, il la huma de nouveau. L'odeur du démon était légère, mais provenait de la peau de Lily. Pourtant, il était à l'évidence séparé d'elle : elle ne pouvait être possédée. Si ?

Le démon avait évoqué un lien qui les unissait, elle et lui. C'était ce qu'il reniflait, supposa-t-il… mais sur le moment, il n'avait pas compris qu'une part de la créature était en réalité en elle. Qu'il était une partie d'elle.

Elle sentit le trouble du loup ou eut besoin d'apaiser le sien. Elle tendit la main vers lui et fit courir ses doigts dans l'épaisse fourrure de son cou, le grattouilla doucement. Il se laissa gagner par le soulagement. Le réconfort du lien d'âme sœur n'était pas altéré par son nouveau lien avec le démon.

Il tourna la tête pour regarder la créature. Le démon s'agitait légèrement en sautant d'une patte sur l'autre, et regardait anxieusement tout autour de lui… littéralement tout autour, car sa tête avait une amplitude de rotation semblable à celle d'une chouette. Lorsqu'il vit que Rule l'observait, il dit :

— Tu devras t'en occuper. Le moment est venu de nous mettre en route, et elle perd trop la boule pour savoir quoi faire.

Rule montra les dents.

— Parlez anglais, dit Lily à la créature, arrêtez de babiller.

Il avait à peine remarqué que le démon était retourné à son autre langage. Il ignorait comment, mais il comprenait la créature, qu'elle lui parle en anglais ou pas… et celle-ci avait aussi semblé le comprendre précédemment.

Eh bien, ça valait la peine d'essayer. Il glapit dans sa direction.

— Garde tes questions pour plus tard, lui répondit la créature en s'agitant. Quand nous serons à Akhanetton.

Rule s'assit sur son arrière-train, sans quitter des yeux le démon. Le regard de Lily passa de lui au démon.

— J'ai l'impression qu'il ne veut aller nulle part. Qu'a-t-il demandé ?

— D'accord, d'accord. Il veut savoir pourquoi je le comprends. (Le démon fit de gros yeux.) Vous autres humains vous ne savez rien. Le Sens est l'une des Règles.

— Je suis censée savoir ce que ça signifie ?

— Pas vous, lui dit le démon d'un ton morose.

Il s'assit lourdement sur le sol, prenant la position d'un singe ou d'une gargouille, bien que son épaisse queue le fasse pencher en avant. En raison de leur étrange articulation, ses jambes étaient naturellement tournées vers l'extérieur, genoux pointés vers le haut – une position qui mettait ses organes génitaux bien en vue.

— Dans ce cas, vous feriez mieux de lui expliquer, dit Lily.

Le démon poussa un soupir.

— Dans la sphère terrestre, vous avez les lois de la nature, la gravité, ce genre de trucs. Ici, nous avons les Règles. L'une d'elles est que le Sens est clair, peu importe où l'on est, ainsi tout le monde sait toujours ce que vous voulez dire même si l'on ne sait pas ce que vous avez réellement dit. À moins d'être vraiment intelligent, c'est-à-dire d'être doué pour cacher un sens derrière un autre. Et je suis doué, ajouta-t-il, simplement fier. Parfois, j'arrive presque à mentir.

— J'entends seulement vos mots. Je ne peux pas deviner leur sens. Les siens… (Elle regarda Rule en fronçant les sourcils.) …non plus.

Le démon soupira.

— Cela ne marche pas avec un sensitif. Toutes sortes de choses ne fonctionnent pas normalement avec les êtres comme vous. Par ailleurs, vous portez le symbole d'Ishtar. Personne ne m'en a parlé. Il paraîtrait normal qu'on ait pensé à le mentionner… (Il écarquilla les yeux.) Peut-être que Xitil l'ignorait ! Ou que la Diablesse ne le lui a pas dit ! Oh, oh, oh ! (Il bondit sur ses pieds.) Xitil doit être vraiment furieuse ! Nous devons nous barrer d'ici !

— Pour aller où ? lui demanda Lily. Y a-t-il un endroit mieux que celui-ci ? Et puis, qui est Xitil ?

— Xitil est la reine de cette province. Ma reine. Nous devons aller jusqu'à Akhanetton ; c'est la région la plus proche de celle-ci. C'est effrayant. (Il frissonna.) Tout ce ciel à découvert… Impossible de savoir ce qui se passera ici. Xitil se bat avec la Diablesse.

— Avec qui ?

— Je ne dirai pas Son vrai nom. C'est une divinité, Elle risquerait de l'entendre.

Rule grogna une question.

— D'accord, c'est Son avatar qui est ici, pas la déesse Elle-même. En ce qui nous concerne, cela ne fait pas une grosse différence. Xitil ne pourra pas surveiller la boutique si le combat accapare toute son attention. Le haut pourrait devenir le bas, ou il pourrait pleuvoir des cendres, ou encore - oh, vous ignorez tout, hein ? (Il eut l'air extrêmement frustré.) Dis est divisé en régions. Celles-ci ne sont pas seulement gouvernées par leurs princes - elles sont *déterminées* par eux. Le chaud et le froid, les plantes qui y poussent et celles qui n'y poussent pas, toutes ces petites règles sont établies par la reine, qui *en fait partie intégrante* puisqu'elle a mangé une partie de chacun. Vous comprenez ?

— Elle *a mangé* une partie de chacun ? répéta Lily, révoltée. Elle a mangé une partie de vous ?

— C'est comme ça que ça marche ! Vous autres, avec vos âmes, vous êtes habitués à la mort, du coup vous tuez trop facilement. Contrairement à vous, nous préservons la vie.

— En vous mangeant vivants les uns les autres ?

— Oui. On peut y aller, maintenant ?

— Pas encore. Vous avez dit que je m'appelais Lily.

Il acquiesça.

— Lily Yu.

— Et son nom ? Celui du loup ?

— Il s'appelle Rule Turner.

— Rule. (Elle prononça son nom pensivement, comme si elle cherchait à retrouver des bribes de souvenirs. Elle sembla déçue.) Je le connais, pourtant.

— Bien sûr. Vous couchez tout le temps avec lui. Enfin, lorsqu'il n'est pas loup. Je ne sais pas si vous le faites quand il est sous cette forme. (Il pencha la tête d'un côté, les yeux brillants… et son pénis commença à durcir.) J'aimerais bien voir ça, si vous le faites.

Rule grogna.

Lily ignora ces digressions pour se concentrer sur les questions qu'elle voulait lui poser.

— Qu'entendez-vous par « lorsqu'il n'est pas loup » ?

— C'est un lupin. Vous êtes une humaine. Et moi, dit-il, son pénis comme son expression s'affaissant, je suis dans de beaux draps. Aucun de vous deux n'est censé… Mince !

Rule avait entendu et avait tourné la gueule pour faire face à la nouvelle menace avant que le démon n'ait arrêté de parler.

Des pieds. Des tas et des tas de pieds qui couraient, dans leur direction.

Le démon bondit sur une grande paroi rocheuse, presque verticale.

— Amène-la par ici ! cria-t-il. Plaque-la contre le rocher, sinon ils la piétineront !

S'agissait-il d'une sorte de fuite précipitée ? Rule ne savait vraiment pas quoi en penser ; il poussa Lily avec sa truffe.

— Tu veux que je fasse ce que dit la créature ? Je ne… Qu'est-ce que c'est ?

Enfin, elle aussi devait entendre le bruit. Rule la poussa avec insistance. Quelle que soit la chose qui venait dans leur direction, elle arrivait vite.

Le visage crispé, Lily se tint au dos du loup pour se stabiliser, et parvint à se lever.

Il avait su qu'elle était blessée. Même s'il ne se rappelait pas ces derniers instants sur Terre, il l'avait senti en se réveillant. Mais maintenant, il voyait nettement sa brûlure et s'en inquiétait. Juste sous son nombril s'était formée une cloque boursouflée qui avait la forme d'un grand cigare plat. La peau tout autour était rouge vif et suintante.

Brûlure au second degré, pensa-t-il, alarmé. Y avait-il des bactéries en enfer ?

Question idiote. Elle avait dû en apporter sur sa peau, et il pouvait seulement espérer que son organisme les vaincrait. La douleur serait terrible, la guérison lente. Il fallait qu'elle se fasse soigner, bon sang. Il ne pouvait même pas lui trouver un bandage. Il n'avait pas de chemise à déchirer pour en faire des bandes.

Elle non plus.

C'était étrange, maintenant qu'il y pensait. Pourquoi ses vêtements n'étaient-ils pas arrivés ici avec elle ? Le symbole de la Déesse avait fait la traversée, mais pas les vêtements de Lily.

Il n'avait pas de réponse, et il pouvait si peu l'aider. Il ne put qu'avancer anxieusement à côté d'elle lorsqu'elle trébucha vers la paroi en pierre, puis se placer entre elle et le démon lorsqu'elle se laissa tomber au sol, dos à la roche. Il entendit le battement – trop rapide – de son cœur et son souffle court, haletant.

Quelques secondes plus tard, la vague les frappa.

XX

ILS TOMBÈRENT EN cascade des bords du cul-de-sac avec une telle rapidité et en si grand nombre que Rule ne put voir à quoi ressemblaient les créatures. Il crut apercevoir des corps gris interminables avec de trop nombreuses pattes, et sentit une odeur âcre qui rappelait les champignons et le pamplemousse. Ils tombèrent sur le sol par centaines et continuèrent à courir, remontant la pente de l'autre côté dans un flux régulier.

Cela semblait se prolonger encore et encore, mais dura probablement dix minutes tout au plus. Aussi soudainement que la cohue avait commencé, elle se termina, laissant une vingtaine de corps derrière elle. Beaucoup avaient été piétinés et n'étaient plus qu'une bouillie sanguinolente – du sang rouge, ce qui voulait dire que leur métabolisme reposait sur l'oxygène. Quelques-uns s'agitaient encore.

Le démon ne bougea pas, Rule non plus. Quelques secondes plus tard, deux immenses ombres glissèrent au-dessus du sol rocheux. Rule leva les yeux.

Des ptérodactyles ? Des oiseaux géants ? Ils étaient passés trop rapidement pour qu'il puisse les voir en détail, d'autant que sa vision de loin n'était pas très bonne sous sa forme de loup. Ils semblaient suivre la piste des créatures en fuite. Les chasser, peut-être.

Le démon poussa un profond soupir et, après avoir jeté un coup d'œil prudent au ciel, sortit à découvert. Rule le suivit, avec l'espoir que le terrain soit dégagé. Il voulait inspecter l'une des créatures.

Le cadavre le plus proche était presque intact. Il ressemblait à un cafard privé de carapace, mais de la taille d'un chat, et doté d'une peau grise parcheminée. Les six pattes fines étaient curieusement articulées, mais se rapprochaient plus de celles d'un vertébré que d'un insecte. Il put voir des os là où la peau et les tendons manquaient. Les pattes se terminaient par des pieds fins et griffus. En revanche, la tête était caractéristique d'un insecte, petite, aplatie, avec des yeux à facettes et des mandibules en dents de scie.

Cette vision était répugnante, se dit-il, et l'odeur ne valait guère mieux. À la rigueur, ces créatures feraient l'affaire. Pour lui, en tout cas. Son corps rejetterait toutes les toxines. Il ne savait pas si Lily pouvait en manger sans danger, ni même si, affamée, elle serait prête à essayer.

Il espérait de toute son âme qu'ils n'auraient pas à répondre à cette question.

— On ferait mieux de s'y mettre, dit le démon, résigné. Il ramassa l'une des créatures prise de convulsions et lui arracha la tête d'un coup de dents.

Lily s'étrangla :

— Vous trouviez que les humains tuaient trop facilement ?

Il mâcha la tête et l'avala.

— Je ne l'ai pas tuée. Je l'ai mangée.

— C'est bizarre, mais la différence ne me paraît pas évidente.

— Elle n'est pas morte. Elle le serait si je ne l'avais pas mangée, mais maintenant elle fait partie de moi. Vous autres humains, vous mangez des animaux morts et préservez votre santé physique. Nous mangeons des créatures vivantes et préservons la vie. Je ne dis pas que ce *hirug* aurait été mon premier choix. (Il grimaça, les yeux tournés vers le corps décapité qu'il tenait encore. Il arracha l'une des pattes.) Stupides créatures. Mais elles sont ici, et je vais avoir besoin d'*ymu* supplémentaire.

Lorsqu'il ouvrit complètement la large fente qui lui faisait office de bouche, la moitié inférieure de son visage parut articulée. Elle broya la patte en se refermant.

— Vous auriez dû me dire que vous étiez trop faible pour voyager, fit le démon.

Lily soupira et appuya son dos contre le rocher. Cette position n'était pas très confortable, mais sa brûlure au ventre la gênait sans doute encore plus lorsqu'elle se penchait en avant.

— Votre en-cas ne m'aidera pas à voyager. À moins que vous ayez l'intention de me porter, et je ne suis pas...

— Vous porter? Ce serait idiot. Mieux vaut vous donner un petit coup de pouce pour faire disparaître votre blessure.

— Vous ne pouvez pas le faire. Vous avez dit que j'étais une sensitive et ça... ça me semble juste. Je peux toucher la magie. (Elle posa sa main sur le talisman de la Déesse que Rule avait attaché autour de son cou lorsqu'elle avait intégré le clan.) Mais elle ne peut pas me toucher. Elle ne peut pas m'affecter.

— Comment croyez-vous qu'on est arrivés ici? rétorqua-t-il. En train?

Elle releva la tête comme si elle avait reçu une gifle, décontenancée.

— Nous sommes liés, lui dit-il impatiemment. Je peux donc vous affecter. Je ne peux pas entrer en vous plus que je le suis déjà, mais j'y suis partiellement. Je peux vous donner... il n'y a pas de mot pour ça dans votre langue.

— Trouvez-en un, dit-elle laconiquement.

Il plissa le front.

— Eh bien, lorsque je mange, je prends l'*ymu* et l'*assig*. L'*ymu* est l'énergie. L'*assig*, le motif, les souvenirs et la pensée. Enfin, on ne peut pas dire que les *hirug* pensent vraiment, mais vous comprenez l'idée.

Rule la comprenait, et elle ne lui plaisait pas. Il se plaça entre Lily et le démon.

— Je ne vais pas lui faire de mal ! Je vais seulement l'aider.

Rule gronda.

— Attends, fit Lily.

Il la regarda, surpris.

Un petit plissement, entre les sourcils de Lily, lui rappela sa mère.

— Je ne lui fais pas confiance, mais il… elle… cette créature… (Elle s'arrêta, frustrée.) Qu'êtes-vous, d'ailleurs ?

— Je m'appelle Gan. Votre stupide langue ne possède pas de mot pour désigner à la fois le masculin et le féminin, alors vous pouvez dire « il ». Nous ne déterminons pas notre sexe tout de suite. Enfin, certains démons ne se décident jamais, mais la plupart…

— Vous êtes… un démon.

Gan fit les gros yeux.

— Vous me preniez pour quoi ?

— Alors cet endroit est…

— Dis. Ou l'enfer, comme beaucoup d'humains l'appellent, mais c'est un malentendu.

Lily était déjà pâle. Maintenant, elle semblait sous le choc. Lorsque Gan reprit, Rule grogna dans sa direction : *Tais-toi.*

Elle ferma les yeux puis les rouvrit comme si elle espérait trouver devant elle un autre paysage. Elle regarda les pierres, le ciel bizarre, les *hirug* morts ou agonisants, le démon. Elle pianota sur sa cuisse.

— O.K. Vous êtes un démon et nous sommes en enfer. Comment sommes-nous arrivés ici ?

— C'était un accident. L'ensorceleur a brûlé la crosse alors que j'essayais d'entrer en vous.

À en juger par son expression, l'explication ne la satisfaisait pas beaucoup. Elle secoua la tête.

— Laissez tomber. Nous en reparlerons plus tard. Vous semblez avoir raison sur un point: cet endroit n'est pas sûr.

Parce qu'une autre région de l'enfer pouvait l'être? Rule se racla la gorge, frustré de ne pouvoir parler. Et pas du tout certain qu'ils devaient quitter cet endroit.

Il ne savait pas comment ils s'étaient retrouvés ici, mais la crosse avait déjà disparu auparavant, lorsque la Diablesse l'avait appelée à elle. Les circonstances avaient voulu que Harlowe soit emporté lui aussi, parce qu'il la tenait à ce moment-là. Peut-être que c'était ce qui s'était passé avec eux. La brûlure que Lily avait au ventre laissait penser que la crosse la touchait au moment où elle avait été frappée par le feu du mage; quant à Rule, il touchait Lily. C'est pourquoi ils avaient été entraînés en enfer avec elle.

Mais le démon? Pourquoi avait-il été traîné ici? Et où était la crosse? Si la Diablesse l'avait appelée à Elle, Rule et Lily n'auraient-ils pas dû, eux aussi, se retrouver là où Elle était?

Il jeta un coup d'œil au volcan. Il était loin de se plaindre de Son absence. Plus ils étaient loin d'Elle, mieux ça valait. Mais s'ils avaient été traînés ici par la crosse, ils auraient dû la trouver près d'eux.

L'autre possibilité était que la destruction de la crosse ait, d'une manière ou d'une autre, ouvert un portail. Cullen avait dit de cet objet que c'était une faille dans la réalité, ce n'était donc pas si tiré par les cheveux. Dans ce cas, ce portail pourrait être la seule voie pour rentrer chez eux.

Mais si Lily se rappelait l'existence de portails, ils étaient le cadet de ses soucis à présent. Elle avait des questions – sa curiosité, elle, n'avait pas changé – et une seule personne à qui les poser. Le démon.

— Comment faites-vous ce truc? Et y aura-t-il d'autres conséquences que celle de me rendre plus forte?

— Je prendrai le contrôle de votre corps, en quelque sorte.

Rule grogna.

Gan se tourna vers lui, contrarié.

— Si tu veux dire quelque chose, tu dois penser les mots. Ça ne suffit pas de faire du bruit.

— Je crois comprendre ce qu'il a voulu dire, dit Lily. Pas question que vous empariez de moi.

— Je ne parle pas de possession. Si j'avais pu le faire, je l'aurais fait. J'étais en train d'essayer quand l'incident est arrivé, ajouta-t-il. Mais je dois prendre votre corps en charge provisoirement. Pour lui faire prendre de l'*ymu*.

— Cet *ymu* est l'énergie dont vous avez parlé… Il provient des êtres vivants ? (Elle secoua la tête.) Vous ne me bourrerez pas de magie macabre non plus.

Il leva les yeux au ciel.

— L'*ymu* n'a rien à voir avec la magie macabre ! Quand vous mangez des bêtes mortes, c'est de la magie macabre ? L'*ymu* est seulement de l'énergie. Vous avez toutes sortes d'énergies dans votre monde – les bombes et l'électricité, l'essence – mais vous ne pouvez pas les manger, hein ? Votre corps devrait évoluer pour assimiler l'énergie de l'essence plutôt que celle d'un animal mort.

— Oui, mais… j'ai l'impression que vous pointez le doigt dans une autre direction pour que je ne remarque pas la carte cachée dans votre manche.

Il fronça les sourcils.

— Une carte ?

— Peu importe. En quoi cet *ymu* m'aiderait-il ?

Son front se plissa encore un peu plus.

— On pourrait dire que cet *ymu* donne envie aux choses de prendre la forme qu'elles doivent avoir.

— L'*ymu* d'un *hirug* donnera donc envie à mon corps de ressembler à un *hirug*.

— Non, non, non ! L'*ymu* est de l'énergie. Le motif provient de l'*assig* – qui ne vous sert à rien. À moi, oui. (Il prit un air suffisant.) C'est ce qui fait de moi un démon. Mais vous n'aurez pas l'*assig* d'un *hirug*, votre corps connaît déjà son propre motif. Il me faudra donc simplement le contrôler pour prendre l'*ymu*, et votre corps guérira, il redeviendra ce qu'il devrait être.

Elle se mordilla la lèvre quelques secondes.

— Comment feriez-vous ça ?

— Vous pourriez prendre en bouche mon…

Cette fois, ce fut au tour de Lily de grogner.

— D'accord, d'accord, ce n'est pas forcément sexuel. Mais vous devez prendre une partie de mon corps en vous. Il s'agit toujours de manger. Je ne peux pas déposer l'*ymu* dans le vide.

— Je dois *manger* une partie de vous ?

— L'idée ne m'enchante pas non plus, si vous refusez de coucher avec moi, mais… (Il se renfrogna, comme s'il réfléchissait intensément.) Cracher. Cracher devrait marcher. Je peux y mettre un tas d'*ymu*, puis le faire tomber dans votre bouche.

Lily grimaça de dégoût.

— Comment disent les humains, déjà ? « C'est pas la mort ». Ouais. C'est pas la mort. Ici, si vous faites la difficile, vous mourrez de faim. Pas de McDonald dans le coin. Il n'y a même pas de coin. Vous pigez ? Pas de coin ! (Il gloussa, tant il appréciait son propre humour.) Avant que vous puissiez absorber l'*ymu*, je dois tripatouiller votre corps. Rendre plus denses les zones qui devraient l'être.

— Denses ?

— Vous n'avez pas de mots assez proches !

Il se frotta la tête de sa main libre – de l'autre, il tenait toujours l'*hirug* mort. Puis il déversa un torrent de ce que Lily appelait des babillages – et cette fois, Rule non plus ne comprit rien à ce qu'il disait.

Les mots se mêlèrent à des images et des impressions sensorielles. Rule entendit le mot « hydrocarbure ». Sentit l'odeur du sang. « Blé tendre » arriva avec « foie » et le bruit de l'eau qui goutte. Des « œufs » étaient mêlés à une image du disque solaire rougeoyant.

— Vous voyez ? (Le démon finit dans la langue de Lily.) Il ne comprend pas non plus. Vous devez déjà avoir les idées, sinon vous ne pouvez comprendre le Sens.

Elle opina lentement du chef.

— Une dernière question. Est-ce qu'on pourra annuler les effets de l'*ymu* plus tard ?

— Bien entendu.

Il regarda l'*hirug* qu'il tenait encore avant de le jeter au sol. Une fois qu'une créature avait fini d'agoniser, elle devenait sûrement non comestible. Après un autre regard vers le ciel, il commença à étudier les autres *hirug* morts ou agonisants.

Lily se frotta le front.

— Je dois y réfléchir.

Au loin, le volcan gronda, mais cette fois-ci il n'y eut pas de tremblements.

— Réfléchissez vite, dit Gan en se penchant pour ramasser un autre *hirug*.

Avec un long grognement, Rule frotta sa tête contre le bras de Lily. *C'est une mauvaise idée. Ne fais pas ça.*

Elle passa une main le long de son dos.

— Ça ne te plaît pas, hein ? À moi non plus. Mais ai-je vraiment le choix ? C'est tout juste si j'ai pu me mettre à l'abri quand les *hirug* sont arrivés. J'ai vraiment mal. Je ne peux pas voyager dans cet état.

Il lui donna un petit coup de truffe et s'assit avec un air plein de sous-entendus.

—Tu crois qu'on devrait rester ici ?

Pour l'instant, en tout cas. Il hocha la tête.

Elle secoua la sienne.

— Je pense que nous devons accepter le fait que la créature... le démon... que Gan sait comment survivre ici. Pas nous. Il semble vouloir me garder en vie, ne pas mourir avec moi... Qu'en dis-tu ?

Ce qu'il en disait, c'était qu'il ne pouvait pas lui répondre d'un simple oui ou non. Il ne pouvait même pas écrire dans la poussière. Il n'y en avait pas assez. Rule gémit de frustration.

— Peu importe. (Elle plongea ses doigts dans sa fourrure et le grattouilla.) Je ne sais pas pourquoi j'ai cette impression que tu devrais pouvoir me répondre… de toute façon, je crois que Gan dit la vérité sur ce sujet. (Elle regarda le ciel, où la lueur rougeoyante s'estompait.) Je me demande si tu sais quoi que ce soit à propos de cette divinité qui, aux dires de Gan, se bat avec sa reine.

Rule hocha de nouveau la tête.

— Tu sais des choses, hein ? J'aimerais tant que tu puisses parler. Elle doit être assez coriace si elle peut rivaliser avec une reine démoniaque. Tu crois qu'elle pourrait nous aider ?

Il secoua vigoureusement la tête.

— Elle fait partie des méchants ?

Il hocha la tête.

— Dans ce cas, peu importe qui l'emporte. La victoire de l'une comme de l'autre sera un désastre pour nous.

Bon sang, elle avait raison - plus qu'elle n'en avait conscience. Rule avait des difficultés à se concentrer. Si l'avatar de la Diablesse survivait au combat contre la reine des démons, Elle risquait de venir s'en prendre à Lily.

Alors oui, ils devraient peut-être quitter cet endroit, mais pas tout de suite. Le démon faisait pression sur Lily pour qu'elle se décide rapidement. Rule secoua lentement la tête. *Doucement. Donne-moi le temps de chercher des traces de la crosse ou d'un portail. De chercher de la nourriture et de l'eau, de déterminer si nous pouvons survivre ici.*

Elle pencha la tête sur le côté.

— Je ne sais pas si ça signifie « Non, on ne peut pas rester », ou « Non, je ne suis pas d'accord ». Mais ça n'a pas d'importance. C'est à moi de décider.

Il secoua vivement la tête. Lily n'en savait pas assez. Elle ne pouvait même pas s'en remettre à ses propres souvenirs, sinon elle aurait compris qu'il serait lié à cette décision. Qu'elle reste ou qu'elle parte, Rule devrait la suivre.

Mais elle avait détourné son attention et posé sa tête dans une de ses mains, l'air tendue et exténuée. Et dans une position inconfortable.

Au moins, il pouvait l'aider un peu. Il s'avança à côté d'elle pour lui servir d'accoudoir. Elle lui adressa un petit sourire, et ce fut tout; un bras posé sur son dos, elle se reposa sur lui. Pendant un bon moment, ni l'un ni l'autre ne bougea.

Que ferait-il si elle décidait d'accepter l'offre du démon?

Il n'aurait pas une grande marge de manœuvre, comprit-il. L'idée d'attaquer le démon lui plaisait, mais même s'il ne lui faisait pas confiance, c'était leur seul guide dans ce monde. D'autant qu'il prétendait être lié à Lily. Il pouvait essayer de s'interposer, l'empêcher d'approcher, mais cela ne ferait que la mettre en colère. Elle ne reviendrait pas davantage sur sa décision, et il ne pourrait les tenir à distance l'un de l'autre indéfiniment.

— Mince, finit-elle par dire en se relevant. Si seulement j'avais des vêtements. (Elle secoua la tête.) C'est idiot. C'est complètement idiot, de m'inquiéter maintenant de ne pas en avoir, mais je n'aime pas ça. Je n'aime pas être nue.

C'était loin d'être idiot. En revanche, lui l'était, de ne pas avoir prêté attention à sa nudité. Tout cela parce qu'il ne réagissait pas à la vue de son corps sous cette forme comme lorsqu'il était un homme... Mais pourquoi ses vêtements n'avaient pas fait le déplacement jusqu'ici avec elle? Le symbole de la Déesse était pourtant là. Et lui également.

Plus tard. Il s'en inquiéterait plus tard. Pour l'instant, il devait lui trouver une protection quelconque. Sa peau était à nu, et elle s'abîmait facilement. Au minimum, il lui fallait des chaussures. Il tourna la tête et glapit en direction du démon.

Celui-ci grogna.

— Tu vois un centre commercial dans le coin ? Ici, les vêtements, ça sert à décorer les grands pontes. On peut pas aller faire les boutiques.

Rule glapit encore.

— Des pieds qui peuvent être blessés quand on marche avec ! pesta Gan. Les humains sont bizarres. Si marcher lui fait mal aux pieds, elle les soignera. Enfin, lorsque je lui aurais donné de l'*ymu*. (Il sourit sournoisement.) Je parie que je pourrai lui trouver des chaussures à Akhanetton.

— Très bien, dit Lily.

Rule tourna brusquement la tête vers la jeune femme.

— C'est mon corps, lui dit-elle. C'est mon choix. Je crois que je vais opter pour la méthode de Gan. Il ne vaut mieux pas être affaibli dans un tel endroit.

Gan eut un grognement approbateur :

— Bien raisonné. Votre cerveau marche mieux que je ne croyais.

Il avait trouvé un autre *hirug* qui remuait encore. Celui-là était plus vif – trois de ses pattes fonctionnaient assez bien pour qu'il tente de s'enfuir, ce qui sembla réjouir Gan. Il sourit puis arracha la tête de la créature avec ses dents, la mâcha puis l'avala.

Ensuite, il s'avança vers eux.

— Très bien, tout ce que vous avez à faire est de vous tenir tranquille.

Lily lui fit signe de s'arrêter.

— Une minute. Vous ne me toucherez pas avec ce truc dans les mains.

— Pardon ? fit Gan, le regard posé sur les restes de l'*hirug*. Oh. Vous n'aimez pas la vue du sang et des entrailles ? C'est le cas de beaucoup d'humains. Mais vous étiez pas un genre de flic ?

— Je n'en sais rien. J'étais flic ?

Il se donna une tape sur le front.

— C'est vrai. Elle perd la boule. J'avais oublié.

Il prit soin de manger tout ce qui restait de l'*hirug*, jeta quelques morceaux qui n'étaient plus suffisamment vifs, puis marcha pesamment vers Lily.

Rule se hérissa. C'était mal. C'était forcément mal, mais il ne savait pas comment la faire changer d'avis.

Gan s'arrêta à quelques pas et lança au loup un regard méfiant.

— Je n'ai pas confiance en toi. Va voir ailleurs.

Le démon ne *lui* faisait pas confiance ? La gueule de Rule n'avait pas une forme propice au rire, à l'ironie ou autre.

Lily le poussa.

— Va-t'en. Plus vite on en aura fini, mieux ce sera.

Apparemment, Lily n'avait pas besoin de sa mémoire pour n'en faire qu'à sa tête. À contrecœur, il alla se positionner à quelques mètres – tout de même suffisamment près pour bondir sur le démon s'il le fallait. Celui-ci était peut-être plus fort que lui, mais il était plus petit et plus lent. S'il s'en prenait physiquement à elle…

Gan avança plus près, en prenant soin de rester autant à distance de Rule que possible. Lily, assise, avait la tête à peu près à la hauteur de celle du démon. Il leva les mains. Ses pieds étaient larges et plats, comme ceux d'un kangourou, mais ses mains étaient petites. Comme celles d'un enfant. Mis à part la couleur, elles semblaient en tout point humaines.

Livide, Lily fixa ces petites mains orange. Puis elle les serra dans les siennes. Rien ne se passa pendant plusieurs minutes. Rien que Rule puisse voir, en tout cas.

— Vous devez vous tenir tranquille ! lui dit Gan, sa grande bouche marquée d'un rictus désapprobateur.

— Je n'ai pas bougé.

— Vous bougez à l'intérieur. Vous me repoussez. (Sa contrariété parut plus grande encore.) Pensez à des objets immobiles. Des objets qui ne bougent pas du tout. Pensez à eux très fort.

D'un air renfrogné, elle ferma les yeux.

Quelques instants plus tard, Gan se pencha tout près d'elle et ouvrit sa bouche au-dessus de la sienne. Elle voulut s'écarter, mais il lui tint fermement la tête. Rule se raidit et gronda, mais le baiser était fini avant même que loup ait eu le temps de décider s'il devait ou non attaquer.

Gan recula de quelques pas, souriant.

Lily ne souriait pas. Elle déglutit. Puis elle déglutit encore une fois, comme si elle avait du mal à avaler la bave du démon. Peu à peu, un air perplexe apparut sur son visage.

La rougeur autour de sa brûlure s'estompait.

La guérison s'accéléra, et s'effectua bien plus vite que Rule aurait pu guérir une telle blessure. D'abord la peau rouge et suintante devint crémeuse, puis la cloque commença à rétrécir. Cinq minutes plus tard, toute trace de brûlure s'était effacée. Sa blessure à l'épaule, elle aussi, avait disparu.

Rule se demanda si sa propre faculté de guérison faisait aux humains la même impression. S'ils étaient gênés, perturbés, convaincus que le processus n'était pas censé être si facile ? Qu'il y aurait forcément, à un moment ou à un autre, un prix à payer pour cela ?

Lily toucha son ventre puis roula les épaules comme si elle testait ses rouages internes. Elle avait l'air étonnée.

— Ça a marché. Je me sens… (Elle tendit les deux bras.) Je me sens bien.

— C'est normal, marmonna Gan. Vous avez assez d'*ymu* en vous pour rivaliser avec une Griffe. Allons-y.

Il se mit en marche pour sortir du cul-de-sac.

Lily se leva sans peine, sans avoir le visage crispé ni sentir le besoin de se retenir à Rule pour trouver son équilibre. Elle le regarda, mais il ne vit rien sur son visage qui pourrait le rassurer : ni douceur, ni excuse, ni doute. Peut-être la conscience d'une réalité : il n'avait pas voulu qu'elle le fasse, pourtant elle l'avait fait quand même.

Il était vraiment hors de lui. Il détourna le regard.

Tant bien que mal, Gan grimpait déjà la pente d'un ravin. Lily le suivit, Rule aussi.

Le loup prit position à l'arrière. Le cul-de-sac n'était pas profond, et le ravin que le démon avait choisi pour en sortir s'escaladait facilement. Il suivit Lily tandis qu'elle suivait le démon, mais sa colère ne se dissipait pas.

C'était injuste. Il le savait, même si sa fureur ne se calmait pas pour autant. Lily était privée d'une partie d'elle-même, d'une façon qu'il peinait à imaginer, perdue en enfer entre un loup et un démon, incapable de se rappeler son propre nom. Mal en point, effrayée et privée de sa mémoire : pourquoi suivrait-elle ses conseils silencieux ?

Mais la colère n'était pas toujours logique : celle de Rule puisait sa source dans les tréfonds de son âme. Lui aussi était écartelé, privé d'une partie considérable de lui-même : de son clan, de sa famille, de son monde, et de son autre forme. Il était possible que tout cela soit perdu à jamais. Il n'était pas sûr de reparler un jour, de revoir son père et son frère, d'être là pour aider son fils à vivre sa première transformation. De ramasser quelque chose avec sa main, et non avec sa gueule.

Enfin, s'il restait trop longtemps sous cette forme, il en oublierait jusqu'à l'usage de ses mains. Il cesserait de penser avec des mots. L'homme s'effacerait, pour ne plus laisser que le loup.

La part de lui qui était loup n'avait pas peur comme l'homme. Son clan lui manquait, mais il aimait être à quatre pattes. Son âme sœur était à ses côtés. Le futur était-il plus qu'un brouillard, de toute façon ? Pourtant, la douleur du loup était profonde, elle aussi.

Il aurait dû entendre le chant long et lent, l'attraction, l'appel qui façonnait son âme, mais le silence enveloppait tout. Et contre lui, il n'y avait aucun remède.

Il n'y a pas de lune en enfer.

XXI

LE CŒUR BATTANT, les yeux écarquillés de terreur, Lily se réveilla en sursaut.

Une odeur suintait à travers le brouillard de peur : un mélange d'antiseptique, de fleurs et de fluides organiques qui disait « hôpital ». Une fois qu'elle eut compris, sa raison s'éveilla elle aussi pour donner un sens à ses impressions sensorielles.

Le son qu'elle avait entendu, le bruit qui l'avait tirée si brusquement de son sommeil… Elle se replongea dans ses souvenirs, se remémora les secondes écoulées et conclut qu'une personne avait dû jeter un objet sur le sol de l'hôpital à l'extérieur de sa chambre.

Elle avait rêvé. Malgré la brutalité de son réveil, des bribes du rêve persistaient : une épaisse fourrure sous sa main, une fourrure que réchauffait un corps puissant. Elle avait également ressenti un bien-être physique, et un but, un lieu qu'elle devait rejoindre. Il fallait marcher pour y arriver. Elle était en train de s'y rendre lorsqu'elle s'était réveillée en sursaut. Elle marchait.

Dans son rêve, elle n'était pas seule. Mais ici, oui.

Il était tôt. La lumière grise qui provenait de la seule fenêtre de la chambre dessinait à peine les contours des choses, mais elle pouvait voir que le lieu ne présentait aucune menace. Totalement vide, il dégageait une atmosphère neutre, dénuée de vie, et lui paraissait moins réelle qu'un décor.

Aussi vide qu'elle-même l'était de quelque chose d'indéfinissable et de nécessaire, qui lui avait été volé.

Lily ferma les yeux pour surmonter le contrecoup de la montée d'adrénaline et attendit que son cœur reprenne un rythme normal. Elle se retrouva seule avec sa torpeur, qui prenait possession, telle une plante mortifère, du vide qu'elle ressentait à l'intérieur. L'espace qu'occupait son Don autrefois.

Grand-mère, tu avais dit que ça ne pouvait m'arriver. Qu'il était impossible que je ne sois plus une sensitive. Elle eut soudain envie d'être avec sa grand-mère, elle eut ce souhait avec l'intensité d'un enfant qui se réveille d'un cauchemar en hurlant dans le noir. Elle avait besoin qu'on la prenne dans les bras. Qu'on lui explique ce qui lui était arrivé, même si elle ne pourrait rien y changer.

Elle n'aurait pas ce qu'elle désirait. Lily ouvrit les yeux pour la seconde fois de ce jour qu'elle ne voulait pas affronter.

Rule avait disparu.

Disparu, se rappela-t-elle. Il n'était pas mort.

Peu à peu, la chambre gagna un contexte, de la consistance, elle devint réelle au fur et à mesure que le soleil se mettait subtilement à briller au dehors. Exactement comme son rêve l'avait suggéré, elle avait un but. Elle devait trouver Rule. Elle ne savait pas comment – où chercher, comment le découvrir, qui pourrait avoir les pièces qu'il lui manquait pour comprendre sa disparition ? Mais elle suivrait le conseil de son rêve. Elle avancerait un pas après l'autre.

Son premier pas, comprit-elle, serait littéral. Elle devait sortir de ce lit.

Les deux principales fonctions de la peau consistaient à garder au dehors les substances qui pouvaient contaminer l'organisme, et au-dedans les fluides. De grandes brûlures compromettaient sa capacité à effectuer ces deux tâches, c'est pourquoi on lui avait donné des antibiotiques et on l'avait gardée pour la nuit, afin de reconstituer les fluides.

La perfusion intraveineuse avait effectué cette mission à merveille.

Ce n'était pas trop inconfortable d'être assise dans un lit qui répondait à ses ordres, mais se glisser en dehors fut douloureux.

Ainsi que se tenir debout, respirer… mais elle devrait faire avec. Elle avança à petits pas vers la salle de bain, tirant avec elle sa tige porte-sérum.

Peut-être cette désagréable impression de flotter dans un rêve était-elle un effet secondaire du calmant qu'on lui avait administré la nuit précédente. Elle en avait eu besoin. Le temps qu'on l'installe dans cette chambre, la douleur et l'émotion embrouillaient tant son esprit qu'elle n'aurait pas eu les idées assez claires, ne serait-ce que pour jouer au morpion.

Fini, les médicaments. Elle avait du pain sur la planche.

On ne lui proposerait sans doute pas de traitement plus fort que l'ibuprofène, de toute façon. Elle sortirait bientôt. Il n'y avait aucune raison de la garder plus longtemps.

Lily se prépara à affronter la journée comme elle put. Elle utilisa les sanitaires, la brosse à dents de l'hôpital et la brosse à cheveux qu'elle gardait dans son sac à main. Elle se lava le visage et les mains, puis jeta à la douche un regard plein d'envie.

Même si elle n'avait pas été mise en garde, elle savait qu'elle ne devait pas prendre de douche pour l'instant. Et elle n'avait aucun vêtement de rechange. Elle devrait appeler un proche… un proche autre que sa mère.

Lily fixa l'évier blanc étincelant, la brosse à cheveux oubliée dans son poing serré. Les mots fusaient dans sa tête, des bribes de dialogues qui avaient eu lieu gambadaient parmi toutes les paroles qu'elle avait pu prononcer.

Elle savait que la nuit dernière, son père et sa mère avaient vécu le pire cauchemar de tout parent : leurs deux enfants s'étaient retrouvées aux urgences en même temps, victimes l'une comme l'autre d'actes de violence. Sa mère gérait toujours son anxiété en rejetant la faute sur quelqu'un, comme si se débarrasser de la culpabilité sur un autre pouvait résoudre le problème. Lily songea qu'elle était folle d'avoir besoin de ce que Julia Yu n'avait ni les moyens ni l'envie de lui donner. Mais le savoir ne soulageait pas sa douleur. Ni sa colère.

Au début, Lily avait eu les nerfs trop à fleur de peau pour comprendre ce que sa mère lui avait dit. Une bonne part de ses propos n'était d'ailleurs qu'une répétition des mêmes plaintes rabâchées au sujet de la profession de Lily. Mais ils étaient si violents. Si accusateurs. *C'est ta faute*, lui avait-elle dit. *C'est ta faute si ta petite sœur est blessée, si elle a failli être violée, tuée.*

Et moi ? avait dit Lily – mais peut-être l'avait-elle seulement pensé ? *Je suis tellement désolée que Beth ait été blessée, mais je le suis moi aussi. J'ai fait tout ce que je pouvais…*

« Tout ce qu'elle pouvait » avait-il jamais suffi ? Sa mère n'en était pas restée là. *Elle est allée trop loin*, pensa Lily. Cette fois, sa mère était allée trop loin.

Elle aussi. Lorsque Julia Yu avait mis Rule et sa fille dans le même panier – une seule personne ne suffisait pas à porter la montagne de ses reproches – et avait dit que c'était aussi bien qu'il soit mort, Lily l'avait giflée.

Elle secoua la tête pour chasser les pensées qui ne cessaient de revenir dans son esprit. Elle posa la brosse, ouvrit la porte de la salle de bain, et son cœur s'emballa soudain.

Au même instant, la porte de la chambre s'était ouverte en grand ; aussi étonnée que lui, elle se retrouva nez à nez avec un homme noir qui portait un ample pantalon d'hôpital.

Le docteur, pensa-t-elle, se sentant idiote lorsqu'elle remarqua son stéthoscope et sa mine soucieuse. Elle devait en finir avec cette habitude de sursauter au moindre bruit ou à la moindre vision inattendue.

Vingt minutes plus tard, elle était de nouveau dans son lit, le visage renfrogné, tourné vers l'écran noir de la télévision. Elle avait tiré devant elle le plateau mobile, sur lequel étaient posés une tasse de café encore fumant, ainsi que le stylo et le bloc-notes qu'elle avait pris dans son sac.

On la gardait un jour de plus « en observation ».

Rien ne motivait cette décision. Le docteur lui avait donné une explication confuse mêlant traumatisme et risque de commotion. Lily n'y croyait pas. Si le risque de commotion était réel la nuit précédente, il était passé. On lui avait ôté la perfusion.

Le salaud au stéthoscope lui avait tapoté la main en lui disant qu'elle avait de la chance. Les mutuelles et les compagnies d'assurance s'arrangeaient toujours pour faire sortir les patients trop tôt, or elle était invitée à rester un jour de plus. Elle pourrait en profiter pour se reposer.

Ruben aussi lui avait conseillé le repos. Qu'il aille au diable.

Une personne paranoïaque aurait pu penser que quelqu'un voulait la garder à l'écart. Quelqu'un d'influent, qui ferait partie d'une haute instance. Qui pourrait tout simplement préférer qu'elle soit déclarée démente.

Bien entendu, une personne paranoïaque pourrait être gardée en observation au cas où elle commencerait à apercevoir de petits hommes verts en train de conspirer contre elle.

Lily avait fait deux rapports à Ruben la nuit précédente. D'abord, elle l'avait appelé du lieu même des événements pour lui en raconter les grandes lignes. Elle lui avait fait un second rapport plus détaillé alors qu'elle attendait de quitter les urgences pour être transportée dans cette chambre.

Entre le premier et le second rapport, quelque chose avait changé. Ruben avait été poussé à croire – par qui, par quoi, elle l'ignorait – que Rule n'avait pas disparu, mais qu'il était mort.

Il avait évoqué la possibilité que les lupins aient enlevé le cadavre, de la même façon qu'ils faisaient disparaître leurs congénères blessés. Elle avait répété qu'ils n'auraient jamais pris cette initiative sans la tenir au courant. C'était à ce moment-là qu'il lui avait recommandé de prendre du repos.

Cullen ne l'avait pas crue non plus. Personne ne la croyait. Et ils avaient tort.

Il n'y avait pas de cadavre.

La veille au soir, elle n'avait pas aimé la direction que prenaient ses pensées. Dormir, avait-elle espéré, l'aiderait à mettre suffisamment d'ordre dans son esprit pour être en mesure de proposer une explication n'impliquant aucune conspiration. Mais aujourd'hui, voilà que ses réflexions continuaient de la pousser dans la même direction.

Lily but son café à petites gorgées et entreprit de coucher ses idées sur le papier.

« Enchaînement », écrivit-elle. Sous ce titre, elle entreprit de noter les événements de la nuit précédente. Elle plaça un astérisque à côté des éléments dont elle n'avait eu connaissance que par ouï-dire.

D'après Cullen, Benedict avait humé l'arrivée des autres lupins. Sachant que les renforts seraient bientôt sur place, il avait minuté son intervention de manière à ce que le gang soit au comble de la confusion lorsque les loups se montreraient. Il avait tenu Lily à l'écart de la ligne de tir alors même qu'il réglait son compte au type qui retenait Beth.

Il avait brillamment joué du couteau. Le type était mort rapidement, la gorge transpercée par plusieurs centimètres d'acier, trop vite pour que Beth soit blessée. Puis Benedict avait fait feu sur le reste du gang.

Il s'était avéré qu'ils étaient vingt. Vingt jeunes hommes qui le tenaient en joue, prêts à tirer. Il en avait tué sept et blessé cinq autres avant qu'ils ne commencent à riposter, au moment même où la meute arrivait.

Les loups avaient mis en fuite la plupart des hommes qui se battaient encore. Presque tous ceux qui n'étaient pas partis à toutes jambes étaient morts : un seul avait été tué à coup de crocs. Harlowe écumait de rage, obsédé par son désir d'atteindre Lily. Il avait utilisé la crosse si dangereusement qu'il avait fait autant de dégâts dans son propre camp que dans celui des lupins.

« La crosse », écrivit Lily.

Un. Harlowe la tenait lorsque Cullen l'avait frappée avec le feu du mage. Il avait été carbonisé… mais on n'avait pas retrouvé son cadavre.

Deux. Elle avait effleuré Lily. Le contact l'avait brûlée, mais elle n'avait pas disparu.

Trois. Elle n'avait pas eu de contact avec Rule, pourtant il s'était volatilisé.

Pourquoi ? Par ailleurs, pourquoi était-elle la seule à comprendre que sa mort n'expliquait pas tout ?

Elle fronça les sourcils devant sa liste des événements. *Tâche de ne rien oublier*, se dit-elle, avant d'ajouter : « Envoyé un flic de patrouille à l'emplacement de Rule. Il n'était pas là. »

Lily ne pouvait en vouloir aux policiers locaux de la croire timbrée. Elle avait su où Rule était, elle avait pu sentir précisément l'endroit : à l'ouest de la maison délabrée qui était aussi le quartier général du gang. Elle avait demandé à l'un d'eux de l'aider à s'y rendre, mais n'avait rien trouvé : personne, pas la moindre trace de Rule.

« Hypothèses », écrivit-elle. Sous ce titre, elle continua : *(1) Le lien d'âme sœur ne marche pas bien*, puis *(2) le lien d'âme sœur marche, mais la réalité est détraquée.* Elle fit une grimace. Difficile d'affirmer ou de rejeter l'une comme l'autre de ces hypothèses. Elle se força alors à coucher sur le papier la dernière possibilité : *(3) Rule est mort, et je délire.*

Bon sang, elle le sentait, pourtant. Pas à côté d'elle, certes. Il était au moins à quinze kilomètres, peut-être plus. Mais son sens de l'orientation était aussi précis qu'il l'avait toujours été. Si c'était le fruit de son imagination, alors le lien d'âme sœur n'avait été durant tout ce temps qu'une illusion.

Elle barra la dernière possibilité.

Que lui restait-il ?

Personne n'avait vu Rule mourir. Personne n'avait vu son corps être transporté ailleurs. Pourtant deux groupes, les lupins et le FBI, répétaient qu'il n'avait pas disparu, mais qu'il était mort. L'un des deux, ou les deux, devaient avoir une bonne raison de vouloir qu'il soit déclaré mort, même s'ils se doutaient qu'il était toujours vivant.

C'était à ce stade qu'elle se retrouvait coincée. Il ne lui venait à l'esprit aucun scénario dans lequel Cullen serait de mèche avec le FBI. Ne restaient que deux possibilités : soit les deux groupes avaient des motivations différentes, soit elle était en plein délire. Auquel cas elle ne devrait se fier ni à ses intuitions ni à sa logique, mais accepter docilement qu'on la mette à l'écart dans un endroit confortable et sûr.

Qu'ils aillent se faire voir.

Rule était vivant. Elle seule pouvait le trouver, puisque personne d'autre ne voulait le faire.

Par où commencer ?

Par ce qu'elle savait, bien entendu. Elle *savait* où il était, dans quelle direction le chercher, du moins. Elle repoussa le plateau, se pencha pour prendre son sac et sortit de la poche latérale sa carte de la ville. Elle suivrait sa piste à sa façon.

Surprise, elle s'aperçut que Rule avait changé d'emplacement. Il se déplaçait encore… lentement, peut-être en marchant. Elle tâcha de deviner la distance au plus juste et nota approximativement sa localisation sur la carte. Elle vérifierait toutes les trente minutes, décida-t-elle. Et elle se demanderait en temps voulu comme le trouver et le ramener toute seule.

Parce que cela paraissait impossible. Si elle s'enlisait dans ce qui était possible ou impossible, elle ne ferait jamais le pas suivant.

Quel qu'il soit.

ICI, LE CIEL ne changeait pas. Difficile de s'y habituer. Elle ignorait totalement depuis combien de temps elle marchait, mais il lui semblait s'être mise en route il y a longtemps. Ses pieds la faisaient souffrir.

Pour le reste, ceci dit, elle était en forme. Cet *ymu* était une chose puissante. Elle avait l'impression de pouvoir marcher encore plusieurs jours s'il le fallait… quelle que soit la signification du mot « jour » dans un lieu où le soleil n'existait pas.

Ils avaient laissé les hauteurs arides derrière eux et longeaient une étroite vallée. Curieusement, le temps s'était refroidi au fur et à mesure de leur descente, à tel point qu'elle commençait à envier au loup sa fourrure. Jusque-là, cependant, marcher l'aidait à se réchauffer.

Des plantes poussaient ici.

Rien de vert. Qui disait pas de soleil, disait pas de chlorophylle, supposa-t-elle. Les plantes les plus banales prenaient des airs de plantes grasses : épaisses, charnues, de la couleur du citron, poussant par parcelles et ne lui arrivant pas à la cheville. Les autres étaient pour la plupart réduites à des tiges et n'étaient guère plus hautes.

Elle nota une exception : une vigne couleur rouille, qui formait d'impressionnants fourrés. Ils émaillaient la vallée tels des nids d'énormes serpents végétaux. Elle n'avait pas observé la vigne de près. Gan évitait autant que possible de s'approcher de ce maquis rouge.

De temps à autre, sur sa gauche, le ciel s'enflammait derrière les montagnes. Le volcan n'était pas visible, mais les signes du combat, oui.

Devant eux se trouvait la Zone. Elle n'était plus très loin : environ trente minutes de marche, et ils y seraient.

De loin, elle faisait penser à un immense mur gris qui s'étirait à l'entrée de la vallée et bloquait l'étroit passage. À son abord, ses limites devenaient non pas plus nettes mais floues, jusqu'à être presque nébuleuses, comme difficiles à voir. Si Lily ne se forçait pas à fixer la Zone, son regard glissait sur elle.

Ce n'était pas un sort, elle le savait. Elle ne réagissait pas aux sorts. L'obstacle avait quelque chose sur lequel il était simplement difficile de fixer son attention. Quelle que soit sa nature, ceci dit, il n'était pas solide. Son sommet s'estompait dans le ciel comme une ombre projetée vers le haut.

De l'autre côté se trouvait leur but : Akhanetton. La reine de Gan et la Diablesse ne pourraient les y atteindre.

Les Règles se comportaient curieusement dans une Zone, d'après Gan. C'était à peu près tout ce que le démon lui avait dit à ce sujet. Elle savait seulement d'Akhanetton que c'était une autre région. Lorsqu'elle l'interrogeait, Gan la faisait taire et semblait effrayé.

Elle était presque sûre que le démon feignait d'avoir peur pour échapper aux questions.

Gan était particulièrement nerveux maintenant qu'ils évoluaient en terrain découvert, pourtant elle n'avait pas remarqué l'ombre d'une menace. Il y avait surtout des insectes. L'enfer regorgeait d'insectes. La plupart étaient petits et agissaient comme leurs équivalents terrestres : ils volaient ou filaient s'affairer à leurs occupations d'insectes avec l'intrépidité que seule rendait possible l'absence de conscience. Les plus gros, qui n'étaient pas nombreux, s'étaient enfuis à l'approche des trois êtres.

Plus encore que des insectes ou même des plantes, la vallée était couverte de poussière. Une très fine poussière d'une drôle de couleur, proche d'un violet cendré. Comme un crépuscule asséché.

Elle se rappelait le crépuscule. Et le lever du soleil, l'odeur de l'océan et le ronronnement d'un chat. Elle ignorait le lien qui existait entre elle, ces visions et ces sons, mais ils lui revenaient en mémoire.

Au début, elle n'avait rien, pas un seul souvenir. Mais au fur et à mesure de leur marche, de temps à autre un mot flottait à elle pour investir naturellement son esprit. Comme lorsque le bruissement des ailes d'un insecte lui avait fait penser au ronronnement d'un chat, et que tout à coup le mot « chat » lui était revenu : leur taille, leur forme, leur douce fourrure et leurs griffes pointues. Leur façon de se déplacer, comme s'ils possédaient le moindre espace qu'ils occupaient.

Elle ne se sentait toujours aucun lien avec le nom qui, d'après le démon, était le sien, mais peut-être que cela aussi reviendrait, qu'elle connaîtrait de nouveau cette « Lily ».

La poussière, quoique douce sous ses pieds, était pénible pour respirer. À chacun de leurs pas, de légers nuages se soulevaient. Sa gorge la piqua et elle toussa.

— Chhhh, fit Gan sans regarder en arrière.

Le démon marchait en tête. Lily gardait quelques pas d'écart entre eux. Quant au loup, il vagabondait. Elle ne l'avait pas vu depuis un bout de temps, pourtant elle savait où il était.

C'était arrivé par surprise. La première fois qu'il était parti trop loin pour qu'elle puisse le voir, guetter les dangers éventuels, elle s'était inquiétée jusqu'à ce qu'elle se rende compte qu'elle le sentait. Elle ne percevait ni ses pensées ni ses sentiments, rien d'aussi précis, mais elle savait où il était.

Il revenait vers eux à présent. La vallée n'offrait pas de véritable protection, mais entre les quelques buissons et les déclivités, le loup – Rule – parvenait à rester hors de vue. Il était silencieux aussi, étrangement silencieux. Même Gan ne l'entendait pas approcher.

Rule aurait probablement pu survivre ici tout seul, pourtant il ne l'abandonnerait pas. Même si la décision de Lily le rendait amer – ce qu'elle avait bien senti depuis qu'ils avaient quitté le ravin – il resterait auprès d'elle. Elle ne pouvait expliquer comment, mais elle le savait.

Le démon, lui aussi, aurait très bien pu s'en sortir seul. Pas elle. Elle n'était plus un boulet à cause de ses blessures. Elle était inutile, tout simplement.

Bien entendu, sans sa présence, les deux autres se seraient déjà entre-tués.

Une forme sombre et imposante sembla émerger de terre devant eux. Gan poussa un cri et bondit en arrière. Il brandit son poing vers le loup.

— Arrête ça !

— Chh… fit Lily.

Gan se retourna pour la foudroyer du regard.

Le loup – Rule – sourit. Du moins c'est ainsi que Lily interpréta son expression. Il grogna quelque chose au démon.

— Qu'a-t-il dit ? demanda Lily.

Gan jeta à Rule un regard désobligeant.

— Oh, le gros chienchien est fatigué et a soif.

Rule grogna plus fort.

— Allez, Gan. Qu'a-t-il vraiment dit ?

— Il a trouvé de l'eau, dit le démon à contrecœur. Il pense que nous pourrions faire une pause avant de traverser la Zone.

— Bien.

Pourtant, elle n'avait pas vraiment soif. Elle voulait rincer la poussière qu'elle avait dans la gorge, mais elle n'avait pas réellement besoin de se désaltérer. Elle n'avait pas faim non plus ; c'était bizarre, maintenant qu'elle y pensait. Une conséquence de l'*ymu* ?

Quoi d'autre aurait pu lui faire cet effet qu'elle n'aurait pas remarqué ? Mais peut-être qu'elle ne l'avait pas remarqué parce qu'il lui manquait des connaissances, perdues avec sa mémoire, pour savoir qu'un changement avait eu lieu ?

Rule lui adressa un regard interrogateur. Elle hocha la tête et il partit en courant. Elle le suivit.

Gan leur emboîta le pas, grommelant à propos du retard qu'ils prenaient. Elle le soupçonnait d'être prêt à faire une pause lui aussi, mais de s'y opposer uniquement parce que c'était l'idée du loup.

Elle trouvait le sol dans cet endroit plus commode pour marcher que les rochers de tantôt. La vallée elle-même était monotone, à l'exception des montagnes sur sa droite, plutôt jolies, à leur façon. La végétation paraissait moins hostile et rayait le paysage de bandes colorées : ocre, rouille et brunes, dans des nuances qui allaient du sable au café et au raisin.

Pas vraiment comme les montagnes de l'autre côté de la vallée.

Elle s'arrêta. Elle regarda derrière elle, essayant de repérer le chemin qu'ils avaient pris dans les rochers pour arriver dans cette vallée. Quelque part, dans ce dédale de roches se trouvait le ravin qui était, en un sens, son lieu de naissance. C'était là qu'étaient nés ses premiers souvenirs.

Elle ne le trouvait pas.

— Quoi ? murmura Gan. Vous voyez quelque chose ?

Le démon s'était arrêté. Le loup aussi ; il regardait Lily derrière lui. Elle secoua la tête, incapable de mettre des mots sur les sentiments qui formaient un nœud dans sa gorge. Il était trop tard pour se demander s'ils arriveraient à rebrousser chemin.

Tout ce qu'elle avait était devant elle. Alors elle continua d'avancer.

XXII

LE POINT D'EAU n'était rien de plus qu'un petit trou dans la roche, où l'eau bouillonnait dans ce qui s'apparentait davantage à une flaque qu'à une mare. On aurait dit un petit cratère de météorite. *Météorite,* songea-t-elle, surprise que le mot amène avec lui l'image d'un ciel étoilé. L'espace. La lune, et les pluies de météorites telles des étoiles qui tomberaient du ciel.

Elle s'arrêta pour se délecter de cette vision. Gan s'avança jusqu'au petit point d'eau et s'agenouilla ; il se pencha en avant, se retenant avec ses bras courts pour plonger la tête sous l'eau. Il la ressortit en toussotant, puis se baissa pour laper l'eau comme… eh bien, comme un chien. Ou un loup.

Elle contempla Rule. Il avait sans doute bu tout son content lorsqu'il avait trouvé cet endroit. À présent, il était allongé non loin, les yeux ouverts mais la tête baissée.

Il est épuisé, comprit-elle. Cette idée la troubla. Et si plus de temps que ce qu'elle croyait s'était écoulé ? Ou peut-être qu'il était affecté par quelque chose ?

— Depuis combien de temps marchons-nous ? demanda-t-elle brusquement.

Gan s'assit sur son postérieur, après avoir étanché sa soif.

— D'après quelle horloge ? Le temps est plus inégal ici que vous n'en avez l'habitude.

— Le temps ne change pas. C'est tout bonnement… Ça n'a aucun sens.

— Ça en a ici. Pourtant… (Il fronça les sourcils.) Autour de vous, il pourrait opérer davantage comme vous y êtes habituée. Je ne sais pas exactement ce qui se passe dans les parages d'une sensitive.

Une dizaine de questions se bousculèrent dans son esprit, mais elle s'en tint au sujet premier de leur discussion :

— Vous ne pouvez pas savoir depuis combien de temps à peu près nous marchons, en vous fiant à, comment dire, à votre propre horloge ?

— Oh, peut-être une de vos journées. Je vous ai indiqué que la Zone n'était pas loin.

Alors l'épuisement de Rule était compréhensible, songea-t-elle, soulagée. Il avait probablement fait deux fois plus de chemin qu'elle, et ne s'était pas reposé depuis longtemps. De plus, peut-être qu'il était déjà éveillé depuis de nombreuses heures lorsqu'ils avaient atterri ici.

Cette idée, qui suggérait un passé qu'elle ne pouvait revendiquer, était troublante. Elle s'aperçut qu'elle était jalouse. Jalouse de Rule, parce qu'il possédait ce qu'elle avait perdu. Et même jalouse d'elle-même, de cette Lily qui n'existait plus, si ce n'était dans les souvenirs des autres.

Bien entendu, si Rule était éveillé depuis longtemps, alors elle aussi.

— Je n'ai pas sommeil.

— Vous avez toujours l'*ymu* en vous. Son action dure beaucoup plus longtemps que tous les aliments que vous mangez habituellement. Lorsqu'elle diminuera, vous aurez peut-être envie de dormir. Ou vous deviendrez méchante. Ou vous aurez faim. Vous pourriez aussi tout simplement tourner de l'œil.

Génial.

— Vous ne savez pas ?

Il haussa les épaules.

— Les seuls humains de ma connaissance qui ont pris de l'*ymu* étaient possédés. C'est probablement différent quand on n'a pas de démon en soi.

Pourtant, elle était liée à un démon, celui-là même qui lui bloquait le passage. Elle fit un pas pour le contourner afin de se rincer la bouche.

Gan la repoussa.

— Hé ! s'écria Lily.

— Vous devez regarder où vous allez. Vous voyez ça ?

Maintenant qu'il la lui montrait du doigt, elle la voyait, en effet. Une petite plante grimpante jaillissait d'une fissure dans la roche, à l'endroit même où elle allait poser le pied. Pâle et dépourvue de feuille, elle ressemblait davantage à un ver albinos qu'à une plante.

— Et alors ?

Gan roula les yeux.

— Alors pourquoi, selon vous, évitons-nous depuis tout ce temps le contact avec ces trucs ?

C'était donc une de ces plantes sinueuses ?

— Je n'en sais rien. J'ai posé la question, mais vous m'avez fait signe de me taire. (Elle pencha la tête pour l'observer.) Les plantes adultes sont d'une autre couleur.

— Elles ont du sang en elles.

Oh. Elle s'accroupit pour la regarder en détail, histoire d'être sûre qu'elle la reconnaîtrait si elle en recroisait.

— Je ne vois pas de bouche, mais elle a un fin duvet de poils. Ou de cils ?

— Peu importe le nom que vous leur donnez, ils sont poisseux. Vraiment poisseux. C'est avec ça qu'elles mangent.

— Comment ? Et pourquoi sont-elles dangereuses pour moi ? Elles sont bien trop petites pour manger quoi que ce soit de plus gros que des insectes.

— Vous pourriez fuir, bien sûr. Mais elles resteraient collées à vous, et leur sève vous rongerait la peau.

Après cela, elle s'approcha très prudemment du point d'eau. En s'agenouillant, elle vit plusieurs insectes volants qui rasaient la surface – ravissants, de la taille de sa paume, presque incolores avec des ailes irisées. Ils se posaient sur l'eau avant de repartir, laissant derrière eux de petites ondulations.

Comme elle n'avait pas une folle envie de boire après leur passage, elle se contenta de se laver le visage. L'eau était froide, mais les picotements de sa peau ne provenaient pas que de ça.

— Il y en a partout, ici, n'est-ce pas ?

— Quoi ?

Gan s'assit lourdement sur la roche nue près de l'eau. Sa queue l'obligeait à se pencher en avant, plus affalé qu'assis.

— La magie. Enfin, pas vraiment partout, se corrigea-t-elle.

Elle chercha un emplacement couvert de poussière. Elle ne trouvait pas la roche à nu aussi confortable qu'elle semblait l'être au démon.

— Mais il y en a des nappes sur le sol, dans l'air, dans l'eau.

Parfois, lorsqu'elle marchait, elle la sentait flotter, comme une brise, sauf que l'air ne bougeait pas. Seulement la magie.

C'était inhabituel, hein ? Elle était sûre que cette présence de la magie qui flottait, libre, tout autour d'elle n'était pas chose courante.

— Comment ? Vous la sentez ? Sans rien faire de spécial, vous arrivez à la sentir ?

— Bien sûr. Il n'y a rien entre ma peau et tout le reste ; je suis une sensitive, vous vous rappelez ?

Gan grogna :

— Mieux que vous, je parie. À moins que vous n'ayez retrouvé la mémoire.

Elle serra les poings.

— Vous n'êtes pas franchement bourré de tact, hein ?

Rule se leva et vint s'installer à côté d'elle. Il frotta sa tête contre sa hanche. Elle laissa tomber une main sur son épaule poilue et ce simple contact lui fit du bien. Elle se sentit plus sereine, comme si elle avait serré un poing immatériel autour d'une pensée ou d'une peur, pendant longtemps, et qu'elle pouvait enfin relâcher la pression.

— Certains détails me reviennent, dit-elle, s'adressant cette fois-ci au loup. Rien qui me concerne, mais je me souviens… d'un endroit différent de celui-ci.

Le loup poussa un long grognement. Elle regarda Gan pour avoir la traduction.

— Il dit qu'il s'en rappellera pour vous. Pourriez-vous essayer de vous taire, maintenant ? Mais peut-être que vous cherchez à attirer un ou deux *erkint* ?

— Je crois, dit-elle, toujours à l'intention du loup, que Gan fait particulièrement attention à ce qu'on ne fasse pas de bruit lorsqu'il ne veut pas répondre à certaines questions.

Le loup hocha la tête.

— J'en ai pas mal à lui poser, et toi aussi, sûrement. Mais on ferait peut-être mieux de se reposer avant.

Pourtant, elle n'était pas physiquement fatiguée, même si une petite pause n'était pas de refus. Elle était lasse d'interroger le démon, et du vide qu'elle ressentait en elle et qui ne lui renvoyait que le silence.

— Je passerai Gan sur le grill plus tard. Je dois souffler un peu, et toi dormir.

Rule hésita, mais montra qu'il était d'accord en allant prendre place dans un endroit légèrement abrité par une élévation dans le sol, que Lily perçut comme la bouche d'un cratère météorique. Il s'allongea et la regarda. Il avait des yeux pleins d'amour, chauds et sombres, capables de dire beaucoup. À l'instant même, ils semblaient lui offrir une invitation.

Elle le rejoignit et s'assit à ses côtés. Son corps était chaud, couvert de fourrure, agréable. Elle lui caressa le dos.

— Allez, dors. Je monte la garde.

Il hésita encore.

— Pas habitué à laisser quelqu'un d'autre le faire à ta place, hein ? C'est vrai, je ne serai pas une aussi bonne sentinelle que toi. Mes sens sont moins affûtés que les tiens. Mais je n'ai pas besoin de dormir maintenant, toi si.

Il poussa un soupir et laissa sa tête reposer sur sa cuisse. Un moment plus tard, il était assoupi.

C'était réconfortant, ça aussi. Il lui en avait voulu plus tôt, elle le savait. Il ne voulait pas qu'elle prenne l'*ymu*, ni qu'ils quittent le ravin. Mais il avait surmonté sa colère ou l'avait mise de côté. Il lui faisait confiance pour surveiller les alentours pendant qu'il se reposerait, et cette confiance comptait. Elle comptait beaucoup.

Si elle ne l'avait pas eu ici, avec elle… Heureusement, il était là : inutile de se poser cette question. Mais rien que d'y penser, elle se sentait envahie par un sentiment… telle l'une de ces vagues de l'océan dont elle se souvenait, qui arrivait, de plus en plus grosse, en elle.

De plus, comme les vagues qui affluaient dans sa mémoire, ce sentiment avait un goût salé. Des larmes coulaient sur ses joues. La présence du loup lui était si précieuse.

— Je suis heureuse de t'avoir, murmura-t-elle doucement, tout doucement, pour ne pas le réveiller. Je suis tellement heureuse de t'avoir.

Gan gloussa. Une main au-dessus de ses yeux, elle se tourna vers le démon, en colère… mais il ne lui prêtait aucune attention. Il observait les insectes volants aux ailes brillantes. D'un geste vif, il en attrapa un dans sa main.

Elle devrait aussi apprécier la présence de Gan. C'est vrai, le démon agissait par intérêt personnel, mais il avait guéri ses blessures.

Gan enfourna l'insecte dans sa bouche.

Ses manières n'étaient pas franchement attrayantes, mais elle et le loup auraient beaucoup plus de mal à survivre ici sans ses conseils.

Il saisit un autre insecte. Celui-ci, il le donna à manger à la plante grimpante. Il gloussa à nouveau en voyant les ailes de l'insecte battre violemment.

Une raison expliquait qu'elle n'ait pas tissé de liens avec Gan. Elle détourna le regard.

Elle avait voulu se reposer, mais à présent qu'elle était inactive, elle avait du mal à tenir en place. Elle avait pensé que son agitation se calmerait dès qu'ils auraient laissé le ravin derrière eux, mais elle ne l'avait pas quittée.

Il n'y avait pas que cela. Une autre envie nourrissait sa nervosité, même si elle sentait qu'elle n'en était pas la cause. Une envie douloureuse, impérieuse.

Elle voulait faire l'amour.

Assise sans bouger, le tiraillement était manifeste. Elle le ressentait depuis un certain temps déjà, sans y prêter trop attention – depuis le moment où Gan lui avait donné l'*ymu*… Elle se rappela la montée soudaine de force et d'énergie, comme si son sang, en un instant, était devenu pétillant.

Peut-être le ressentait-elle aussi parce que son corps était en forme et reposé. Mais les démons n'étaient-ils pas censés être très portés sur le sexe ? Et si cette sensation lui venait de Gan ? Elle était liée à lui, après tout. Ou de l'*ymu* ?

Elle jeta un autre regard au démon. Hors de question de lui poser la question.

Gan avait dit qu'elle et Rule couchaient ensemble « quand il n'était pas loup ». Elle fronça les sourcils. Elle n'aimait pas penser à lui sous une autre forme. Était-il loup depuis longtemps ? Et à quoi ressemblait-il lorsqu'il ne l'était pas ?

Elle aurait aimé se rappeler. Amusant… Elle savait ce qu'était le sexe, ce que voulait son corps. Elle imaginait la sensation des mains d'un homme sur elle, mais ne se rappelait pas avoir été entre ces mains. Elle essaya de se remémorer une image particulière, une seule : un visage, un nom, un lieu. Impossible. À quoi ressemblait son lit ?

Avec qui l'avait-elle partagé ? Avaient-ils été nombreux ? Ou était-elle… Un autre mot lui vint, mais celui-ci percuta son esprit avec toute la subtilité d'un marteau de forgeron.

Le mariage. Et si elle était mariée ?

Elle regarda le loup, dont la tête était lourde et chaude sur sa cuisse, le front plissé par les pensées qui résonnaient dans son esprit. Elle ne portait pas d'alliance… mais elle était arrivée ici sans vêtements, l'absence de bague n'était donc pas très parlante.

Elle ne se rendit pas compte qu'elle avait avancé sa main vers le petit talisman qu'elle portait autour de son cou, jusqu'à ce que ses doigts se referment sur lui. Le bourdonnement imperceptible, familier, de sa magie calma la tension de ses épaules. Elle était arrivée avec ce pendentif. Si elle avait porté une alliance, elle l'aurait gardée également.

Le démon soupira, tendit ses courtes jambes et se pencha en arrière sur sa queue.

— Je m'ennuie.

Le silence était-il seulement de mise lorsque le démon ne s'ennuyait pas ? Elle lui jeta un regard mauvais.

— Quoi ? fit-il. Vous n'en avez pas marre de rester assise là ?

C'était un vrai enfant. Un sale gosse vicieux qui arrachait les ailes des mouches et les donnait à manger aux plantes carnivores. Mais peut-être que les démons ne dormaient pas ; Gan ne comprenait pas qu'il devait se tenir tranquille pour ne pas réveiller Rule. Elle lui fit signe de se taire.

Il fit la grimace et arracha une poignée d'herbe jaune charnue.

Elle paria que dès qu'elle lui poserait ses premières questions, il la ferait taire et prendrait son air effrayé. Mais ils ne bougeraient pas d'ici tant qu'elle n'en saurait pas plus.

Elle avait pris sa décision dans la précipitation, reconnut-elle. En tout cas, elle s'était laissée convaincre, et sa douleur pesait alors lourd dans la balance en faveur du démon. Elle pensait toujours avoir fait le bon choix, mais elle connaissait très peu de faits au moment où elle avait dû se décider. Avant de traverser la Zone pour atteindre l'autre région, elle comptait bien obtenir des réponses.

À sa gauche, elle regarda la barrière sombre qui s'étendait en travers de la vallée, comme un tee-shirt qui serait pour moitié constitué de Lycra, pour moitié de brume.

Du Lycra. Un tee-shirt. Elle sourit alors que les mots introduisaient toutes sortes d'images et de concepts dans son esprit. La gym, l'exercice physique. Les grands magasins, les centres commerciaux. Les chaussettes et les chaussures de sport… Tiens, ça aurait été super d'en avoir maintenant !

Bien sûr, elle pourrait aussi souhaiter trouver ici le centre commercial tout entier, histoire d'y acheter l'essentiel : une culotte, un jean, une chemise, une brosse à cheveux… Ses cheveux ne devaient pas être beaux à voir.

Ses cheveux. Elle ne savait même pas comment ils étaient. Ni son visage.

Les insectes brouillaient trop la surface de l'eau pour lui permettre d'y contempler son reflet. Jusqu'à présent, elle n'y avait pas pensé. Maintenant, elle avait besoin de savoir.

Elle leva une main légèrement tremblante. Elle étudia d'abord ses cheveux. Ni longs, ni courts. Raides. Elle put voir qu'ils étaient noirs en tirant une mèche devant son visage. Quant à ce dernier… elle passa ses mains sur ses joues, son menton, mais elle ignorait comment assembler les messages que lui transmettaient ses doigts pour en faire un tableau. Les oreilles étaient-elles toujours aussi grandes ? Et les nez ? Le sien lui semblait droit, mais était-il long ou court ? Elle ne savait pas quelle sensation un nez était censé procurer. Ni les lèvres. Ses…

Qu'est-ce que c'était ?

Elle tourna brusquement la tête et secoua le loup.

— Réveille-toi. Vite. Gan, c'est quoi, ces trucs ?

— Qu'est-ce que… Merde ! s'écria le démon alors même que le loup levait la tête, s'ébrouait et se retournait pour voir ce qu'elle pointait du doigt.

Quatre immenses formes ailées se dirigeaient vers eux, en provenance de la Zone.

— Merde, merde, merde ! (Gan sautillait d'un pied sur l'autre, tenant sa tête à deux mains en regardant frénétiquement autour de lui.) Je savais que c'était une mauvaise idée de s'arrêter ici ! Je le savais !

Le loup s'était relevé, mais il ne savait pas plus qu'elle ce qu'il fallait faire. Il n'y avait nulle part où se cacher, rien qui pourrait les protéger de ce qui risquait de les attaquer du ciel, et elle n'avait même pas une arme rudimentaire… alors que ces bêtes étaient de taille impressionnante.

Elles arrivaient à toute allure. Lily les voyait nettement à présent.

Pendant un instant, l'effroi les paralysa. Les yeux rivés sur ces quatre formes ondulantes de la couleur du vieux cuir, qui volaient droit sur eux, qui glissaient dans l'air avec les oscillations d'un serpent sur du sable, portées par des ailes qui avaient l'envergure d'une petite maison, Lily ne parvint à se dire qu'une seule chose : *Ils existent. Ils existent pour de vrai.*

Des dragons.

Une truffe froide se colla contre elle.

— Quoi… ? Oh. Oui, dit-elle alors que le loup s'aplatissait autant que possible contre une paroi rocheuse. Oui, je comprends.

Ils ne pouvaient fuir nulle part et n'avaient aucun moyen de se défendre. Leur seule chance était de passer inaperçu. Elle se recroquevilla contre le rocher.

Elle ne voyait plus les dragons. La peur qu'elle ne ressentait pas un instant plus tôt la frappa soudain. Sa bouche devint sèche. Son cœur se mit à battre à tout rompre. Elle tendit le cou d'un côté puis de l'autre, essayant de les repérer sans bouger. *C'est ce que ressent un lapin, lorsqu'il tremble dans l'herbe alors que l'aigle plonge, incapable de voir sa mort arriver, mais conscient. Conscient qu'elle sera bientôt là.*

Elle se serra contre le loup. Peut-être les dragons volaient-ils dans cette direction par coïncidence. Et s'ils avaient une mauvaise vue ? Si…

Le démon sautillait toujours sur place, à deux doigts de la crise d'hystérie.

— Ils me mangeront ! Ils vont me manger, j'en suis sûr !

— Gan ! l'appela-t-elle. Vous allez attirer leur attention. Fermez-la et baissez-vous !

Il la regarda fixement, ses yeux curieusement adorables, exorbités de terreur.

— Ils me mangeront ! cria-t-il d'une voix perçante. Je ne *serai* plus ! Vous avez une âme, vous serez encore là, pas moi ! Tout de moi aura disparu !

Elle le regarda, désespérée. Devait-elle le saisir à bras-le-corps, le projeter au sol ? En serait-elle capable ? Il était petit, mais beaucoup plus lourd qu'il en avait l'air.

— *Non !* hurla-t-elle, essayant de retenir le loup… trop tard.

Il s'était lancé hors du renfoncement. Avait-il perdu la tête ? Croyait-il qu'il pourrait les combattre, ou les distancer, ou… non. Oh, non.

— Il est dingue ! s'écria Gan.

Le démon suivit des yeux le loup qui détalait au loin… sans se cacher, ventre à terre, vite, si vite. Il ne courait pas dans la direction opposée des dragons, mais en diagonale.

— Il ne peut pas les distancer !

Non, il ne pouvait pas. Il cherchait à les attirer ailleurs. Il s'offrait à eux comme une proie facile.

Lily était debout. Elle ne se rappelait pas s'être levée. Elle vit l'une des immenses créatures légendaires se détacher des autres, plier ses ailes et plonger brusquement, tout droit sur Rule, comme une flèche tirée par l'arc d'un géant. Elle regardait encore ce terrible plongeon lorsque deux des trois autres replièrent leurs ailes à leur tour et tombèrent en piqué.

Celui qui descendait vers Rule atteignit sa cible, frôla le sol puis s'éleva.

Quatre longues secondes plus tard, une ombre obscurcit le ciel. Puis des serres se refermèrent sur elle.

XXIII

CYNNA DÉTESTAIT LES hôpitaux. Comme tous ceux qui n'y travaillaient pas, se dit-elle, voire certains qui y travaillaient. Rien que l'odeur lui donnait envie de faire demi-tour et de se diriger vers la sortie.

Mais il y avait d'autres choses qu'elle détestait encore plus, c'est pourquoi elle sortit de l'ascenseur et jeta un regard mauvais aux flèches qui pointaient dans l'une ou l'autre direction, selon le numéro de chambre recherché.

O.K, la trois cent quatorze était sur la gauche. Elle se dirigea de ce côté d'un bon pas, son sac coincé sous un bras ; dans son autre main, elle serrait fermement un bouquet de fleurs qu'elle venait d'acheter. Elle n'avait pas été élevée dans un milieu où les bonnes manières se pratiquaient beaucoup, mais en avait récupéré quelques-unes en grandissant. Lorsqu'on rendait visite à quelqu'un à l'hôpital, on lui apportait des fleurs.

Cynna n'avait jamais été du genre à lambiner ; d'un air furibard, elle augmenta encore la cadence et passa rapidement devant le bureau des infirmières. L'une d'elles, dotée d'une belle queue-de-cheval, lui cria de s'arrêter, ou autre chose du même ordre. Cynna l'ignora.

Saletés de bureaucrates. Elle avait cru Ruben différent,

mais il s'était dégonflé, il s'était planté sous la pression. Enfin, elle n'était pas prête à flancher elle aussi.

Elle s'apprêtait à pousser la porte de la chambre trois cent quatorze lorsque l'infirmière – cette petite emmerdeuse – posa la main sur son bras.

— Mademoiselle ! Je vous ai demandé de vous arrêter. Il est interdit d'entrer ici.

Cynna se retourna lentement.

— Ne me touchez pas.

C'était la première fois que l'infirmière pouvait voir son visage. Elle écarquilla ses yeux bleus.

À une époque, Cynna aimait être dévisagée : c'était la preuve, au moins, qu'elle n'était pas invisible. Puis, pendant un temps, ces longs regards l'avaient énervée. Maintenant, elle ne les remarquait plus en général, mais en ce moment elle était un peu irritable.

— C'est quoi, le problème ? demanda-t-elle. J'ai une saleté sur la joue ? Mon rouge à lèvres a bavé ?

— Euh… (La femme cligna des yeux.) Vous ne portez pas de rouge à lèvres.

— Sans déc'. (Cynna afficha un sourire qui avait le don de rendre les gens nerveux.) Qu'est-ce que vous regardez, alors ?

L'infirmière Queue-de-cheval était plus coriace qu'elle en avait l'air.

— Vos tatouages. Ça ne se fait pas. Veuillez m'excuser, mais vous ne vous êtes pas arrêtée. Vous ne pouvez pas venir ici, mademoiselle. Pour les visites, il faut encore attendre deux heures.

— Vous êtes pleine de préjugés, hein, *mademoiselle* l'infirmière ? Comment savez-vous que je n'ai pas trois ou quatre maris qui m'attendent ici et là ? Voilà. Tenez-moi ça. (Elle fourra les fleurs dans les mains de l'infirmière pour sortir son badge.) Satisfaite ?

C'est tout juste si la femme ne lui prit pas le badge pour l'examiner.

— Il a l'air vrai. Avez-vous obtenu l'accord de l'infirmière en chef pour cette visite ?

— Non. (Cynna fourra son badge dans la poche de sa veste et reprit les fleurs.) Qu'est-ce qui vous empêche de partir en courant pour aller cafarder ?

Elle se détourna et poussa la porte, mais s'arrêta aussitôt et laissa tomber son sac par terre pour écarter les mains de son corps.

Le calibre .38 qui la visait fit également accélérer son rythme cardiaque.

Il était dans les mains d'un Père Noël vieillissant portant des lunettes à montures dorées, une veste de sport bon marché et des chaussures noires hideuses. Des chaussures de flic. Des yeux de flic, également, derrière les lunettes.

Elle se détendit un peu.

— O.K, c'est vrai que j'aurais dû frapper.

— C'est bon, T.J, fit Lily de son lit. Elle est de la SCM.

— Frapper serait en effet une bonne idée, dit-il en replaçant son arme dans son étui à l'épaule, en bien meilleur état que ses chaussures. Y a encore des gens qui veulent tuer Yu. Ça me met à cran.

— Je comprends.

— Ils pourraient la manquer et me toucher à la place, lui expliqua-t-il.

Cynna sourit et fit quelques pas dans la pièce. Une chambre d'hôpital ordinaire : semi-privée, équipée de deux chaises inconfortables, couvertes de vinyle, pour les visiteurs. L'autre lit était inoccupé. Pas de fleurs, remarqua Cynna. Eh bien, Lily n'était pas là depuis longtemps, on la ferait sans doute sortir bientôt.

S'ils ne décidaient pas de l'enfermer ailleurs, du moins. Dans un endroit où on pourrait la surveiller pendant qu'elle recevait un traitement.

Lily n'avait pas l'air trop mal en point, mis à part qu'elle était pâle, fatiguée et extrêmement nerveuse. Pas particulièrement cinglée, ni accablée par le chagrin, à ce que Cynna put remarquer. Mais elle avait le visage fermé, et Cynna pouvait se tromper.

Lily fit un geste de la main.

— T.J, voici l'agent Cynna Weaver. Cynna, cette masse tremblotante de gelée, c'est l'inspecteur Thomas James. Je travaillais avec lui à la criminelle.

— Appelez-moi T.J. (Il sourit, révélant une dent en or et plus de charme que ce qu'elle attendait d'un vieux blanc grassouillet.) Inspecteur James, c'est bon pour les civils.

— Pas de problème, mais seulement si vous m'appelez Cynna. Quand on me donne de l'« agent Weaver », je me mets à chercher un cadre avec un attaché-case.

— Tu m'étonnes. Enchanté, Cynna. (Il jeta un coup d'œil à Lily.) J'ai compris, je vais faire un tour.

— Euh, je ne veux surtout pas vous chasser, dit Cynna.

Elle savait que cette phrase ne semblait pas sincère, sans doute parce qu'elle ne l'était pas. Elle ne pouvait aborder certains détails en présence d'un étranger, même un flic.

— Je m'apprêtais à partir. Yu a déjà entendu toutes mes histoires, et de toute façon, ça l'épuise de devoir faire semblant de s'y intéresser.

— T.J. (Lily le dévisagea calmement.) Merci.

Il hocha la tête.

— Je persiste à dire que tu devrais revenir, mais c'est vrai qu'on peut pas t'offrir autant de frissons que les fédéraux. Tu te prends une balle, tu te fais brûler… Tu pourrais pas t'arranger pour te faire poignarder la prochaine fois, histoire de varier les plaisirs ?

— Je verrai ce que je peux faire, répondit-elle flegmatiquement.

Cynna s'écarta pour le laisser passer. Sur un coup de tête, elle lui demanda :

— Est-ce que l'infirmière à la queue-de-cheval vous a passé un savon parce que vous vous étiez pointé en dehors des heures de visite ?

— Vous voulez parler de Sally ? demanda-t-il avec un

regard complice. Non, Sally m'aime bien. Mignonne, hein ?

Elle soupira.

— C'est pas mon type.

— On sait jamais, de nos jours, dit-il d'un air distrait. À plus.

Cynna ne savait pas très bien ce qui, chez elle, pouvait laisser penser qu'elle aimait les femmes, mais ce n'était pas la première fois qu'on lui faisait ce genre de réflexion. Pas seulement de la part d'hommes, d'ailleurs. Elle avait été draguée par plein de collègues du même sexe.

Une fois la porte fermée derrière T.J, Cynna soupira :

— Peut-être que je devrais porter un badge. Quelque chose de discret du genre « Non, je ne suis pas lesbienne ».

La porte se rouvrit.

— Pour ma part, je suis heureux de l'apprendre. Vous êtes prise ?

Cynna se retourna. Et tomba amoureuse sur-le-champ.

— Vous devez être la détectrice de Lily, lui dit l'homme le plus beau du monde. Je voulais justement vous rencontrer.

— Je suis tellement superficielle, murmura-t-elle avant de continuer, plus fort : écoutez, à propos d'être prise... J'ai deux ou trois trucs à faire d'abord, mais si vous voulez bien attendre que j'aie parlé à Yu... à Lily, je veux dire... ça peut se négocier.

— Je devrais peut-être te dire qui c'est avant que tu lui sautes dessus, non ? fit Lily. Mais ça risquerait d'enlever une part du mystère.

— J'ai cette théorie comme quoi c'est plus classe de connaître le nom d'un mec avant de se retrouver nue avec lui, alors vas-y.

— Cullen Seabourne.

Merde. Elle aurait dû savoir qu'il était trop beau pour être vrai.

— L'ensorceleur.

Elle tenait toujours les fleurs dans sa main gauche,

mais utilisa l'autre pour effectuer un diagnostic rapide, en remuant à peine les doigts.

Il remarqua son geste et s'en amusa.

— Merci. Malheureusement je n'ai pas retrouvé le tour pour créer une illusion mobile totale. De plus, vous n'êtes pas sous l'effet d'un de mes charmes.

— C'est sa vraie apparence. (Lily n'avait pas l'air amusée. Plutôt crevée.) Quant au charme, je n'en ai remarqué aucun.

— Outch.

Il fit quelques pas supplémentaires dans la chambre et, oh, Dieu du ciel, il savait bouger son corps. Élancé, gracieux, tout en muscles, comme un siamois. Et il savait comment le mettre en valeur : jean noir moulant, tee-shirt bien ajusté, du même bleu surprenant que ses yeux. Ses cheveux étaient d'un brun cannelle.

Elle était à peu près sûre qu'il existait des chevaux de la même couleur : chaude, proche du rouge, pas tout à fait auburn. Ses cheveux étaient trop longs, mais Cynna ne s'en plaignait pas. Et son visage... Seigneur, quel visage. Elle aurait pu l'accrocher au mur et rester là à le contempler toute la journée. Enfin, après avoir fait l'amour. Du sexe torride et moite pendant cinq ou six heures.

— Attendez une minute, dit-elle en lui jetant soudain un regard noir. Vous n'êtes pas gay, n'est-ce pas ?

Il haussa les sourcils.

— Lily ne vous l'a pas dit ? Je suis un lupin.

Ça expliquait tout. Il n'y avait pas d'homosexuels chez les lupins. Les pseudo-experts pondaient toutes sortes de théories à ce sujet, mais Cynna y voyait un argument en faveur de la détermination génétique de l'orientation sexuelle.

— Et je suis très heureux de vous rencontrer. Cynna Weaver.

Elle tendit la main... et se rendit compte qu'elle tenait toujours les fleurs.

Elle se tourna vers Lily.

— Euh, c'est pour toi.

— Merci. Je ne crois pas avoir de vase, mais il devrait y avoir une carafe d'eau quelque part.

— Ça fera l'affaire.

Bon sang, quel manque de pot. Pourquoi n'avait-elle pas pris aussi un vase ? Elle regarda autour d'elle.

— Tenez.

L'amour de sa vie lui tendit un immonde pichet en plastique.

— Génial. Je vais le remplir d'eau.

La salle de bain était minuscule. Cynna ouvrit le robinet, mais pas trop fort. Elle ne voulait rien manquer.

Lily dit un seul mot à Cullen, un nom.

— Benedict ?

— Il s'accroche. Beth a reçu des soins et a été renvoyée chez elle, à ce que j'ai compris. Elle va bien ?

— C'est ce qu'on m'a dit. Ma mère m'a expliqué... (Lily hésita, comme si elle ne voulait pas répéter ses paroles.) Beth restera chez mes parents quelques jours.

— Et toi ? Des changements ?

Cynna réapparut, l'horrible pichet à la main, à temps pour voir Lily secouer la tête.

Le sublime Cullen ne la remarqua même pas, concentré sur Lily et les questions qu'il voulait lui poser.

— Ils ont trouvé le *toltoï* ?

— Non.

— C'est quoi, un *toltoï* ? demanda Cynna en plaçant le vase improvisé sur la table près du lit.

Cullen lui répondit d'un air absent :

— Un talisman. Son collier s'est brisé pendant le combat.

— Pas dur de deviner ce qui a dû se passer.

En revanche, la raison pour laquelle Cullen était si tendu à propos d'un colifichet disparu n'était pas aussi évidente. C'était un ensorceleur, ceci dit. Peut-être parlait-il d'un véritable talisman.

— Quels changements ? demanda Cynna.

— Comment ça ?

— Vous lui avez demandé s'il y avait eu des changements. Il était surpris.

— Je voulais savoir si elle se sentait mieux.

Elle secoua la tête.

— Vous êtes doué, mais je ne marche pas. Je suis venue parce que Lily est sur le point de se faire jeter, et ça ne me plaît pas. Mais je n'aime pas non plus qu'on me cache des choses. On me tient à l'écart depuis le début.

Les deux autres n'échangèrent pas un seul regard, mais leur silence en dit long. Cullen le brisa pour lui demander :

— Qui s'apprête à jeter Lily ?

— Vous n'avez pas lu les gros titres ?

— Quelques-uns.

— La pub qu'ils nous font est loin d'être géniale, pour nous tous.

Les gros titres des journaux les plus respectables allaient d'un « Gang massacré dans un fiasco du FBI » à des « Loups déchaînés ? » Le magazine préféré de Cynna affirmait que le FBI avait signé un pacte démoniaque pour éradiquer tous les gangs ; quant aux lupins, ils auraient soi-disant été engagés pour accomplir leurs basses besognes. À la radio, le discours était plus ou moins identique, les intermédiaires démoniaques en moins.

— On savait bien qu'ils seraient tous sur le coup, dit Lily. Quatorze personnes tuées, des lupins impliqués, le FBI qui s'en mêle, à l'évidence… Ils parlent aussi de magie macabre ?

— Le *Times* y fait allusion. Il cite une source anonyme de la police de San Diego.

Lily fit la grimace.

— Les reporters doivent prendre leur pied, même s'ils ne savent pas encore ce qui a cafouillé.

— Ils ne tarderont pas à l'apprendre, dit Cynna d'un air sombre. Big Dick a prévu une conférence de presse à dix-huit heures. Heure de la Côte Est. Juste à temps pour passer aux infos du soir.

Dick Hayes était le directeur suppléant du FBI, le temps que le vrai patron récupère d'une opération à cœur ouvert. Le surnom que lui avaient donné les flics n'était pas un gage de tendresse à son égard.

— Il va te jeter en pâture à la meute, dit Cynna à Lily.

Elle fut surprise de l'entendre partir d'un grand éclat de rire.

— Inutile, je suis déjà au milieu des loups. Mais c'est gentil de me prévenir.

— Tu n'as pas l'air de comprendre. Il va leur donner ton nom et leur dire que tu dois subir une évaluation psychiatrique. Ils ne te lâcheront pas. En plus, il s'est mis dans la tête que tu avais fait semblant d'avoir ton Don pour rejoindre l'Unité. Comme si… (Elle s'arrêta, l'air surprise.) Tu n'es pas furax ?

Lily haussa les épaules.

— Je ne suis pas ravie, mais ce n'était qu'une question de temps avant que les médias apprennent mon nom. C'est mon enquête. D'autre part, ce n'est pas bien dur de me sacrifier, étant donné que je bosse avec le FBI depuis peu. Je n'étais pas au courant de l'évaluation psy, admit-elle, mais ce n'est pas vraiment surprenant.

— Il a donné l'ordre à Ruben de ne pas vous prévenir. (Cynna sentit sa colère monter.) Je ne peux pas croire que Ruben ait accepté, pourtant il l'a fait.

— On n'a pas dû lui laisser le choix. Il savait qu'on me mettrait au courant.

Soudain, Cynna se sentit idiote.

— Il a dû se dire que je te préviendrais.

— Certainement.

Cynna décida de s'asseoir. La chaise était aussi inconfortable qu'elle en avait l'air.

— Hayes veut te prendre par surprise, histoire que tu passes mal à la télé.

— Je devrai bien parler à la presse à un moment ou à

un autre, mais pas tout de suite. Le mieux serait peut-être de me barrer d'ici. (Elle regarda Cullen.) Isen a appelé il y a deux heures.

— Ah oui ?

— Il veut que je rende visite à la Rhej. Même si j'ai plutôt eu l'impression qu'il me transmettait sa convocation.

Cullen haussa les sourcils.

— C'est quoi une Rhej ? demanda Cynna.

— Une sainte femme. Je me demande...

Il secoua la tête; apparemment, il n'avait pas envie d'en dire plus.

— Il veut aussi que j'aille le voir et que je reste un moment avec lui, dit Lily. Il était doux, très attentionné avec moi. Il ne m'a pas crue une minute au sujet de Rule.

— Tu ne serais pas embêtée par les journalistes à Clania.

— Non. (Elle se mordit la lèvre.) Je vais le dire à Cynna.

— Lily...

— À propos de mon Don, dit-elle en se tournant vers la détectrice. Je ne l'ai plus.

Cynna cligna des yeux.

— Impossible.

— C'est une idée reçue. C'est impossible de perdre un Don, pas vrai ? Pourtant, je ne peux plus sentir la magie.

Cynna ne trouva rien à lui dire. Perdre son Don... Elle n'avait aucune explication. Elle était détectrice. Elle ne pouvait imaginer qui elle serait si, soudain, cette affirmation n'était plus vraie.

— La crosse ? dit-elle avec hésitation. Tu crois qu'elle aurait supprimé ton Don ?

— J'ai senti... quand Harlowe l'a utilisée sur moi... (Son visage n'était plus fermé. Plutôt hagard.) J'ai eu la sensation qu'on me lacérait la peau. Je crois qu'elle m'a arraché mon Don.

— Merde.

— Tu l'as dit.

Elle se tut un moment, les yeux baissés vers le drap

remonté, bien lisse, sur ses jambes. La tête du lit était levée, les oreillers calés dans son dos.

Elle semblait si menue dans ce lit. Rien de surprenant : elle n'était qu'un tout petit bout de femme, après tout. Mais elle avait quelque chose qui avait fait oublier à Cynna sa taille.

Lily leva les yeux et rencontra ceux de Cynna.

— Perdre mon Don… C'est notamment pour ça qu'ils me croient barje.

— Oh…

— C'est ce que tout le monde se dit : soit j'ai vraiment perdu mon Don et ça m'a rendue dingo, soit je fais un blocage parce que je suis dans le déni.

Elle jeta un coup d'œil à Cullen.

— C'est ce que tu penses, hein ?

— Je garde l'esprit ouvert, dit-il d'un ton léger.

Lily secoua la tête.

— Si tu pensais vraiment que Rule avait une petite chance d'être en vie, tu le chercherais.

Il prit une expression neutre.

— Où ? Tes anciens collègues ont fouillé la zone, non ?

— Tu as d'autres moyens de chercher.

— Je ne suis pas détecteur.

— Non, dit-elle.

Elle tourna les yeux vers Cynna.

— Je me demandais quand tu y viendrais, murmura celle-ci. Rule… (Prononcer son nom entraîna dans sa gorge une sensation désagréable. Elle déglutit.) Ruben m'a dit que tu étais convaincue qu'il était vivant. Je veux savoir pourquoi.

— Si je te le dis…

— Lily…

La voix de Cullen était cassante. Elle l'ignora.

— Si je te dis ce que tu veux savoir, tu essayeras de le détecter ?

— C'est déjà fait.

XXIV

Lily se sentit étourdie et prise de vertiges. La nouvelle de la conférence de presse programmée par Big Dick ne lui avait rien fait, mais une bouffée d'espoir avait frappé son organisme comme si elle avait bu cul sec un double scotch avec l'estomac vide.

— Hé. (C'était Cullen qui, debout près du lit, avait posé une main sur l'épaule de Lily.) Respire, ça peut aider.

— C'est bon. Je vais bien. (Elle lui fit signe de s'éloigner et se ressaisit.) Où ? Où est-il ?

Cynna leva les mains.

— Je me suis mal exprimée. Pardon. Ce que je voulais dire, c'est que j'essayais déjà, pas que je l'avais détecté. Ce que j'ai détecté, en revanche, n'a aucun sens. C'est pour ça que tu dois me dire pourquoi tu es si sûre qu'il est vivant.

Lily se rendit compte que ses ongles étaient sur le point de pénétrer sa peau. Elle desserra les poings.

— Très bien. Ensuite, tu me diras ce que tu as détecté.

Cullen soupira.

— En tant que membre estimé du clan, c'est là que je suis censé te menacer par tous les moyens des conséquences désastreuses que cela pourrait avoir.

— Que peuvent-ils faire ? Me chasser à coups de pied ?

(Elle secoua la tête.) Pardon. Je sais que pour toi, c'est très compliqué, mais je ne le prends pas autant au sérieux que toi.

— Laissez-moi vous aider. (Comme si elle s'était tenue tranquille aussi longtemps qu'elle le pouvait, Cynna se mit brusquement debout et se mit à faire les cent pas dans la pièce.) J'ai déjà découvert certaines choses. J'en suis arrivée à trois raisons qui pourraient expliquer pourquoi tu me fais des cachotteries. La première : c'est lié à une histoire de sécurité nationale dont je ne suis pas tenue au courant. Sauf que tu me le dirais, si c'était le cas, non ? Et puis Ruben m'en aurait parlé avant ma venue ici.

— Ce n'est pas ça.

— C'est ce que je me suis dit. Deuxième raison : le secret que tu gardes est embarrassant sur le plan personnel. Les gens le font constamment, et les flics ne sont pas les derniers à étouffer certaines choses. Mais un bon flic ne le ferait pas, et Ruben est très exigeant avec l'Unité. Rule n'était pas laxiste non plus à ce sujet. Ce qui nous laisse la raison numéro trois. (Elle jeta un coup d'œil à Cullen.) Que vous avez déjà plus ou moins confirmée à l'instant avec cette histoire de « membre estimé du clan ».

Il haussa les sourcils poliment.

— Vraiment ?

— Je me demande si vous l'avez fait exprès.

Lily ne se posait pas la question. Elle n'était pas sûre de ses motivations, mais Cullen ne lâchait que très rarement des infos par accident.

— Continue, fit Lily.

— Ce sont des secrets de lupins que tu gardes, n'est-ce pas ? C'est en rapport avec ta relation avec Rule. Un élément qui te fait penser que tu es la mieux placée pour savoir s'il est vivant ou mort Un élément qui fait qu'il est… comment dire… à toi.

Lily hocha lentement la tête. Elle avait sous-estimé Cynna Weaver.

— Tu as presque tout compris. Rule et moi sommes connectés par un lien d'âme sœur.

Cullen soupira et se laissa tomber sur une chaise. Il étira ses jambes et pencha sa tête en arrière.

— Je me demande, déclara-t-il au plafond, s'ils diront que j'étais complice pour ne pas t'avoir arrêtée.

— Tu n'aurais pas pu.

— Qu'est-ce qu'un lien d'âme sœur, au juste ? demanda Cynna.

— C'est rare, à ce que j'en sais. (Et plus dur encore qu'elle ne s'y attendait à expliquer, surtout à cette femme qu'elle connaissait mal… et que Rule avait, par le passé, connue un peu trop bien.) Les lupins considèrent le lien en termes religieux. Ils disent que leur Déesse choisit de temps à autre un partenaire de vie pour l'un d'eux. Et c'est, euh, c'est très physique. Sexuel, mais même plus que ça. Lorsque le lien nous a frappés au début, Rule et moi ne pouvions être séparés par plus de deux cents mètres. La distance est plus grande, maintenant, Dieu merci.

— Que veux-tu dire par « vous ne pouviez être séparés » ?

— Si nous nous éloignons trop l'un de l'autre, nous sommes pris de vertiges. On m'a dit que si la distance était trop importante, je m'évanouirais, mais jusqu'à présent nous n'avons eu que des vertiges.

Cynna pinça les lèvres. Elle jeta un coup d'œil à Cullen.

— Ne me regardez pas, fit-il en scrutant le plafond. Je suis un innocent spectateur.

Lily continua, résolue à tout dire.

— Rule dit que les effets de la séparation ne s'effacent jamais totalement, mais je ne sais pas quelle est notre limite aujourd'hui. Je ne l'ai pas testée ces derniers temps, mais…

Elle s'arrêta, tendue.

Le lien d'âme sœur était comme une musique de fond, pensa-t-elle. Si la radio était constamment allumée, on ne la remarquait même pas. Mais si elle s'éteignait tout à coup, alors on y prêtait attention. Quant à laisser quelqu'un changer la station ou le volume…

— Qu'y a-t-il ? demanda Cynna.

— Il a recommencé à se déplacer. Vite.

— Qu'entends-tu par « recommencé » ? lui demanda Cullen sèchement.

— Il bouge depuis un certain temps, mais lentement. Là… (Elle essaya d'estimer sa vitesse.) Il se peut qu'il soit dans une voiture, par exemple, parce qu'il va beaucoup plus vite.

Cynna fronça les sourcils.

— Pourrais-tu deviner à quelle distance ? Tu risques de t'évanouir ?

— Je ne sais pas. Il est beaucoup plus loin qu'avant puisque le lien s'est manifesté ; plus il est loin, plus mon estimation de la distance est brouillée. Concernant la direction, en revanche, je ne me trompe jamais.

Cynna acquiesça.

— C'est très proche de la détection.

— En quoi ?

— Plus ma cible est éloignée, plus j'ai de peine à évaluer la distance. Il y a une limite aussi. En ce qui me concerne, elle se situe entre cent cinquante et deux cents kilomètres. Dans ce périmètre, je parviens à obtenir la direction. Au-delà…

Elle haussa les épaules.

— Mais tu ne détectes pas seulement des objets matériels. Tu as dit que tu avais déjà trouvé des fantômes.

— Ouais. (Elle fronça les sourcils.) Grosso modo, c'est ce qui s'est passé lorsque j'ai essayé de détecter Rule.

— Ce n'est pas un fantôme. Le lien d'âme sœur m'unit à son corps, qui est parfaitement vivant. (Quelque part…) Qu'as-tu détecté, au juste ? lui demanda Lily.

— Je me suis rendu sur la scène du crime ce matin, après avoir parlé à Ruben, et j'ai fait une détection. J'avais, hum, j'avais déjà le motif de Rule, du temps où je le fréquentais. C'est mieux d'en avoir un actuel, mais j'ai pensé que c'était suffisant pour pouvoir dire s'il était toujours dans le coin.

— Et ?

Lily mourait d'envie de sauter sur cette femme pour la secouer.

— Ce que j'ai obtenu était embrouillé. Et pas qu'un peu. Je n'ai pas pensé que c'était un fantôme, mais c'est difficile d'être sûr avec une localisation si floue. Ceci dit, j'ai obtenu une direction, alors je l'ai suivie. Pile là où mon Don m'indiquait sa présence, pourtant… (Elle écarta les mains.) Une station essence. Des tas de voitures. Aucun signe de Rule.

Le cœur de Lily battait la chamade. Cynna avait obtenu les mêmes résultats qu'elle : une localisation précise en un lieu particulier, pourtant aucun signe de Rule. Voilà qui prouvait qu'elle n'était pas folle et que le lien d'âme sœur fonctionnait, non ?

— C'est déjà arrivé ?

Cynna secoua la tête, avant d'ajouter :

— Sauf avec les fantômes.

— Les fantômes ne se déplacent pas. Où était cette station essence, et à quelle heure as-tu fait ta détection ?

— À l'angle de Middlebrook et Hessing. J'y étais vers neuf heures trente.

Lily se pencha et tira le plateau vers elle, y prit la carte et la passa à Cullen.

L'air étonné, il la prit.

— Vérifie mes notes, dit-elle brusquement. J'ai essayé de pister Rule. J'ai dû estimer la distance, mais la direction est la bonne.

Il la déplia, l'étudia un moment puis la passa à Cynna sans dire un mot.

— Où… ah oui, je la vois. (Elle regarda Lily.) Tu es peut-être meilleure pour estimer les distances que tu ne le croyais. La ligne qui relie tes estimations passe tout près de ma station-service. Les heures correspondent également.

— Oui. (Elle regarda Cullen, qui était retourné à son observation du plafond.) Les lupins pourraient s'attendre à ce que je réagisse bizarrement en ce moment. Si j'ai bien compris, la rupture soudaine du lien d'âme sœur peut avoir de fortes répercussions. Mais seulement si l'on part de l'hypothèse qu'il est mort. Et je ne vois pas pourquoi tu as choisi cette hypothèse.

Ce plafond devait être sacrément fascinant.

Elle continua :

— Il n'y a pas de corps. La crosse ne touchait même pas Rule lorsque tu as fait griller Harlowe : pourquoi partir du principe qu'il est mort ? De plus, Cynna vient de confirmer que le lien d'âme sœur fonctionne. Elle et moi nous savons où il est – le seul problème, c'est qu'il n'y est pas. Je ne vois qu'une possibilité. Il est dans un endroit lié géographiquement à la Terre, mais qui n'est pas la Terre.

— J'ai essayé, dit Cullen au plafond. Est-ce que je n'ai pas essayé ? Mais elle est têtue, et Isen se trompe peut-être. Non, je retire : Isen se trompe sûrement. (Il se mit brusquement debout.) Le Rho n'est pas le Pape, hein ? Personne n'a décrété qu'il était infaillible.

— De quoi tu parles ?

Il se mit à marcher en rond. Il n'y avait pas beaucoup de place pour ça.

— Souviens-toi de ce que j'ai dit. Je n'ai pas déclaré que Rule était mort. À ce moment-là, tu n'avais pas les idées assez claires pour percevoir ce genre de nuance : j'ai dit qu'il était parti.

— Alors tu ne crois pas à sa mort.

— Cela reste une possibilité. (Cullen secoua la tête.) Je ne sais pas. Isen veut que je te mente, et je pourrais. Je suis un excellent menteur, mais mon cœur en est incapable. Je ne suis pas non plus très doué pour obéir aveuglément. Perdu la pratique, sans doute, après toutes ces années d'exil… (Cullen s'arrêta. Il bascula sa tête en arrière et ferma les yeux.) Ciel, je suis crevé.

— Mon pauvre. Continue.

Il soupira.

— Tu as raison. Raison à propos de tout, j'en ai peur.

Lily ferma les yeux. *Respire*, se rappela-t-elle. C'est ce qu'elle fit, et ses muscles se relâchèrent si brusquement qu'elle eut de la chance d'être bien calée par ses oreillers.

— Pourquoi ce type, Isen, veut-il que vous mentiez au sujet de Rule ? demanda Cynna.

Cullen lui jeta un coup d'œil.

— Isen Turner. C'est le père de Rule, et aussi le Rho, le chef des Nokolaï… mon clan. Il veut protéger Lily.

— Me protéger ? (La réponse de Cullen lui fit l'effet d'une claque et Lily se redressa dans son lit. Tout son corps frémit de rage.) En faisant tout pour me convaincre de la mort de Rule ?

— Réfléchis.

Quoi qu'il fasse, en toutes circonstances, le visage de Cullen était sublime. Même lorsqu'il avait été défiguré, les yeux arrachés, il possédait encore une certaine beauté dévastée. Mais elle ne l'avait jamais vu aussi nu, nu comme un vieil arbre tortueux. Tout en os, sans aucune douceur.

Il faisait presque son âge.

— J'ai passé beaucoup de temps à réfléchir aux différentes possibilités hier soir. Je vais te les énumérer comme je l'ai fait au Rho. Un, Rule est mort. Attends. (Il leva la main.) Écoute-moi jusqu'au bout.

Il se remit à marcher, telle une panthère prisonnière d'une chambre d'hôpital.

— Le feu du mage brûle dans des lieux – des dimensions, si tu préfères – que tu ne peux pas voir ; il est très, très chaud. Lorsque mon feu du mage a frappé la crosse, le trou dans l'espace, qui était sa nature profonde, a implosé. Il est possible qu'il ait aspiré Rule, je ne sais comment.

— Qu'il l'ait aspiré… où ?

— Bonne question, hein ? (Il arriva devant le mur et fit demi-tour.) Deux. La crosse était à la Diablesse.

Imaginons qu'Elle l'ait appelée à Elle à la seconde même où le feu du mage a frappé cet objet, peut-être a-t-elle pu en récupérer une partie. Par contre, je ne sais pas pourquoi Rule aurait été entraîné avec la crosse. Tu l'as dit toi-même, elle te touchait toi, pas lui, cette hypothèse n'est donc pas très solide. Mais on pourrait envisager que l'effet ait circulé à travers toi sans, comment dire, sans s'emparer de ta personne, à cause de ton Don. Rule aura été emporté à ta place.

Emporté vers la Diablesse. Lily avala sa salive.

— Cette possibilité présente un petit problème. J'ai perdu mon Don.

Il hocha la tête sans interrompre ses allées et venues.

— Exactement. C'est ce qui m'a amené à penser que Rule était probablement mort, mais tu étais si sûre du contraire. Je ne pouvais pas négliger la possibilité que tu aies raison. Alors je l'ai cherché dans les flammes divinatoires.

— Tu ne me l'avais pas dit, fit Lily. (Sa rage bouillonnait encore, mais moins fort, réduite à une chaleur menaçante au fond de son ventre.) Tu n'as rien trouvé, je suppose.

Il grimaça.

— J'ai dû allumer la bougie avec une allumette. Je n'avais plus assez d'énergie pour avoir de la fièvre, alors pour allumer un feu… Pas facile de trouver une salamandre pour produire un feu non magique. J'ai laissé tomber.

— Pas moi, fit Cynna.

Il lui adressa un regard froid.

— Non. J'ai donc dû revoir certaines de mes suppositions.

Lily tambourina le plateau de ses doigts.

— Je ne vois pas le rapport avec tes mensonges soi-disant pour me protéger.

Cullen avança ses mains, paumes vers le ciel.

— Du point de vue d'Isen, soit Rule est mort et tu délires, et il n'était pas sain d'entretenir ton délire, soit il est vivant mais nous devons trouver un moyen de partir à sa recherche. Bien entendu, je ne sais pas comment faire. Mais en supposant que nous arrivions à passer ce petit obstacle, c'est sans doute une mission suicide, donc…

— Attends un peu. À t'entendre, on dirait que tu sais où il est.

Il haussa les sourcils.

— Je croyais que tu l'avais compris. Tu as dit que tu savais qu'il était dans la sphère qui se rapproche physiquement le plus de la nôtre.

Elle eut une furieuse envie de le gifler.

— Je ne comprends pas ce que tu veux dire !

Il eut l'air surpris.

— L'enfer, chérie. Il est en enfer.

Après une ascension de trois cents mètres dans le ciel, Lily découvrit que si l'*ymu* la préservait de l'envie de dormir, elle avait tout de même besoin d'oxygène. Ou peut-être était-ce la peur, purement et simplement, qui lui fit perdre connaissance.

Elle revint à elle alors qu'ils descendaient. Elle aurait pesté de reprendre connaissance au pire moment si elle n'avait pas été si surprise d'être encore vivante… et si occupée à se retenir de vomir. Vu du sol, le vol des dragons était gracieux. Maintenant que l'un d'eux la transportait dans les airs, elle ressentait de nombreuses secousses, au rythme des grandes ailes qui battaient et se penchaient successivement d'un côté puis de l'autre.

De nouvelles montagnes défilèrent, vert et or, mélange de poussière et de roche. Ils fonçaient vers elles à une vitesse qui lui retournait l'estomac. Elle respirait péniblement. Les serres du dragon étaient comme deux bandes en acier brûlant serrées autour de sa taille, qui laissaient pendre sa tête, ses bras et ses jambes. Elle avait les mains et les pieds engourdis. Des rafales emplissaient ses oreilles de bruits semblables à ceux de l'océan, humidifiaient ses yeux et faisaient couler son nez.

Rule était proche.

Elle entendait fredonner en elle le tendre chant de sa présence alors qu'ils descendaient, toujours plus bas, en tourbillonnant ; au milieu du brouhaha de la peur et de la douleur, c'était une note claire à laquelle elle pouvait se raccrocher. Il n'était pas mort. Le dragon ne l'avait pas dévoré.

Mais il ne faudrait pas trente secondes avant qu'ils meurent ensemble, écrasés contre le flanc de la montagne. Non, il y avait une faille… mais elle paraissait trop étroite pour les ailes des dragons. En s'inclinant follement, ils parvinrent à passer et se stabilisèrent au-dessus de l'océan.

Seigneur, l'océan. C'était la première chose familière qu'elle voyait, même si les couleurs étaient inhabituelles. Bleu. Elle se rappelait le bleu, une symphonie mouvante de bleus. Cet océan chatoyait de couleurs qui évoquaient le lichen : ocre, avec des bandes rouille et olive cendré, il reflétait le ciel étrange.

Pas de plage. L'eau avançait jusqu'à la falaise rocailleuse au-dessus de laquelle ils volaient. Puis la falaise reculait. Les dragons se penchèrent pour prendre la direction d'une vaste crique.

D'autres falaises, des rochers qui rencontraient l'océan, puis une fine bande de plage qui s'élargissait…

Ils plongèrent vers elle. Comme si le dragon avait soudain découvert la gravité, la chute se fit de plus en plus rapide. Les rafales embuaient de larmes les yeux de Lily. Elle ne voyait plus rien.

Elle voulait toucher Rule, le toucher encore une fois…

Le dragon ralentit. D'un mouvement brusque de ses immenses ailes, il fendit l'air.

Le corps de Lily voulut poursuivre le mouvement, mais les serres la retinrent. Manquant trop d'oxygène pour hurler, elle s'évanouit une seconde fois. Seulement quelques secondes. Elle était consciente mais étourdie lorsque, à quelques mètres au-dessus de la plage, les bandes d'acier qui la retenaient s'ouvrirent…

Elle tomba d'un peu moins de deux mètres, dans le sable doux et chaud. Elle heurta maladroitement le sol, mais eut le temps d'apercevoir la longue queue qui passait au-dessus de sa tête avant que la créature ne reprenne de l'altitude d'un battement d'ailes qui souleva le sable.

Prise d'un haut-le-cœur, elle se mit à genoux. Comme elle n'avait rien dans le ventre, sa tentative pour vomir fut brève et improductive, mais elle ne vit pas le deuxième dragon lâcher son fardeau.

Prise de vertiges et mal en point, elle s'assit sur ses talons pour regarder les alentours.

Elle était dans un immense bac à sable. D'une extrémité à l'autre, il s'étirait sur la moitié d'un terrain de football environ. (*Football,* songea-t-elle... des hommes en tenue de sport qui couraient après un ballon, qui se battaient pour l'avoir...) Les bords étaient constitués de rochers – des rochers à l'état brut, car même s'ils étaient encastrés les uns dans les autres, ils n'avaient pas été façonnés. Elle se trouvait à cinq ou six mètres en amont de la plage.

Un peu plus loin, Rule était en train de se relever.

— Rule !

Elle voulut se lever également, mais une douleur la lança dans sa cheville gauche et elle se laissa retomber en arrière dans le sable.

Un instant plus tard, une tête poilue se frottait contre elle.

Elle se tourna et passa son bras au-dessus du loup pour enfoncer son visage dans sa fourrure. Il glapit.

Elle s'écarta. Il haletait doucement.

— Tu es blessé.

Il pressa sa truffe contre son propre flanc.

Les serres avaient dû le serrer trop fort, ou peut-être qu'il s'était cassé quelque chose lorsque le dragon l'avait lâché.

— Tes côtes ?

Il hocha la tête puis, avec sa patte, toucha doucement la jambe de Lily. Ses coussinets étaient rugueux.

— Je me suis tordu la cheville en tombant. Ce n'est rien.

Elle fit courir prudemment sa main sur le flanc du loup. Rien ne ressortait, en tout cas. Si la blessure était interne…

Un cri perçant lui fit lever la tête. Elle aperçut un autre dragon qui finissait son vol de kamikaze vers le sol et lâchait un petit démon orange et bruyant dans le sable, à quatre mètres d'eux.

Gan était vivant, lui aussi. Lily fut étonnée de se sentir soulagée.

Bien entendu, cela était peut-être prématuré. Et si tous trois étaient des snacks à emporter ?

À sa gauche s'élevaient de hauts promontoires rocheux émaillés de fissures. Leur bac à sable donnait sur un vaste creux dans le flanc de la falaise. Trop peu profond pour être appelé une grotte, il l'était tout de même assez pour plonger dans l'ombre la moitié du sable. Elle soupçonna avec inquiétude la cavité de ne pas être naturelle, comme si on l'avait creusée dans la roche.

En aval du bac à sable se trouvait la plage, large par ici, mais qui se réduisait au point de disparaître tout à fait à une quinzaine de mètres dans une direction, un peu plus loin dans l'autre. À l'extrémité la plus éloignée de l'entrée de la crique, de l'herbe poussait.

De l'oyat. *Ammophila arenaria.*

Une langue mouillée lui lécha la joue. Elle se retourna, surprise… et se rendit compte que ses joues étaient humides, et que le goût salé dans sa bouche ne provenait pas que de la mer.

— Je sais comment ça s'appelle, murmura-t-elle, passant ses doigts dans la fourrure du loup. Je connais le nom de ces herbes.

L'océan l'attirait. La couleur de l'eau n'était pas normale, mais son odeur était la même. L'océan était calme, les vagues légères. Elle l'observait lorsqu'une vague glissa sur le sable en formant une délicate écume, abandonna la partie et se retira.

— Les dragons ont une jolie aire de jeux.

Elle passa sa main dans le sable et le laissa couler lentement entre ses doigts. Il était granuleux, meuble. Ce serait difficile de marcher dessus, et totalement impossible de courir. Il était tiède également. Presque de la température de la peau, songea-t-elle, ce qui était curieux. L'air était froid.

— On pourrait grimper pour sortir d'ici, dit-elle, les yeux rivés vers les rochers. La falaise est haute, mais il y a assez d'aspérités pour trouver des prises pour les mains et les pieds.

Le loup poussa l'épaule de Lily et pointa sa truffe vers le haut. Elle pencha la tête en arrière et aperçut une demi-douzaine de silhouettes qui se découpaient contre le morne éclat du ciel. Des gardiens ?

Si elle voyait juste, ils ne pouvaient envisager de grimper. Mais pour le moment, en tout cas, ils n'étaient pas menacés. Elle prit une inspiration mal assurée. Elle aurait aimé trouver de l'eau propre pour se débarrasser du goût fétide qu'elle avait dans la bouche.

Rule vint s'allonger à côté d'elle. Il toucha sa cheville avec sa truffe et lui adressa un regard interrogateur.

— Ce n'est pas très douloureux.

Mais elle avait tout de même mal. L'*ymu* s'épuisait peut-être. Elle regarda Gan.

Le démon, assis, formait une petite boule orange et se balançait d'avant en arrière en gémissant.

— Vous êtes blessé ? lui cria-t-elle.

— Je vais mourir, je vais mourir, se lamenta-t-il.

Elle ne voyait de sang nulle part. Il avait peut-être perdu son optimisme.

— Que fait-on, maintenant ? demanda-t-elle, surtout à elle-même.

Elle se mit à tamiser distraitement le sable avec une main tout en réfléchissant aux options qui s'offraient à eux. Elles n'étaient pas nombreuses.

— Je vais voir ce qui se passe si je m'approche de l'eau. Juste pour savoir.

Rule soupira et se leva.

— Je n'ai pas besoin d'escorte. Tu es blessé. Si tu… Qu'est-ce que c'est ?

Elle plongea sa main plus profondément dans le sable et retira… une chose. Dure, et plus ou moins de la couleur du sable, plus grande que ses deux mains réunies, mais fine et légèrement courbe. Un fragment de quelque chose, pensa-t-elle. Les bords étaient tranchants. Pouvait-on s'en servir comme d'une arme ?

Elle retira une partie du sable qui recouvrait sa surface et eut le souffle coupé.

Des couleurs pâles semblaient courir à travers l'objet, de telle sorte qu'elles dessinaient des motifs différents chaque fois que Lily l'inclinait sous un nouvel angle ; des couleurs qui avaient l'éclat subtile d'une opale.

Gan poussa un cri aigu.

— Reposez-le ! Reposez-le ! Nous allons tous mourir !

— Qu'est-ce que vous racontez ?

— Pauvre idiote ! C'est un nid de dragon ! Nous sommes la pitance de ses bébés ! Ils sont affamés quand ils éclosent !

L'un des rochers près de la falaise vacilla. La terre se mit à bouger.

Le sable glissa, remua comme si quelque chose s'élevait en dessous, et renversa Lily. Elle se retrouva un peu plus loin, sur le dos, et chercha futilement à s'agripper au sable comme s'il pouvait l'aider à s'immobiliser.

De plus en plus haut, une créature s'éleva : une tête de la même forme que celle d'un serpent, mais de la taille d'une Volkswagen, et pourvue d'une collerette écarlate à l'arrière du crâne. Une tête longue et plate, couverte d'écailles irisées : acier, incarnat, crépuscule. Une tête sur un cou qui semblait s'étirer interminablement, digne du monstre du Loch Ness, les muscles tendus et visibles sous le miroitement des écailles – de la couleur de l'aube, du crépuscule et de l'argent terni.

Le corps du dragon émergea du sable comme un serpent d'une taille absolument gigantesque. Du sable vola, ce qui força Lily à cligner des yeux pour éviter d'être aveuglée. Le corps était épais en son centre, entre les deux paires de pattes, puis décroissait vers la queue, assez longue pour compenser le cou impressionnant. La créature était allongée en cercle, sa queue reposant près de sa tête, tel un mur vivant qui les encerclait. Ses ailes étaient pliées comme des origamis le long de son dos.

Le dragon regarda la jeune femme de ses yeux immenses, intégralement noir et argent, sans blanc. La peur était presque un poids sur la poitrine de Lily, un goût dans sa bouche, des cris dans sa tête, le bruit de son pouls déchaîné dans ses oreilles. Elle n'avait qu'une seule pensée en tête : *ce n'est pas un bébé.*

XXV

Cynna regarda Cullen, incrédule.

— Je ne marche pas. En tout cas, ce n'est pas une certitude. Trop de suppositions.

Cullen haussa légèrement les sourcils. Seigneur, même les sourcils de cet homme étaient sublimes. La vie était injuste.

— Ou alors, vous ne savez pas tout ce que moi, je sais. Ce qui me paraît possible.

— Mettez votre ego en veilleuse une minute, vous voulez bien ? Regardez un peu tous les énormes « peut-être » que vous avez accumulés. D'abord, nous devons partir de l'hypothèse que l'enfer est vraiment la sphère la plus proche, physiquement, de la Terre, or certains prétendent que c'est Faerie.

— Ils se trompent.

— Je suppose que vous l'avez vérifié par vous-même ?

— Non. Je tiens l'info de ni' Aureni Aeith. Je crois que vous serez d'accord pour dire qu'il est bien placé pour le savoir.

— Possible, intervint Lily. Si vous me dites qui est ce Nii-orinii-aith.

Cynna soupira. Lorsqu'elle avait tort, elle parvenait à l'admettre. Pas facilement, mais elle en était capable.

— L'un des seigneurs de Faerie, si je ne me trompe pas dans les conventions concernant les appellations, dit-elle. Vous vous fiez à ses renseignements ? Je veux dire, on dit que les fées abordent la vérité avec une certaine espièglerie.

— Dans le cas présent, oui. Il avait une dette.

— D'accord. Donc, si Rule est en enfer, comment va-t-on le rejoindre ? demanda Lily.

— Je me suis occupé de ça. La Diablesse est en enfer, et…

— Pas avéré, rétorqua Cynna.

Une lueur d'impatience apparut dans les beaux yeux bleus de Cullen.

— C'est une supposition, mais elle est étayée par des faits, des événements qui ont eu lieu avant que vous débarquiez. D'une manière ou d'une autre, Rule a dû être entraîné lorsqu'Elle a récupéré les restes de la crosse.

Cynna secoua la tête.

— Trop de suppositions, répéta-t-elle. Pourquoi ne pas choisir l'explication la plus simple ?

Cullen afficha une incrédulité polie.

— Qui serait ?

— Le transfert démoniaque. (Son regard passa de l'un à l'autre.) Eh bien, il y avait un démon, non, qui faisait tout son possible pour posséder Lily ? D'accord, elle est la seule à l'avoir vu, mais…

— Je l'ai vu aussi, dit Cullen. Pas avec ma vision normale, mais il était là.

— Très bien, alors c'est confirmé. Maintenant, je ne sais pas pourquoi le démon aurait attrapé Rule alors qu'il visait Lily, mais cette explication est tout de même plus simple, non ?

— Possible, dit Lily, si j'avais la moindre idée de ce qu'est un transfert démoniaque.

— Oh. (Cynna regarda Cullen avec de grands yeux, qui se réduisirent à deux fentes lorsqu'elle sourit.) Vous n'en avez aucune idée non plus, n'est-ce pas ? Pas mal. Je sais quelque chose que l'as des ensorceleurs ignore.

Il reprit d'un ton encore plus poli :

— Auriez-vous la gentillesse de partager votre immense savoir ?

— Pour dire les choses simplement, il y a transfert démoniaque lorsqu'un démon emporte quelque chose avec lui quand il se déplace entre des sphères.

Il fit un geste dédaigneux.

— Les démons ne peuvent pas se déplacer plus librement que nous entre les sphères. C'est pour cela que les portails vers l'enfer ont été fermés lors de la Purge, pour garder les démons à l'écart. Apparemment, ça a marché.

— Oui, mais...

— Je n'ai remarqué aucune horde de démons en train de ravager la campagne, vous si ?

Cynna fit les gros yeux.

— Vous pouvez m'écouter une minute ? Vous connaissez peut-être des tas de sortilèges sophistiqués, mais ce n'est pas de la démonologie. Les démons varient beaucoup plus que les gens.

— Des gamins de six ans qui regardent les dessins animés du samedi matin en savent autant.

— Mais ils ignorent peut-être que certains démons peuvent passer d'une sphère à l'autre sans avoir été invoqués et sans avoir besoin de traverser un portail. Vous devriez peut-être regarder davantage de dessins animés.

— Vous le tenez de source sûre ? lui demanda Cullen d'un ton sec.

— Oui. Ils peuvent également transporter des objets avec eux.

— Des objets ? demanda Lily. Des humains aussi ?

Cynna grimaça.

— Je devrais, hum, faire quelques recherches pour en être certaine, mais il me semble que oui.

Elle n'était pas très pressée de se pencher sur la question.

— Quel genre de recherches ? lui demanda Lily.

Cullen fit un geste dédaigneux.

— Vos explications sont aussi pour une bonne part fondées sur d'énormes « peut-être ». Peut-être que ce démon en particulier peut venir sur Terre sans avoir été invoqué. Peut-être peut-on envisager qu'un transfert démoniaque fonctionne sur les gens comme sur les objets. Peut-être que ce démon a décidé d'emmener Rule à la place de Lily. Peut-être...

— Le démon est venu ici, ce qui prouve qu'il est bel et bien passé dans notre sphère. Si seulement vous mettiez de côté votre ego surdimensionné...

— Ce n'est pas une question d'ego. Nous devons examiner les faits, que vous confondez avec des opinions. Le démon...

— Fermez-la ! s'exclama Lily.

Cynna se tourna vers elle, surprise.

La poupée chinoise semblait essayer de refouler toutes sortes d'émotions.

— Cela m'est égal de déterminer qui en sait plus que l'autre, je me fiche de savoir qui gagnera à votre petit concours de celui qui pisse le plus loin, et je ne veux pas perdre mon temps avec ça.

Mince. Elle avait raison. Pendant que Cynna s'évertuait à passer pour la pauvre petite fille mal intégrée qui essaie d'attirer l'attention du garçon le plus mignon de la classe, Rule était coincé en enfer. Elle finirait peut-être par grandir un jour.

— Pardon, fit-elle.

Lily prit une profonde inspiration puis expira doucement.

— La façon dont Rule a atterri en enfer fait une différence. Soit il est avec Machine, soit il est avec le démon. Mais en fin de compte, ce n'est pas essentiel pour nous. Je ferais mieux de partir du principe que j'aurai affaire à un démon. On ne peut faire aucun plan à l'avance en cas de rencontre avec la Diablesse.

— Merde. (C'était Cullen qui avait lâché le mot. Il semblait presque frémir.) C'est ce que je craignais. Ce qu'Isen craignait. Que tu veuilles partir à la recherche de Rule, si tu savais où le trouver.

Lily le regarda comme s'il avait dit une ânerie. Elle ne le lâchait pas des yeux.

— D'accord. D'accord ! s'écria-t-il d'un ton brusque comme si elle ne fixait pas sur lui son regard sombre et neutre, mais qu'elle lui avait fait une remarque désagréable. Je t'aiderai. Je suis le roi des idiots, mais je t'aiderai. Si ça peut servir à quelque chose, ajouta-t-il, maussade. Je ne sais pas comment ouvrir un portail vers l'enfer. Je ne connais personne qui le sache.

Cynna n'avait aucune envie, vraiment aucune envie de se mêler de ça, mais sa bouche prit une décision sans consulter son cerveau.

— Je connais quelqu'un.

Cullen tourna brusquement la tête vers elle.

— Qui ?

Au point où ils en étaient… Elle soupira.

— Je connais deux personnes, en fait. Une qui sait, et une autre qui pourrait être capable de le découvrir. Je parle d'Abel. Vous le connaissez, dit-elle à Cullen. Abel Karonski. Il peut fermer les failles : est-ce que cela ne reviendrait pas à faire la même chose à l'envers ? Nous n'avons pas besoin d'un très grand portail.

Il plissa les yeux, comme s'il additionnait mentalement les données. Il hocha la tête avec réticence :

— Ça pourrait marcher, s'il a un peu d'imagination. Les sorts ne s'inversent pas parfaitement.

— Sans blague.

Lily secoua la tête.

— On ne devrait demander à Karonski qu'en dernier recours. Mis à part le fait qu'il est en Virginie, il ne sera pas d'accord. C'est illégal d'ouvrir un portail vers l'enfer. Qui est la seconde personne ?

— Quelqu'un à qui je préférerais éviter de parler, si je peux faire autrement. Elle, hum, elle ne sera sans doute pas contente de me voir, et elle refusera sûrement de nous aider, de toute façon. D'autre part, même si elle acceptait, elle ne le ferait pas gratuitement.

Pendant quelques minutes, personne ne dit un mot. Assise, Lily avait repris ses esprits et tapotait sa cuisse du bout des doigts. Cynna était bien incapable de déchiffrer quoi que ce soit sur son joli visage. Lily finit par dire :

— Je dois sortir d'ici. Je suppose que ce que je portais est quelque part par là.

— Il me semble que tes potes ont emporté tes vêtements comme preuves, dit Cullen. Preuves de quoi, je ne sais pas, mais ils ont une passion pour les sacs en plastique.

Elle grimaça.

— Il y a une boutique de cadeaux en bas, non ? Tu peux voir si…

— Inutile, dit Cynna. Je m'en suis chargée. Seulement, je ne sais pas où… Ah, oui.

Elle marcha jusqu'à la porte, où elle avait laissé tomber son sac au sol lorsqu'elle s'était retrouvée face au flic à la tête de Père Noël et au gros revolver. Elle en sortit un tee-shirt froissé et un de ses treillis de tous les jours.

— Ce sera trop grand, s'excusa-t-elle, mais c'est mieux que rien.

Pour la première fois, Lily sourit. Ce n'était pas grand-chose, mais c'était un sourire.

— Tu es venue avec l'idée de m'aider à me faire la malle.

— Tu as tout compris. Oh, tiens. Tu auras besoin de ça pour le faire tenir.

Elle sortit une ceinture. Contrairement aux vêtements, elle était soigneusement enroulée.

Lily la prit en fronçant les sourcils.

— Une ceinture marron. Du judo ? Avec d'aussi longues jambes, tu dois être forte.

— Le judo, c'est surtout un sport de défense. On m'a dit que j'étais plutôt offensive. (Elle sourit.) Du Taekwondo. Mais je ne m'entraîne pas assez.

— Marron, c'est un joli niveau.

Lily balança ses jambes sur le côté du lit, tâchant de ne pas trop en montrer malgré les ouvertures de sa blouse d'hôpital.

Cynna fut frappée d'un vilain soupçon :

— Tu fais du judo, n'est-ce pas ?

Lily hocha la tête. Si petite que ses pieds ne touchaient pas tout à fait le sol, elle dut se glisser hors du lit.

— Quelle ceinture ? lui demanda Cynna, sachant pertinemment que la réponse ne lui plairait pas.

— Noire. Deuxième *dan*. Je reviens tout de suite.

Elle se dirigea vers la minuscule salle de bain, les vêtements dépareillés sous le bras. Elle avançait à petits pas, comme si elle avait mal, mais Cynna était pratiquement sûre que si elle lui proposait de l'aider, elle se ferait rembarrer.

Deuxième *dan* – c'était comme la ceinture noire deuxième degré. Sacrément impressionnant.

— Jalouse, *shetanni rakibu* ? lui demanda Cullen d'un ton légèrement moqueur.

Un frisson remonta sa colonne vertébrale et lui donna la chair de poule. Elle avait envie de se frotter les bras, mais se garda bien de lui donner ce plaisir.

— Je n'avais pas entendu ces mots depuis un bail.

Il acquiesça, satisfait.

— À l'époque, vous chevauchiez des démons. Je m'en doutais.

Que pensait-il au juste ? Que savait-il du *shetanni rakibu* ? Elle lui demanda, avec autant de désinvolture que possible :

— Où avez-vous entendu ce titre ? Ce n'est pas le genre de chose que tout le monde sait.

— Je lis beaucoup. C'est un démon que vous espérez ne pas devoir consulter au sujet d'un tout petit portail de l'enfer ?

— Question idiote. La plupart d'entre eux ne sauraient pas non plus comment faire, sinon ils s'en chargeraient eux-mêmes. Avez-vous aperçu une horde de démons en train de ravager la campagne, récemment ?

Il la surprit par un sourire.

— Touché. Si vous ne consultez pas un démon, ce doit être quelqu'un de cette sphère. Vous connaissez un maître, n'est-ce pas ?

— Tout le monde sait que les vrais maîtres démoniaques n'existent pas.

— Tout le monde sait que les vrais ensorceleurs n'existent pas.

— Vous êtes trop bavard.

— C'est ce qui fait mon charme. (Il approcha.) Allez-vous nous aider ?

Elle devait dire non. Seigneur, elle avait si peu envie de partir à la recherche de Jiri. L'idée de pénétrer en enfer ne l'emballait pas non plus.

— Vous ne vouliez pas le faire.

— Je ne suis qu'un salaud égoïste, grommela-t-il. Quelle est votre excuse, à vous ?

— Que toute cette histoire est dingue ?

— Et vous voyez ça comme un inconvénient, hein ? (Il jeta un coup d'œil à la porte fermée de la salle de bain.) Elle ira là-bas. Avec ou sans votre aide, elle trouvera un moyen de partir à sa recherche.

— Ouais.

Cynna ne pensait pas que Lily se faisait des illusions sur ses chances d'y arriver. Mais cela ne changerait rien à sa décision.

Que ressentirait-elle si une personne comptait autant dans sa vie ? Si elle-même comptait autant pour quelqu'un d'autre ?

Elle avait un autre rapport avec Rule. Elle avait nourri quelques espoirs, c'était certain. Elle avait désiré être de nouveau avec lui, pas seulement à cause de ses prouesses au lit. Seigneur, les lupins connaissaient de ces choses…

mais il n'y avait pas que ça. Elle voulait qu'il voie qui elle était devenue. Ce qu'elle était devenue. Qu'il l'approuve. À cette seule pensée, elle eut terriblement honte, pourtant c'était la vérité.

Mais Rule comptait pour elle. Et elle lui devait beaucoup.

Cullen s'avança plus près. Assez près pour qu'elle voie qu'il ne s'était pas rasé ce matin. Assez près pour voir les bordures plus sombres de ses iris, et la façon dont son pouls battait dans le creux de sa gorge.

— Sans compter l'ouverture du portail, vous en savez plus sur Dis et les démons que moi. Nous aurons plus de chance de réussir si vous êtes là.

— Cela a dû vous écorcher la gorge de le dire.

— Je suis robuste. Je peux encaisser.

Il fit courir le bout de ses doigts le long du cou de Cynna.

— Alors, votre réponse ?

Son cœur battait fort. Et il le savait, bon sang.

— Vous m'offrez une partie de jambes en l'air si je suis prête à mettre ma carrière à la poubelle, voire à finir en prison ?

Il afficha un sourire malicieux et terriblement séduisant, plus puissant encore que sa caresse.

— Prenez ça comme un bonus. Pour tous les deux.

Elle recula. C'était plus dur que ça aurait dû l'être.

— Vous voyez le mot « idiote » gravé sur mon front ?

La porte de la salle de bain s'ouvrit. Cynna jeta un coup d'œil dans cette direction… et dut se mordre la lèvre.

— Ta maman t'a donné la permission de te déguiser, petite fille ? fit Cullen.

— Ferme-la, lui répondit Lily.

Elle sortit en traînant des pieds.

Cynna eut un rictus.

— Désolée. J'aurais dû m'arrêter en route pour prendre des vêtements à ta taille.

Lily écarta le sujet d'un geste de la main.

— Pas grave. Il faut que je trouve un moyen de quitter cette chambre.

— Tu pourrais juste t'en aller.

Cynna aimait assez l'idée de la faire sortir clandestinement.

— Il faut d'abord que je récupère mon ordonnance. Je n'ai pas de temps à perdre à lutter contre une infection.

Elle s'approcha de la chaise, se baissa et enfonça le bouton d'appel pour les infirmières. Puis elle fit face à Cynna.

— Je dois m'organiser, et pour ça, j'ai besoin de savoir ce que tu veux faire. Le Bureau n'enquêtera pas sur la disparition de Rule. Et ça ne leur plaira pas qu'on le fasse.

— Sans blague. (Cynna fronça les sourcils.) Ça m'embête, cela dit. Ruben semblait certain de la mort de Rule, mais il n'est pas stupide. Il a dû se rendre compte que ce n'était pas si sûr. Eh bien, quand on lui dira ce qu'on a découvert, il…

— On ne lui dira rien.

— Hein ? Attends une minute. Attends. Je n'ai pas dit que j'étais d'accord pour le cacher à Ruben. Je comprends que tu sois méfiante, mais tu as tort.

— Tu as travaillé avec lui quelque temps.

— Assez longtemps pour savoir qu'il est intègre. Merde, si j'avais la moitié de son intégrité, je serais sûre d'aller direct au paradis.

— Ah… tu crois au paradis ?

— Eh, je suis une bonne petite catholique, maintenant. (Son honnêteté lui fit ajouter :) En tout cas, je suis catholique. Ce qui me fait penser…

Elle reprit son fourre-tout.

— Admettons que Ruben est aussi réglo que tu le crois, lui dit Lily tandis que Cynna, pliée en deux, farfouillait dans son sac. Cela ne veut pas dire qu'il peut fermer les yeux sur mes projets. Même s'il le souhaitait, quelqu'un veut que Rule soit déclaré mort et que le dossier soit classé. Une personne qui peut convaincre Ruben ou lui donner l'ordre de s'en charger.

— Évidemment. Big Dick. Ah, le voilà.

Cynna saisit un petit sac en papier et se redressa.

Cullen hocha la tête.

— Je vois. Le FBI a un étalon dans ses rangs. Ça explique pas mal de choses.

Cynna sourit.

— Il aime penser qu'il en a une grosse. Dick Hayes est le directeur suppléant. Je ne crois pas que ce soit un ripou, pas exactement. C'est juste un connard. Tiens.

Elle s'avança vers Lily, plongea sa main dans le sac en papier et en sortit une chaîne en or à laquelle pendait une petite croix.

Lily tressaillit.

Cynna ramena sa main, le front plissé.

— Je présume que tu n'es pas chrétienne.

— Ce n'est pas ça. Je ne suis pas sûre de l'être, cependant… (Elle cligna des yeux, mais Cynna eut le temps d'apercevoir un éclat dans ses yeux. Lily porta une main à sa gorge.) Je n'ai plus le collier de Rule. Je… peut-être qu'il ne refera pas surface, mais je refuse d'en porter un autre à la place. Pas encore.

— Le *toltoï* ne te vient pas que de Rule, dit Cullen à voix basse.

Son visage caché par ses cheveux, Lily hocha la tête puis abaissa sa main.

Mieux vaut lui donner une minute, songea Cynna. Lorsqu'elles étaient séparées, les âmes sœurs détestaient se sentir observées. Elle se tourna vers Cullen.

— Et vous ? J'en ai une autre. (Celle qu'elle avait prise pour Rule.) Elle a été bénie, et tout le tralala.

L'air sceptique, il lui demanda :

— L'efficacité des symboles pieux ne dépend pas de la foi de celui qui les porte ?

— En partie, mais pas seulement. Le type de démon qu'on affronte a son importance aussi. Certains n'ont aucune réaction aux symboles religieux. D'après quelqu'un de ma connaissance, cela dépend du genre de pactes que le seigneur démoniaque a avec les différentes puissances. Les démons passent beaucoup de pactes.

— Théorie intéressante. (Cullen accepta le collier et le fit passer d'une main à l'autre, les sourcils froncés comme s'il réfléchissait à une importante question.) Quand avez-vous…

Il n'alla pas au bout de sa question, car la porte s'ouvrit.

C'était l'infirmière à la queue-de-cheval, qui fut visiblement mécontente d'apprendre qu'une patiente voulait sortir contre avis médical. Ce fut intéressant de voir comment Lily s'y prit avec elle. Elle ne se mit pas en colère. Queue-de-cheval et l'hôpital ne valaient pas le coup qu'elle s'énerve. Elle lui expliqua ce qu'il en était : elle partait. Elle voulait son ordonnance. Elle acceptait volontiers de signer tous les papiers qu'ils jugeraient utiles, mais dans ce cas ils avaient intérêt à faire vite, car elle n'avait pas le temps d'attendre.

Cynna fut impressionnée de voir les résultats obtenus sans avoir à hausser le ton. Elle devrait essayer, un jour.

Lorsque l'infirmière, vexée, quitta la chambre, Lily toisa calmement Cynna.

— Si tu refuses de détecter toi-même cette personne, tu devras me donner son nom.

Pour certains, la ligne qui séparait le bien et le mal était parfaitement nette. Cynna les enviait. Elle avait toujours le plus grand mal à trouver le droit chemin face à une multitude de voies possibles. Mentir à Ruben serait mal. Elle en était sûre. Ouvrir un portail vers l'enfer… pratiquement tout le monde s'accorderait pour dire que c'était mal.

Mais laisser Rule en enfer l'était tout autant. C'était mal de leur tourner le dos, de prétendre qu'elle ne pouvait rien faire pour les aider… Leur donner le nom et la description de Jiri ne les avancerait à rien. Ils ne la trouveraient jamais.

Un autre souvenir remonta à la surface. Une voix faible, d'homme, irritée. Il était agonisant. «*Arrête de dire que tu as une dette. Il n'y a pas de passé. Seulement le présent. Seulement maintenant.*»

Elle savait ce qu'elle devait faire. Payer sa dette ne pouvait signifier se détourner.

— Et puis merde. Je viens avec vous.

XXVI

Les yeux immenses clignèrent.

Lily revint à elle en sursaut, consciente qu'un certain temps s'était écoulé. Mais combien ? Aucune idée. Quelques secondes. Une journée.

Peu importe. Elle se mit péniblement debout, parce qu'elle pouvait bouger. Quoi qu'il se passe, elle voulait être debout quand ça arriverait. Elle tendit une main. Rule était là. Sans avoir besoin de regarder, elle avait su qu'il était venu à côté d'elle. Elle posa sa main sur son dos.

Lui aussi avait-il été piégé par le regard du dragon ?

Le lupin ne m'a pas regardé dans les yeux. Le démon savait qu'il ne fallait pas, mais il l'a fait quand même.

Le dragon n'avait pas parlé. Il n'avait pas ouvert ses imposantes mâchoires, sa gueule n'avait pas bougé. Les mots étaient simplement apparus dans l'esprit de Lily, tranchants comme le verre : des pensées, mais pas les siennes.

C'était pourtant impossible. Elle était une sensitive. La magie ne pouvait…

Mais il se trouve que je le peux. Je suis un dragon.

Ces mots étaient d'une arrogance incroyable. Celle-ci provenait peut-être du pouvoir. Un immense pouvoir, dont on est conscient.

Vocalise. Tes pensées sont brouillonnes. C'est en les transformant en discours, la forme de langage que tu connais, que tu leur donnes un petit peu de clarté.

À force de marteler sa poitrine, le cœur de Lily allait finir par y creuser un trou.

— Nous conversons, alors ?

Plutôt que dîner, tu veux dire ? L'amusement du dragon, sec comme le désert, balaya son esprit. *Lorsque j'ai faim, je chasse. Je ne me fais pas livrer à manger.*

— Pourquoi nous ont-ils amenés ici ?

Utilité. Politique. Curiosité. L'énorme tête se baissa en dessinant un gracieux arc de cercle.

Lily fit un bond en arrière. Sa cheville blessée lâcha et elle se retrouva piteusement les quatre fers en l'air. Rule ne bougea pas, mais sa fourrure se hérissa. Gan poussa un cri perçant de terreur.

Mais ce mouvement n'était pas un signe que le dragon avait changé ses plans pour dîner. Il semblait s'installer pour une petite conversation. Il reposa sa tête sur sa queue comme un chat qui se met en boule pour la sieste, si bien qu'ils se retrouvèrent tous les trois encerclés par son corps.

Lily s'aperçut qu'il dégageait beaucoup de chaleur. Voilà pourquoi le sable était si chaud.

— Vous n'avez pas vraiment répondu à ma question. Pourquoi nous ont-ils amenés ici ?

Je n'avais pas vu d'humain depuis bien des lunes. Et je n'en avais jamais vu lié à la fois à un lupin et à un démon. Tout à fait curieux. Comment es-tu devenue une demi-âme ?

— Si vous voulez savoir comment j'ai perdu la mémoire… je ne m'en souviens pas.

Il cligna de nouveau les yeux. *Ah. Tu ne savais pas.* Son regard passa à la boule tremblante que formait le démon à cinq mètres de là. *Ton démon ne t'a rien dit.*

— Ce n'est pas mon démon, marmonna-t-elle. Juste un démon. Pas le mien.

Rule tourna la tête vers elle, comme surpris par la réponse de Lily. Puis il regarda Gan en grognant.

— N'écoute pas le dragon, fit celui-ci.

Sa tentative de bravade fut anéantie par la façon dont il s'accroupit, les deux bras au-dessus de sa tête, comme pour la protéger des mâchoires du géant ailé.

— Il ne sait rien à ce sujet, reprit-il. De plus, il est capable de mentir. Pas moi. Qui vas-tu croire ?

— Tu mens sans arrêt, ricana Lily.

Il en fut si agacé qu'il laissa retomber ses bras.

— Non, c'est faux ! Je ne peux pas mentir. Tout le monde sait ce que je pense, même si je dis autre chose. C'est comme ça que ça marche.

— Peut-être que tu ne dis pas d'énormes mensonges, mais tu mens en nous guidant dans la mauvaise voie. Pas si bien que ça, en fait, parce que tu ne sais pas contrôler ton visage. Peut-être que les démons ne sont pas habitués à déchiffrer les expressions parce qu'ils arrivent à percevoir les pensées. En choisissant soigneusement tes mots, ceci dit, tu peux penser ce que tu dis et mentir quand même.

Maligne demi-portion. Les démons sont très fiers de pouvoir duper sans mentir. Ils y parviennent en surveillant leur langage, comme tu dis, et aussi en trouvant une identité qui pense ce qu'ils souhaitent déclarer. Comme ce petit démon que tu appelles Gan n'a pas beaucoup d'identités, il doit surtout compter sur le choix de ses mots.

Elle se frotta les tempes. Pas beaucoup d'identités ?

Vocalise.

— Euh… qu'entendez-vous par « pas beaucoup d'identités » ?

Les démons sont composés de toutes les créatures qu'ils ont mangées. Celles-ci perdent leur volonté, pas leur identité.

— Gan n'est donc pas un seul démon ? C'est un groupe de démons, avec Gan à leur tête ?

Gan compte surtout des lutins, des bestioles, des êtres non conscients – quoique j'entends au moins un démon étonnamment vieux à l'intérieur. Gan est aussi Gan. L'identité d'un être comme celui-ci est différente de ce que tu connais habituellement. Le dragon tourna les yeux vers la petite créature. *Maintenant, dis-moi pourquoi l'humaine est une demi-âme.*

Gan se recroquevilla.

— Oh, Votre Grandeur, puissant sage ailé, comment un être aussi faible que moi pourrait le savoir ? Je suis un démon, un petit démon insignifiant, à peine plus qu'un lutin. Que pourrais-je savoir des âmes ?

Tu as raison, petite humaine. Le démon ment mal, pourtant le vacarme de son esprit rend difficile de déchiffrer ce qu'il fait passer pour ses pensées.

Le dragon souleva brusquement sa queue. Celle-ci fila à toute allure au-dessus de la tête de Lily et tomba avec un bruit sourd sur Gan, qui trébucha en arrière.

Je connais tous tes noms de surface et trente-deux noms plus profonds, Izhatipoibanolitofaidinbaravha…

— C'est bon, c'est bon ! Inutile de tout dire !

Je peux obtenir tes autres noms si je le souhaite. Ou tout simplement te démembrer, mais ça salirait mon sable. Dis la vérité. Qu'est-il arrivé à l'humaine ?

Si les démons avaient pu pleurer, Gan aurait été en train de renifler.

— Je voulais juste me sortir de là. Quand le feu du mage a frappé la crosse, ça a fait mal ! Je peux passer tout seul d'une sphère à l'autre, ajouta-t-il en gonflant un peu la poitrine. Presque personne ne le peut, mais moi oui. Comme j'étais déjà lié à Lily Yu, lorsque j'ai traversé, elle est venue avec moi. De son côté, elle possède un lien bizarre avec le loup, du coup lui aussi a été entraîné, et… et tout a mal tourné.

— Tu veux dire que c'est ta faute ? s'exclama-t-elle. C'est toi qui nous as amenés ici, pas la crosse ?

Gan poussa un lourd soupir et hocha la tête.

— Alors tu peux nous ramener.

— Non, je ne peux pas.

Rule baissa la tête en grognant.

Gan se renfrogna :

— J'ai essayé ! Tu crois que je préférerais être dévoré par des dragons que retourner sur Terre ? Enfin, ils ne nous ont pas mangés, mais j'ai cru qu'ils allaient le faire, alors j'ai essayé de traverser. J'ai essayé encore et encore, mais impossible.

Parce que Lily Yu ne t'a pas totalement suivi. En essayant de la posséder, tu t'es retrouvé partiellement logé en elle. Tu as emporté cette partie avec toi mais tu as abandonné la partie qui portait son nom. Elle est à la fois ici et là-bas. C'est donc comme si tu jetais quelque chose contre une porte. Ce n'est pas comme ça qu'elle s'ouvrira.

Horrifiée, Lily eut soudain l'impression de manquer d'air.

— J'ai perdu… j'ai perdu plus que mes souvenirs ? Vous êtes sûr ?

Le dragon lui lança un regard. Les yeux noir et argent étaient trop distants, trop froids, pour montrer quoi que ce soit d'aussi personnel que du mépris ou de la compassion.

Je ne dis pas ce dont je ne suis pas sûr. Je me demande si ton autre moitié est un fantôme… Ni l'une ni l'autre de tes identités fractionnées ne vivra longtemps, bien entendu, mais ce serait intéressant de…

Rule grogna et se lança vers Gan.

Il était si rapide ! Le temps que Lily se lève, il avait déjà frappé Gan une première fois puis avait bondi en arrière pour esquiver la riposte du démon, et tournait autour de lui pour lui sauter de nouveau dessus.

La queue du dragon le frappa.

Lily poussa un cri et boitilla vers le loup. Il ne bougeait plus.

Imbécile. Je m'attendais à mieux. Il semblait avoir du bon sens.

— Taisez-vous, dit-elle farouchement en s'agenouillant près de Rule.

Son cœur battait ; elle put le constater en appuyant sa main en bas de sa cage thoracique. Mais ses côtes étaient déjà fêlées ou brisées. La queue cinglante du dragon avait pu les enfoncer à l'intérieur, perforer un poumon.

— J'imagine que tu t'en fiches que je saigne, dit Gan d'un ton maussade.

En effet, elle s'en fichait. Le démon était vivant, il parlait, tandis que Rule… Soudain, les paupières du loup se contractèrent. Puis s'ouvrirent.

Elle frémit.

— Où as-tu mal ?

Lentement, comme si c'était douloureux, il leva la tête. Il pointa de sa truffe sa patte avant gauche.

Pas son ventre ou sa poitrine, alors. Pas de poumon perforé.

Il pense aussi avoir une commotion sans gravité. Mais la patte est un problème plus important. Tu vas devoir arranger ça.

Bon. Elle inspira et passa sa main le long de la patte. Il tressaillit.

— Je suis désolée. (Elle avait pu apprendre ce qu'elle voulait savoir. Les extrémités de ses doigts luisaient de sang.) Un bout d'os sort de la peau. Il doit être replacé, puis soutenu par une attelle.

Sans anesthésie. Elle n'osait même pas imaginer à quel point ce devait être douloureux.

— Je… je ne sais pas comment faire.

Elle regarda ses mains. Elles tremblaient. Mais c'était logique. Elle allait mourir. Elle ne se souvenait que des deux derniers jours de sa vie, et elle était mourante.

Arrête ton cinéma. Tu n'es pas mourante.

— Vous avez dit…

On m'a interrompu. Tu finiras par mourir de ton état, mais le démon te garde en vie pour l'instant.

Elle regarda Gan..

Le démon s'assit dans le sable, la mine renfrognée. Un bout de chair et de muscle manquait à la jointure de son épaule et de son cou. Visiblement, la blessure ne saignait déjà plus, mais sa peau orange était fortement éclaboussée de sang. Du sang rouge, comme le sien.

Rule avait vraiment voulu tuer Gan.

— Tu me gardes en vie ?

Le démon fit la moue, comme un enfant boudeur.

— Pourquoi crois-tu que je t'ai fait prendre de l'*ymu* ? Il a besoin de moi, lui aussi. (Gan regarda le dragon avec méfiance.) Pour te garder en vie. Il prévoit probablement de te vendre à Xitil. Lorsque les dragons ne mangent pas les démons, ils essaient de piquer leur territoire.

— C'est pour cette raison que vous vouliez m'avoir ? demanda-t-elle au dragon. Pour me vendre ?

Peut-être. Le démon a raison en ce qui concerne mon désir de te garder en vie. Si ton loup avait réfléchi, il l'aurait compris. Pour quelle autre raison souffrirais-je d'avoir un démon ici ?

Rule leva la tête et regarda le dragon droit dans les yeux.

Tu mettrais en doute ce que je dis, loup ?

Elle ignorait si la légère émotion qui accompagnait cette pensée était de l'amusement ou de l'irritation. Mais elle savait ce qu'elle ressentait : de la frustration. Tout le monde comprenait Rule, sauf elle.

— Qu'a-t-il dit ? Ou pensé ou… que sais-je.

Il se demande pourquoi je suis là. Pourquoi les dragons vivent avec les démons.

Gan grommela :

— Vivent avec nous ?! Vous nous mangez, plutôt, quand vous le pouvez. Et vous essayez d'agrandir votre territoire le reste du temps. (Il regarda Lily.) Personne ne sait pourquoi les dragons ont quitté la Terre. Je n'étais qu'un lutin quand quelques-uns d'entre eux ont fait leur apparition ici, mais même les lutins ont entendu parler des combats. Les dragons vivent grâce à la magie, vous comprenez, mais ils ne peuvent en subir les effets. C'était leur grand avantage. Enfin, ce sont aussi de bons combattants, mais nous étions plus nombreux qu'eux, de l'ordre de mille contre un. Le problème…

Le problème, c'est que vous ne vous êtes pas alliés pour nous attaquer, ce qui nous a permis de l'emporter sur le seigneur local et sa cour. Mais vous n'avez pas retenu la leçon. Lorsque Xitil a permis à l'ennemie d'Ishtar de s'allier avec elle, les autres seigneurs auraient dû faire équipe et les détruire toutes les deux. Ils ne l'ont même pas envisagé. C'était une folie monstrueuse.

— Les grandes guerres sont inutiles, dit Gan. Imprévisibles. Xitil détruira l'avatar.

Ton attitude ne me surprend pas.

L'ennemie d'Ishtar ? Gan n'avait-il pas employé ce nom, lui aussi ? Lily secoua la tête.

— Écoutez, tout ça est très intéressant, mais le moment est mal choisi pour des leçons d'histoire. J'ai besoin de quelque chose de droit que je pourrais utiliser comme attelle, et d'une attache quelconque. Un bout de vêtement, une corde, un cordon en cuir… Et si vous savez comment on replace des os… (Sa voix faiblit.)… j'aurais besoin d'aide.

Elle n'avait aucune raison de penser que le dragon se proposerait.

L'immense tête se tourna pour se concentrer sur Gan.

Les démons sont doués pour manipuler les corps.

Gan renifla :

— Je ne tiens pas à l'aider. Il a essayé de me tuer.

Tu feras selon mes désirs, Izhatipoibanolit…

— C'est bon, c'est bon. Mais vous voulez dire que vous souhaitez que l'on soigne la patte du loup ?

Gan était incrédule.

Oui.

Le démon poussa un profond soupir, pour montrer qu'il n'aimait pas qu'on profite de lui, puis se leva.

— Je peux remettre son os en place, mais il ne tiendra pas. Ce n'est pas un démon. Il ne peut pas guérir aussi vite.

— L'attelle est là pour ça.

Une lueur d'espoir apparut, fragile et incertaine. Le dragon avait brisé la patte de Rule, et il voulait à présent le voir guérir rapidement. Lily ne comprenait pas. Les dragons étaient-ils capables de compassion ?

— Nous devons stabiliser sa patte.

Le dragon pencha la tête. Au bout d'un moment, l'une des silhouettes qui tournoyaient dans le ciel se sépara des autres et disparut au sommet de la falaise.

Nous sommes bien fournis en os. L'un de mes congénères vous en apportera un assortiment pour choisir l'attelle. Il y a des couvertures dans votre grotte. Déchires-en une en bandes, ou demande au démon de s'en charger. Il a de bonnes dents.

— Euh… notre grotte ?

L'endroit où vous resterez. L'entrée est près de l'herbe, à l'extrémité est de la plage.

Ayant dit cela, il se leva.

Les pattes du dragon étaient courtes et épaisses par rapport à son corps, et courbes comme celles d'un lézard. Sa croupe était de la hauteur d'une maison, ses épaules légèrement plus basses.

Tu trouveras à manger dans la grotte. Tu n'en auras pas besoin, mais le lupin devra se nourrir. Au fond, il y a une petite source d'eau douce.

— Moi aussi, je dois manger, dit Gan. Je ne peux pas manger de créatures mortes.

Tu seras nourri. Tu continueras à nourrir l'humaine. Baissez-vous.

Le dragon se mit en branle.

Une créature aussi imposante aurait dû sembler lourde. Elle ne l'était pas. Lily dut se coucher au sol pour éviter d'être frappée par la queue du dragon lorsqu'il se mit à marcher, mais les pattes éloignées l'une de l'autre le portaient sur le sable avec autant d'agilité qu'un de ses minuscules congénères.

— Attendez ! (Lily se mit debout.) Où allez-vous ? Quand reviendrez-vous ?

Le dragon, ondulant dans le bac à sable, descendit les six mètres de dénivelé jusqu'à la plage comme un chat qui descend mollement d'un canapé.

— Comment vous appelez-vous ? cria-t-elle.

Il continua son chemin, comme si de rien n'était.

— Comment avez-vous su que nous étions dans cette région ? Comment avez-vous su que j'étais une sensitive avant de nous faire venir ici ? Et pourquoi nous avoir amenés ici ?

L'immense créature avait déjà parcouru plusieurs dizaines de mètres sur la plage.

— Bon sang, je vous vocalise !

Il s'arrêta, ses ailes partiellement déployées. Elles étaient doublées, comme celles d'un papillon de nuit. Lentement, son cou décrivit un cercle jusqu'à ce que le dragon regarde derrière lui, dans la direction de Lily. Légère, si légère qu'elle aurait pu être le fruit de son imagination, Lily perçut une pointe d'amusement juste avant qu'il ne se redresse sur ses pattes arrière. Le long corps s'éleva de plus en plus haut. Puis le dragon contracta ses muscles et bondit vers le ciel comme un chat qui saute sur un rebord de fenêtre.

Même à cette distance, le vent produit par ses ailes souleva le sable ; Lily en reçut quelques grains dans les yeux. Elle essayait de s'en débarrasser lorsqu'elle perçut ces derniers mots : *Sam. Je crois que tu peux m'appeler Sam.*

XXVII

Lily avait besoin de vêtements. La ceinture de Cynna devait être bien ajustée pour retenir le pantalon, or la serrer lui faisait mal. Elle devait aussi s'occuper de l'Inspecteur Harry.

Après être sortie de l'hôpital, elle s'assit donc à l'arrière de la vieille Bronco de Cullen, les poings serrés, s'efforçant de ne pas penser à ce qui pouvait arriver à Rule pendant qu'elle s'occupait de son chat et de sa tenue. Un agent avait conduit sa voiture chez elle la nuit précédente, et celle de Rule avait été mise en fourrière.

Sur quelques pâtés de maison, elle laissa reposer sa tête sur le siège et tâcha d'ignorer les propos de Cynna et de Cullen qui se disputaient. Elle devait voir Beth, lui parler. Elle n'en avait pas envie. Pas alors que Beth était chez ses parents. Mais elle ne pouvait se contenter d'un coup de téléphone, pas pour ça. Elle devait savoir à quel point Beth avait été terrifiée la nuit précédente.

Seigneur, elle était si fatiguée. Elle ferma les yeux, mais ne put trouver le repos. C'était impossible: tout bourdonnait autour d'elle comme une ligne à haute tension surchargée.

Elle avait peur. Extrêmement peur. Pas tellement de mourir, même si elle ne se faisait pas d'illusion.

Il y avait de fortes chances qu'elle y reste, mais elle savait comment tenir bon face à ce type de risque. En tant que flic, elle avait généralement des renforts dans les situations dangereuses. En leur absence, elle avait été entraînée à assurer ses arrières. On identifiait un objectif, on s'organisait et on faisait de son mieux. La peur était normale, ce n'était qu'un facteur de plus à prendre en compte.

Ce qui l'oppressait n'était pas aussi évident que la peur de mourir. Ce sentiment vague provenait de celle de ne pas être à la hauteur. Elle n'en savait pas assez, elle ne pouvait être assez forte ou en faire assez pour ramener Rule. Elle avait perdu son Don. Elle n'était pas certaine d'avoir encore assez de force en elle pour faire ce qui devait être fait.

Même avec son Don, peut-être que ça ne suffirait pas. Ce qu'ils avaient planifié – ou plutôt, jusque-là, échoué à planifier – était insensé. Un ensorceleur lupin, une détectrice, et une ancienne flic de la brigade criminelle, complètement en morceaux, qui allaient se heurter à Dieu savait combien de démons, sur leur propre territoire. Comment se préparer à ça ?

Un pas à la fois, se dit-elle. Même si elle ne pouvait être sûre d'aller dans la bonne direction. Elle devait tout de même avancer pas à pas.

À l'avant de la voiture, Cynna grogna :

— Vous ne savez pas de quoi vous parlez. Il n'y a aucune différence technique entre ouvrir un grand ou un petit portail. Ce n'est qu'une question de puissance.

Ils auraient dû prendre la voiture de location de Cynna. Le moteur de la Bronco grondait si fort que Lily se demanda si Cullen le faisait tourner grâce à la sorcellerie. Mais ce dernier avait insisté pour conduire, et Cynna ne voulait pas le laisser au volant de son véhicule. Même un véhicule qui n'était à elle que provisoirement.

— Je suppose que vous n'avez jamais entendu parler du théorème de McCallum.

Cullen parlait comme un adulte qui s'adresse à un enfant adorable mais lent d'esprit.

— Il a une théorie sur les portails de l'enfer ?

— Non, cela concerne la différence entre la pertinence et la résonance, mais il suggère que…

— Il n'y a qu'une sorte de pertinence qui compte avec les portails. Maintenant, si vous voulez parler de vaudou…

— Faites au moins semblant de vous intéresser à ce problème plutôt que de seulement vouloir marquer un point sur moi, dit Cullen. Vous vous ridiculiserez moins.

Lily se demanda si elle allait devoir les tuer tous les deux. Leur scotcher la bouche suffirait peut-être.

— Se quereller est un moyen comme un autre de gérer la tension, fit-elle, mais ça ne marche pas vraiment en ce qui me concerne. Puisqu'aucun de vous ne sait comment ouvrir un portail, peut-on parler d'un sujet plus utile ? Imaginer un plan ?

— Crois-le ou non, dit Cullen, mais notre dispute est on ne peut plus utile. Indirectement.

— C'est ça. Bien sûr. Maintenant je comprends.

— Nous essayons de décider quel type de portail nous devons ouvrir, expliqua Cynna. À pertinence unique ou multiple. Seulement, un portail à pertinence multiple, ça n'existe pas, alors tu as raison. Nous perdons du temps.

Cullen cracha. Le bruit faisait très exactement penser à ça : un chat qui feule.

— Déesse, gardez-moi des sorcières mesquines qui ont réponse à tout. Ce n'est pas parce que vous n'en avez jamais entendu parler que c'est impossible.

Encore une fois, Lily s'efforça de les remettre sur les rails.

— Comme, de toute façon, vous ne savez pas ouvrir un portail, cette discussion n'a pas lieu d'être.

— Nous connaissons les principes généraux en jeu, déclara Cullen impatiemment.

— C'est vrai, dit Cynna. C'est comme d'affirmer qu'on ne sait pas fabriquer une télévision, mais qu'on comprend plus ou moins son fonctionnement. Cullen pense qu'une fois que nous aurons notre télé, il suffira de la bricoler. Mon avis est que ce serait trop dangereux. Nous n'avons aucune raison de penser que c'est même possible.

— C'est possible, insista Cullen. Le théorème de McCallum…

— Tu parleras de ce théorème plus tard, dit Lily. À quel genre de risque on s'exposerait si vous bricoliez le sort ? À quels avantages ?

— Le rituel. À ce niveau, la magie nécessite un rituel, pas seulement un sort.

— Peu importe. Les risques et les avantages, Cullen.

— Le plus grand risque est que le rituel ne fonctionne pas. Nous n'obtenons pas de portail. Auquel cas nous pouvons faire marche arrière et essayer le rituel non modifié.

— Peut-être, fit Cynna sèchement. Si nous survivons, pour commencer. Nous parlons d'un rituel majeur, qui implique des forces que nous ne comprenons pas. Il n'y a aucun moyen de prédire ce qui arrivera.

Lily fronça les sourcils.

— C'est un gros risque.

— Et l'avantage, fit Cullen, c'est qu'en cas de succès, nous contrôlerons totalement le portail, ainsi que les gens et les objets qui le franchiront.

Lily se tut un moment. Cynna et Cullen s'étaient asticotés au sujet de tous les démons qui ne dévastaient pas la campagne actuellement, mais s'ils ouvraient un portail qu'ils ne pouvaient contrôler…

— C'est un gros avantage. Assez gros pour courir le risque – si cette histoire de pertinence multiple est possible.

Cullen changea de voie à la dernière seconde.

— Reprenons les bases. Tu sais que les portails sont des constructions magiques, n'est-ce pas ? Situées au-dessus ou tout près d'un noyau.

— Ça, je l'ai compris. Les Azá essayaient d'ouvrir le leur juste au-dessus d'un noyau. Ils avaient besoin de sa puissance.

— En partie, oui. Mais les noyaux sont aussi des zones où la congruence est la plus grande. Vois-les comme des espaces où les sphères se touchent presque. En termes de magie, la congruence est l'un des cinq champs de la pertinence. C'est un champ spatial. Il y a aussi les champs physique, émotionnel, mental et spirituel.

Lily secoua la tête.

— J'ai déjà mal au crâne. Je croyais que le spirituel et la magie étaient des choses différentes. C'est comme ça que Nettie a pu me guérir, parce qu'elle n'utilisait pas de la magie pure.

— Ça dépend de la personne à qui tu parles. Il y a différentes théories.

— Par exemple ?

— Au départ, j'ai reçu mon enseignement des Wiccan. Pour eux, l'esprit est l'un des cinq types de pouvoir : la terre, l'air, le feu, l'eau, l'esprit. Les médecins chinois travaillent également avec cinq énergies, même s'ils remplacent l'esprit par le métal et considèrent le spirituel comme une entité totalement à part. C'est aussi ce que font beaucoup de courants protestants. Le catholicisme est totalement confus sur le sujet. La plupart des chamanes disent qu'il y a une différence entre l'esprit et la magie, et ils se contentent d'un sourire mystérieux si on leur demande laquelle.

— Comme Nettie.

— Exactement. Les houngan et les mambo…

— Qui ?

— Les prêtres vaudous hommes et femmes. Leur magie repose sur l'esprit, donc naturellement ils ne font pas le distinguo entre les deux. Quant aux bouddhistes… (Il haussa les épaules et ajouta en fredonnant :) Spirituel, non spirituel, aucune différence. La dualité est une illusion.

Cynna rit :

— Je connaissais quelqu'un qui aurait très bien pu dire ça.

Lily tambourina sa cuisse de ses doigts.

— Ils ne peuvent pas tous avoir raison. Qu'en pensent les ensorceleurs ?

— En général, nous éludons la question. Le spiritualisme est en rapport avec le bien et le mal. Ça embrouille tout.

— Et les ensorceleurs ont horreur de s'embrouiller, dit Cynna. La spiritualité n'est pas une chose tangible, c'est pourquoi ils la considèrent de la même façon que les humains dépourvus d'un Don considèrent la magie : comme si ce n'était pas réel. Et si c'est réel, ça ne devrait pas l'être.

Cullen eut un éclat de rire.

— C'est subjectif, mais pas complètement faux. Bien sûr, les *Msaidizi* se fondaient sur la foi.

— Les quoi ?

— Les Griseurs.

Oh.

— Quel est le rapport avec les portails ?

— Ces derniers sont des constructions magiques, soit, mais ils ont été fermés à l'aide d'une combinaison d'énergies spirituelle et magique. Pour rouvrir un portail, nous avons besoin de ces deux types d'énergie.

— C'est ce que les Azá faisaient, n'est-ce pas ? Ils vénéraient leur déesse, et leur foi était utilisée pour ouvrir ce portail.

Leur foi, plus un petit bonus de magie macabre.

— Tout juste. On ne peut pas réunir une grande communauté partageant une foi commune, alors même si on savait comment faire, on ne pourrait pas rouvrir un portail.

— Pourtant, tu projettes d'en ouvrir un.

— D'en ouvrir un nouveau, pas d'en rouvrir un existant. Nous devrons le construire. Nous débattons avec

Cynna sur la façon dont nous pourrions, euh, l'attacher. Elle pense que la congruence est le seul critère. Je pense qu'il est essentiel - on ne voudrait pas le franchir et se retrouver en plein ciel ou au milieu d'une montagne, les deux espaces doivent donc être en harmonie. Mais je crois qu'avec un petit portail, on pourrait également utiliser d'autres pertinences.

Cynna prit la parole:

— C'est-à-dire toi, Lily.

— Pardon? (Elle secoua la tête.) C'est une blague, hein?

— Non. (Cullen ralentit. Ils étaient arrivés devant l'immeuble de Lily.) Cinq champs de pertinence, tu te rappelles? Spatial, physique, mental, émotionnel et spirituel. Plus on utilise de champs, plus le portail est stable et mieux nous le contrôlons.

— En théorie, ajouta Cynna d'un ton sinistre.

Cullen ignora sa remarque.

— Le lien d'âme sœur nous donne deux champs de plus à utiliser: les champs physique et émotionnel.

— Je... vois. Plus ou moins. Comme Rule est là-bas et que je suis ici, le lien d'âme sœur constitue déjà une sorte de portail. Mais une fois que je serai là-bas moi aussi, ce ne sera plus vrai.

— C'est pour cette raison que tu as besoin de moi, dit Cullen avec enthousiasme, en se garant sur la place libre près de la voiture de Lily. Pour résoudre les problèmes compliqués. Si je m'y prends correctement, le portail se refermera derrière nous dès que nous aurons traversé. Il se rouvrira quand tu le voudras, et rien ne pourra le franchir sans ta permission.

Fichtre. Lily passa une main dans ses cheveux.

— Qu'est-ce qui se passera si je me fais tuer?

— Tâche d'éviter. (Il coupa le moteur et ouvrit sa portière.) C'est une sacrément bonne façon d'empêcher les démons d'utiliser notre portail, ceci dit, non?

— En théorie.

Lily ouvrit la portière à son tour et sortit. Sa brûlure la lança, pour protester de la pression que la ceinture de sécurité venait de lui faire subir. Elle regarda les marches qui menaient à son appartement d'un air sombre, et partit dans cette direction.

— Tu m'as convaincue que ça en valait la peine.

— Je savais que tu comprendrais l'intérêt. (Elle entendit le *clic-clic* du verrouillage de la voiture derrière elle.) Si ça peut te consoler, je ne pourrais pas le faire si tu avais encore ton Don.

Elle accueillit sa remarque par un hochement de tête. Elle n'était pas prête à regarder le bon côté des choses.

— Si tu l'avais encore, ce ne serait sans doute pas très judicieux que tu traverses, ajouta Cynna en contournant la voiture. Étant donné ce qu'on dit sur les sensitifs en enfer.

— Qu'est-ce qu'on... Hé !

Cullen venait de la faire basculer dans ses bras.

— Qui a dit que je n'étais pas un gars prévenant et attentionné ? Pas besoin de monter ces marches toi-même. D'accord, ajouta-t-il à Cynna alors qu'il se dirigeait vers l'escalier. Ça m'intéresse : que dit-on des sensitifs en enfer ?

— « Dans une terrible rixe des hordes daemoniaques s'affrontèrent, récita-t-elle, pour celui qui en sa possession avait le Don du sistewitte. Gare à la bête brutale qui verrait croître ses puissances maléfiques – et boirait le précieux sang de son cœur » Allez, passe-moi tes clés. Je passe devant pour ouvrir la porte.

Lily les prit dans la poche latérale de son sac à main.

— Je n'ai pas compris grand-chose, mais rien ne semble concerner les sensitifs.

— *Sistewitte* est le terme médiéval pour les désigner. (Cullen prit l'escalier derrière Cynna.) Les cinq sens étaient les cinq *wittes*. À leurs yeux, les sensitifs avaient un sixième sens. Un *sistewitte.*

— Ah... Donc si j'ai pigé l'essentiel, les hordes démoniaques prévoyaient de boire le « précieux sang de son cœur ».

— C'est ça, fit Cynna en enfonçant la clé de Lily dans la serrure. Les démons obtiendraient soi-disant un pouvoir spécial grâce au sang d'un sensitif.

Cullen arriva sur le palier. Il n'était même pas essoufflé. Beau résultat pour quelqu'un qui allait sur ses soixante ans.

— Je n'avais jamais entendu ces vers. D'où sont-ils tirés ?

— Des *Affreux Tourments de l'Enfer*. C'est très obscur. Quatorzième siècle, de plus il se peut que ce soit de la pure fiction, mais le moine qui… Hé ! Bon sang, qu'est-ce que vous faites là ?

CINQ MINUTES PLUS tard, Lily était assise dans l'unique fauteuil de son appartement et caressait l'Inspecteur Harry, qui avait mis son moteur à plein régime. Le chat avait réclamé ses genoux dès que l'homme qui lui tenait compagnie s'était levé.

— Je vous proposerais bien un sandwich, mais Harry et moi on s'est partagé la dernière tranche de jambon, dit Abel Karonski de la cuisine, où il se resservait du café. Quelqu'un veut une tasse ?

— Qu'est-ce que j'ai fait pour que tout le monde entre chez moi comme dans un moulin ? demanda Lily au plafond. Évidemment que j'en veux bien une, puisque c'est mon café.

Karonski se joignit à eux avec deux tasses fumantes, regardant distraitement l'appartement comme si un autre fauteuil avait pu pousser dans la pièce en son absence. Son regard s'arrêta sur Cullen.

— Seabourne, dit-il avec un hochement de tête. On s'est déjà rencontrés, à la cérémonie d'adoption. Lorsque vous avez rejoint les Nokolaï, je veux dire.

Cullen affichait une expression impénétrable.

— Je m'en souviens.

— Au risque de me répéter, dit Cynna, que faites-vous ici ?

Elle s'était assise sur l'un des coussins près de la grande table basse carrée de Lily, le seul autre type de siège présent dans le salon minuscule. Cullen occupait déjà l'autre coussin.

— Je ne suis pas vraiment ici. Considérez-moi comme une invention de vos imaginations débordantes.

— Ne le prenez pas personnellement, Abel, mais vous n'avez jamais été très présent dans mon imagination débordante. Tenez. (Cynna se releva.) Asseyez-vous pour reposer un peu ces vieux os.

— Grande gueule. Vous avez toujours été grande gueule. Je n'ai que dix ans de plus que vous. (Il tendit une tasse à Lily, sur laquelle était inscrit «*Ne me forcez pas à lâcher les singes volants !* ») Vous n'avez pas l'air en grande forme.

— Vous non plus.

C'étaient littéralement des valises qu'il avait sous les yeux.

— Fatigué, c'est tout. Nous avons trouvé la faille : elle est énorme. La plus grosse que j'ai jamais vue. J'ai organisé un Rassemblement pour la fermer.

— Un Rassemblement ?

— De multiples assemblées de sorcières, dit Cullen. Entre trois et une dizaine. Vous parlez là d'une mesure majeure.

— C'est une faille majeure. (Il s'assit maladroitement sur le coussin puis jeta à Lily un regard noir.) Je ne comprends pas pourquoi vous n'avez pas de chaise. Tout le monde a des chaises.

— Les inventions de mon imagination débordante n'ont jamais eu à redire de mes coussins avant vous, répondit-elle. Ni fini mon jambon. Vous pouvez peut-être m'expliquer pourquoi j'imagine que vous êtes ici.

— Officiellement, je suis toujours en Caroline du Nord. J'y retournerai par le premier avion dès que nous aurons parlé. (Il prit une gorgée.) Très bon, ce café.

— Rule est très sélectif en la matière. Il achète des mélanges spéciaux et moud les grains lui-même.

Le silence qui s'ensuivit débordait de non-dits. Karonski finit par soupirer.

— Je suis désolé pour Rule, Lily. Sacrément désolé.

Elle ne répondit rien. Elle attendit, simplement.

Il eut l'air inquiet :

— Vous ne comptez pas vous entêter à affirmer qu'il n'est pas mort ?

— Je suis sûre que vous le savez. Tout comme je sais que vous n'avez pas parcouru quatre mille kilomètres pour me témoigner votre compassion.

— Non. (Il prit une autre gorgée de café, poussa un autre soupir et posa sa tasse sur la table basse.) Je suis venu vous dire certaines choses que Ruben ne voulait pas que je vous communique par téléphone. Et m'assurer que vous ne prévoyez pas de faire quelque chose de stupide.

Lily resta de marbre.

— La ligne privée de Ruben est aussi sécurisée que n'importe quelle ligne dans le pays.

— En effet. Laissez-moi vous donner quelques éléments d'information que vous n'êtes pas censée savoir. Des éléments vraiment sérieux, avec des tas de *top* tamponnés devant *secret*. (Il regarda Cullen.) Je suppose que vous voyez l'avantage à continuer de voler loin du radar officiel.

Cullen sourit aimablement.

— Tout comme vous voyez celui à me laisser rôder par ici. Ne vous en faites pas. Je n'irai pas faire le tour des magazines pour vendre cette histoire.

— Vous n'en discuterez avec personne d'autre que les personnes ici présentes. Par ailleurs, vous ferez très attention à la manière dont vous en parlerez. Vous allez comprendre pourquoi. (Il fit une pause.) L'année dernière, deux membres du Congrès américain et le sous-secrétaire d'un important ministère ont été signalés pour avoir été contactés par un démon.

— Pardon ? (Lily secoua sa tasse, renversant quelques gouttes de café sur Harry. Il lui adressa un regard indigné et sauta de ses genoux.) C'est... ce n'est pas à ça que je m'attendais, c'est sûr. (Les démons ne téléphonaient pas aux membres du Congrès pour leur proposer de faire affaire. D'abord, ils n'en étaient pas capables... du moins c'était ce que tout le monde pensait.) Il n'y a pas eu de cas confirmé d'escroquerie démoniaque avec le gouvernement depuis... eh bien, depuis Hitler.

Karonski hocha la tête.

— Et à l'époque, c'était un phénomène insolite, le résultat de conditions qui avaient peu de risques de se répéter avant un millier d'années. Vous comprenez pourquoi ils tiennent l'enquête secrète.

— Ils, pas nous ? (Elle haussa les sourcils.) Qui mène l'enquête ?

— Les Services secrets. Comme ils avaient besoin de l'aide d'un expert, Ruben a mis à leur disposition certains d'entre nous au sein de l'Unité, officieusement. Mais c'est leur enquête, pas la nôtre.

— Nous parlons d'un seul démon ? demanda Cynna. Ou plus ?

— Bonne question, répondit-il en secouant la tête. Nous aimerions déterminer si nous observons un changement très important dans la relation entre les sphères, ce que suggérerait un contact avec de multiples démons. Malheureusement, je n'en sais rien. Les descriptions que nous avons ne correspondent pas, mais les démons ont la vilaine manie de changer de taille et de forme, ce n'est donc pas concluant.

Cullen lui lança un regard indéchiffrable :

— Quel est le rapport avec Lily ?

— Réfléchissez. Si un candidat retenu et trois représentants de l'État signalent un contact démoniaque non sollicité, il y a de fortes chances pour que d'autres aient également été contactés. Mais ne l'aient pas signalé.

— Merde.

— Ceux qui l'ont fait ont pris des risques, déclara lentement Lily. On dit que les démons ne peuvent pas initier eux-mêmes un contact, n'est-ce pas ? Ils doivent être invoqués. Les membres du Congrès ont dû craindre qu'on croie qu'ils les avaient appelés.

Karonski acquiesça.

— Ils ont fait preuve de courage, soit. Mais certains ont dû avoir peur. D'autres se sont sans doute persuadés que ce n'était jamais arrivé. Le déni est une force puissante. Mais la nature humaine étant ce qu'elle est, nous devons partir du principe qu'il y a des personnes haut placées dans le gouvernement qui ont accepté l'offre du démon.

— De quoi s'agissait-il ? demanda-t-elle.

— Les propositions habituelles. Gloire, richesse, pouvoir. Le pouvoir peut être extrêmement tentant, même pour le meilleur d'entre nous.

Cynna secoua la tête.

— Un pacte comme celui-ci laisse des traces. Ce n'est pas difficile de découvrir si quelqu'un a bu le sang d'un démon.

— Oh, berk, fit Lily. C'est comme ça qu'on scelle le pacte ?

— Le sang est à la fois le sceau et le moyen de transmission du pouvoir, expliqua Karonski. En effet, on peut le détecter. Mais ce n'est pas possible de faire passer des analyses sanguines à tous les membres du Congrès, à leurs équipes et leurs familles, à tous les secrétaires et sous-secrétaires, peut-être à quelques dizaines de juges et…

— O.K, O.K, dit Cynna. Mais que font les Services secrets, dans ce cas ? Comment enquêtent-ils s'ils ne peuvent pas faire d'analyses ?

Karonski garda le silence un long moment.

— Nous avions espéré faire intervenir un sensitif, dit-il enfin. Quelqu'un qui, d'une simple poignée de main, pourrait dire qui est clean.

Lily ferma les yeux. *Merde, merde, merde…*

Cullen répondit d'une voix sèche :

— Vous n'avez pas non plus parcouru quatre mille kilomètres pour que Lily se sente encore plus mal d'avoir perdu son Don, je présume.

Lily prit la parole, sans ouvrir les yeux:

— Il nous prévient. Il pense qu'il y a un risque pour que le directeur par intérim du FBI soit corrompu. C'est pour cette raison que Ruben n'a rien dit au téléphone. Et c'est aussi pour ça que Karonski est toujours officiellement en Virginie… et sans doute pour cela également que les Services secrets enquêtent, et pas nous.

Karonski écarta les mains.

— Nous n'avons pas de preuve. Aucune. Aucune raison de penser que Hayes a été contacté, mis à part…

— … une intuition qu'a eue Ruben, finit-elle à sa place.

— Exact. (Il prit sa tasse et but un peu de café.) Qui a été renforcée lorsque Hayes a fait pression sur Ruben pour clore l'enquête et déclarer Rule mort.

— Je ne vois pas le lien, intervint Cynna.

— Vous devriez. Si Hayes est corrompu… (Karonski s'interrompit.) C'est un énorme « si », évidemment. Il a pu simplement faire une de ses saletés d'analyses entre les bénéfices et les coûts et décidé que ça reviendrait moins cher d'ignorer Rule. Il est aussi possible que lui-même soit clean mais qu'il subisse des pressions d'autres qui ne le sont pas. Toutefois, s'il est corrompu, la décision n'est pas venue de lui. Elle est venue du démon.

Lily avait mal à la tête. Elle se frotta les tempes.

— Et ce démon hypothétique ne veut pas qu'on parte à la recherche de Rule ?

— Soit le démon, soit le maître du démon.

Cynna marmonna quelque chose.

Karonski la regarda avec un soupçon de compassion.

— C'est ce qui semble le plus probable, n'est-ce pas ? Plus que de supposer que les règles ont changé. Un vrai maître pourrait instaurer un contact entre un démon et des humains ordinaires.

— Vous ne m'avez pas fait intervenir, fit Cynna d'une voix nerveuse. Je suis justement celle qui pourrait la détecter, et vous ne m'avez rien demandé.

— Ruben voulait faire appel à vous. Les Services secrets ont refusé.

Elle détourna les yeux puis hocha la tête.

— Ce qui m'amène à la seconde raison de ma venue. (Il avala sa dernière gorgée de café puis posa la tasse vide sur la table.) Juste au cas où l'un d'entre vous envisagerait de faire quelque chose d'effroyablement stupide, comme se rendre en enfer sans autorisation officielle, vous devez savoir que le premier suspect des Services secrets est Jiri Asmahani… l'ancien professeur de Cynna. Ce n'est pas le moment le mieux choisi pour reprendre contact avec elle.

Ils en avaient fini. Karonski se leva, leur dit qu'il les verrait plus tard, puis s'arrêta devant Lily. Elle ne se leva pas. Elle ne prit pas non plus la parole. Il resta face à elle un long moment, l'air fatigué et triste, comme s'il voulait dire quelque chose. Mais il se contenta de secouer la tête, se pencha et lui tapota l'épaule, puis s'en alla.

Il emporta avec lui leur dernière lueur d'espoir.

Le moment est venu de faire le pas suivant, avait-elle pensé durant tout ce temps. Mais que faire lorsque ses pas ne la menaient plus nulle part ?

Même si elle avait voulu compromettre une enquête sur le contrôle démoniaque d'agents de l'État haut placés, il y avait un risque que l'ancien professeur de Cynna soit impliqué dans l'interdiction officielle de rechercher Rule. Elle ne serait certainement pas prête à changer d'avis simplement parce que Cynna le lui demandait gentiment.

Karonski ne les aiderait pas à ouvrir un portail vers l'enfer. Et Cullen ignorait comment faire.

Seigneur, elle était si fatiguée. Elle ferma les yeux et songea qu'elle pourrait rester comme ça. Ne plus jamais les rouvrir. Elle entendit Cullen qui se levait et commençait à faire les cent pas en marmonnant entre ses dents. Elle crut reconnaître du latin.

— Cynna, fit-elle sans ouvrir les yeux. Serais-tu en mesure d'invoquer le démon qui a emmené Rule ? De le forcer à nous conduire à lui, ou à nous le ramener ?

— Non, répondit la détectrice d'une voix désolée. Je ne connais pas suffisamment de ses noms.

— O.K. (Cullen prit une profonde inspiration, puis expira doucement.) Nous avons épuisé toutes les autres options.

Lily ouvrit brusquement les yeux en entendant cela.

— Toutes les autres ? Il y en a une que je ne connais pas ?

— Tu la connais. Plus ou moins. (Il s'arrêta devant elle.) Il y a peu de chance que cela fonctionne, mais c'est tout ce qui nous reste. Tu as dit que la Rhej voulait te parler.

Perplexe, elle hocha la tête.

— Tu devrais le faire, alors. Aller parler à la Rhej.

XXVIII

Cullen ne voulait rien dire de plus. Il ne voulait pas lui expliquer en quoi ce serait utile de parler à l'historienne ou à la prêtresse du clan. Il ne lui révéla même pas le nom de cette femme. L'usage, selon lui, voulait que la Rhej choisisse celui qui recevrait son nom, et on ne la nommait jamais, hors de sa présence, par autre chose que son titre.

Il avait la trouille. Il continuait de marcher en rond, mais lorsque Lily lui demanda pourquoi l'idée de parler à la Rhej le stressait, il eut l'air surpris et lui dit qu'il était un gars nerveux. Il pensait qu'elle le savait.

Elle prit donc une douche.

Elle fit extrêmement attention. Ce n'était pas en infectant sa brûlure qu'elle pourrait aider Rule, ni qui que ce soit, c'est pourquoi elle prit soin de ne pas mouiller ses bandages. Mais elle avait un réel besoin de se doucher, une folle envie de sentir l'eau couler sur elle, et de se dire, même si c'était idiot, qu'elle pouvait se laver d'une partie des événements de la nuit passée.

Elle utilisa le shampoing de Rule. Debout sous le jet, ses cheveux couverts de mousse et ses pieds fouettés par l'eau, elle comprit soudain pourquoi elle avait eu besoin de se laver.

Ses sanglots jaillirent d'un coup, brusquement. Elle s'adossa à la paroi de la cabine et se laissa glisser jusqu'à se retrouver assise sur le carrelage, la tête appuyée contre le mur, les mains pendantes entre ses genoux, l'eau savonneuse dégoulinant sur ses épaules. Elle pleura.

Personne, pas même Cullen, ne pourrait l'entendre. Elle-même ne s'entendait pas pleurer. C'était le bon endroit pour lâcher prise, laisser la douleur et l'impuissance déferler à travers elle en vagues énormes, terribles.

Elle s'arrêta de pleurer plus doucement qu'elle n'avait commencé. Elle avait encore les yeux humides lorsqu'elle se leva, et se rinça soigneusement les cheveux. Elle se lava le visage et les bras, chercha son rasoir, secoua la tête, et arrêta l'eau sans se raser.

Elle n'était pas certaine de se sentir mieux, mais peut-être que laisser ses larmes couler maintenant éviterait qu'elles fassent leur apparition plus tard.

Le miroir était embué. Elle ne prit pas la peine de le nettoyer et se peigna rapidement. Ses cheveux sècheraient tout seuls. Dans la chambre, elle mit ses sous-vêtements, puis attrapa une robe en soie qu'elle portait rarement. Sa brûlure serait soulagée de ne plus sentir le contact rêche de ses vêtements. Elle plia les habits de Cynna et prit une profonde inspiration.

Le moment était venu de se ressaisir. Ou de faire semblant. Elle ouvrit la porte.

Cullen ne faisait plus les cent pas. Debout près de la fenêtre, il regardait le parking d'un air préoccupé.

— Où est Cynna ? demanda-t-elle.

— Partie nous chercher à déjeuner. Harry l'a accompagnée. Du moins, il est sorti. Ça m'étonnerait qu'il se dirige vers Sub Express.

Il se tourna, l'air un peu plus inquiet encore, et avança vers elle.

Déjeuner. Elle mangerait, bien sûr. Même si elle

n'avait pas faim.

— Je suppose que tu as pensé à toutes les autres stratégies possibles.

— Non. (Il s'arrêta, un tout petit trop près.) Tu as pleuré.

— Merde. Tu ne pourrais pas essayer d'avoir un peu de tact ? Je sais que c'est pas ton point fort, mais à ton âge, tu aurais dû apprendre les bases de la politesse.

— Ce n'est pas grave de pleurer. Il paraît que ça réduit le stress. (Il avança la main et prit une mèche des cheveux mouillés de Lily entre ses doigts, qu'il frotta avec son pouce.) Je connais d'autres moyens de déstresser.

— Dis-moi que tu ne penses pas ce que tu as l'air de penser.

Il eut un sourire qui, limité à un coin de sa bouche, laissa ses yeux impassibles.

— Tu es libre de refuser mon offre.

Elle détourna brusquement le visage et fit un pas en arrière.

— Bon sang. J'y crois pas. Rule a disparu et tu…

— Je t'offre mon aide pour que tu te sentes mieux un moment. Ce n'est pas une guérison permanente, mais le bien-être physique améliore le moral.

— Pour toi, le bien-être, c'est du sexe à la demande ?

— Oui.

Sa question était sarcastique. La réponse de Cullen était sérieuse.

— Rule ne serait pas contre, tu sais, ça ne le blesserait pas. Pas dans ces circonstances.

— Moi, si.

Il haussa les épaules.

— D'accord. Je reconnais que je pige pas le truc de la culpabilité. Je suppose que c'est pour ça que tu fais cette tête ? On dirait plutôt que tu as marché dans une crotte de chien, même si c'est une réaction un peu exagérée. Si tu changes d'avis…

— Ça n'arrivera pas.

— Tiens-moi au courant. Mais si tu penses que le sexe empirerait les choses pour toi, on laisse tomber.

— Bien.

— Je ne te désire pas, tu sais. Sauf d'une façon générale, parce que tu as en effet...

— On laisse tomber, tu te souviens ?

— C'est vrai. (Il retourna vers la fenêtre.) As-tu pris une décision ?

Pendant une seconde, elle pensa qu'il parlait encore de sa proposition, mais c'était stupide. Il l'avait perturbée.

— Que dois-je faire pour rencontrer la Rhej ?

— Simplement te pointer à sa tanière. Elle a dit qu'elle voulait te parler, elle s'y trouvera sûrement.

Comme il regardait par la fenêtre, elle ne pouvait voir son expression. Sa voix semblait normale, un peu moqueuse, même s'il était difficile de dire s'il l'était vis-à-vis d'elle ou de lui-même. Pourtant, elle avait l'impression qu'il était... triste n'était pas le mot, pas exactement. Perdu.

Rule avait été son ami, peut-être même son seul véritable ami, pendant des années. Des années durant lesquelles il n'avait pas de clan, condamné à une solitude qu'aucun humain ne pouvait comprendre.

Avait-il pensé que coucher avec elle l'aiderait à se sentir plus proche de Rule ?

Berk, se dit-elle en essayant de repousser cette idée. Mais celle-ci s'accrochait comme le ferait une bonne intuition, et peu à peu le dégoût se dissipa, la laissant quelque peu confuse. Et lui, vexé.

— Cynna ne dira peut-être pas non à un peu de réconfort dans mes bras.

Il lui sourit par-dessus son épaule, la regardant de ses yeux bleus perçants, pleins de sous-entendus. Comme s'il avait deviné ses pensées... et peut-être d'autres choses que son esprit n'avait pas encore analysées.

— C'est pas une mauvaise idée, poursuivit-il. Cette femme est agaçante, mais elle sent bon.

Lily cligna des yeux. Parfois, elle oubliait presque que

Cullen était un lupin. Il était étrange à tant d'égards, sans grand rapport avec sa personnalité de loup.

— J'espère que tu ne lui proposeras pas cela de cette façon.

— Je sais m'adresser tout à fait convenablement à une humaine occidentale quand c'est nécessaire, mais je ne crois pas que j'en aurais besoin avec Cynna.

— En d'autres termes, tu dis ce que les femmes veulent entendre, mais tu ne le penses pas.

Il eut l'air amusé.

— Je crois que ce n'est pas tout à fait juste. Je ne mens pas. Je n'en ai pas besoin.

Non, les femmes qui le sollicitaient étaient sans doute trop nombreuses pour qu'il puisse répondre favorablement à toutes.

Après un moment, elle reprit :

— C'est profondément énervant.

— C'est ton point de vue. Je trouve ça pratique. (Il tourna la tête.) Notre déjeuner arrive.

— Déjà ?

Amusant. Quelques minutes plus tôt, elle n'avait pas faim. Elle aurait mangé, pour les mêmes raisons qu'elle prenait soin de sa brûlure, parce que c'était nécessaire. Maintenant… c'était étrange, mais elle avait retrouvé l'appétit. Elle avait vraiment faim.

— Je vais chercher les cornichons. Personne n'en met jamais assez.

Elle allait devoir faire un nouveau pas. Et si la Rhej ne pouvait pas les aider, elle trouverait autre chose. Lily partit à la cuisine en réfléchissant au chemin à parcourir, à l'amitié, et à quel genre de munitions pouvait neutraliser un démon.

CLANIA. LE TERRITOIRE des Nokolaï se trouvait dans les montagnes à l'extérieur de la ville, où il s'étendait sur près de huit cents hectares. Ces montagnes n'étaient pas vraiment majestueuses, contrairement à leurs cousines au nord, ni couvertes de pins imposants. Les pentes étaient assez raides mais le dénivelé peu important ; les vallées étaient pour la plupart étroites, coupées par de petits cours d'eau saisonniers. Le chaparral régnait en maître sur cette région, avec ses chênes nains, ses genévriers, sa sauge et, çà et là, les acajous trapus et laids de montagne, qui s'accrochaient aux pentes rocailleuses.

Il faisait plus froid ici, carrément frisquet par rapport au niveau de la mer. L'air sentait la poussière et la sauge. En tout cas, c'était ce que Lily sentait. Elle ne savait pas ce que le loup-garou devant elle humait de plus.

— Alors, dit Cynna, cette Rhej, c'est une solitaire ? Elle vit là-haut, loin du monde.

Ils suivaient un chemin étroit sur l'une de ces pentes couvertes de broussailles. Cullen était en tête ; Cynna fermait la marche.

— Des tas de gens préfèrent vivre un peu à l'écart, dit-il. Ils aiment le contact avec la nature. Ça ne fait pas d'eux des solitaires.

« À l'écart », dans le cas présent, signifiait loin du village – un vague groupement de maisons et de petits commerces le long de la seule véritable route de Clania. La demeure de la Rhej, à quelques kilomètres seulement de la fin du chemin de gravier, était moins éloignée que d'autres.

Mais les lacunes de Lily au sujet des Nokolaï et de Clania étaient grandes. Elle n'était venue que trois fois ici. La première fois, lorsqu'elle enquêtait sur un meurtre – l'enquête à l'origine de son histoire avec Rule. La deuxième fois, elle devait participer à sa *gens amplexi*, la cérémonie qui avait eu lieu lorsqu'elle avait été officiellement adoptée par les Nokolaï. Et lors de son troisième voyage à Clania, huit jours plus tôt à peu près, elle avait seulement visité et essayé de faire connaissance avec les gens auxquels elle était désormais liée.

— Tu tiens le coup ? lui demanda Cullen alors qu'ils gravissaient le dernier tronçon du chemin, le plus raide.

— Ça va.

Elle était complètement vidée, en réalité, ce qui était horriblement gênant mais pas surprenant. Un corps blessé est un tyran qui mobilise tout pour sa guérison. Mais sa brûlure ne lui faisait plus si mal. Ses habits amples n'y étaient pas pour rien.

— Pourquoi n'ai-je pas rencontré la Rhej à la *gens amplexi* ?

Cullen s'arrêta, alors qu'ils n'étaient pas en haut de la montagne. Peut-être qu'ils n'avaient pas besoin de monter jusqu'au sommet. Il la regarda par-dessus son épaule, avec un petit sourire.

— Tu l'as rencontrée. Tu ne le savais pas, c'est tout.

— Encore des secrets, marmonna-t-elle. Ton espèce adore les secrets, décidément.

Lorsqu'elle arriva à son niveau, elle respirait avec peine.

Le sol s'aplanissait par ici, et formait une petite clairière. Pas une clairière naturelle, même si tout ce que Lily voyait semblait avoir poussé librement sur place. Différentes sortes de fougères se blottissaient sous un petit pin parasol. Du faux persil et du céleri sauvage poussaient au milieu de millefeuilles et de certaines espèces d'asters qui s'accrochaient encore à quelques rares petites fleurs, d'un bleu éclatant. Mais la plupart des plantes qu'elle voyait là n'auraient pas pu pousser naturellement sur ce versant orienté vers l'ouest. Quelqu'un les avait plantées, après avoir délogé les chênes et les genévriers.

Un boulot considérable sans machine de terrassement. Peut-être que de robustes lupins étaient venus l'aider.

Une maison se trouvait à flanc de montagne, une minuscule construction en pisé, pratiquement de la couleur de la terre derrière elle, mais avec un toit métallique brillant. Lily venait de passer de la contemplation des plantes à celle de la demeure, lorsque la porte d'entrée s'ouvrit. Une vieille femme balaya au dehors des moutons de poussière.

Lily l'observa. Elle la reconnut, c'est vrai, bien qu'elles

ne se soient pas parlé lors de la cérémonie ou de la fête qui avait suivi. La femme mesurait un peu plus d'un mètre cinquante, ce qui avait suffi à imprimer sa personne dans la mémoire de Lily. Elle avait la peau blanche, la soixantaine passée, et était bien en chair – du genre grand-mère rondelette et joyeuse. Ses cheveux blancs étaient raides et courts. Sa coupe donnait l'impression d'avoir été faite maison, peut-être au taille-haie. Ses yeux avaient été bleus autrefois.

Aujourd'hui, ils étaient laiteux. Elle était aveugle.

Pourtant, elle les observa fixement.

— Eh bien, entrez, dit-elle. Vous n'êtes pas montés jusqu'ici à pied pour me regarder balayer.

Elle se retourna et rentra dans la maison.

Lily lança à Cullen un regard noir.

— Toujours des secrets, murmura-t-elle, avant de se diriger vers la petite maison.

L'intérieur n'était constitué que d'une seule pièce carrée ; sa symétrie était seulement perturbée par deux pans de mur plus en avant, où se trouvaient des portes qui, supposa Lily, donnaient sur une salle de bain et une grande penderie. À sa gauche se trouvait l'espace cuisine : des rayonnages ouverts au-dessus d'un plan de travail en bois, avec une minuscule cuisinière électrique et un réfrigérateur tout droit sorti des années cinquante. À sa droite étaient disposées une table ronde et quatre chaises en bois. Le lit, double, se trouvait dans le fond, entre les deux pans de murs qui dépassaient. Deux coffres cabossés étaient alignés contre un mur. En face, Lily vit un fauteuil relax, une chaîne stéréo dernier cri et trois grands paniers. Un chat gris tigré dormait dans le fauteuil.

Pas de tapis. Des murs plâtrés, blancs, un sol en bois sombre… et un autel. Installé en plein milieu de la pièce, le socle en pierre portait trois bougies blanches partiellement fondues, de la sauge éparpillée ici et là, et une petite soucoupe en argent. Sur le devant de l'autel, était gravé un symbole qui ressemblait fortement au *toltoï* disparu de Lily.

La Rhej était debout devant sa cuisinière, le dos tourné à la porte. Elle portait un jean, une vieille chemise de coton, des chaussettes blanches, pas de chaussures.

— Je vous ai préparé du thé, les informa-t-elle. J'ai aussi fait des gâteaux. Ils sont sur la table.

— Nous ne sommes pas venus pour manger des gâteaux, dit Cullen.

La vieille femme fit claquer sa langue.

— Toujours en colère, hein ? Ce n'est pas moi qui ai dit que tu n'étais pas un Etorri, à l'époque. Même s'il s'est avéré que la Rhej des Etorri avait raison, non ? Les Nokolaï ont seulement mis du temps à se rendre compte que tu étais des nôtres.

— Ah… (Le regard de Lily passa de Cullen à leur hôtesse.) De toute évidence, vous vous connaissez. Il n'a pas pris la peine de nous présenter, je m'en charge donc. La femme qui m'accompagne est Cynna Weaver, et je suis Lily Yu.

— Je le sais, mon enfant.

Elle tourna la tête et leur sourit. Mais le sourire s'estompa, balayé par la surprise.

Puis elle rit :

— Oh. Oh, eh bien, dites-moi. Je suis loin d'être aussi intelligente que j'aimerais le penser. Eh bien, cette rencontre promet d'être intéressante. Vous êtes Cynna ? demanda-t-elle à la détectrice en lui faisant face, comme si elle la voyait.

Cynna répondit par l'affirmative.

— Vous restez ici. Cullen, va faire un tour. Cela fait trop longtemps que tu ne t'es pas transformé. Va mettre au repos ton cerveau et profiter un peu de tes quatre pattes.

Cullen n'avait pas l'air content, mais, à la grande surprise de Lily, il hocha la tête et obéit immédiatement.

Hocher la tête à une femme aveugle ? De plus, Lily ne

comprenait pas comment l'on pouvait jardiner sans voir. À moins…

— Vous voyez comme Cullen ? lâcha-t-elle. Une seconde vue, ou… je ne sais plus comment on l'appelle ?

La Rhej eut un éclat de rire :

— Je ne suis pas une ensorceleuse, et ce n'est pas à proprement parler une « seconde vue ». Asseyez-vous, asseyez-vous.

Elle fit un signe de tête vers la table, sur laquelle des tasses, des soucoupes et des assiettes en porcelaine délicate les attendaient déjà. Une plus grande assiette contenait une bonne douzaine de gâteaux aux pépites de chocolat.

Lily s'exécuta lentement. Cynna s'assit également, l'air aussi perdue que Lily. Les trois tasses contenaient un fond d'herbes séchées. Cynna prit la sienne et la renifla.

— Vous êtes médium ? demanda-t-elle. On dirait que vous nous attendiez.

— Ce n'est pas vous, précisément, que j'attendais. (Elle secoua la tête.) La Déesse m'est témoin, pour sûr je ne vous attendais pas. J'ai parlé à Isen, bien entendu, à propos de la nuit dernière, et la Déesse m'a dit que Lily viendrait. J'ai supposé que Cullen l'avait amenée.

— Vous parlez à votre Déesse ? lui demanda Cynna.

— Je lui parle, je la contredis et parfois même, je l'écoute. Mais la Déesse est seulement la Déesse. Elle n'est plus dans les affaires des dieux.

Elle se tourna, théière à la main, et se dandina jusqu'à la table.

Lily ne voulait pas parler de déesses, même si elles avaient pris leur retraite.

— Vous avez créé un merveilleux jardin.

Pourtant, la Rhej était incapable de le voir. Comment cette femme pouvait-elle savoir quels semis déposer, distinguer les plantes qu'elle choisissait ? Comment profitait-elle de son jardin si elle ne pouvait l'admirer ?

Les sourcils blancs se haussèrent.

— Vous avez remarqué que je ne laissais pas faire la

nature, n'est-ce pas ? Peu de gens s'en rendent compte.

— J'aime jardiner, je m'intéresse aux plantes indigènes.

— Rule m'avait dit que vous aimez farfouiller dans la terre.

Elle trouva une tasse avec ses doigts et versa l'eau bouillante sur les herbes, qui dégagèrent leur senteur âcre. Romarin, pensa Lily. Entre autres.

— J'ai acheté des gâteaux tout préparés, mais ils sont très bons. Servez-vous. Vous n'aimerez probablement pas le thé, mais buvez-le quand même. Ça vous fera du bien.

Elle repéra une autre tasse et versa l'eau.

Elle trouvait les objets grâce au toucher, comprit Lily. Elle trouvait les gens grâce à…

— Vous êtes une empathe. Une empathe physique, je suppose, parce que vous n'êtes pas à l'écoute des émotions des plantes. C'est un état physique que vous ressentez.

Le Don en lui-même n'était pas rare, mais il était généralement considéré comme de faible portée. À l'évidence, celui de la vieille femme était extrêmement puissant, ce qui était sans doute la raison pour laquelle elle vivait isolée.

— Vous ne me voyez pas, mais vous me sentez si nettement que ça revient pratiquement au même.

— Pas au même, dit-elle. Par certains aspects, c'est mieux, mais pas aussi bien par d'autres. (Elle remplit la dernière tasse.) Il faut laisser infuser quelques minutes. (Elle retourna poser la théière sur la cuisinière.) Vous allez me dire ce que vous voulez de moi ?

— Vous m'avez demandé de venir.

— Cela, je le sais. J'ai peut-être quatre-vingts ans, mais ma mémoire est bonne. (Elle rit en revenant à la table et prit une chaise.) Sacrément bonne.

Lily la regarda d'un air dubitatif.

— Quatre-vingts ans ?

— Les femelles du clan ne prennent pas de l'âge aussi lentement que les mâles, mais nous vieillissons bien.

— Ah… (Lily jeta un regard furtif à Cynna.) Allons-nous évoquer de grands et terribles secrets, maintenant ?

— Vous êtes ici pour ça. Je vais vous dire quelques-uns de mes grands et terribles secrets, ensuite vous me raconterez les vôtres. Vous vous demandez pourquoi je laisse Cynna écouter cette conversation. Je vous expliquerai plus tard. (Elle se pencha au-dessus de la tasse fumante, renifla et fit un signe affirmatif de la tête.) Joli mélange. Le goût sera désagréable, mais ça marchera. Buvez.

Cynna sembla dubitative.

— Il y a quoi, là-dedans ?

— Romarin, camomille, et quelques autres plantes. Toutes récoltées avec soin. (Elle « regarda » Lily.) Ce mélange sera bénéfique à Cynna et à moi, mais surtout à vous. Il vous ouvrira au sortilège que je lancerai pour aider votre corps à se réparer. Je ne suis pas une guérisseuse, mais j'ai pioché ici et là quelques recettes au fil des ans. Ensuite, vous aurez besoin de dormir.

Les sortilèges fonctionnaient sur elle, à présent. Lily serra les poings sur ses genoux.

La vieille femme se pencha en avant et lui tapota le bras.

— Je ne vous dirai pas que ça ira mieux. Le deuil et le chagrin ne disparaîtront jamais complètement, malgré le temps qui passe. Je suis devenue aveugle il y a plus de trente ans, et la vue de la rosée sur l'herbe me manque toujours. Ou d'un sourire. (Elle en afficha un.) Seigneur, comme j'adorerais revoir un sourire. Mais la douleur change avec le temps, si on la laisse faire.

Lily commença à acquiescer, mais se retint.

— D'accord. (Elle prit une profonde inspiration.) Je ne suis pas ici pour parler de la perte de mon Don, ceci dit.

— Vous voulez partir à la recherche de Rule.

Lily eut un léger sursaut.

— Vous êtes bel et bien une médium. Ou alors Isen…

— Isen cherche à vous empêcher de le faire, c'est vrai. Parce qu'il espère le faire lui-même, ou envoyer ses hommes, s'il trouve un moyen. Il n'est pas que le Rho, il est aussi un homme et un père. Mais vous êtes l'Élue de Rule. Naturellement, vous voulez le retrouver. (Elle prit sa tasse.) Buvez votre thé, mon enfant. J'ai beaucoup de choses à vous raconter, et je ne commencerai pas tant que vous n'aurez pas fini votre tasse.

Le thé contenait-il plus que des herbes apaisantes ? Lily prit la tasse dans ses mains et le sentit d'un air dubitatif, puis jeta un coup d'œil à Cynna… qui, l'air concentrée, avait la main posée sur sa propre tasse.

Après quelques secondes, elle haussa les épaules, porta sa tasse à sa bouche et but une gorgée.

— Pouah ! Vous ne plaisantiez pas au sujet du goût. On dirait de la crotte de rat.

— Pas dans ce mélange. (La vieille femme avala son thé en trois grandes gorgées, grimaça puis éructa doucement.) Avant de me dire ce que vous voulez de moi, vous devez savoir ce qu'est une Rhej. Je suis la mémoire. (Elle prit un gâteau.) Vous n'avez pas bu votre thé.

S'il fallait en arriver là pour la faire parler… Lily essaya d'imiter la vieille femme. Il lui fallut cinq gorgées, et elle eut du mal à ne pas recracher la dernière.

— L'historienne du clan, vous voulez dire.

— Je veux dire ce que j'ai dit. Mangez. (Elle poussa les gâteaux vers Lily, qui en prit un et mordit dedans.) Ils neutralisent l'arrière-goût. (Elle finit le sien et s'essuya les mains.) Vous pensez que je mémorise un tas de chansons et d'histoires de manière à transmettre notre histoire orale telle qu'elle m'a été transmise. Vous avez en partie raison. Je transmets effectivement ce qu'on m'a transmis, de plus je connais et enseigne une multitude de chansons et d'histoires. Mais je vérifie leur exactitude auprès des sources originales.

— Ah… des sources mortes ?

Elle gloussa.

— Je ne suis pas médium. La Rhej des Etorri l'est, mais c'est une autre histoire. Une Rhej est toujours Gratifiée, ceci dit. Il faut qu'il y ait un canal, mais il semble que la nature du Don a peu d'importance. En parlant de Dons… vous avez deviné le mien. Je sais que le vôtre vous a été retiré. Et vous ? dit-elle à Cynna abruptement. Vous êtes Gratifiée, mais je ne sais pas de quoi.

Cynna cligna les yeux.

— Je suis détectrice.

Les sourcils blancs se levèrent.

— Intéressant. Comme je le disais, une Rhej doit être Gratifiée de façon à ce qu'il y ait un canal, une manière de recevoir ce qui est transmis. Je détiens des souvenirs qui remontent à plus de cinq mille ans. Principalement Nokolaï, ajouta-t-elle en prenant un autre gâteau. Mais certains des souvenirs les plus anciens sont trop importants pour s'en remettre à une seule Rhej, c'est pourquoi nous les gardons toutes.

— Cinq mille ans, répéta Lily, l'air ébahie. Vous avez bien dit cinq mille *ans* ?

— À quelques siècles près. (Son sourire était légèrement sinistre.) On en perd le sommeil, certaines nuits.

Cynna se pencha en avant.

— Les ressentez-vous comme vos propres souvenirs ? Je veux dire, sont-ils simplement fourrés ensemble dans votre tête, et vous rappelez-vous les souvenirs millénaires d'une autre personne comme vous vous souvenez d'un événement survenu l'année dernière ?

La Rhej hocha la tête.

— Bonne question, mais y répondre n'est pas simple. On pourrait envisager le révolu - c'est comme ça que nous appelons ce qui est passé pour nous - comme des fichiers informatiques, car c'est à ça que votre génération est habituée. Pour ma part, je préfère les valises, mais à chacun sa comparaison. Si j'ai besoin de vérifier les détails d'un souvenir particulier, j'ouvre une valise, j'y prends ce que je veux, et je l'essaie. Une fois que je l'ai sur moi, ceci dit… ce n'est plus un souvenir. C'est moi qui m'y trouve plongée.

Soit cette femme était sincèrement barje, conclut

Lily, soit elle était sincèrement… eh bien, quelque chose que Lily n'avait jamais rencontré. Ce n'était pas de la comédie. Elle avait tendance à la croire, peut-être parce qu'elle en avait besoin. Elle voulait croire qu'elle avait trouvé quelqu'un qui pourrait les aider.

Mais Cullen était tout sauf crédule, pourtant il les avait amenées ici, rencontrer cette femme.

— Vous dites que vous vivez ce qu'une personne morte depuis des millénaires a vécu. Vous ne vous en souvenez pas. Vous en faites l'expérience.

— C'est exact. Mais une fois nos apprentissages finis, nous n'ouvrons pas souvent nos valises. Nous nous rappelons généralement assez bien ce qu'elles contiennent.

Les souvenirs retenus ne devaient pas être agréables… Ils devaient provenir de grands moments : les combats à mort du clan, et non les premiers pas d'un bébé ou la beauté d'un lever de soleil un jour particulier. Lily n'avait pas de mal à comprendre pourquoi la Rhej n'ouvrait pas souvent ses « valises ».

— J'avais prévu de vous raconter tout ça, de toute façon, dit la vieille femme. Bien plus encore, notamment certaines de ces histoires et de ces chansons. Vous êtes une Nokolaï, maintenant. Vous devez connaître votre clan. Mais le temps vous manque pour l'instant. Bien. (Elle frappa la table de sa paume.) À vous de vous mettre à table. Dites-moi ce que vous savez ou croyez savoir au sujet de la disparition de Rule.

Les révélations ne furent pas bien longues. Lily savait comment abréger un rapport et le présenter sans parti pris. Elle laissa de côté ce que Karonski leur avait dit, bien sûr, et se contenta d'expliquer qu'ils avaient eu une piste susceptible de les mener à une personne qui aurait pu les aider à ouvrir un portail vers l'enfer, mais que ça n'avait pas marché.

— Alors comme ça, Rule est dans la sphère des démons, dit la Rhej d'une voix grave. (Elle garda le silence un moment.) Tout ça, c'était l'idée de Cullen, je suppose.

De venir me voir.

— Oui. Nous devons ouvrir un portail, mais nous ne savons pas comment faire. Pouvez-vous nous aider ?

Elle secoua la tête, plus pour dire « laissez-moi réfléchir » que non. Lily retint sa langue. La vieille femme resta plongée dans ses pensées un long moment, l'air grave.

— Vous me mettez dans une situation difficile, dit-elle enfin. En principe, je refuserais, et j'en serais attristée. Nous ne sommes pas autorisées à révéler certaines choses. C'est aussi pour cela que Cullen ne nous aime pas franchement, ajouta-t-elle. Nous avons certaines connaissances que nous ne lui dirons jamais. Ça le rend fou.

Lily sourit légèrement.

— Ça ne m'étonne pas.

— Mais dans ce cas précis... (Son air se fit plus grave encore.) Je suis Rhej depuis quarante-deux ans. Avant cela, j'ai été apprentie douze années durant. Quand je dis que j'écoute la Déesse, je ne parle pas d'entendre des voix. Si j'ai une intuition, un certain type d'intuition, je sais qu'elle vient d'elle. Oh, quand il s'agit du clan, j'utilise toujours le *Dis-le-moi-trois-fois* pour confirmer cette impression. C'est ainsi que nous sommes formées : vérifier et revérifier, au moyen de différents rituels. Mais la plupart d'entre nous entendons la voix de la Déesse une fois dans notre vie. C'est suffisant.

Elle hocha imperceptiblement la tête.

— Vous avez l'une de ces intuitions à présent ?

Elle eut un petit rire :

— Bien mieux que ça. En une occasion, nous n'avons pas recours au *Dis-le-moi-trois-fois*. Si la Déesse nous parle directement, eh bien, ce n'est pas nécessaire. Impossible de prendre sa voix pour quoi que ce soit d'autre, pas quand on l'a déjà entendue. Et nous l'avons toutes entendue une fois. Bref, elle m'a réveillée la nuit dernière. À trois heures du matin, pour la deuxième fois de ma vie, j'ai entendu sa voix.

Le cœur de Lily s'emballa.

— Qu'a-t-elle dit ?

— Ramène-le.

Lily ferma les yeux, presque étourdie par le soulagement.

— Alors vous le ferez.

— Je ferai ce que je peux. Ce n'est pas sûr que ça suffise. Le genre de souvenirs qu'il vous faut… ils ont été fragmentés il y a des centaines d'années. Trop dangereux pour être conservés dans la mémoire d'une seule personne. Aucune de nous ne connaît le sortilège entier pour ouvrir un portail.

— Alors quoi ? demanda Lily. Comment allons-nous faire ? Les autres Rhej nous aideront-elles ?

— En principe. Quand la Déesse parle… Mais vous feriez mieux d'espérer qu'elle ait prévenu d'autres personnes. L'interdiction a été en vigueur pendant longtemps, et nous nous rappelons toutes pourquoi elle avait été mise en place. Ça va prendre du temps. Certaines Rhej… (Elle tourna la tête vers le mur du côté du fauteuil relax.) Oh, pour l'amour du Ciel, Cullen. Si tu veux entendre ce qu'on dit, entre.

Quelques secondes plus tard, un loup svelte franchissait le seuil en courant. Il était plus petit que Rule sous cette forme – ses épaules arrivaient sous la taille de Lily – et son pelage était couleur argent, pâle, pas noir brillant comme la fourrure de Rule. La vue du loup lui serra le cœur.

Cynna poussa un petit cri. Lily la regarda.

— Le savoir et le voir sont deux choses différentes, hein ?

— Ouais.

Cynna n'avait jamais vu de loup de ses propres yeux ; celui-ci s'avança jusqu'à la table et fixa la Rhej de ses yeux d'un bleu vif déconcertant.

— Je suppose que tu as pratiquement tout entendu, dit la vieille femme.

Cullen – le loup – hocha la tête.

— Ce ne sera pas facile. (Elle contempla la pièce un

moment, puis poussa sa chaise en arrière.) Ni rapide, alors je ferais mieux de m'y mettre. Emmenez-moi à la demeure d'Isen. J'utiliserai son téléphone. Que l'une de vous prenne les gâteaux. Isen raffole des pépites de chocolat. (Elle se leva.) Je m'appelle Hannah, au fait.

Cullen glapit puis pointa sa truffe vers Cynna.

— Tu te poses des questions, hein ? Pourquoi je lui en ai tant révélé ? (Soudain, la vieille femme sourit. Son visage s'éclaira, aussi rayonnant que celui d'une enfant malicieuse.) J'ai dit que je l'expliquerais. Après tout, elle n'est pas encore du clan.

— Ah… (Cynna eut l'air interloquée.) Qu'entendez-vous par « pas encore » ?

Le sourire d'Hannah s'élargit.

— Rien de plus que ce que j'ai dit. Vous deviendrez une Nokolaï tôt ou tard. Vous êtes la prochaine Rhej.

XXIX

Rule s'éveilla de son premier vrai sommeil profond en enfer avec une horrible douleur dans la jambe, les odeurs de la terre, de l'eau et de la fumée dans les narines, et les idées claires. Il resta allongé tranquillement, les yeux fermés, savourant son soulagement.

La plupart de ses souvenirs de la période qui avait directement suivi la remise en place de son os par le démon se résumaient à une douleur ponctuée d'un sommeil agité. Lily l'avait réveillé plusieurs fois et l'avait amadoué pour le faire boire dans ses mains en coupe. Parfois, il s'était réveillé de lui-même. Elle était constamment restée près de lui.

Il se rappela soudain comment il s'était retrouvé dans cette grotte. Lily avait appelé un dragon.

La souffrance insupportable ressentie lorsque son os avait été remis en place l'avait laissé trop faible et étourdi pour qu'il puisse se tenir sur ses pattes. Lily voulait absolument l'emmener dans la grotte, où il y avait de l'eau, car ils n'avaient rien qui s'apparente à un bol ou un pot. Le démon était assez fort pour supporter le poids de Rule, mais trop petit pour sa corpulence. Lily s'était procuré l'une des « couvertures » dont le dragon avait parlé, un épais tapis tressé qu'elle pourrait utiliser comme civière. Mais il n'y avait aucun moyen de le transporter jusqu'à la plage.

Rule avait essayé de lui faire comprendre qu'il voulait attendre d'être suffisamment guéri pour s'y rendre lui-même. Peut-être qu'il n'avait pas réussi à s'exprimer clairement, ou qu'elle était seulement bornée. Elle avait demandé de l'aide.

L'un des dragons brun cuivré était descendu. Rule se rappela la façon dont Lily avait ordonné à la créature ailée de faire attention aux côtes du loup, et de le déposer avec douceur. Il se rappela la douloureuse secousse de l'envolée, les serres qui entouraient sa taille, mais le vol avait été bref. Et le dragon l'avait déposé doucement, comme il en avait reçu l'ordre, pile sur le tapis que Lily avait placé à l'extérieur de la grotte. Gan l'avait ensuite traîné à l'intérieur.

Il avait été heureux de boire de l'eau, il le reconnaissait maintenant. Mais sa vessie était prête à exploser.

Combien de temps avait-il dormi ?

Rule était habitué aux blessures et à leurs conséquences. Les lupins donnaient le meilleur d'eux-mêmes, s'entraînaient beaucoup, et se battaient souvent sans se ménager ; leurs corps éliminaient les antidouleurs, aussi efficacement qu'ils se débarrassaient de l'alcool et des autres toxines. La douleur ne lui était donc pas inconnue. Il savait qu'il devait l'accepter, pas la combattre. Mais il ne s'était jamais retrouvé séparé du doux chant de la lune, ni aussi loin des pulsations de la terre.

Il n'était pas certain de guérir.

Les lupins puisaient leur magie de la terre et de la lune. La transformation était provoquée par leur interaction, lorsque l'appel de la lune faisait danser la terre dans son sang et ses os. Ici, il n'y avait pas de lune, et cette terre n'était pas la sienne. Pourtant, elle lui ressemblait. Sa notion du temps était faussée, mais il pensait que pas plus d'un ou deux jours s'étaient écoulés – un peu lent, mais assez proche de son temps normal de guérison.

Sa faim collait avec cette estimation. Il n'avait pas mangé depuis trop longtemps.

Il lui fallut un moment pour évaluer sa situation. Il n'avait plus du tout mal à la tête, la commotion était donc guérie. Quant à ses côtes… eh bien, il le saurait dans un moment. Les odeurs lui disaient que Lily était proche, toutefois pas juste à côté de lui. Il sentit le démon et le dragon aussi, mais leurs odeurs étaient plus légères – ni l'un ni l'autre était là en ce moment. Bien. Mais la fumée… d'où venait-elle ?

Il ouvrit les yeux.

La grotte était profonde de six mètres environ, et plutôt régulière; le sol était couvert de sable. Il faisait sombre là où il était allongé, près du fond, mais il voyait assez bien. Le plafond rugueux était à moins d'un mètre cinquante : assez haut pour lui quand il était sous cette forme, mais Lily avait dû se pencher pour s'occuper de lui.

Le feu brûlait près de l'entrée de la grotte. Lily s'y trouvait également. Elle l'alimentait avec des bouts de bois. Elle était habillée, remarqua-t-il, surpris. Elle était enveloppée dans un long tissu rouge, comme un sarong. Une autre couverture du dragon, supposa-t-il. Comme ce qu'il sentait sous lui, le tapis tressé sur lequel Gan l'avait tiré jusqu'ici.

Le moment était venu de savoir dans quel état il se trouvait. Il se hissa maladroitement sur ses pattes, en gardant soigneusement levée celle bloquée dans une attelle.

Merde. Il avait mal. Mais seulement à sa patte. Les côtes étaient sensibles mais pas douloureuses. Bien. Elles seraient totalement guéries dans un jour, à peu près. Sa patte nécessiterait plus de temps. La fracture avait été sévère. Une semaine ? Un peu plus, peut-être…

— Que fais-tu ? (Lily se dirigea droit vers lui.) Tu n'as pas besoin de te lever, pour l'amour du Ciel. Allonge-toi. Si tu as besoin de quoi que ce soit, je te l'apporterai.

Il la regarda avec ironie et partit en direction de l'entrée de la grotte, maladroit mais déterminé. Il y avait certaines choses qu'elle ne pouvait pas faire à sa place.

— Rule. Tu ne m'écoutes pas. (Elle marcha à sa hauteur, l'air inquiète.) Tu me comprends, n'est-ce pas ?

Il hocha la tête.

— Alors, dans ce cas, pourquoi… oh. (Elle acquiesça.) C'est vrai. Euh, j'ai utilisé la zone couverte d'herbe pour faire mes besoins, mais c'est trop loin pour toi. Je suppose… Qu'est-ce qui ne va pas ?

Il s'était arrêté à l'entrée de la grotte. Il était sûr qu'il faisait plus clair auparavant. Il leva les yeux vers le ciel, où deux dragons volaient haut au-dessus d'eux. Assurément, il faisait plus sombre. Il la regarda.

— La lumière baisse, lui confirma-t-elle. On dirait que la nuit tombe bel et bien en enfer, en fin de compte. Du moins dans certaines régions. À ce que dit Gan, il n'y a pas de nuits et de jours naturels ici, mais la lumière et l'obscurité sont tiraillées entre les différents seigneurs démoniaques. Xitil garde son royaume éclairé la plupart du temps, tandis que le seigneur du royaume par là-bas… (Elle fit un geste vers l'océan.) …préfère un cycle lumière-obscurité plus régulier. Les dragons ne peuvent réguler leur territoire comme le font les seigneurs démoniaques, ils s'en remettent donc aux choix de leurs voisins. Aussi près de l'océan, nous sommes bons pour des périodes d'obscurité. C'est pour cela que je voulais faire un feu.

Il jeta un coup d'œil à ce dernier, hocha la tête et reprit sa lente progression.

Elle se remit à marcher à côté de lui.

— J'ai envoyé Gan chercher du bois. Il n'y en avait pas beaucoup sur la plage. J'espère qu'il reviendra bientôt… je suis presque à court de branches. (Elle sourit.) Au début, Gan a dit que c'était facile d'allumer un feu, que les démons peuvent tous faire de petits tours de magie de ce genre. Mais il a mis un temps fou pour allumer celui-ci. Évidemment, il prétend que c'est la faute des dragons.

Rule jeta un coup d'œil à Lily.

— Apparemment, les dragons produisent une sorte d'humidité qui imprègne la magie. Gan dit qu'ils la détrempent.

Le démon avait affirmé que les dragons étaient insensibles à la magie. Ils ne semblaient pas immunisés de la même façon que Lily, puisqu'elle se réverbérait sur elle, alors qu'eux l'absorbaient, tout simplement.

Enfin, il fallait encore que cette stupide petite créature dise la vérité, ou même qu'elle la connaisse. Où était passé le démon, d'ailleurs ? Rule balaya la plage des yeux. Aucun signe de lui… pourtant, sa peau orange vif ressortait sur le sable.

Eh bien, Rule était assez loin de la grotte maintenant. Mais il devrait s'asseoir et uriner comme une femelle. Il ne pensait pas être en mesure de trouver son équilibre sur deux pattes.

Dès qu'il eut commencé, son infirmière prévenante décida soudainement de vaquer à ses occupations dans la grotte.

Il retourna vers celle-ci en clopinant. Sa démarche était terriblement gauche. La prochaine fois qu'il verrait un chien à trois pattes en train de sautiller, il apprécierait mieux son talent en la matière, se promit-il.

S'il revoyait un jour un chien. Ou n'importe quel autre objet ou créature terrestre.

Lily s'affairait à entretenir le feu. Elle leva les yeux, l'air presque timide.

— Tu as faim ? J'ai des fruits. Un peu de viande aussi… enfin, des animaux morts, en fait. J'en ai deux. Il y en avait trois, mais j'ai essayé d'ôter la peau du troisième et j'ai fait un massacre. J'ai affûté un des os que le dragon a apporté pour ton attelle, ajouta-t-elle, mais il ne vaut pas vraiment un couteau.

Il sentit le gibier – mort depuis au moins un jour, mais pas encore abîmé. Ça ferait l'affaire. Il lui fit un signe affirmatif de la tête et repartit vers le fond de la grotte.

— Non, j'y vais. (Elle se leva.) Tu t'es assez promené.

Il décida de ne pas protester, d'une part parce que cette brève marche l'avait ridiculement essoufflé, d'autre part à cause de l'expression sur le visage de Lily.

Le bonheur. Il n'avait pas vu de bonheur dans ses yeux depuis le mariage de sa sœur.

Il s'allongea près du feu. Les flammes étaient faibles et dégageaient peu de chaleur, mais une multitude d'émotions. C'était une source de réconfort pour les humains, un fléau pour la plupart des animaux. Il avait étonnamment conscience de l'absence de plaisir que les flammes suscitaient en lui. Mais l'homme n'avait pas pu disparaître si loin en si peu de temps ?

Pourtant, il avait attaqué sans réfléchir. Lorsqu'il avait appris ce que le démon avait fait, que son âme sœur agonisait à cause de lui, il n'avait ressenti que la rage meurtrière, le besoin de sentir que la vie du démon s'échappait de lui à travers le sang qui s'écoulait entre ses crocs.

Si le dragon ne l'avait pas arrêté, il aurait été responsable de la mort de Lily.

Il n'en voulait pas au dragon de l'avoir blessé. Il avait mérité sa patte cassée. Il aimait tant voir Lily heureuse de pouvoir lui rendre service, même s'il méritait si peu.

Elle avait besoin de Gan, maintenant. Besoin du démon beaucoup plus que de lui. Et même si cette pensée était horrible, il avait intérêt à s'y faire. Il devait s'entendre avec lui d'une manière ou d'une autre, sinon il ne ferait que compliquer la vie de Lily.

Mais qu'était-il arrivé à la part d'elle qu'elle avait laissée sur Terre ? se demanda-t-il avec une sorte de douleur aveugle. Que devenaient des vestiges aussi étranges ? *Déesse,* songea-t-il, mais il s'arrêta, car il ne savait pas très bien quoi demander. *Déesse, elle est à toi. Prends soin d'elle. D'elle tout entière.*

Lily rapporta deux créatures qui semblaient être un croisement entre un rat et un gros lièvre imberbe. Il n'avait rien vu dans cette contrée qui ait de la fourrure. Le regard de Lily passa des corps mous au feu.

— Je pourrais les cuire. Essayer, en tout cas.

Il secoua la tête. Même sous sa forme, il aimait qu'on cuisine la viande lorsque l'animal n'avait pas été fraîchement abattu, mais il avait trop faim pour attendre.

Avant qu'il ait pu lui prendre le gibier des mains, il entendit quelque chose approcher. Il se hérissa pour prévenir Lily. Quelques secondes plus tard, il entendit Gan qui grommelait entre ses dents. En voyant le démon, il aplatit ses oreilles de dégoût.

— Rule ? Qu'y a-t-il ?

Le démon apparut à l'entrée de la grotte.

— Ce bois a intérêt à suffire, grommela-t-il. (Il portait plusieurs branches sous un bras.) J'ai dû grimper jusqu'en haut pour l'avoir.

Lily fronça les sourcils en direction de Rule.

— C'est seulement Gan. Tu ne vas pas l'attaquer de nouveau, hein ?

Il eut plus de mal qu'il aurait dû à se rappeler les raisons pour lesquelles il devait l'épargner. Le loup avait envie, très envie de le tuer. L'homme n'aurait pas été contre, mais son bon sens l'emportait.

Sa queue eut un mouvement convulsif d'agacement, en partie envers lui-même. Il prit les deux rats-lièvres de la main de Lily. Il les mangerait dehors. Ce serait plus calme, et il n'aurait pas à supporter l'odeur du démon pendant son repas.

Il croisa Gan à l'entrée.

— Hé, devinez donc qui est réveillé, fit la créature. C'est vieux, noir, muet et estropié. On va se faire un petit pique-nique, face poilue ?

Rule l'ignora et emmena sa pitance quelques pas plus loin. Il s'allongea puis leva les yeux. Le ciel était beaucoup plus sombre à présent, plus gris que cuivre, et avait presque ce chatoiement du crépuscule qui approche. Aussi, les dragons dans le ciel étaient plus nombreux qu'auparavant : trois, cinq… six à présent, et un autre ne se dirigeait-il pas par ici ?

Soit ils voulaient des gardes supplémentaires pour la nuit, soit les dragons étaient leurs protecteurs autant que leurs geôliers. La nuit apportait souvent de nouveaux dangers, et ils ne voulaient pas que Lily se fasse tuer.

Sur ce point précis, Rule était d'accord avec les dragons. Il mordit dans le rat-lièvre et grimaça. Heureusement qu'il n'était pas difficile.

— Jusqu'où crois-tu avoir été ? demanda Lily au démon.

— Comment le saurais-je ?

— Essaie d'estimer la distance. Je veux connaître les limites de notre lien.

Cette phrase fit sursauter Rule. Elle faisait si parfaitement écho à la méthode que Lily avait employée avec leur lien d'âme sœur : le tester, découvrir ses paramètres.

— Peut-être trois kilomètres.

Gan laissa tomber ses branches avec fracas.

— Es-tu allé à la limite du lien ?

— J'ai dit que j'irais, non ? C'était comme marcher dans une Zone qui ne veut pas de toi. Tout est devenu épais et je ne pouvais plus respirer, alors j'ai fait marche arrière.

— Je n'ai rien senti. (Lily s'accroupit pour mettre les plus petites branches dans le feu.) Coupes-en quelques-unes en deux, tu veux bien ? Elles sont trop grandes.

— Évidemment, que tu n'as rien senti. (Gan cassa une branche de dix centimètres d'épaisseur sur son genou.) C'est moi qui suis partiellement en toi, pas l'inverse.

Le lien entre Lily et le démon n'était pas tout à fait comme le lien d'âme sœur, alors. Pas de quoi redonner le moral à Rule.

Il termina le premier rat-lièvre méthodiquement, regardant de temps à autre au-dessus de sa tête. Les dragons se réunissaient en haut de la falaise. Curieux. Il s'attarderait un peu dehors, décida-t-il. Pour faire le guet.

— Comment les dragons ont-ils réagi lorsque tu as escaladé la falaise ? demanda-t-elle.

— L'un d'eux m'a suivi, mais à distance. Ils savent que je ne peux pas aller bien loin. Tu respecteras ta part du marché, maintenant, hein ?

Rule se raidit et regarda derrière lui, dans la grotte. Lily avait passé un pacte avec le démon ?

Le feu de Lily était bien alimenté. Elle s'assit à côté du démon.

— Bien entendu. Une charge de bois pour entretenir le feu équivaut à cinq tours de *J'aperçois*.

Gan sourit, montrant ses dents pointues.

— Je commence.

Il s'assit lourdement sur le sol sablonneux, ses jambes courtaudes étendues devant lui, et se pencha en arrière sur sa queue pour regarder autour de lui. Son regard s'arrêta sur Rule, à l'extérieur.

— J'aperçois quelque chose de poilu et de stupide.

— Ton tour sera vite fini si tu joues comme ça, dit Lily. Tu es censé utiliser des couleurs, tu te souviens ?

Rule secoua la tête et finit de manger en entendant la rengaine « J'aperçois... quelque chose de gris », et les tentatives de Lily de deviner de quoi il s'agissait. Maintenant que la lumière avait presque disparu, tout dans la grotte semblait revêtir des tons gris : le jeu était bien parti pour durer un moment.

Comment supportait-elle la présence de cette créature ? Elle jouait aux devinettes avec lui, bon sang. S'il...

Un bruit grave et lugubre lui fit lever les yeux.

Il y avait sept dragons, à présent. Sept dragons alignés au sommet de la falaise, dont les silhouettes se dessinaient sur le ciel obscur, leurs longs cous tendus.

Le bruit résonna de nouveau... plus long, plus profond. Obsédant. Un peu comme un didjeridoo, pensa-t-il. Il provenait des dragons.

Il les avait crus muets. Enfin, pas véritablement muets, non – ils communiquaient par la pensée, sans doute de la véritable télépathie. Mais il n'en avait jamais entendu un seul émettre un son, ne serait-ce qu'un grognement ou un éternuement, jusqu'à maintenant. Voilà qu'ils chantaient face au crépuscule.

À l'intérieur de la grotte, Lily regarda vers le ciel.

— Qu'est-ce que c'est ?

Rule glapit : *Sors. Sors pour entendre ça.* Un autre dragon s'était joint au premier, puis encore un autre.

— Ce sont simplement les dragons, dit Gan. Et c'est encore mon tour.

— Une minute.

Lily se leva.

— On n'a pas fini ! s'écria Gan.

— Chut. Je finirai plus tard. Je veux écouter.

Elle sortit et vint près de Rule, les yeux rivés vers le ciel, comme lui.

Les longs cous des dragons étaient leurs instruments. Leurs poumons, habitués à fournir à ces grands corps assez d'oxygène pendant leur vol, alimentaient leur chant. Ils mêlaient harmonieusement leurs voix en une mélodie que le loup n'aurait jamais imaginée, mystérieuse, sans paroles, obsédante.

Il jeta un coup d'œil à Lily. Tout ce qu'il ressentait, il le trouvait sur le visage de la jeune femme : un respect mêlé de crainte, de la tristesse, et un bouleversement aussi vaste que l'obscurité grandissante. Elle croisa son regard et s'assit à côté de lui, son corps contre celui du loup. Et pendant un temps infini, Rule oublia qu'il était perdu, il oublia tout ce qu'il s'apprêtait à perdre, pour savourer le chant des dragons.

Lorsqu'ils eurent fini, l'obscurité était totale. Il ne faisait pas noir comme du charbon, plutôt comme une nuit de nouvelle lune, songea Rule, une fois qu'il eut récupéré ses esprits. Lily était toujours penchée contre lui.

Il se retourna pour la regarder, souffrant de ne pouvoir l'enlacer. Mais même s'il avait eu une bouche de la forme adaptée pour parler, les mots lui auraient manqué pour exprimer ce qu'il venait de vivre.

Le visage de Lily était mouillé. Leurs yeux se croisèrent… et elle bâilla.

— Oh, dit-elle, surprise, avant de bâiller une deuxième fois. Je croyais… pourtant j'ai envie de dormir. Très envie.

Rule sourit intérieurement. Il s'était inquiété de son manque de sommeil. Son corps pouvait ne plus vouloir dormir, mais l'esprit humain avait besoin de rêver. Il la poussa de sa truffe.

Elle laissa échapper un petit rire.

— On serait sans doute mieux à l'intérieur. J'ai l'impression d'être debout depuis des jours… et c'est le cas, non ? Mais ça me frappe si soudainement…

Cette fois-ci, elle bâilla à se déboîter la mâchoire.

Il la poussa encore. Elle sourit, caressa son museau et se leva en clignant des yeux.

— Direct au lit, je pense.

Elle chancela légèrement en marchant vers la grotte.

Gan était à l'intérieur, maussade, occupé à jouer avec des petits morceaux d'os.

— Tu vas enfin venir terminer notre partie ?

— Désolée, Gan. J'aurai du mal à garder les yeux ouverts plus longtemps. (Elle bâilla à nouveau.) Tu auras droit à un tour supplémentaire demain pour avoir attendu, lui promit-elle en se dirigeant vers le fond de la grotte, la démarche légèrement gauche.

— Merde. (Gan la regarda s'éloigner.) Il commence à faire noir, et elle s'écroule de fatigue.

Rule pensait que l'obscurité était une coïncidence, mais peut-être pas. Il la suivit.

Quelques instants après s'être allongée sur le tapis où lui-même avait dormi, elle était déjà dans les bras de Morphée. Il s'assit à côté d'elle un moment, tout en écoutant Gan marmonner. Le démon semblait essayer de soulever les os par lévitation. Sans grand succès.

Rule se rendit compte qu'il avait extrêmement soif. Mais il avait également une envie pressante. Il sortit se soulager puis revint boire dans la petite cuvette remplie d'eau de la source. Il se débrouillait de mieux en mieux sur trois pattes, songea-t-il. Mais il souffrait le martyre lorsqu'il se penchait pour boire.

Il vida la cuvette et attendait qu'elle soit à nouveau pleine lorsqu'il remarqua une drôle d'odeur. Curieux, il suivit son odorat jusqu'à une grosse pierre. Une odeur de dragon, comprit-il. Suffisamment légère pour qu'il ne l'ait pas perçue plus tôt, à distance. Et pas celle de n'importe quel dragon – la pierre sentait celui qu'il croyait être le Vieux Noir. Celui qui avait dit à Lily de l'appeler Sam.

Il leva les yeux vers la voûte, perplexe. Cette bête immense n'avait pas pu se tenir ici. Sa queue, peut-être… Rule inspecta le sol autour de la source et du gros rocher. Seul ce dernier portait l'odeur.

Il l'avait déplacé, comprit Rule. Le dragon avait déplacé le rocher. Pour cacher quelque chose ? Quelque chose comme… une sortie ? Excité, Rule glapit.

— Va donc courir après ta queue, dit Gan, les yeux rivés sur ses fragments d'os. Je suis occupé. (L'un des morceaux s'éleva de quelques centimètres à une extrémité, mais retomba.) Stupide couillon ! s'écria Gan. Ces dragons ont absorbé toute la magie présente dans le coin !

Rule étudia le gros rocher. Il aurait pu le bouger lui-même, s'il avait eu des mains… Mais tel qu'il était… Il soupira et clopina jusqu'à l'entrée de la grotte. Il grogna doucement.

— Barre-toi, grommela Gan, son menton reposant dans ses mains. Hors de question que je déplace un stupide rocher pour te faire plaisir.

Avec sa patte, Rule dessina dans le sable deux lignes horizontales croisées par deux lignes verticales. Il plaça un X dans une case et gronda encore.

Gan se redressa. Il avait une drôle d'expression, comme s'il essayait de cacher sa joie.

— Un morpion ? Eh bien… Ce n'est pas aussi marrant que *J'aperçois*, mais tu ne peux pas parler, hein ? D'accord, je suppose que je peux le faire. Vingt parties, et tu me laisses les gagner toutes.

Rule le dévisagea. Le démon pensait que ce serait amusant ? Il prendrait plaisir à jouer quand bien même il saurait que Rule le laissait gagner ? Il grogna.

— D'accord, d'accord. Dix parties, mais je les gagne toutes.

Pourquoi pas ? Rule hocha la tête, avant d'ajouter un grognement qui signifiait : *Si tu arrives à le bouger. Tu n'as rien si tu échoues.*

— Ah. Évidemment, que je peux le faire.

Le petit démon se dandina jusqu'au fond de la grotte, et Rule lui montra quel rocher il voulait déplacer. Gan et la pierre étaient de la même taille. Le démon étudia le roc un moment, puis, sous le regard stupéfait de Rule, rapetissa.

Il lui fallut une seconde pour comprendre. Le démon avait redistribué sa masse pour devenir presque aussi dense que la pierre. Il positionna ses jambes fraîchement raccourcies, appuya sa queue contre le sol et commença à pousser.

La pierre roula. Et derrière elle… l'obscurité. Une odeur de renfermé.

Un tunnel.

Rule fut gagné par l'effroi. Il avait en horreur les lieux fermés et exigus. S'il entrait là-dedans et que le démon remettait la pierre en place…

— Je commence, dit Gan en reprenant sa taille normale. Je prends les croix, et toi les ronds.

Comme promis, Rule laissa Gan gagner les deux premières parties, de manière si évidente qu'il ne comprenait pas comment le démon pouvait en tirer le moindre plaisir. Pourtant, Gan pavoisa après ses deux victoires arrangées avec la même joie que s'il avait gagné à la loterie.

Rule soupira et plaça une empreinte de patte dans l'une des cases.

Gan étudia les marques au sol aussi intensément que s'il y avait un risque qu'il perde. Il bâilla, puis écarquilla les yeux.

— Merde ! C'était un bâillement ?

Rule hocha la tête.

— Les démons ne dorment pas ! fit Gan en fronçant les sourcils. Je n'ai pas envie de dormir. Je ne vais quand même pas perdre connaissance comme un stupide... (Il bâilla encore.) Merde, merde, merde ! Elle me rend somnolent ! Je n'avais jamais ressenti ça. Je n'aime pas ça. (Il jeta un regard mauvais à la silhouette de Lily endormie, avec l'air d'un enfant boudeur – et horriblement laid – qui refuserait d'aller se coucher.) Tout ça, c'est à cause d'elle.

Rule se leva en grognant.

— Je ne vais pas lui faire de mal, crétin. Assieds-toi. Tu me dois encore huit parties.

Le démon était endormi avant la fin de la quatrième. Une fois que Rule fut sûr qu'il dormait profondément, il clopina jusqu'au fond de la cave. Il regarda dans le tunnel un long moment. Ce pouvait être une impasse. Mais Rule ne pensait pas que les dragons déplaçaient des pierres pour le plaisir. Le tunnel avait été bloqué pour une bonne raison.

Même si Gan remettait le rocher en place, se dit-il, il lui suffirait d'aboyer. Lily l'entendrait et forcerait le démon à le laisser sortir. Il pouvait marquer son chemin par son odeur. Il ne se perdrait pas. L'absence de lumière ne serait pas un problème.

En revanche, l'exiguïté des lieux en serait un. Et ces rochers étaient principalement calcaires. Une roche idéale pour creuser des grottes, mais aussi sujette aux mouvements. Aux effondrements.

Il ne voulait pas s'engouffrer là-dedans.

Il regarda Lily par-dessus son épaule, qui dormait pour la première fois depuis Dieu savait combien de temps. Gan pensait que les dragons voulaient la vendre à un seigneur démoniaque. Le gros dragon ne l'avait pas nié. S'ils avaient une chance de s'échapper… il n'avait pas le choix, en fait.

Mais il tremblait lorsqu'il se mit à plat ventre et, sa patte amochée en avant, commença à ramper sous la falaise.

XXX

Une semaine plus tard, Lily attendait Cullen à l'aéroport. Au départ, c'était Cynna qui devait passer le prendre, mais celle-ci était partie au fin fond de l'État pour rechercher un enfant disparu dans un parc national. Lily se voyait difficilement demander à Cynna d'ignorer les besoins d'un enfant égaré, mais cette absence lui donnait l'impression que son plan se déglinguait.

À moins que ce soit elle qui se déglinguait.

La veille, Cullen avait pris l'avion pour la Nouvelle Orléans. Il avait expliqué qu'il partait faire des recherches, mais il avait refusé de lui dire sur quoi exactement : « Vu que t'es un agent des forces de l'ordre, chérie », avait-il déclaré avec un sourire agaçant.

Un agent des forces de l'ordre qui conspirait pour ouvrir un portail vers l'enfer. Elle remonta la bandoulière de son sac à main sur son épaule, et scruta les visages des passagers qui débarquaient. Elle n'était pas très bien placée pour critiquer ses méthodes.

La semaine avait été longue.

Avant son départ, Cynna avait localisé trois petits noyaux à quelques kilomètres du lieu où elles avaient toutes les deux détecté la présence de Rule. Il avait arrêté ses déplacements incessants, ce qui facilitait les choses.

Son emplacement actuel correspondait à un point à trois kilomètres environ des côtes, en mer. Pas si génial que ça. Cet endroit pourrait être en altitude et sec sur Dis. Elle l'espérait. Mais elle emporterait un radeau gonflable, juste au cas où.

À supposer qu'ils soient capables d'ouvrir un portail. Les Rhej étaient au point mort. Hannah ne cessait de répéter qu'il fallait du temps pour être sûr de la volonté de la Déesse, mais ce temps manquerait peut-être à Rule. Ils ne savaient pas… Ah, voilà Cullen qui arrivait. Enfin.

Il portait un bagage à main sur une épaule, et avait l'autre bras passé autour d'une femme aux cheveux noirs – la quarantaine, blanche, jolie, vêtue d'un tailleur qui était probablement impeccable lorsqu'elle l'avait mis le matin. Lily pinça les lèvres.

Il la vit, se tourna pour murmurer un mot à la femme, l'embrassa et la laissa en soupirant.

— Tu faisais quoi comme recherches à la Nouvelle Orléans, en fait ? lui demanda-t-elle dès qu'il arriva devant elle.

— Relax, fit-il. Lorene et moi étions assis côte à côte dans l'avion. J'ai trouvé ce que je cherchais.

Il tapota son sac, l'air suffisant.

— Et c'était quoi, au juste ?

Elle commença à traverser le hall. Il ignora sa question pour l'interroger à son tour :

— Où est Cynna ?

Elle lui répondit, guettant sur son visage des signes de déception ou de soulagement. Malgré toutes les étincelles entre eux, Cynna et lui ne s'étaient pas retrouvés au lit à la première occasion. Sans doute parce qu'ils n'en avaient jamais fini de se chercher des noises, songea-elle.

— Quelque chose s'est passé durant mon absence ? Les vieilles chauves-souris parlementent toujours ?

— D'après Hannah, elles exécutent le *Dis-le-moi-trois-fois*, pour s'assurer de la volonté de la Déesse par le biais de rituels. Mais ça va prendre combien de temps ? Elles sont dessus depuis sept jours.

Et les jours, ce n'était pas le pire, évidemment. C'était la nuit qu'elle croyait devenir folle. Elle dormait mal.

— Elles essaient de se convaincre que la Déesse ne veut pas ce qu'elle a dit qu'elle voulait. « Ramène-le ». Elle a donné cet ordre à Hannah. Peut-on être plus clair ? s'écria Lily.

Il lui lança un regard difficile à déchiffrer.

— Tu commences à accepter l'idée que la Déesse est réelle, hein ?

Elle haussa les épaules avec impatience.

— Peut-être. Si elles le croient, pourquoi n'écoutent-elles pas Hannah ?

— Ma belle, ces femmes feraient passer le pape pour un révolutionnaire braillard. Elles ne peuvent pas appuyer une décision qui s'écarte d'un cheveu de la tradition. Lorsque tu transportes autant du passé en toi, ce doit être difficile de ne pas t'accrocher au *statu quo*.

— Ouais, eh bien, on avance pas en attendant.

— Hannah est toujours convaincue que Cynna doit lui succéder ? lui demanda-t-il en arrivant sur l'escalator.

— Ouais. (Elle le suivit.) Elle commence à en avoir marre. Je ne peux pas le lui reprocher. Hannah n'arrête pas de lui donner des instructions.

Cullen éclata de rire. Deux femmes qui montaient l'escalator le dévisagèrent, bavant presque littéralement de désir.

— J'aimerais voir ça.

— Sûrement. Si Cynna proteste, Hannah sourit et lui dit qu'elle a été élue par la Déesse, qu'elle y viendra le moment venu. Comme si Cynna pouvait changer de religion en claquant des doigts.

— Ce n'est pas une religion.

— Pardon ?

Elle quitta l'escalator après lui.

— De servir la Déesse. Il y a une dimension spirituelle, du moins c'est possible, mais ce n'est pas une religion. Si elle le souhaite, Cynna peut rester catholique.

— Ce ne serait peut-être pas problématique de ton point de vue, mais j'ai dans l'idée que l'Église verrait les choses d'un autre œil. À t'entendre, on dirait que tu veux qu'elle le fasse. Qu'elle soit l'élève d'Hannah.

Il hésita, puis dit lentement :

— Hannah a quatre-vingts ans. C'est vieux pour un humain, même un humain né dans un clan. Pendant des années, les gens ont dit qu'il lui manquait une apprentie. Elle en a eu une autrefois. Elle a été tuée dans l'accident qui a rendu Hannah aveugle. C'était il y a plus de trente ans. (Il regarda Lily.) Les Nokolaï doivent avoir une Rhej.

Lily était bêtement déçue. Elle aurait voulu qu'il partage sa colère, merde.

— Ce n'est pas le problème de Cynna. De toute façon, je croyais que tu n'aimais pas les Rhej.

Cullen s'arrêta. Il laissa glisser son sac au sol.

— Quoi ? (Elle regarda les alentours, résistant difficilement à l'envie de prendre son arme.) Il y a un problème ?

— Toi.

Il se plaça derrière elle et posa ses mains sur ses épaules.

Elle sursauta et se retourna :

— T'es devenu fou ? Qu'est-ce que tu fais ?

— Je vais te masser. (Il reprit sa place derrière elle.) T'es si tendue que tu risques de flinguer la première personne qui te rentrera dedans. Si tu refuses toujours une partie de jambes en l'air, dit-il en posant de nouveau ses mains sur ses épaules et en les pétrissant, tu devras t'accommoder d'un massage du dos.

— Ici ?

Mais elle ne bougea pas. Les doigts de Cullen s'enfonçaient pile au bon endroit, détendaient des muscles qu'elle ne savait pas si crispés.

— Ici. Où des tas de gens passent sans arrêt, et tu ne t'inquiéteras pas de l'endroit où je pose mes mains. Ce massage est strictement platonique.

Elle doutait vraiment que Cullen puisse se montrer platonique, même si sa vie en dépendait. Mais il ne tentait pas de la séduire, reconnut-elle. Et… ça faisait du bien. Ses pouces dessinaient des cercles sur sa nuque, doux et chauds comme s'il avait versé de l'huile tiède le long de ses muscles. Ses muscles se relâchaient doucement.

— Bon sang, tu es crispée. Je ne parle pas d'un point de vue sexuel, ajouta-t-il. Parce que je n'ai aucun moyen de savoir…

— Ferme-la, Cullen.

Elle sourit malgré elle.

— Tu as fait de l'exercice ? C'est pas aussi sympa que le sexe, mais ça peut atténuer la tension.

— Bien sûr. Avec un M-16.

— Je parie que Benedict y est pour quelque chose. Mais il a été trop amoché pour t'entraîner lui-même.

— Jeff nous a mis à l'épreuve, Cynna et moi.

Elle était allée voir Benedict pour avoir des armes et des conseils tactiques. Les Nokolaï possédaient une importante cache d'armes – ce qui horrifiait l'agent des forces de l'ordre qu'elle était, mais s'avérait terriblement pratique dans la situation présente. Elle et Cynna seraient armées de M-16 ; Cullen aurait la mitrailleuse de Benedict. Il porterait également le lance-roquettes, et chacun d'entre eux serait muni de grenades.

Benedict l'avait également aidée à faire des listes.

Ils ne pouvaient pas savoir la taille qu'aurait leur portail tant que Cullen n'aurait pas eu l'occasion d'évaluer le rituel, et peut-être même pas tant qu'il ne l'aurait pas mis en place. Le poids n'était pas un problème, avait-il dit à Lily, contrairement aux dimensions. Elle ne prétendait pas comprendre pourquoi, mais elle et Benedict avaient dressé des listes d'équipements et d'armes en fonction des diverses possibilités.

Que devaient-ils emporter s'ils n'étaient que tous les trois, Cullen, Cynna et elle ? S'ils pouvaient emmener deux personnes de plus, ou une seule plus le lance-roquettes, de quoi se sépareraient-ils ? Ou si... Oh, c'est vrai. Elle n'avait pas parlé à Cullen de cette possibilité.

— Benedict voulait que je demande à Max de venir avec nous.

— Max ?

Ses doigts s'immobilisèrent. Il gloussa.

— J'aurais aimé voir sa tête quand tu l'as invité à faire un petit tour en enfer.

— Moi aussi. Il n'était pas au club.

Max était le propriétaire du *Club Inferno*, où dansait Cullen. C'était un type constamment de mauvaise humeur et grossier, en plus d'être un gnome. Quoique personne n'était censé être au courant de cette dernière particularité.

— Pourquoi Max, au fait ? (Il commença à masser la colonne vertébrale de Lily.) Il n'est pas doué avec les armes.

— Mais il sait se battre, et il est plus petit que tous les lupins. En plus, Benedict a dit que les gnomes étaient insensibles à la magie démoniaque. Celle qui pousse à agir sous la contrainte, en tout cas.

L'air railleur, Cullen se racla la gorge.

— C'est une rumeur. De simples histoires.

— Je ne crois pas que Benedict prenne des décisions tactiques à partir de rumeurs. Tu lui poseras la question ?

— Bien sûr. Il m'enverra balader, mais je lui demanderai. (Il pressa les épaules de Lily une dernière fois.) C'est mieux ?

Oh que oui. Elle s'étira et hocha la tête.

— Merci.

— Je cherche seulement à me préserver, tu sais.

Il reprit son sac.

— Comment ça ? lui demanda-t-elle en reprenant sa marche derrière lui.

— Si tu restes aussi tendue, tu flanqueras tout par terre et tu nous feras tous tuer. Une fois qu'on aura traversé, les décisions collégiales, ça sera fini, tu sais. Tu devras décider toute seule.

Troublée et pas très sûre de savoir pourquoi, elle secoua la tête :

— De nous tous, c'est moi qui m'y connais le moins. Toi ou Cynna devriez être capitaine ou chef de meute, appelle ça comme tu veux.

— Une garce meneuse d'hommes ? (Il sourit en voyant sa mine renfrognée.) Non, il faut que ce soit toi. Cynna n'est pas habituée à tenir les rênes, et je n'ai pas une nature suffisamment dominante.

Elle grommela :

— Ah ouais, j'ai remarqué à quel point tu étais docile.

— C'est vrai, j'aime être au-dessus de l'autre, mais j'essaie d'être souple. Il y a plein d'autres positions délicieuses. Par exemple…

— Cullen.

Il lui lança un sourire éclatant.

— Très bien. Dominant, c'est pas vraiment un synonyme d'autoritaire, tu sais. Ça, je saurais faire. Un vrai dominant… C'est marrant. Je n'avais jamais essayé de déterminer ce que je suis, mais je sais que je n'en suis pas un.

Ils étaient arrivés devant les portes automatiques qui menaient à l'extérieur. Elle passa en premier.

— Alors un véritable dominant est différent d'un dominant normal ?

— Oui, dit-il d'un ton catégorique. Ce que tu entends par « dominant » n'a pas le même sens dans la bouche d'un lupin. Tu y vois du machisme – quelqu'un qui domine les autres. Nous le comprenons comme quelqu'un qui ne peut être dominé. La différence est subtile, mais réelle. Les brutes ont besoin de dominer, mais elles peuvent être intimidées si tu es plus fort qu'elles.

Elle acquiesça, les yeux plissés à cause du soleil. Où… ? Oh, oui.

— Je suis garée dans le secteur C. Alors, tu m'expliques la suite ? lui demanda-t-elle tandis qu'ils se frayaient un chemin entre la file des taxis libres. Parce que tu m'as parfaitement expliqué les subtilités de la domination chez les lupins.

— N'est-ce pas ? Pour la suite…

Il secoua la tête, et se mura dans le silence tandis qu'ils traversaient l'aire de stationnement.

Lily laissa tomber le sujet. Pourquoi était-elle embarrassée à l'idée d'être responsable du groupe après la traversée du portail ? Ce n'était pas seulement à cause de son manque de connaissances. C'était… la culpabilité, comprit-elle, légèrement mal à l'aise. Elle n'était pas certaine qu'ils puissent sans risque lui confier leurs vies. Elle avait prouvé qu'elle était capable de les mettre en danger en les entraînant dans tout cela.

Il y avait aussi sa guérison. Ou plutôt son absence de guérison. Sa brûlure était de moins en moins douloureuse, mais Lily était encore terriblement fatiguée. Elle faisait la sieste en début d'après-midi, bon Dieu. Ce n'était pas normal. Si elle pouvait…

— Rule l'a.

— Quoi ? (Il l'avait fait sursauter.) Il a quoi ?

— Il a une nature de dominant. Cette chose qui me manque. Et Benedict aussi. Mick ne l'avait pas.

Leur frère qui était mort.

— Je ne connaissais pas vraiment Mick, dit Lily. Il était déjà sous le contrôle d'Helen quand nous l'avons rencontré, je n'ai donc jamais eu l'occasion de découvrir qui il était réellement.

— Le vrai Mick n'était pas le salaud que tu as croisé, mais ce n'était pas un ange non plus. Il voulait être le Lu Nuncio. Helen n'a pas introduit ce désir en lui. Elle s'en est seulement servi. De quel côté ? demanda-t-il lorsqu'ils arrivèrent au secteur C.

— Celui-ci.

Elle était presque sûre que c'était la bonne allée.

Cullen la suivit.

— Mick s'est persuadé qu'il ferait un meilleur Lu Nuncio que Rule, mais seul ce qu'il voulait avait de l'importance. Et ce qu'il ne voulait pas. Il détestait l'idée de se soumettre à son frère cadet. Isen le savait. C'est pour cette raison qu'il n'a pas fait de Mick son héritier. Isen a tout compris, continua-t-il, comme s'il se parlait à lui-même autant qu'à elle. C'est un salaud sans pitié, mais il se montre sans pitié au nom du clan. Parfois, aussi, pour le bien de tous les lupins, où qu'ils soient. Instinctivement, un vrai dominant pense d'abord au clan. Pas moi. Je le peux, ajouta-t-il avec un sourire fugace, mais c'est un effort. Avec Rule, c'est automatique.

Oui, il était dominant. Lily sentit sa gorge se serrer. Elle hocha la tête et fit tout ce qu'elle put pour retenir ses larmes.

— Ma voiture est là, dit-elle inutilement, en la déverrouillant à distance.

— Tu l'as, toi aussi.

— Moi ? (Elle secoua la tête.) La partie « garce meneuse d'hommes », peut-être. Mais je n'ai pas l'instinct de faire passer le clan d'abord. La moitié du temps, j'oublie même que j'en fais partie.

— Ce n'est pas ce que je veux dire. Si tu es aux commandes, tu penseras au groupe après la traversée, et pas seulement à tes envies ou tes besoins. Tu ne pourras pas t'en empêcher. Exactement comme maintenant, dit-il en ouvrant la portière et en balançant son sac à l'intérieur. Tu veux te confesser. Tu as peur de te retrouver en position de vouloir me sacrifier pour sauver Rule.

Elle le dévisagea.

— Et tu crois que ça me rend apte à commander ?

Il sourit et lui tapota la joue.

— Voilà qui prouve que j'ai raison, ma belle.

Il monta dans la voiture et ferma la portière.

Déconcertée, elle secoua la tête et fit le tour pour s'installer au volant.

Ils étaient au milieu des embouteillages sur la I-5 lorsqu'il reprit la parole :

— Je ne t'ai pas dit pourquoi j'étais allé à la Nouvelle Orléans.

— J'ai remarqué, rétorqua-t-elle sèchement.

— J'avais besoin d'avoir la confirmation de quelque chose que j'ai lu à propos de Dis dans plusieurs documents. Pas des documents fiables, remarque. Les seuls grimoires qui n'ont pas été brûlés durant la Purge n'avaient absolument aucune valeur : un mélange de fiction et de délires, saupoudré de quelques faits noyés dans tout ça, sans doute accidentellement. Tu ne peux pas savoir le nombre d'absurdités que les amateurs faisaient circuler entre eux au Moyen Âge. Il suffisait qu'un crétin fasse tout un foin de quelque chose pour qu'une douzaine d'autres crétins le consigne consciencieusement.

— En fait, tu me l'as déjà dit.

Plein de fois.

— Ah oui ? (Il lui lança un regard avant de fixer à nouveau la route.) C'est pour cela que je devais revérifier. Le texte que je cherchais est beaucoup plus fiable que la plupart. Mais… euh… je n'ai pas pu y avoir accès. Ceci dit, j'ai pu acheter des photocopies des pages qui m'intéressaient. Rien que pour ça, j'ai dû payer une jolie somme, ajouta-t-il. Quoique c'est Isen qui l'a déboursée.

— Tu veux dire que ce… (Son téléphone sonna.) Passe-moi mon portable, tu veux bien ?

Il le prit dans son sac à main et le lui tendit.

— Allô ? (L'oreille contre le téléphone, son pouls s'accéléra.) Oui. Très bien. Dites à Cynna… Non, je l'appellerai moi-même. Vous savez s'ils… Attendez, je vais prendre un stylo.

Mais Cullen fut plus rapide qu'elle. Elle répéta les informations à haute voix, et il nota les numéros des vols.

— C'est compris, dit-elle. Nous irons chercher celle en provenance du Canada. Quant à l'intention d'Isen d'envoyer quelqu'un pour l'autre vol, nous pouvons aussi… Très bien. À plus tard.

Elle raccrocha et adressa à Cullen un sourire crispé.

— Tu as entendu ?

Ses yeux s'illuminèrent de la même excitation que celle de Lily.

— Les vieilles chauves-souris débarquent.

— Deux d'entre elles. D'après Hannah, ce sont les deux plus importantes. Elles ont les autres éléments du rituel. Elles ont accepté de partager ces souvenirs, mais elles veulent être présentes pendant l'ouverture du portail.

Ils étaient sur la bonne voie. Ils allaient vraiment le faire.

— Je prends la direction du *Club Inferno*. Le premier vol arrive dans trois heures. Nous avons le temps de parler à Max puis de faire demi-tour pour retourner à l'aéroport.

— Il ne sera pas d'accord.

— On doit essayer. Tiens. (Elle lui tendit son téléphone.) Essaie de joindre Cynna. Nous devons savoir quand elle peut revenir.

Quelques minutes plus tard, elle poussa un soupir de soulagement lorsque Cullen lui fit le résumé de sa courte conversation avec Cynna. Elle avait détecté le garçon – en vie, Dieu merci. Elle se trouvait à cette heure-ci à l'aéroport de Sacramento, et attendait un vol de retour.

Marmonnant intérieurement, Lily commença à passer en revue ses listes. Que n'avait-elle pas fait ? À quoi n'avait-elle pas pensé ?

— Lily.

— Hmm ?

— Je n'ai pas fini de te dire ce que j'avais appris à la Nouvelle Orléans.

— Oh. C'est vrai. (Ce devait être important.) Qu'as-tu découvert d'autre ?

— Il n'y a pas de lune sur Dis.

Elle attendit la suite. Comme il ne donnait pas d'explication, elle dit :

— Ce qui signifie… ?

— Rule y est allé sous forme de loup. Il n'a pas pu se transformer à nouveau.

Elle hocha la tête, les sourcils froncés, ne comprenant toujours pas pourquoi il prenait un ton si grave.

— Tu ne sais donc encore rien de nous ? dit-il. À l'heure qu'il est, il ne pense peut-être pas comme un homme, mais comme un loup. Il nous connaît toujours, mais il pourrait ne pas comprendre ce qu'on lui dit. (Il poussa un long soupir.) Il te suivra, ceci dit. Puisque tu es son âme sœur, il franchira le portail avec toi.

Ce n'était pas une bonne nouvelle, mais la situation n'était pas horrible au point de faire ressortir si fortement les os du sublime visage de Cullen.

— Quoi d'autre ?

— S'il est resté trop longtemps sous sa forme de loup, il aura totalement perdu celle de l'homme. Il ne pourra plus jamais se transformer.

Elle sentit sa bouche s'assécher.

— Ça ne fait qu'une semaine. Une semaine et une demi-journée.

— Ici, oui. Je t'ai dit que le temps ne passait pas au même rythme dans les autres sphères. Sur Dis, il est changeant. Pour Rule, il a pu y passer un jour. Ou une semaine… ou un mois. Un mois, dit-il doucement, ce serait trop tard.

Elle ouvrit la bouche pour protester. Elle devait protester. Ce qu'il disait était stupide, tout simplement. Le temps ne pouvait pas se comporter comme ça, faire des bonds dans tous les sens. Mais lorsque ses yeux s'arrêtèrent sur l'expression sinistre du lupin, le doute s'empara d'elle, ainsi que d'une trop grande part de ses espoirs.

Alors, elle regarda droit devant. Au bout d'un moment, elle répéta son mantra :

— Mais il est vivant. Rule est encore vivant.

Et cette fois, elle put ajouter :

— Et nous partons le chercher.

XXXI

Après avoir dormi pour la première fois en enfer, Lily s'était réveillée tenaillée par la faim. Une grande faim.

Quant à Gan, il s'était réveillé femelle.

Le démon était moins bouleversé par l'idée d'avoir échangé son appareil génital contre un autre que par la perspective de souffrir régulièrement de pertes de connaissance. Il – elle – avait haussé les épaules et dit que baiser, c'était baiser, et que si c'était génial d'avoir un pénis, les humaines n'avaient-elles pas des orgasmes multiples ? Lily pourrait peut-être lui dire comme ça marchait ?

Lily avait dormi deux autres fois depuis, se réveillant toujours avec un terrible besoin d'*ymu*. Gan dormait toujours en même temps qu'elle, et se réveillait en se plaignant. Pour chacun de leurs sommeils, Rule avait dormi quatre ou cinq fois. Combien de jours s'étaient écoulés ? Elle n'en savait rien ; elle avait arrêté de penser en ces termes. Mais la lumière avait baissé à trois reprises, laissant place à l'obscurité comme si le ciel était soumis à un variateur.

Lorsque cela se produisait, les dragons chantaient. Rule et elle s'asseyaient alors côte à côte pour les écouter.

C'étaient les meilleurs moments qu'elle avait connus, lorsqu'il n'y avait plus qu'elle, Rule, l'obscurité grandissante et la mystérieuse beauté du chant des dragons.

La lumière recommençait à baisser. Elle l'observait depuis son emplacement préféré : un rocher plat qui dépassait de l'eau. D'ici, elle pouvait contempler, au-delà de la crique, l'océan à perte de vue. Une liberté illusoire, peut-être. Mais apaisante.

Pour passer le temps, Gan, à côté d'elle, creusait dans le sable près du rocher. Rule n'était pas là.

Elle regarda le ciel. Il ne ferait pas noir tout de suite. L'atténuation de la lumière prenait un certain temps. Mais Lily était inquiète.

— Les dragons ne se sont pas encore rassemblés pour leur chant.

— Quelle bande de braillards, grommela Gan.

Le démon n'avait apparemment aucune idée de ce qu'était la musique, et encore moins de capacité de jugement en la matière. Avec désinvolture, il… elle… avait indiqué après le dernier chant des dragons que ces derniers faisaient grand cas de leur tapage. Ils appelaient leurs chefs les Chanteurs. Ils n'avaient pas d'entité officielle tel qu'un gouvernement, un roi, ou une assemblée, mais ces Chanteurs avaient apparemment assez d'autorité pour négocier des pactes avec leurs voisins démoniaques. Cela étant, Gan n'en savait pas beaucoup plus.

Lily regarda l'extrémité de la plage, là où les herbes marquaient l'entrée de leur grotte. Elle plissa le front d'inquiétude. Rule était retourné explorer les tunnels. Il les détestait. Elle l'avait vu en sortir tout tremblant, pourtant il continuait de s'y rendre.

— Pardon ? fit-elle distraitement.

Elle n'avait pas écouté la moitié des jacassements du démon.

— Je t'ai demandé ce que tu pensais faire de ce bâton. Donner un coup à un dragon, peut-être ? Ça leur fera peur.

— C'est une idée. (Elle se remit à affûter sa lance, façonnée à partir du fémur d'un très gros animal. Elle ne ressemblait pas franchement à une arme, mais c'était tout ce que Lily avait.) Ou peut-être que je me contenterai de piquer les petits démons obscènes avec.

— Non, tu ne feras pas ça. Tu culpabiliserais. (Gan prit un air suffisant.) Les humains se sentent coupables quand ils provoquent de la douleur.

— Certains oui. D'autres non.

— Eh bien, ce serait ton cas. Tu es de ce genre-là. D'ailleurs, tu m'aimes bien.

Lily leva les yeux, amusée.

— Ah oui ?

— Évidement. Tu empêches le loup de s'en prendre à moi. Il n'essaie plus de me tuer, mais il veut toujours me faire du mal.

Le sourire de Lily s'évanouit. Depuis qu'elle avait dormi pour la dernière fois, elle avait dû intervenir à deux reprises pour empêcher Rule d'attaquer le démon. Gan s'amusait à le tourmenter, certes, mais jusque-là, Rule avait été capable d'ignorer les sarcasmes du démon.

Quelque chose avait changé, et cela l'inquiétait.

— Et ce n'est pas parce que tu as peur que j'arrête de te nourrir. J'y serais contraint, même si j'étais vraiment furax, parce que je ne peux pas te laisser mourir. D'ailleurs, ajouta Gan, le dragon m'a demandé de continuer de t'alimenter. Tu le sais. Tu as donc arrêté le loup parce que tu m'apprécies.

— Et tu m'apprécies aussi, bien évidemment.

— Je suis un démon ! Je ne… (Gan haussa les sourcils.) Non, bien sûr que je ne t'apprécie pas. Je n'ai jamais aimé personne. C'est comme manger des bêtes mortes. Les démons ne font pas ce genre de truc.

— Les démons ne dorment pas non plus.

Gan se renfrogna.

Elle ne devrait pas le taquiner. Elle pourrait avoir besoin de lui demander une faveur. Lily baissa de nouveau les yeux vers la plage. C'était la première sortie de Rule sans son attelle. Malgré ses protestations, il avait déchiré les liens avec ses dents après s'être réveillé. Et il était parti depuis longtemps, plus longtemps que d'habitude.

Elle ne pouvait pas partir à sa recherche. L'obscurité était totale dans ces passages exigus, et elle ne pouvait pas se repérer grâce à l'odeur, comme lui. L'odorat du démon n'était pas non plus très fin, mais Gan avait un sens de l'orientation infaillible, du moins le prétendait-il. Si Rule ne se montrait pas bientôt, elle devrait marchander avec Gan pour…

Une silhouette sombre sortit en boitillant de la grotte. Lily poussa un profond soupir de soulagement.

Le démon jeta son bout d'os au loin.

— On s'ennuie ici. Je ne comprends pas pourquoi Xitil met autant de temps à achever son invitée.

— Peut-être qu'elle l'a fait. Tu aurais un moyen de le savoir ?

— Non, mais eux, oui.

Gan fit un geste vers le ciel, où deux des dragons plus petits tournoyaient : leurs gardes et serviteurs occasionnels, qui faisaient parfois des plongeons époustouflants pour lâcher de la nourriture sur la plage.

De la nourriture vivante. C'est ainsi que Gan mangeait la sienne. Rule la chassait et la tuait avant.

Lily aurait aimé se souvenir de ses repas. Elle se rappelait toutes sortes d'aliments : glace et riz, poulet frit et cornichons. Mais elle n'avait aucun souvenir de leur goût.

— Ils t'ont dit quelque chose ? lui demanda Lily. Ils ne me parlent pas par télépathie.

Contrairement à Sam, lorsqu'il leur rendait visite. Il était curieux de connaître l'évolution de la Terre depuis que son espèce l'avait quittée. Rule et lui avaient échangé quelques questions.

Plus précisément, ils en avaient échangé au début. Plus tellement maintenant. Elle regarda la silhouette sombre, sur quatre pattes, qui se dirigeait vers eux.

— Non, dit Gan, mais certaines choses se passeraient si Xitil avait terminé son combat. Ils ne… Eh, regarde qui arrive. Face poilue. T'aurais pas repéré des issues pour nous enfuir d'ici, par hasard ?

Rule ne regarda même pas le démon avant de sauter sur le rocher pour s'installer à côté de Lily. Elle soupira de soulagement. Il prenait sur lui.

— Tu boites.

Il ne put hausser les épaules, bien entendu, mais lui signifia la même chose en les roulant.

À l'évidence, il l'avait comprise. Lily se demanda si son imagination lui jouait des tours.

— Gan croit que Xitil en aura bientôt fini avec la Diablesse.

Rule jeta un coup d'œil au démon et grogna.

— Quoi ? fit celui-ci d'un ton brusque. Pense en mots quand tu grognes, crétin, sinon je ne comprends rien.

Rule bâilla, afin de montrer le peu de cas qu'il faisait de l'opinion du démon, puis glapit à quelques reprises.

Gan grommela :

— Question idiote. Xitil ne mangerait pas une déesse.

Lily fronça les sourcils.

— Mais la Diablesse n'est pas vraiment ici, hein ? Xitil se bat contre Son avatar.

— C'est presque pareil. Manger un avatar serait pire encore que manger un humain. Elle perdrait la tête.

Lily acquiesça. Les démons mangeaient pratiquement tout, sauf des humains. En ingérant de la chair, ils consommaient quelque chose de la personne, or ils ne pouvaient correctement assimiler une substance humaine. Gan pensait que c'était l'âme qui les empoisonnait, mais ce n'était qu'une supposition. Les démons ne savaient pas plus que les humains ce qu'était l'âme exactement.

En revanche, les démons pouvaient boire du sang humain. C'était le moyen habituel pour prendre possession de quelqu'un, ainsi qu'une puissante drogue et un mets très délicat. Et ils voulaient celui de Lily. Le sang d'une sensitive, ici, en enfer, avait une sorte de pouvoir spécial.

Lily avait suffisamment interrogé Gan pour pouvoir se faire une idée de ce qui lui était arrivé sur Terre. Gan l'avait assommée et emmenée en enfer pour goûter son sang, parce qu'il était plus puissant ici. Mais ensuite, il l'avait renvoyée sur Terre. Le sang à lui seul ne suffisait pas à passer les défenses naturelles d'un sensitif. Le démon avait eu besoin de l'aide de la Diablesse pour finir le boulot. Lily n'avait pas compris tous les détails, mais la Diablesse avait placé une partie de Son pouvoir dans une crosse, et quelqu'un, sur Terre, l'avait utilisée pour aider Gan à la posséder. Cela avait presque fonctionné.

Rule grogna une question au démon.

Gan fit de gros yeux.

— Je te l'ai dit et répété. Je ne sais pas pourquoi la Diablesse voulait que je possède Lily. Tu crois peut-être qu'on s'est assis et qu'on a discuté de ses intentions devant une tasse de thé ?

— Tu es toujours convaincu que nous faisons partie d'un marché entre les dragons et Xitil, dit Lily. Pourtant Sam esquive toujours cette question.

— Il ne l'a pas nié. Alors qu'il pourrait. (Gan soupira avec mélancolie.) Parce qu'il peut mentir, et tout ça. Mais quoi d'autre voudrait-il obtenir de nous ? Bien sûr, il ne nous veut pas vraiment *nous*, mais il a besoin de moi pour te nourrir. Je suis le seul qui peut le faire, en raison de notre lien. (Il sourit, flatté de sa propre importance.) Et jusqu'ici, le loup ne l'a pas assez mis en rogne pour qu'il le tue, je suppose.

— Pourquoi ne pas l'admettre, alors ? demanda Lily. Sam n'a rien à perdre.

Rule grogna quelque chose.

— Qu'a-t-il dit ?

Gan haussa les épaules.

— J'sais pas, moi.

— Gan.

— J'en sais rien ! Il ne fait pas confiance au dragon. C'est tout ce que j'ai compris.

Le front plissé, elle caressa la tête de Rule. Gan en avait peut-être simplement assez de traduire et faisait semblant de ne pas comprendre.

— Qu'en penses-tu ? lui demanda-t-elle doucement.

Comprends-moi. Je t'en prie, je t'en prie, comprends-moi.

— Sam nous livrera à Xitil, selon toi ?

Il la regarda avec ce qu'elle prit avec une absolue certitude pour de la perplexité. Mais ses yeux s'éclaircirent, et il glapit.

— Il a dit qu'il y avait beaucoup de démons, grommela Gan. Mais peu de dragons.

— Tu veux dire que leur situation est précaire.

Le loup pencha la tête.

Très bien. C'était très bien. Il comprenait et répondait.

— Ce que nous devons tâcher de savoir, c'est la raison pour laquelle mon sang serait si précieux pour Xitil.

Ils avaient interrogé Gan plusieurs fois. Le démon répétait qu'il ignorait pourquoi le sang d'une sensitive était si important, qu'il savait seulement qu'il l'était.

— Que suis-je ? Un bonbon sacrément savoureux, ou mon sang a-t-il une valeur concrète ?

— Tu es plus qu'une friandise, lui assura Gan. Tu n'as pas à t'inquiéter. Personne ne te tuera, car tu ne pourras plus fournir de sang une fois morte. Mais Sam ne peut pas te garder indéfiniment. Les autres entendraient parler de toi, et tôt ou tard, ils essaieraient de mettre la main sur toi pour éviter que tu ne tombes entre celles de Xitil. Les dragons ne veulent surtout pas avoir ce genre de problème.

Lily était très surprise.

— Tu parles de combats ? De guerre ?

— Non, non. Les guerres ont pour but de s'approprier des territoires et de donner aux nobles l'occasion de ne faire qu'une bouchée des combattants de l'adversaire. Personne ne veut faire la guerre aux dragons, parce qu'ils ne font pas que manger, ils tuent, c'est pourquoi les princes ne sont pas prêts à… Hé, regarde ! (Il se mit debout d'un bond.) Le repas est servi !

Lily leva les yeux. L'un de leurs gardes plongeait vers la plage comme ils le faisaient lorsqu'ils apportaient à manger, mais cette fois ses serres étaient vides.

— Il ne vient pas pour ça, fit Lily. Et s'ils jouaient à chat ? Le second vole après le premier. Ou est-ce que… Hé !

Rule l'avait poussée, sans ménagement, avec son museau. Il gémit et la poussa encore, à la hâte. Il pensait qu'ils se faisaient attaquer. Lily sentit son pouls s'accélérer. Peut-être que le dragon qui descendait sur eux en piqué se distrayait de sa mission de garde en fichant la frousse aux humains. Mais si ce n'était pas le cas…

Ils devaient trouver un endroit où s'abriter, et vite. Elle sauta au pied du rocher. Rule l'imita.

Ils n'auraient pas le temps de rejoindre la grotte. Elle courut à toute vitesse vers la falaise, Rule à ses côtés ; Gan les suivit quelques mètres derrière, soufflant comme un bœuf. Les dragons ne pourraient pas les attraper par au-dessus s'ils s'aplatissaient contre le mur de roche. Elle plaqua son dos contre la pierre, le cœur battant, la bouche sèche, l'esprit engourdi par la peur. Elle ne voulait pas regarder.

Idiote, se dit-elle. *Tu crois que si tu fermes les yeux, le vilain dragon s'en ira ?* Elle se força à lever la tête et aperçut quelque chose d'écarlate près de la tête du dragon qui poursuivait l'autre. Un seul de leurs gardes possédait une collerette de cette couleur, le même rouge cramoisi que celui de Sam.

Elle se rendit compte qu'il était plus petit que celui qu'il chassait. Plus jeune ?

Soudain, les deux dragons se heurtèrent.

Elle retint son souffle. Ce n'était pas un jeu mais un combat, réel et sanglant. Les deux dragons luttèrent l'un contre l'autre dans les airs, réduits, pêle-mêle, à des ailes qui battaient, des queues qui fouettaient et des cous qui s'entrelaçaient. Lily n'arrivait pas à voir ce qui se passait, qui était sur le point de l'emporter. Puis l'un des deux se détacha – celui qui avait poursuivi l'autre, comprit-elle en repérant la collerette rouge foncé. Il battit désespérément des ailes pour voler plus haut dans le ciel : l'une d'elles était amochée. L'assaillant, l'instant d'avant, était maintenant celui qui fuyait.

Le dragon essaya de s'échapper, mais l'autre le rattrapa et le saisit par une aile, qu'il déchira violemment. Le dragon blessé parvint à se libérer, mais il était gauche et se déplaçait lentement dans les airs. Son assaillant se rapprocha de nouveau.

D'abord lentement, puis plus vite, le dragon blessé tomba ; son long corps chuta, les ailes entremêlées, incapables de ralentir son vol. Lily entraperçut la collerette rouge foncé qui plongeait. Elle sentit son ventre se nouer douloureusement. Le dragon s'écrasa sur la plage, près de la grotte ; elle sentit l'impact jusque sous ses pieds.

Le dragon victorieux dessina un cercle dans le ciel, puis plongea encore une fois. Vers eux.

— Oh, merde, murmura-t-elle.

Peut-être qu'elle devrait frapper un dragon avec son bâton, finalement.

— En voilà un autre ! s'écria Gan. Il arrive de derrière les montagnes !

Elle écarquilla les yeux pour mieux le voir. Le ciel était assez sombre à présent, et les dragons étaient plus difficiles à repérer, mais…

— C'est Sam !

Ce fut alors que la grande silhouette noire replia ses ailes, serrées tout contre son corps, et tomba, plongea comme un faucon géant après un petit oiseau. Tout droit, comme une flèche, vers le dragon qui venait de tuer un de ses congénères.

Celui-ci avait dû le voir ou sentir sa présence, car il se contorsionna en battant frénétiquement des ailes, en vain. Quelques secondes plus tard, Sam s'abattit sur lui.

Tous les dragons ne mouraient pas en silence. Celui-ci hurla lorsque son dos se brisa, un grondement grave qui se termina dans une énorme giclée de sang quand Sam lui entailla la gorge tout en plongeant avec sa victime.

La chute ne serait pas longue. Alors que Sam battait vigoureusement des ailes pour reprendre de l'altitude, sa victime atteignit la surface de l'eau dans un énorme éclaboussement, à quelques mètres du rivage.

Allez-vous en, dit-il froidement. *Ne restez pas là bouche bée. Rejoignez les tunnels que votre lupin explore si résolument.*

— Que se passe-t-il ? cria Lily.

Les autres seront bientôt là, au cas où celui qu'ils ont envoyé aurait échoué. Et il a échoué. Cette pensée était empreinte de satisfaction. *Je ne tolère aucune trahison.*

Rule poussa Lily. Elle fit quelques pas chancelants, puis s'arrêta.

— Quels autres ? Pourquoi viennent-ils ici ?

Sam s'élevait toujours, mais lentement, en tournoyant.

Les Chanteurs. Ces imbéciles contestent le fait que je te possède. Ils viennent te tuer.

— Non ! s'écria Gan. Ils ne peuvent pas la tuer ! Ce serait stupide ! Ils ont besoin d'elle !

Ils ont fini par comprendre que c'était une folie de laisser une sensitive tomber entre les mains de Xitil. Il n'y aura pas de négociations.

— Mais les Chanteurs… vous me gardiez pour eux ! dit Lily. Ils vous commandent…

Ils ne me commandent pas. Je t'ai emmenée et gardée parce que je le voulais. Ils se persuadaient que je le faisais en leur nom. Je les ai laissés dans cette illusion jusqu'à ce que j'apprenne qu'ils prévoyaient de te tuer sans me demander la permission. Filez, maintenant.

Rule la poussa, plus fort. Elle abandonna et commença à descendre la plage en courant, mais cria encore :

— Qu'est-ce qui a changé ? Pourquoi les démons veulent-ils mon sang ?

Tu poseras ces questions sur la Mort quand elle plongera pour te prendre ! Reste sous terre jusqu'à ce que tu entendes mon appel. Tes sommeils pourraient encore être nombreux avant que tu puisses sortir sans risque. Mais les Chanteurs ne tarderont pas à abandonner leur ressentiment à mon égard et cesseront de vouloir t'enlever à moi. Xitil arrive. Elle a mangé de la chair divine et est devenue complètement folle.

— Oh, non, murmura Gan. Oh non, oh non, oh non…

Mais folle ou pas, continua froidement Sam, de plus en plus loin, à mesure qu'il s'élevait dans le ciel, *elle est trop puissante pour être vaincue facilement. Les autres auront besoin de moi.*

Qui êtes-vous ? songea Lily en s'arrêtant à l'entrée de la grotte malgré la pression insistante de Rule. Elle savait qu'une fois à l'intérieur, la pensée du dragon serait coupée par la terre. *Qu'êtes-vous ? Pas un Chanteur…*

Pas un de ces petits Chanteurs, confirma-t-il de sa voix mentale, à peine audible désormais. *Un Grand Chanteur. Peut-être le dernier d'entre eux…*

XXXII

Le jour suivant arriva, froid et brumeux. Lily transpirait tout de même dans sa veste en cuir, peut-être parce qu'elle portait un sac à dos et un lourd M-16 en bandoulière. Ou parce qu'elle avait une sacrée trouille et qu'elle paniquait complètement.

— Il leur faut une éternité, murmura Cynna en passant d'un pied sur l'autre.

Lily acquiesça. C'était probablement maintenant qu'elle devrait dire quelque chose d'encourageant, mais elle était à court de paroles réconfortantes.

Elle aurait aimé que Grand-mère soit ici. Cette envie grandit en elle, vive et puissante, aussi idiote soit-elle. Grand-mère n'aurait pas pu les accompagner. Elle n'aurait rien pu faire d'autre qu'attendre. Mais Lily aurait tout de même aimé qu'elle soit là.

Ils avaient réuni leur curieuse équipe sur un promontoire de faible altitude, près de l'océan, à soixante kilomètres de la ville. Le promontoire se trouvait à l'intérieur d'une propriété privée, mais le Rho s'était arrangé pour qu'ils soient autorisés à pénétrer sur ces terres. Un pot-de-vin, sans doute. C'était le noyau le plus proche de Rule, du moins de l'endroit où Rule se serait trouvé s'il avait été sur Terre.

Trois femmes et un strip-teaseur à temps partiel se tenaient par les mains, en cercle, au-dessus du noyau. Derrière chacun d'eux était posée, droite, une grande bougie noire, éteinte. Au centre du cercle se trouvait l'autel en pierre de Hannah, sur lequel était placé un bol en argent rempli d'eau.

Lily n'avait pas eu connaissance des noms des deux autres Rhej. La plus jeune, celle des Etorri, était une femme mince, d'apparence ordinaire, de l'âge de Lily à peu près, avec des cheveux blonds ternes et des yeux bleu pâle. Cullen se tenait entre elle et la Rhej des Mondoyo, une grande femme noire au regard fatigué, qui avait l'air d'avoir la quarantaine bien tassée. Elle était arrivée en avion d'Afrique du Nord, à peine quelques heures plus tôt. Enfin, Hannah était là, vieille, ronde et aveugle, et elle dirigeait les autres d'une main de maître.

Jeune fille, mère et aïeule, songea Lily en passant en revue les trois femmes. Bizarre. Hannah avait dit que la Déesse fonctionnait souvent de cette façon, même lorsque, comme maintenant, ses agents humains ne l'avaient pas prévu.

L'air était calme et humide, chargé des odeurs de l'océan. Lily et Cynna attendaient sur le côté du noyau le plus proche de l'océan, sous un chêne tordu dont le tronc penchait en permanence, comme poussé par un vent absent. De l'autre côté du noyau se trouvaient vingt lupins armés, autant de Nokolaï entraînés que Benedict avait pu en mobiliser en si peu de temps. Si une créature parvenait bel et bien à traverser le portail malgré les précautions de Cullen, elle serait criblée de balles.

Derrière les lupins, Nettie attendait près d'un crossover réaménagé qui pourrait, au besoin, servir d'ambulance. Avec un peu de chance, aucun d'eux n'aurait besoin des services de Nettie, mais Lily ne comptait pas s'en remettre à la chance.

Seuls elle, Cullen et Cynna traverseraient. Le portail serait trop petit, la puissance trop faible pour permettre à d'autres de les accompagner. Bien entendu, leur groupe devait également être assez réduit pour garder de la place pour une personne de plus au retour.

Max aurait pu venir. Il était assez petit pour traverser le portail sur le dos d'un autre, mais lorsqu'ils avaient fini par le retrouver, il s'était répandu en invectives et les avait traités d'imbéciles, avant de les jeter hors de son club. Max avait du mal à faire face à son chagrin, expliqua Cullen. Lily ne savait pas très bien s'il parlait sérieusement.

Lily regarda fixement le cercle, les sommant intérieurement de se dépêcher. Jusque-là, tout ce qu'ils avaient fait consistait à se donner la main. C'était tout ce qu'elle avait pu voir, en tout cas.

— « Il est facile de descendre aux enfers », murmura Cynna. « Nuit et jour, les portes de la Mort noire s'ouvrent… » On dirait que le vieux Virgile s'est trompé, hein ?

— Pardon ? (Lily fit volte-face pour fixer la détectrice.) Virgile ? Euh… c'est de la poésie ?

Cynna haussa l'épaule qui ne portait pas un M-16 en bandoulière.

— Oui, j'aime la poésie classique.

Pour un ex-Griseur, Cynna avait des références étranges.

— *Mir acculum*, dit brusquement Hannah. *A dondredis mir requiem.*

— *A dondredis mir requiem*, répéta la grande femme noire.

La troisième Rhej et Cullen reprirent la phrase à leur tour, puis joignirent leurs voix dans un paisible chant.

Enfin, il se passait quelque chose. Cette première partie du rituel nécessitait la présence de ces quatre personnes, qui prépareraient l'énergie, comme disait Cullen. Mais la seconde étape serait entièrement accomplie par Cullen. C'est à ce moment-là que Lily…

— C'est un taxi ? demanda Cynna d'un ton incrédule.

C'en était bien un. Le taxi monta le chemin qui venait ici depuis l'autoroute, et s'arrêta dans un nuage de poussière, là où les ornières s'arrêtaient non loin des Nokolaï armés. Dans l'incapacité de voir nettement ce qui se passait derrière les hommes, Lily se dirigea dans cette direction. Cynna lui emboîta le pas.

Cullen et les trois Rhej continuèrent à psalmodier, sans leur prêter attention. À l'instant même où Lily atteignait les gardes, la portière arrière du taxi s'ouvrit brusquement. En jaillit un vilain énergumène d'un mètre vingt, de très mauvaise humeur.

Cynna s'arrêta.

— C'est quoi, ça ?

— Ça, dit Lily, sentant ses lèvres former un sourire tout à fait inattendu, c'est ce que tu transporteras à la place de ton sac à dos.

Max avait une laideur semblable à la beauté dont jouissent quelques rares âmes : une laideur fascinante. Son nez s'étirait vers sa bouche comme celui d'une sorcière de dessin animé. Il n'avait pas de cheveux, pas grand-chose qui ressemblait à un menton ou à des lèvres, et la peau de la couleur des champignons. Il était maigre, avec des articulations noueuses et des bras trop grands par rapport à son corps.

Aujourd'hui, il portait une tenue de camouflage et des bottes militaires. Dieu seul savait où il les avait trouvées.

L'un des lupins avança pour l'intercepter. Lily lui fit signe de laisser passer Max.

Celui-ci marmonna quelque chose entre ses dents en marchant d'un pas lourd jusqu'à elle.

— J'arrive pas à croire que je suis ici. J'arrive pas à croire que je suis aussi stupide. Alors ? demanda-t-il en s'arrêtant. Qu'est-ce que vous regardez comme ça ?

— Un invité vraiment bienvenu, dit-elle doucement. Max, voici Cynna.

Les pointes de ses oreilles rougirent. Il se renfrogna et la toisa de la tête aux pieds.

— Jolis seins. Trop gros, mais ils ont une belle forme.

Cynna secoua la tête et desserra les lanières de son sac.

— J'espère que vous valez la peine qu'on abandonne la moitié de nos provisions.

— Lily, dit Cullen.

Elle le regarda par-dessus la tête de Max.

Il était seul à présent, debout, et tenait dans une main un athamé en argent – un couteau cérémoniel. Les trois femmes étaient assises dans l'herbe à quelques mètres et psalmodiaient toujours. Les bougies se consumaient.

Lily prit une profonde inspiration et vérifia les poches en toile à sa ceinture, qui renfermaient des chargeurs supplémentaires. Le spectacle pouvait commencer.

Lily avait un rôle passif dans le rituel. À partir de cet instant, elle ne parlerait plus, pas tant qu'elle n'aurait pas traversé. Il la lierait au portail, comme il l'avait proposé – il avait gagné sur ce point – mais elle devait seulement se tenir là et le laisser faire.

Ça, et saigner un peu.

Lily marcha jusqu'à lui et ne ressentit rien – pas une trace, pas un souffle de magie, alors qu'elle devait pourtant saturer l'air. Elle éloigna de ses pensées la perte de son Don et avança sa main gauche.

Il murmura quelque chose, des mots doux, inconnus. Puis il prit la main de Lily dans la sienne, paume vers le haut, et passa la lame de son athamé en travers de celle-ci. Elle ressentit une brûlure. Le sang monta vite, et Cullen murmura encore. Puis il tourna la paume de Lily vers le bas et la secoua ; la terre fut éclaboussée de son sang tandis qu'il répétait trois fois une même formule.

Elle fut prise de vertiges, et d'une sensation étrange, comme quelque chose qui grattait sa peau et se glissait à l'intérieur pour prendre place dans ses entrailles et bouleverser ses sens. Le monde tournoya, elle chancela. Cullen la prit par la taille et l'aida à rester debout.

Peu à peu, le monde se stabilisa, mais l'impression étrange demeura. Lily avait une drôle de sensation, comme si l'on avait implanté une géométrie bizarre en elle, qui se déployait autant qu'elle pouvait.

Elle se redressa et fit un signe de tête à Cullen.

Il recula. À l'aide de la pointe de son couteau ensanglanté, il entreprit de tracer la porte qui entourerait l'autel. La lumière suivait l'athamé telles les dernières lueurs d'une étincelle lorsqu'il incisa le tissu entre les sphères. Quand il eut terminé, l'air chatoya. La vision était floue, comme traversée d'ondes de chaleur.

Lily posa une main sur son ventre. Le chatoiement semblait s'accorder à la géométrie changeante qu'elle sentait au fond d'elle. Ce n'était pas douloureux, mais pas agréable non plus. Elle regarda par-dessus son épaule.

Elle vit Cynna qui s'agenouillait pour laisser Max grimper sur son dos. Elle devrait se baisser pour traverser, mais ils arriveraient à passer. Cullen fourra son athamé dans sa ceinture et enfila le harnais qui retenait le lance-roquettes, un immense tube presque aussi grand que lui. Il ramassa sa mitrailleuse et prit place derrière les autres.

Ils passeraient en file indienne. Lily leur fit un signe de la tête, attrapa le M-16 qu'elle portait en bandoulière et marcha vers le portail chatoyant. Elle fit quatre pas, se baissa au moment d'enjamber l'autel, et pénétra en enfer.

Où une bataille faisait déjà rage.

Un petit feu couvait au centre de la chambre en pierre où Rule les avait menés. Elle tombait en ruine : les murs étaient émaillés de trous, la voûte de fissures. Une partie de la fumée s'en échappait, mais le feu enfumait tout de même la pièce sans beaucoup l'éclairer.

Mais cette faible lumière était préférable au noir total. Lily serra ses bras autour de ses genoux. Fort heureusement, Gan avait été capable d'apporter un fagot de bois. Comme il était très petit, il n'avait pas besoin de ramper comme Lily dans les passages les plus étroits. La situation aurait pu être pire…

Qui croyait-elle berner ? Elle avait horreur de cette situation. Elle la détestait. Mais pas autant que Rule.

Comment avait-il fait ? Comment avait-il pu se forcer à retourner encore et encore dans ces tunnels, pour trouver une issue ? Elle savait que ses allées et venues avaient sapé ses forces, mais elle n'avait pas compris pourquoi il tenait tant à ces explorations, pas vraiment. Pas jusqu'à ce qu'elle le suive dans cette obscurité si épaisse qu'elle semblait expulser l'air hors de ses poumons.

Elle n'avait aucune idée du temps qu'ils avaient passé dans ces dédales de roche avant d'atteindre cette salle, où l'air était respirable et le plafond assez haut pour qu'elle puisse se tenir debout, les bras levés. Certainement pas plusieurs heures comme elle en avait l'impression. Ils avaient monté plus que descendu, cela dit. Étaient-ils quelque part près du sommet de la falaise, là où les dragons se réunissaient pour chanter ?

Gan prit soudain la parole, d'une voix aiguë et éraillée :

— On appelle Xitil « Celle qui déplace la terre », tu sais.

— C'est à prendre au sens littéral ?

L'air malheureux, Gan acquiesça.

— Elle pourrait faire tomber toute cette roche sur nous. Ce serait un jeu d'enfant.

— Heureusement qu'elle me veut vivante, alors.

— Mais elle est cinglée, murmura Gan.

Rule leva la tête et gronda férocement.

— Je suis pratiquement sûre que ça veut dire « ferme-la », fit Lily. D'ailleurs, tu n'as pas dit que les dragons détrempaient la magie ou l'aspiraient, ou quelque chose de ce genre ?

— La magie démoniaque, oui, mais Xitil a le pouvoir de la Diablesse en elle, maintenant ! Qui sait ce qu'elle est capable de faire ? Elle pourrait…

— Ferme-la, Gan.

Le démon déglutit, puis – miracle – se tut.

Rule reposa sa tête sur ses pattes, et Lily reprit sa seule occupation possible : jouer à son jeu des souvenirs. Où en était-elle ?

Ah, oui. Des lits à eau. L'idée lui était venue plus tôt, quand elle était assise près de l'océan. Avant que tout ne tourne au cauchemar.

Des lits à eau, le concept semblait merveilleux. Imaginer un lit rempli d'eau… comme ce devait être doux ! Il fallait pomper l'eau avec… des pompes, oui, elle se rappelait des pompes. Quoique celle qu'elle visualisait n'était pas pour l'eau, mais pour l'air. Pour remplir d'air les pneus des vélos.

Avait-elle déjà fait du vélo ? Un frisson d'excitation s'empara d'elle. Cela paraissait logique qu'elle se souvienne du type de pompe qu'elle connaissait le mieux, non ? Elle ne parvenait pas du tout à se représenter une pompe destinée à un lit à eau. Peut-être qu'elle n'en avait jamais eu, en revanche elle avait possédé un vélo.

Quel genre de vélo ? Il y avait les vélos de course et…

Rule redressa brusquement la tête. Sa tension était si soudaine qu'il se mit presque à trembler.

— Qu'y a-t-il ? murmura-t-elle.

Il se mit sur ses pattes et fit quelques pas, les yeux rivés sur la roche au-dessus d'eux. Il poussa un gémissement. Il regarda Lily, puis la voûte rocheuse. Il secoua vivement la tête, comme s'il voulait se vider l'esprit, et gémit doucement.

— Qu'est-ce qui se passe ? Gan, qu'est-ce que ça veut dire ?

— Rien. (Gan avait l'air écœuré.) Il n'exprime rien de sensé.

— Rule ?

Effrayée à plus d'un titre, elle vint s'agenouiller à côté de lui.

— Tu vas bien ?

Il gémit encore, plus fort et plus longtemps, puis regarda le démon.

— Il veut que tu me dises ! cria-t-elle. Essaie. Fais tout ce que tu peux.

Gan roula les yeux.

— Ça n'a aucun sens. Quelque chose à propos de toi, qui serais ici, et là-bas aussi.

Rule glapit. Puis il prit doucement le poignet de Lily entre ses dents et tira en faisant un pas en arrière.

Il voulait qu'elle le suive. Elle prit une inspiration mal assurée et se leva.

— Très bien. Tu viens, Gan ?

Rule partit aussitôt en courant dans l'un des trous noirs, très noirs. Au moins, celui-ci était un peu plus large que d'autres. Même s'il était peu probable qu'il le reste très longtemps.

— Tu suis cet imbécile ? Il a perdu la boule. Tu ferais mieux de rester ici.

Elle secoua simplement la tête et, le cœur battant, emprunta le même chemin que Rule, au cœur des ténèbres.

Ils n'auraient pas survécu à leurs cinq premières minutes en enfer si le terrain où ils étaient arrivés avait été comme celui de la Terre. Ils avaient quitté un promontoire bas et plat. Ils s'étaient retrouvés dans des montagnes basses et escarpées. Des montagnes où des créatures étaient en train de s'entre-tuer.

— Je vais être à court de munitions, cria Cynna. Je dois recharger.

— Je te couvre, fit Lily.

Elle était accroupie derrière un affleurement rocheux. Ils n'étaient pas protégés côté ciel, mais la bataille aérienne faisait désormais rage à environ deux kilomètres derrière eux. Cela valait mieux. Lily n'avait jamais cru à l'existence des dragons, alors les voir voler, se battre... elle s'en souviendrait toute sa vie. Et ferait des cauchemars à propos des créatures qu'ils combattaient.

Enfin, si elle vivait assez longtemps pour rêver.

Leur progression avait été interrompue dans ce col accidenté, entre deux pics de faible altitude. « Piégés » pourrait être le mot décrivant le mieux leur situation.

La traversée en elle-même avait été facile. Le chatoiement dans l'air avait comme scintillé à travers Lily lorsqu'elle avait franchi le portail. C'était alors qu'elle s'était retrouvée ailleurs… un ailleurs sombre, nocturne, avec des démons grands comme quatre hommes, debout à cinq mètres d'elle, qui la toisaient, apparemment sous le choc.

C'est ce qui l'avait sauvée. Ça, et l'entraînement que Benedict l'avait obligée à suivre. Deux des démons s'étaient remis de leur surprise assez rapidement pour bondir vers elle alors qu'elle pointait son arme dans leur direction.

Elle pouvait témoigner que les balles, en effet, marchaient sur les démons. En particulier lorsqu'ils essuyaient celles d'un fusil semi-automatique. Elle avait abattu ces deux-là. Cynna, qui traversait juste derrière elle, avait tué les deux autres.

Après avoir anéanti cette petite patrouille, ou ces éclaireurs, ou ce que diable étaient ces premiers démons, ils avaient pu progresser sans interruption. Peu à peu, le ciel morne et mystérieux s'était éclairé – jusqu'à présent, il avait été à peu près aussi clair qu'un jour de tempête. Pourtant, la visibilité était toujours médiocre lorsqu'ils avaient atteint le col. C'était le flair de Cullen qui les avait sauvés.

Les démons qui protégeaient ce passage étaient plus nombreux que le premier groupe. Beaucoup plus nombreux. Quelques-uns avaient forme humaine, mais la plupart étaient sur quatre pattes, bâtis comme de gigantesques hyènes, mais avec de petits bras qui leur sortaient de la poitrine. Comparées aux mâchoires de Rule, les leurs étaient infiniment plus effrayantes. Ils avaient plusieurs rangées de dents, comme les requins, et des yeux rouges luisants.

Lily en avait tué quatre. Cullen avait dû se servir de sa mitrailleuse pour arrêter un énorme démon qui ressemblait à un troll sous stéroïdes. Celui-ci n'arrêtait pas de repartir à l'assaut…

Elle secoua la tête pour se défaire de ce souvenir. Elle ferait des cauchemars plus tard. Pour l'instant, elle avait sérieusement besoin d'un plan.

Les démons restaient en arrière pour le moment, à l'abri de l'autre côté du col. Pour continuer à avancer, la seule possibilité était de passer dans une faille entre deux énormes rochers, en file indienne.

Ils avaient des grenades, mais aucun moyen de se rapprocher suffisamment pour en lancer une. Il en était de même avec le lance-roquettes. Il leur fallait une ligne de visée. Cullen ne pouvait pas projeter du feu dans leur direction. La magie était curieusement humide ici, ce qui le frustrait et l'intriguait; il n'en était nulle part question dans tout ce que lui et Cynna avaient pu lire à propos de l'enfer. Il pouvait appeler le feu, mais il ne pourrait pas le lancer – sa capacité à affecter quoi que ce soit par la magie tournait court à moins de deux mètres de son corps.

Ils ignoraient combien il restait de démons. Ceux aux yeux rouges n'avaient pas fui. Ils prenaient plaisir à imaginer ce qu'ils feraient une fois qu'ils pourraient planter leurs dents dans la chair des humains. Et Lily comprenait ce qu'ils disaient. Même s'ils parlaient une langue inconnue, elle comprenait le moindre détail écœurant.

Cullen était sur sa droite, blotti derrière le même affleurement rocheux. Cynna était à quelques mètres sur sa gauche, légèrement en avant. Elle était parvenue à avancer jusqu'à un pan de la montagne qui effectuait un virage abrupt, et s'était accroupie derrière un rocher.

Lily savait où ils devaient aller, mais sur ce terrain accidenté il n'y avait rien qui ressemble de près ou de loin à une route droite. Max avait trouvé le col. Il prétendait avoir un instinct pour ce genre de chose, et elle supposa qu'il devait avoir raison. Mais il avait disparu aussitôt le combat commencé.

Elle essayait de ne pas y penser.

— Je suis prête à y aller, cria Cynna.

— Très bien !

Lily résista à son envie de dire : « Aller où ? » Ils étaient bloqués, incapables de dépasser les créatures aux yeux rouges. Jusque-là, ils avaient réussi à retenir les démons, mais…

— Attention, explosion dans la faille ! s'écria une voix loin au-dessus d'eux.

Max ? Que…

Les grenades étaient carrément plus bruyantes en vrai que dans les films. Max en jeta trois. Même après que tous les rochers eurent fini de tomber, Lily n'entendait toujours rien.

Cullen se mit en position accroupie. Elle vit ses lèvres bouger. Rien. Elle fit un signe vers ses oreilles et secoua la tête. Il fit un geste devant lui, se tapota la poitrine, et partit en courant.

Difficile de commander les troupes quand on ne les entend pas. Mais Cullen n'était pas stupide au point d'avancer vers les démons s'il n'avait pas une bonne raison de… Oh. Elle entendit Max, d'abord faiblement. Puis plus fort.

— J'les ai tous eus, ces sales petits cafards ! J'les ai fracassés, écrabouillés, j'leur ai balancé une pluie de rochers !

Il faisait des bonds au sommet d'un monticule rocheux. Comment diable était-il monté là-haut ?

Cullen le héla :

— Je croyais que t'aimais pas les armes ?

— J'les déteste ! Mais j'adore les explosions. Boum ! J'les ai tous ratatinés, écrasés !

— C'était une très jolie explosion, dit Cullen poliment. Mais tu es vraiment sûr de tous les avoir eus ?

— Tu me crois stupide ? Je danserais ici s'il en restait ? J'aperçois deux jambes qui dépassent des gravats et qui bougent encore, mais tu pourras leur tirer dessus quand tu passeras à côté. Mais, euh… (Il s'arrêta de sautiller.)

Le col n'est pas très stable. L'éboulis a été plus important que je m'y attendais. On ferait peut-être mieux de se dépêcher.

Bonne idée. Lily se leva, toujours sur ses gardes. Cynna la rejoignit.

— Lily, je suis désolée de le dire, mais si le col est instable… est-ce qu'on arrivera à revenir sur nos pas si on le traverse ?

Lily essuya la sueur de son front du dos de la main. Ils avaient été fort occupés, et la lumière était maintenant assez forte pour leur permettre de voir le chemin derrière eux. Lily n'était pas surprise que Cynna n'ait pas eu l'occasion d'y jeter un œil.

— Regarde derrière toi, dit-elle tranquillement.

— Qu'est-ce que tu… oh. Oh, mince.

Ils avaient pas mal grimpé. Les pentes rocheuses se déployaient derrière eux. Et au-delà, elle aperçut des démons, qui commençaient à leur tour l'ascension. Ils étaient innombrables. Et à l'avant de cette masse, se tenait une immense créature. Grande comme une maison, peut-être… mais une maison de trois étages.

Ils étaient trop loin pour que Lily puisse voir à quoi ressemblait exactement cet énorme démon, mais d'après le peu qu'elle aperçut, elle préférait finalement de pas en savoir plus.

— Sainte Marie, Mère de Dieu, murmura Cynna. Même si nous repartons en arrière, ce deuxième…

— On ne repartira pas en arrière, dit Cullen avec détermination en s'approchant d'elles. Ils sont déjà trop près de l'endroit où nous sommes arrivés. Mais Lily a le portail. Elle peut l'ouvrir n'importe où.

— Mais… (Cynna jeta un coup d'œil à Lily, puis redressa les épaules.) Très bien. Tu as le radeau gonflable. Si le portail débouche sur l'océan, tout ira bien.

Lily se sentit mal.

— Tu avais le radeau, dit-elle calmement. C'est ce que contenait le sac à dos que je t'ai demandé de laisser.

Cynna ouvrit la bouche. La ferma. Elle regarda en avant, où la poussière soulevée par les grenades de Max n'était toujours pas retombée.

— Eh bien, cette petite créature horripilante vient de nous sauver la peau, alors je suppose que tu as pris la bonne décision. Mais j'espère que tu trouveras un plan B.

Lily avait le même espoir.

— Allez. Allons demander conseil à la petite créature horripilante, et dépêchons-nous.

Elle se mit en marche, dans la seule direction possible : en avant, un pas à la fois.

XXXIII

La partie la plus large du col était jonchée de gravats et de morceaux de cadavres. Lily fit son possible pour ne pas regarder. Juste après, le passage rétrécissait de nouveau, et ils glissèrent en bas d'une pente raide sur environ six mètres. Le sol redevenait brusquement plat, puis, lorsqu'ils contournèrent un contrefort bas de la montagne, une vallée se déploya devant eux.

Lily s'engagea sur une saillie d'environ cinq cents mètres de long et vingt-cinq mètres de large. Il y poussait de l'herbe – c'était la première fois qu'elle en voyait. Mis à part ce détail, le sol était plat, monotone. Au-delà de cette bande de terre, le sol s'achevait, purement et simplement. Au-delà, c'était la mer.

L'océan était étrange ; il reflétait le ciel hideux, mais son odeur était normale. Lily fit halte, le temps de laisser la brise combler quelques-uns des vides qu'elle ressentait en elle.

Mais elle ne put s'arrêter longtemps. Rule était *proche*. Mais où ?

Sa petite équipe se déploya derrière elle pour observer, comme elle, les alentours.

— Qu'est-ce qu'on fait, maintenant ? demanda Cullen.

— Peut-être que l'un de nous devrait surveiller le col, dit Cynna. Essayer de faire barrage.

— Ha ! Tu te portes volontaire ? (Max secoua la tête.) Mieux vaut s'en débarrasser. Boum !

Il se frotta les mains en souriant.

— Non, dit Lily brusquement. Non, on ne peut pas jeter de grenades vers la montagne. Rule est… (Elle fit quelques pas et balaya du regard les blocs de pierre qui soutenaient l'immense saillie.) Il est là. Il est à l'intérieur.

Les autres la suivirent.

— À l'intérieur ? fit Cynna d'un ton dubitatif.

— Dans une grotte, ou quelque chose comme ça.

Elle marchait plus vite à présent, le cœur battant. Il était si proche, si atrocement proche. Ils n'avaient pas apporté d'engins de terrassement, songea-t-elle, pas très loin de l'hystérie. Ils n'avaient pas une seule fois envisagé qu'ils auraient peut-être besoin d'outils pour déplacer quelques mètres cubes de roche.

— Mais il avance.

— Vers nous.

— Non. (Sa réponse jaillit, pleine de frustration.) Par là.

Elle fit un geste vers l'extrémité de la saillie, où un amas de rochers leur bloquait le passage. Puis elle se mit à courir, comme si ses pieds à eux seuls pouvaient enjamber cette dernière distance, la mener à lui, malgré les pierres qui les séparaient.

— Max, dit Cullen en suivant Lily.

— Quoi ?

Le gnome soufflait légèrement en courant.

— Tu es censé ressentir instinctivement la roche. Comment fait-on pour entrer, ou pour le faire sortir ?

— J'y réfléchis.

Lily les entendait à peine. *Ici, il est ici…*

Soudain, à l'extrémité de la saillie, un immense loup sombre émergea d'une faille dans un amoncellement de pierres.

Peut-être hurla-t-elle son nom. Peut-être le cria-t-elle seulement dans sa tête. Ses pieds avançaient sans qu'elle ait à leur en donner l'ordre. Elle courait, trébuchait sur le sol irrégulier…

Quelqu'un sortit derrière Rule.

Elle sortit. Vêtue d'un sarong rouge, portant son talisman. Le pendentif de Rule, le pendentif disparu.

Lily s'arrêta net. Elle leva une main – non pas pour toucher, mais pour repousser l'impossible. Elle se regarda droit dans les yeux, vit son propre visage pâlir, et s'entendit dire doucement :

— Mes parties manquantes. Toutes mes parties manquantes. C'est toi qui les as.

Ses genoux lâchèrent.

Elle ne s'évanouit pas. Pas tout à fait. Mais sans savoir comment, elle se retrouva l'instant d'après le visage léché par une langue râpeuse et mouillée.

— Rule. (Elle toucha son museau, son épaule, passa sa main sur ses côtes.) Rule.

— C'est au-delà du bizarre.

C'était la voix de Cynna. Lily tourna lentement la tête, espérant ne pas voir… Mais *elle* était toujours là, debout, le visage sans expression. Un visage qui était exactement semblable à celui que Lily avait vu dans le miroir un million de fois.

— Nom de Dieu ! (C'était une voix aiguë, vaguement familière. Une autre personne – une créature, plutôt – sortit de la faille.) Vous êtes deux !

Un démon. Le même petit démon à la peau orange qui avait tenté de prendre possession d'elle – celui qui avait conspiré avec Harlowe, qui l'avait empoignée pendant que celui-ci la frappait avec la crosse.

Lily saisit son arme en faisant quelques pas en arrière.

Cynna et Cullen étaient déjà en position pour tirer, arme à l'épaule. Mais l'autre Lily était rapide, elle aussi. Elle prit place devant le démon.

— Non ! Il s'appelle… C'est Gan. Il ne vous fera pas de mal. (Elle regarda Lily, puis les autres, et passa sa langue sur ses lèvres – un tic nerveux dont Lily essayait depuis des années de se débarrasser.) Vous voulez sans doute une explication.

Sans baisser sa mitrailleuse, Cullen répondit au nom de tous :

— Ce serait bien. Et pense à préciser qui tu es.

— Mais tu la connais ! lui souffla Gan. C'est Lily Yu ! (Puis, à voix basse :) Bien sûr, j'imagine que l'autre a le même nom.

La seconde Lily soupira :

— On risque d'en avoir pour un moment.

Lily jeta un coup d'œil derrière elle, vers le col.

— Fais-nous la version courte. On n'a pas beaucoup de temps. Une guerre se dirige vers nous à grands pas.

Elle se sentait plus perdue que jamais. Elle avait suivi Rule dans l'obscurité pour se découvrir – découvrir son autre moi, celui qui possédait tout ce qu'elle avait perdu. Celle que Rule connaissait sous son autre forme. Et qui le connaissait en tant qu'humain.

Elle essaya de leur faire un résumé de la situation rapide et cohérent, mais la vue de son visage, de son corps, assis de l'autre côté de Rule, ne cessait de la distraire. Cette femme n'était pas elle. Peut-être qu'elles avaient été une seule et même personne au début, mais elles n'étaient pas le même être, plus maintenant.

Ils étaient plus ou moins assis en cercle, tous à l'exception du petit – Max – qui avait pris position dans les rochers, à un endroit où il pouvait surveiller le col. Au moins, les autres ne pointaient plus leurs armes vers elle… grâce à l'insistance de Rule. Il avait marché jusqu'à l'homme – Cullen – et posé sa patte sur le canon de sa mitrailleuse avec un grognement.

Cette fois, Gan avait traduit sans se faire prier : *Pose-le, abruti.*

Lorsqu'elle eut terminé son récit, ils restèrent tous silencieux un long moment. Finalement, l'autre femme lui demanda doucement :

— Tu es ici depuis combien de temps, à ton avis ?

— Je n'en sais rien. Les jours et les nuits ne sont pas réguliers. Au bout d'un moment, j'ai arrêté de penser de cette manière. (Elle jeta un coup d'œil à Rule.) Il a dormi vingt fois environ, je crois. Je ne sais pas si ça veut dire que vingt jours se sont écoulés.

— Vingt.

L'autre femme n'avait pas l'air heureuse. Elle continuait de caresser Rule, de le toucher. Lily eut envie de repousser cette main qui se permettait tout, mais… elle encaissa. Rule voulait sentir ce contact. Ça se voyait. Il les voulait toutes les deux à ses côtés. Pour lui, elles étaient autant Lily l'une que l'autre.

C'était l'autre qui l'avait connu la première, ceci dit. Qui se rappelait tout ce qu'ils avaient pu partager sur la Terre. Tout ce qu'il avait partagé avec elle ici, c'était… l'enfer.

— On a un problème, déclara l'autre Lily.

Cullen s'esclaffa :

— On dira plus jamais que tu as tendance à exagérer, ma belle.

— Je parle du portail. On est trop nombreux pour le retraverser.

— Un portail. (Son pouls s'accéléra. Évidemment. Ils avaient dû venir jusqu'ici, non ? Contrairement à elle, ils n'avaient pas été entraînés en enfer par un petit démon capable de sauter de sphère en sphère.) Vous avez un moyen de rentrer. On peut rentrer.

— Nous avons un petit portail, dit Cullen. Et, comme Lily – l'une des Lily – l'a fait remarquer, il y a un problème. Notre marge de manœuvre est très serrée. Si…

Soudain, il se tut et leva les yeux vers le ciel. Elle fit de même. Et se mit debout.

— C'est Sam !

Cette silhouette ailée, immense… c'était forcément lui.

Les autres bondirent également sur leurs pieds. Cullen installa sur son épaule le long tube creux qui pendait dans son dos.

Tu tires vraiment sur tout ce qui bouge ?

Ils étaient secoués. Cullen reprit le premier ses esprits.

— Dans le coin, apparemment, ça vaut mieux.

Il y a des cibles plus intéressantes.

Sam entama sa lente descente.

— Ne lui tire pas dessus. Sam est de notre côté… si je puis dire.

En tout cas, il lui avait sauvé la vie, et pour cela, il avait dû tuer l'un de ses congénères. Elle le soupçonnait de l'avoir fait parce que l'autre dragon l'avait insulté en voulant tuer son otage, mais tout de même…

C'est extrêmement étrange. On dirait que tu t'es liée à la moitié manquante de ton âme, mais elle est incarnée.

— J'ai remarqué, dit-elle sèchement.

Ce n'est pas l'œuvre du petit démon. Je me demande… Il était proche à présent, le vent engendré par ses ailes soulevait les cheveux de Lily. *Pourtant, c'est toi qui as le symbole d'Ishtar.*

Cullen fixa le dragon :

— Vous êtes au courant pour le symbole de la Déesse ?

J'en sais plus que ce que vous autres, avec vos brèves vies, espérerez jamais savoir.

Aussi gracieux que les aigrettes d'un pissenlit, son immense corps se posa doucement sur le sol, au bord de la falaise. Le dragon balança la tête pour les observer attentivement.

— Ne le regardez pas dans les yeux, Cullen se hâta-t-il de dire.

Voici un petit mortel bien informé. Sam était amusé. *Et… comme c'est intéressant. Tu es un ensorceleur, si l'on peut dire.*

— Si l'on peut dire ? répéta Cullen d'un ton indigné.

Et l'un de vous a un portail. Non, je me trompe. L'un de vous est *un portail. C'est inhabituel.* Il ramena ses ailes contre lui, plus à l'aise. *Et utile. Je voudrais passer un marché.*

— Alors faites vite, cria le petit être de son poste d'observation dans les rochers. Ils arrivent. La première vague devrait être là dans quinze minutes – et ce démon mastoc qui les accompagne débarquera dans environ trente minutes.

Oui. Xitil arrive.

Lily ne pouvait s'empêcher de regarder son double à la dérobée. C'était elle, et pourtant pas elle. La partie d'elle-même qui avait son Don. Qui avait été avec Rule durant tout ce temps. On aurait pu croire qu'elle se sentirait déchirée, nostalgique, qu'elle ressentirait quelque chose.

Elle voulait seulement que cette garce vire la main qu'elle avait posée sur lui.

Lily se retint. Pas maintenant. Elle ne comprenait pas comment elle pouvait se sentir si profondément jalouse d'elle-même – de son autre elle – dans un moment pareil. D'une manière ou d'une autre, elle devait faire en sorte qu'ils quittent tous cet endroit.

— On devra maintenir le portail ouvert plus longtemps.

Cullen secoua la tête.

— Pas possible, chérie. On est trop loin du noyau pour que je puisse y puiser de l'énergie, et il y a très peu de *sorcerí* flottant dans le coin.

— Les dragons les absorbent, dit l'autre Lily. C'est ce qu'affirme Gan, en tout cas.

Lily regarda le petit démon, blotti, l'air malheureux, contre les plus gros rochers. Il ne dit rien. Il semblait à peine conscient de leur présence, en proie à une peur secrète.

— Plan B, dans ce cas. Cullen, tu porteras, euh, l'autre Lily sur ton dos, et Max pourra aller sur celui de Rule pour traverser.

Cette solution pose deux problèmes. D'abord, vous tomberez de très haut. La terre est bien plus élevée ici que dans la sphère terrestre.

Elle sursauta. C'était vraiment bizarre de sentir les pensées du dragon surgir dans son propre esprit. Et comment savait-il à quoi cette région ressemblait sur Terre ?

— Il y aura l'océan en dessous, dit-elle laconiquement.

À une très grande distance. De toute façon, le principal problème, c'est que votre portail ne s'ouvrira pas.

— Il s'ouvrira.

Il lui suffirait de verser un peu de sang et de prononcer le mot que Cullen lui avait appris.

Le regard du dragon se déplaça vers Cullen. *Que se passe-t-il, ensorceleur, lorsque tu lies un sortilège à un objet, et qu'un autre objet identique au premier est à proximité ?*

Cullen grommela :

— Elles ne sont pas identiques. Enfin… (Son regard passa de Lily à l'autre Lily.) Pas totalement. Leurs expériences sont différentes. Elles ont… divergé.

Elles ont une seule âme. Je pense que votre portail ne s'ouvrira pas. Le dragon agita l'extrémité de sa longue queue. *Mais essayez, vous verrez par vous-mêmes ce qui se passe. À moins, peut-être, que tu saches comment le vérifier sans l'ouvrir ?*

Lily se mit debout avec impatience. Où était Max ?

— Max ! Descendez. On va partir.

L'autre Lily prit soudain la parole.

— Que voulez-vous, Sam ? Quel marché nous proposez-vous ?

Je peux agrandir le portail. Pour qu'il soit beaucoup plus grand. Je peux le maintenir ouvert aussi longtemps que nécessaire et vous le faire traverser. Et je sais comment résoudre le problème du portail.

Il y eut une seconde de silence, puis l'autre Lily – celle vêtue de rouge – s'écria :

— Non ! Non, il doit y avoir un autre moyen !

Cullen lui jeta un coup d'œil, puis regarda de nouveau le dragon.

— Les dragons *sont* magiques, mais ils ne peuvent manipuler la magie.

La plupart, en effet. Mais moi, je suis un Grand Chanteur. J'en sais plus sur les portails que tu n'en sauras jamais, ensorceleur.

— Sauf comment en ouvrir un, on dirait. Sinon, vous ne parleriez pas de passer un marché. Que voulez-vous en échange ?

La grande queue fouetta l'air, signe flagrant de son irritation. *Ce n'est pas évident ? Je veux partir d'ici. Je veux emmener les derniers survivants de mon espèce et quitter Dis.* Une sorte de soupir mental souffla dans l'esprit de Lily. *Nous sommes en train de perdre.*

— C'est ça que vous vouliez depuis le début, n'est-ce pas ? lui demanda subitement l'autre Lily. C'est pour cette raison que vous nous avez capturés. Vous vouliez quitter l'enfer. Seulement, je ne vois pas comment vous avez su qu'ils viendraient nous chercher.

Je n'en savais rien. J'avais… j'avais une autre idée à l'esprit.

Cullen secoua la tête.

— Je suis navré pour vous et les vôtres. Mais un portail assez grand pour que vous le traversiez en volant ne peut être lié à une personne. Cela la détruirait.

Pour la première fois, le petit démon prit la parole, d'une voix tremblante.

— Mais vous êtes un Grand Chanteur. Vous avez dit qu'ils ne pourraient pas l'emporter sans vous. Pourquoi n'est-ce pas vous qui gagnez ?

Dans sa folie, Xitil n'a pas manqué d'intelligence. Elle – ou plutôt Celle qu'elle a mangée – a passé une alliance avec celui que vous connaissez sous le nom de Tegelgor, le seigneur du royaume du sud. En échange d'un grand nombre des démons inférieurs de Tegelgor, elle lui a cédé sa terre. Elle arrive ici avec tous les démons, tous les lutins, toutes les créatures de son royaume. Ils sont trop nombreux pour nous.

— Tegelgor ! glapit le démon, horrifié. Cédé sa terre ? Non, même totalement cinglée, elle ne ferait pas ça… *Tous* ses démons ? Je ne… je n'ai pas été appelé à la rejoindre. J'ai senti un tiraillement, mais pas une sommation. Elle connaît tous mes noms. Si elle voulait que je vienne…

Toi aussi, tu as divergé, petit démon.

Que voulait-il dire ? Peu importe. Ils n'avaient plus beaucoup de temps.

— Où est Max, bon sang ?

— Attends une minute, Lily. (Cullen marcha jusqu'à elle.) J'ai horreur de l'admettre, mais le dragon a raison sur une chose. Je dois vérifier.

— Comment ?

Il fit un geste gracieux d'une main, en murmurant quelque chose dans la langue harmonieuse qu'il avait utilisée auparavant, et fronça les sourcils. Puis il se tourna vers l'autre, l'autre elle, et redit la même chose. Il devint blanc comme un linge.

— Merde. Le portail tressaute entre vous deux. Il ne cesse d'osciller.

— Alors si nous le faisons ensemble – si nous nous tenons côte à côte et nous coupons la paume…

Il secouait la tête :

— Lorsqu'il est en elle, il est bloqué en position fermée. Elle a ton… C'est une sensitive. Toi seule peux ouvrir le portail, mais tant qu'il est rattaché à elle, tu ne pourras pas. Ton… son Don t'en empêchera.

— Mais si elle est semblable à moi au point que le portail hésite entre nous, pourquoi mon Don ne me reconnaîtrait-il pas ? s'écria-t-elle. Il est à *moi*.

Parce que, comme l'a dit l'ensorceleur, tu as divergé. Un sort, même engendré par un rituel, est un grossier mécanisme comparé à ton Don, Lily Yu. Celui-ci perçoit des différences entre vous que le portail ne détecte pas.

Son Don ne la reconnaissait pas ? Elle se frotta le front.

— Là, je suis à court d'idées.

Alors accepte la mienne. Je ferai de mon mieux pour vous protéger de…

Il s'arrêta au milieu de sa pensée. Avec une vitesse incroyable pour une créature de sa taille, il s'envola vers le ciel. Le vent provoqué par ses ailes fit tomber Lily au sol, si bien que la première seconde, elle ne vit pas ce vers quoi il s'était élancé.

Ensuite, elle regretta d'avoir vu.

La créature était longue et rouge, de la couleur du sang qui n'a pas totalement séché. Les deux tiers de son corps, semblable à celui d'un ver, possédaient un nombre impressionnant de pattes, se terminant toutes par des griffes. Et bien que son corps soit plus petit que celui du dragon, ses ailes étaient tout aussi larges, veinées comme celles d'une chauve-souris.

Le tiers avant de son corps était constitué de mâchoires. Celles-ci étaient bordées d'innombrables dents, comme celles des créatures aux yeux rouges, et lorsque la créature les ouvrit pour hurler, Lily eut une vue imprenable sur le fond de sa gorge.

Le monstre avait l'avantage sur le dragon. Plus haut dans le ciel, il s'abattit sur sa cible, les mâchoires béantes. Sam vola droit vers lui. À la dernière seconde, il fit volte-face. Ses mâchoires se refermèrent sur l'une des énormes ailes de la créature, et il tourna la tête, déchirant la membrane. Il battit fort des ailes et prit de la distance.

Rule grogna. Lily se retourna alors même qu'il la dépassait en courant – en courant vers l'endroit où se trouvait l'autre Lily. Celle-ci se retourna à son tour, fixant l'une des créatures aux yeux rouges, perchée sur un rocher au-dessus d'elle, mâchoires béantes, dans une imitation terrible du ver pourvu de crocs qui se battait avec le dragon dans le ciel.

La créature bondit et heurta Rule avant de toucher le sol.

Ils tombèrent tous les deux, empêtrés et déjà en train de s'écharper. Lily épaula son fusil, mais elle n'avait aucune chance d'abattre la créature sans toucher Rule. Elle s'approcha, et reçut une giclée de sang.

Celui de Rule. Oh, Seigneur, son flanc…

— Recule ! lui cria Cynna.

— Tu ne peux pas tirer ! Tu vas le tuer !

— Je n'utilise pas d'arme ! Bouge, bon sang !

Elle regarda par-dessus son épaule, et s'éloigna aussi vite qu'elle le put.

Cynna se tenait debout juste derrière elle, une main en l'air, l'autre pointée devant elle, dans la direction des deux corps enchevêtrés qui roulaient sur le sol. Ses lèvres remuaient, mais Lily ne pouvait l'entendre par-dessus les grondements et les mugissements. Puis une lueur rouge sang ruissela de sa main.

Elle ne se déplaçait pas comme la lumière. La vilaine lueur rouge traversa mollement l'espace entre Cynna et les deux adversaires - trop lentement, bien trop lentement ! Rule était au sol, il ne bougeait plus. Lily cala de nouveau l'arme sur son épaule…

Et la lueur frappa. Le démon se raidit et s'affala sur le sol, mort.

— Putain de merde, fit Cynna, choquée. Ça a marché.

Lily courut vers Rule.

L'autre Lily aussi.

Le flanc du loup était couvert de sang, tant de sang qu'elle ne pouvait évaluer la gravité de la blessure. Mais c'était sérieux. Elle le savait. Les yeux fermés, il respirait péniblement. Elle leva les yeux, et fut abasourdie quelques instants lorsqu'elle rencontra ses propres yeux.

— Pars, lui dit la Lily en rouge. Tu dois partir tout de suite et l'emmener là où il pourra être soigné. Dans un… un hôpital. (Elle prononça le mot comme s'il était nouveau pour elle.) Ici, il mourra.

— Le portail…

— Sam m'a dit comment le réparer.

Tout à coup, Lily comprit. Sans savoir comment,

elle sut ce que l'autre femme voulait dire. Elle sentit sa bouche s'assécher.

— Il doit y avoir un autre moyen.

— C'est marrant. (Elle sourit, mais des larmes brillaient dans ses yeux.) C'est exactement ce que j'ai dit. (D'une main, elle arracha de son cou le talisman.) Mais il n'y en a pas. Tu es le portail.

Lentement – consciente de ce qu'elle faisait, de ce qu'elle acceptait – Lily tendit la main.

Et Lily y déposa le *toltoï*.

— Dis-lui… (Elle baissa les yeux et caressa la tête de Rule.) Dis-lui que j'ai été heureuse d'être avec lui. Vraiment heureuse.

Lily referma les doigts sur le pendentif. Elle ne put que hocher la tête tant sa gorge était serrée.

L'autre – l'autre elle – se mit debout. Elle tira sur le haut de son sarong, qui s'ouvrit.

— Bande-le avec ça. Il saigne trop.

Elle lança le sarong à Lily et se mit à courir. Nue, pieds nus, elle partit à toute vitesse.

Vers la falaise. Tout droit vers le bord de la falaise.

Ce fut le petit démon qui comprit le premier.

— Non ! hurla-t-il.

Il partit à sa poursuite, battant le sol de ses jambes courtaudes.

— Non, Lily Yu ! Lily Yu, c'est vrai, je t'aime bien ! C'est vrai ! Ne…

Elle sauta.

Lily sentit une rafale de vent, un vent chargé de senteurs océanes. Non, elle était debout, debout sur ses pieds, et des larmes coulaient. Bas, toujours plus bas, elle tombait, trop loin, si loin de Rule…

Elle reçut un coup d'une force inouïe, un immense coup qui frappa tout son corps. Et elle mourut.

XXXIV

ELLE OUVRIT LES yeux doucement.

Ce fut le visage de Cullen qu'elle vit en premier. Il la tenait dans ses bras.

— Seigneur, murmura-t-il. Merci, Déesse. Pourquoi est-elle… et toi. Est-ce que tu…

— Pas très… Non, en fait. (Elle avait la bouche pâteuse. Elle déglutit.) Le portail s'ouvrira, maintenant.

C'est le moment ou jamais. Ils franchissent le col, et attendent que leur reine arrive pour l'élargir. Xitil a gagné en corpulence récemment.

Le dragon se posa près du bord de la falaise, mais il ne replia pas complètement ses ailes.

Puis se fit entendre une autre voix, faible, hésitante : celle de Gan, debout non loin de lui.

— Je suis vivant. Elle est morte, et je suis vivant. C'est injuste, n'est-ce pas ? (Puis, plus doucement encore :) C'est vrai que je l'aimais bien. C'est vrai.

Lily s'assit. Elle tenait encore fermement le *toltoï* dans son poing. Elle ne l'avait pas lâché lorsqu'elle s'était… évanouie.

— Sam, nous acceptons ton marché. Et je suis d'accord avec toi. C'est le bon moment.

Cynna termina d'attacher le tissu rouge autour de la blessure de Rule.

— Quelqu'un a vu Max ?

Il s'avéra qu'il était allongé au sol, pas très loin du rocher d'où avait sauté la créature aux yeux rouges. Il était inconscient, mais vivant – la créature avait probablement cru lui avoir réglé son compte lorsqu'elle l'avait jeté par terre. Mais les gnomes ont la réputation d'être difficiles à tuer.

Deux dragons se posèrent. Chacun prit sur son dos un bien portant et un blessé. D'abord Cullen, qui tenait Rule devant lui, enveloppé du tissu rouge qui avait été le sarong de Lily. Ensuite Cynna, qui glissa le corps inerte de Max devant elle. Puis…

— Vous devez m'emmener ! (Gan arriva en courant.) Je vais mourir. Xitil me tuera à petit feu. Elle m'arrachera les yeux et… (Le démon s'arrêta net devant Lily, l'air hébété.) Tu… Tu es… (Il baissa les yeux vers son thorax, le palpa, puis regarda de nouveau Lily.) Tu es Lily Yu, murmura-t-il. Je le sens. Le lien. Mais il n'est plus pareil.

Elle hocha la tête.

— Je le suis, en quelque sorte. Je suis… les deux. D'accord, dit-elle soudain. Je vais t'emmener. Dieu me pardonne, mais si même la mort ne suffit pas à me débarrasser de toi, à quoi bon te laisser ici ?

Gan et elle grimpèrent sur le cou de Sam, et s'installèrent derrière sa tête. La collerette qui semblait si délicate leur servirait à se protéger du vent, et Lily pourrait s'y agripper. Rien à voir, pensa-t-elle, avec son premier vol, où elle pendait entre les serres. À cet instant, cette pensée s'envola en fumée, et le souvenir de ce moment s'en alla lui aussi.

Cela ne cessait de lui arriver. Elle n'était pas les deux à parts égales. L'une d'elles était morte… ou presque morte.

Mais elle avait retrouvé son Don. La magie de Sam lui gratta la peau lorsqu'elle grimpa sur son cou puissant. Cette sensation aurait dû lui être totalement étrangère, ne ressembler à aucune sensation déjà connue, pourtant…

ce devait être un souvenir de l'autre, conclut-elle en se cramponnant à la fine collerette.

Ils sont là. D'un bond impressionnant, il plongea de la falaise – Lily sentit son cœur s'arrêter – mais Sam déploya ses ailes. Au lieu de tomber, encore et encore, ils montèrent en flèche.

Voyager sur son cou était beaucoup plus confortable qu'entre ses serres.

Des dragons tournoyèrent dans les airs autour d'eux. Une douzaine ? Plus ?

— Combien des tiens sont là, Sam ? demanda-t-elle.

Il reste vingt-trois dragons sur Dis. Les démons en ont tué dix. Autrefois… autrefois nous étions beaucoup plus nombreux, mais désormais nous ne sommes plus que vingt-trois.

Pour la première fois, une émotion réelle perça dans la voix mentale. Le chagrin, profond et intangible – et ancien, très ancien.

Maintenant, Lily Yu. Ouvre ton portail. Et je chanterai pour l'agrandir.

Elle prit un petit opinel dans sa poche. Cette fois, aucun poignard de rituel spécial n'était nécessaire. Le visage crispé, elle passa le tranchant de la lame sur la croûte au milieu de sa paume gauche, puis prononça le mot qui déclenchait l'ouverture.

Les étranges géométries s'éveillèrent en elle et s'agitèrent. L'air chatoya dans un petit rectangle qui planait là, à des dizaines de mètres au-dessus de l'océan – et le dragon commença sa chanson.

D'une voix grave et profonde, les notes basses si puissantes qu'elle les sentait autant qu'elle les entendait, il se mit à chanter. Comme si la nuit avait reçu une voix, tout ce qui était sombre et caché tambourina en elle, le froid entre les étoiles, et les étoiles elles-mêmes. Et l'espace répondit en elle – de plus en plus grand, il poussait fort pour sortir d'elle, un espace vertigineux, si vaste, trop vaste. En elle, il devint plus grand que l'espace au dehors, mais c'était impossible, il…

Le chant se transforma. Soudain, Sam fut à l'intérieur, avec elle, dans sa chanson et dans la tête de la jeune femme, mais aussi dans son ventre, où les géométries se dépliaient encore, de plus en plus grandes, complexes, irréelles. Mais la voix de Sam flottait entre elle et la folie de l'espace inversé, le pendentif de Rule était dans sa poche, et la mort était loin d'être l'absolu qu'elle avait toujours cru.

Elle s'agrippa fermement à la collerette de Sam alors que le premier dragon repliait ses ailes et se lançait telle une flèche dans l'air chatoyant. Il disparut.

Rule avait traversé. Cullen aussi. Alors que Sam chantait toujours, celui qui portait Cynna et Max s'élança à son tour. Le dragon chanta pendant que les autres bondissaient dans le chatoiement, chacun son tour, et il continua de recouvrir de son chant le fol espace en elle, jusqu'à ce que tous aient traversé.

Puis, enfin, sans cesser de chanter, Sam s'élança vers l'air chatoyant. Il plongea dans le portail, et Lily ondula dans la brèche avec sa monture…

L'instant d'après, ils volaient au-dessus d'un autre océan, celui-là noir comme de l'encre, les reflets argentés du clair de lune brillant sur les vagues. La lune, presque pleine, et les étoiles… Seigneur, comme elles lui avaient manqué !

Sans attendre, elle prononça l'autre mot que Cullen lui avait appris. L'espace qui avait grandi en elle éclata comme une bulle de savon, et une fois de plus, il n'y eut plus qu'elle à l'intérieur de son être.

Presque plus qu'elle.

LES DRAGONS N'ONT aucun moyen discret de se poser.

Sam fit de son mieux. Il réunit sa volée – son essaim ? Quel mot employer pour des dragons ? – et les emmena vers le promontoire d'où Lily et les autres étaient partis. Mais ils étaient à plusieurs kilomètres des côtes. Avant qu'ils puissent les atteindre, un petit malin avait envoyé deux avions de chasse de l'armée de l'air à leur poursuite.

Ils ne tirèrent pas, mais le retour au bercail fut un peu plus compliqué que prévu.

Ils ne pouvaient pas se poser en même temps. Le promontoire n'était pas assez large pour deux dragons. Celui qui portait Cullen et Rule descendit le premier. Dès qu'il eut touché le sol, Cullen remit Rule à l'un des lupins – une âme courageuse, qui s'était précipitée à leur rencontre – et lui cria des instructions en sautant de son perchoir.

De si haut, Lily, bien entendu, ne put les entendre, mais Sam lui relaya l'essentiel. Avant toute chose, Cullen avait ordonné à la plupart des lupins de ranger leurs armes. Ensuite, il avait fait venir Nettie le plus vite possible. Enfin, il avait demandé qu'on lui trouve un téléphone portable pour qu'il puisse contacter l'armée de l'air et demander de ne pas tirer sur les gentils dragons.

Sam sembla s'en amuser.

Cullen parlait au téléphone lorsque le deuxième dragon se posa. Cynna et Max en descendirent.

Apparemment, le gnome avait repris conscience à plusieurs dizaines de mètres au-dessus de l'eau. Cela n'avait pas franchement amélioré son humeur.

Puis ce fut le tour de Lily. Et celui de Gan.

Que diable allait-elle faire d'un démon apprivoisé ? Elle priait pour qu'il le soit…

Présente-le aux gnomes. Ils le comprendront, puisqu'eux-mêmes descendent des démons. Lorsqu'un démon reçoit une âme…

— Hein ? s'écria Gan. Vous avez parlé d'une âme ?

Lily aurait juré que Sam riait intérieurement.

Ils descendirent en piqué, dans une chute interminable. Elle dut fermer les yeux pour ne pas voir le sol qui fonçait vers eux. Cela ressemblait trop à…

Lily Yu.

— Quoi ? cria-t-elle dans le vent, comme s'il l'entendrait mieux ainsi.

Salue ta grand-mère de ma part.

Sa grand-mère ? Comment pouvait-il... mais ils touchèrent le sol à cet instant – pas brutalement, mais avec fermeté. Et elle n'eut plus qu'une seule idée en tête : retrouver Rule.

— Nous parlerons plus tard, dit-elle en passant sa jambe par-dessus le cou du dragon.

Elle se laissa glisser au sol. Gan s'affala derrière elle, puis se mit debout et jeta un regard mauvais à tous les autres.

— J'ai encore des questions, déclara-t-elle à Sam.

Pourquoi cela ne me surprend-il pas ? Tu ne t'arrêtes jamais de parler.

Puis, sans prévenir, Sam s'élança dans le ciel.

Lily balaya rapidement les alentours du regard, remarqua un Nokolaï qu'elle connaissait vaguement, empoigna Gan et le lui balança.

— Gardez un œil sur lui. C'est en partie un démon, mais pas complètement. Ne le tuez pas, à moins de ne vraiment pas pouvoir faire autrement.

Elle partit ensuite en courant.

Ils avaient installé Rule sur une civière et le transportaient vers le crossover aménagé de Nettie. Elle arriva à sa portée alors qu'ils ouvraient l'arrière du véhicule et s'arrêta, ébahie.

Il était redevenu un homme. Il s'était transformé et avait retrouvé son apparence humaine. Il était nu et ensanglanté, et un morceau de tissu autrefois rouge, imbibé de sang, recouvrait sa blessure la plus profonde.

Évidemment, songea-t-elle. *Il devait essayer. La lune est presque pleine, il devait voir s'il était capable de se transformer. Mais quel risque il a pris, avec ses blessures qui l'ont tant affaibli !*

Sa fourrure lui manquait, la belle fourrure qu'elle avait caressée si souvent... Lily cligna des yeux, confuse, et le souvenir s'envola.

Il ouvrit les yeux.

— Lily ?

— Ici, dit-elle. (Elle approcha et lui prit la main.) Je suis ici. Nous sommes rentrés. Nous avons réussi à revenir.

À revenir complètement. Il s'était transformé. L'humain n'avait pas disparu derrière le loup.

— Je dois le mettre en somnie, dit Nettie d'une voix ferme. Et cette fois, il va à l'hôpital. Il a perdu beaucoup de sang, et il est hors de question que je l'opère à l'arrière du crossover.

— Oui, il ira à l'hôpital.

C'est ce qu'elle avait demandé. Ramener Rule, l'emmener à l'hôpital.

— Laisse-moi une minute, Nettie, dit Rule. (Sa voix était merveilleuse à entendre. Pas comme s'il était mourant, pas du tout. Il chercha ses yeux.) J'ai fait un rêve extrêmement étrange. Un rêve terrible. Je croyais que c'était réel. Tu avais un double, et l'une de vous… l'une de vous est morte.

Il était inconscient à ce moment-là. Elle était sûre qu'il l'était.

— Ce n'était pas un rêve, mais ce n'était pas totalement réel non plus.

— Tu es…

— Les deux. Je crois.

— Ça suffit, dit Nettie.

Elle posa une main sur le front de Rule.

Peu à peu, il se détendit et ferma les paupières.

— Oui, murmura-t-il. C'est vrai. Tu es Lily.

Au moment de sombrer dans l'apaisante somnie, déclenchée par le Don de Nettie, sa main se relâcha et libéra celle de Lily. Enfin, la tension qui nouait les épaules de la jeune femme commença à s'atténuer.

C'était peut-être aussi simple que ça.

— Oui, dit-elle tout bas. Je suis Lily.

ÉPILOGUE

— PENSES-Y, AU MOINS.

Rule avait la gorge serrée par la frustration.

— Non. (Comme à son habitude, Isen ne mâchait pas ses mots.) Non, à moins que tu me donnes une excellente raison de reconsidérer la question. Mais tu n'en as pas.

Oh que si, il en avait une. Isen refusait simplement de l'écouter. Rule s'assit au bord de son maudit lit d'hôpital et lutta contre son envie de hurler… même s'il ne devrait peut-être pas retenir ce besoin en particulier. Au moins, peut-être que son père le croirait.

— Le Lu Nuncio doit pouvoir se contrôler, dit-il en avalant ses mots. Je n'y arrive pas.

Isen balaya ses paroles du revers de la main.

— C'est temporaire.

— Je me suis transformé ! s'exclama Rule. Ici, dans ce fichu hôpital, lorsque c'était la pleine lune, je me suis transformé. Impossible de m'arrêter.

— Tu as dû souffrir le martyre, j'imagine. Heureusement que Glen a été prévenu.

Glen était l'un des gardes qui retenait les journalistes hors de la chambre de Rule. La nuit dernière, il avait dû empêcher les médecins et les infirmières d'entrer dans la pièce jusqu'à ce que Rule ait rassemblé assez de volonté pour se transformer de nouveau et redevenir humain.

Il lui avait fallu une bonne demi-heure, et il mourait toujours d'envie de rester loup, de vivre et de sentir le monde pleinement.

— Ça résout le problème, je suppose, dit Rule amèrement. Je ne peux plus contrôler ma transformation, mais tant que je préviens quelqu'un...

— Fils.

C'était rare d'entendre ce mot dans la bouche de son père. Rule se calma.

Isen posa une main sur son épaule.

— C'est ta fierté qui s'exprime. Ton impatience. Ton loup est plus fort qu'avant. Et alors ? Tu trouveras un nouvel équilibre. Ce sera long, mais je suis certain que tu en es capable. Tu ne m'as jamais déçu, ni en tant que père, ni en tant que Rho.

Rule n'avait jamais compris pourquoi son père l'avait nommé Lu Nuncio à la place de Benedict. Le mystère était encore plus grand à présent. Il ne savait pas quoi dire.

Les mots ne sortaient plus aussi facilement.

Isen serra l'épaule de Rule, puis la lâcha.

— Certaines personnes t'aideront. J'en entends d'ailleurs une qui arrive.

Rule l'entendait aussi. Il tourna la tête avec un léger sourire.

La porte s'ouvrit.

— J'aimerais savoir : ce qui te rend heureux, c'est de me voir arriver, ou d'apprendre que je viens pour te faire sortir ? lui demanda Lily.

Mais elle souriait également, et s'approcha de lui sans attendre sa réponse.

Tout naturellement, la main de Rule trouva celle de la jeune femme.

Isen rit :

— J'ai l'impression que je suis de trop ici. On se verra à Clania, dit-il à Rule. Nous avons beaucoup à faire pour être prêts pour le Tout-Clan.

— Une fois que Nettie l'autorisera à reprendre le travail, vous voulez dire, fit Lily.

Isen écarta sa remarque d'un geste.

— Peu de personnes guérissent aussi vite que lui dans le clan. Nettie ne le gardera pas au lit bien longtemps – à condition que tu ne l'épuises pas aussitôt que tu l'auras récupéré à la maison.

Il rit devant l'expression de Lily et se dirigea vers la porte.

Mais avant de sortir, il s'arrêta et la regarda attentivement :

— Je ne sais pas si je l'ai déjà dit, mais je suis vraiment heureux qu'on m'ait rendu mon héritier. C'est grâce à toi, à Cullen et à cette autre femme. Je ne vous ai pas encore remerciés. Vous ne l'avez pas fait pour moi, mais vous devez savoir que les Nokolaï vous en sont reconnaissants. Moi aussi. D'avoir retrouvé mon fils... (Des larmes brillèrent soudain dans ses yeux. Il n'essaya pas de les refouler, mais regarda Rule sans sourciller.) Il n'y a pas de mots pour ça. Pas de mots.

Le temps que Rule, stupéfait, lui réponde, son père avait déjà refermé la porte derrière lui. Peu à peu, il sentit sa gorge se desserrer.

Apparemment, il n'était pas le seul à avoir du mal à trouver les mots.

— Tu es prêt ? lui demanda Lily. Nous avons décidé de te faire sortir par les cuisines.

— Nous ?

Il se glissa prudemment hors du lit. Il ressentait des tiraillements un peu partout, mais ces petites douleurs étaient balayées par les protestations qui fusaient de ses côtes. Il posa une main sur les bandages autour de sa taille. Le démon l'avait lacéré très profondément. Nettie l'avait recousu pendant son sommeil, mais les tissus n'avaient pas fini de cicatriser.

— Tiens. (Lily poussa le fauteuil roulant qui avait été livré un peu plus tôt.) C'est Nettie qui a eu l'idée des cuisines. On s'y est mis à plusieurs pour trouver un plan afin que tu sortes d'ici sans que ces vampires de journalistes ne s'en rendent compte. Ton père est censé t'attendre dans le hall, ils se rueront donc là-bas. Et il les occupera pendant qu'on s'échappe.

Rule jeta un regard mauvais au fauteuil roulant.

— Je n'ai pas besoin de ça.

— Fais-moi plaisir. Si ça ne tenait qu'à moi, tu resterais à l'hôpital encore deux jours.

— Si ça ne tenait qu'à moi... commença-t-il, avant de s'interrompre.

Il se rappela.

Il avait protesté à l'idée de rester à l'hôpital lorsque Nettie l'avait réveillé après l'opération.

— *Elle te voulait ici,* avait dit Lily, le visage tendu. *Je le lui ai promis.*

— *Promis à qui ?* lui avait-il demandé.

— *À moi-même. Mon autre moi.*

Celle qu'il avait voulu sauver en attaquant un démon... celle qui était morte pour le sauver. Rule le savait dans sa chair, même si Lily – cette Lily, qui était les deux, et en même temps qui n'était pas celle qu'il avait connue en enfer – ne l'avait pas dit. Elle avait sacrifié sa vie pour leur permettre d'ouvrir le portail, mais elle ne l'avait pas fait pour les autres. Elle l'avait fait pour lui.

Lily lui souriait à présent.

— Je vais l'utiliser, tu sais, dit-elle doucement. À la moindre occasion. Je te culpabiliserai pour que tu sois bien sage. Assieds-toi.

Elle tapota le fauteuil roulant.

Il s'y installa.

Mais elle ne le poussa pas tout de suite. À la place, il l'entendit prendre une inspiration et expirer lentement.

— Tu n'as rien à te reprocher, tu sais. Tu n'étais même pas conscient. C'est moi qui l'ai laissée faire.

Rule ne put pas se tourner. Il avait trop mal aux côtes. Mais il tendit la main derrière lui et prit la sienne. Il savait qu'elle se sentait coupable. Il ne comprenait pas pourquoi, mais il l'avait trop souvent vu sur son visage ces trois derniers jours.

Elle commença à pousser le fauteuil.

— Je t'ai raconté ce que Max a dit sur la queue de Gan ?

Pour l'instant, le petit démon restait avec Max, qui l'avait accepté comme invité avec enthousiasme après qu'il lui eut demandé s'il savait quelque chose des orgasmes multiples ; le corps de Gan était censé adopter une forme plus humaine, mais jusque-là, il avait refusé de se séparer de sa queue.

— Ai-je vraiment envie de le savoir ?

— Sans doute pas. C'est en rapport avec ce qu'il en fait pendant l'amour.

— Vaut mieux que tu me le dises alors, sinon mon imagination risque de s'échauffer.

Elle rit. Durant le trajet jusqu'à l'ascenseur du personnel et leur descente, ils discutèrent gaiement.

Nettie les retrouva au sous-sol.

— Prêts pour une visite des cuisines ?

Leurs manœuvres élaborées pour éviter la presse ne concernaient pas seulement Rule. Les journalistes avaient harcelé Lily et s'étaient montrés tellement casse-pieds qu'elle avait baissé les bras : elle avait pris quelques vêtements dans un sac, son chat, et avait déménagé à Clania temporairement.

Ils n'en avaient pas après elle parce qu'elle avait fait un aller-retour en enfer. Ils n'étaient pas au courant. Une personne au sommet de la chaîne alimentaire de la bureaucratie ne voulait pas que le public apprenne l'existence des portails, et le FBI ne souhaitait pas perdre sa seule sensitive. Ils avaient beaucoup trop besoin de Lily pour lui coller un procès sur le dos.

Les sphères bougeaient. Sam l'avait confirmé lorsqu'ils avaient papoté tous les deux. La Terre se rapprochait à la fois de Dis et de Faerie : le monde moderne pouvait s'attendre au pire. Et ça, le patron de Lily au FBI l'avait bien compris.

Les journalistes n'étaient donc pas avides de récits à propos de l'enfer. Ils voulaient en savoir plus sur les dragons… qui avaient disparu.

Difficile de comprendre comment l'armée de l'air avait pu perdre vingt-trois créatures énormes qui, même si leur vol était puissant et magnifique, étaient incapables de distancer un avion de chasse. Pourtant, ils les avaient semés.

Rule somnola durant une bonne partie du trajet jusqu'à Clania. Cette tendance à piquer un somme n'importe quand était agaçante, mais normale à ce stade de la guérison. Cela étant, il parvint à entrer dans la demeure de son père sur ses deux jambes.

Deux jambes, pas quatre. Il aurait dû trouver la position debout beaucoup plus normale, pourtant ce n'était pas le cas.

Mais il était heureux que Lily ait choisi de s'installer chez son père. C'était une étape de plus vers leur emménagement ensemble, pour de bon. Il le voulait toujours, même si cela ne lui paraissait plus aussi urgent. La peur qui le pressait d'aller vite avait disparu.

Une Lily avait tout risqué pour partir à sa recherche. L'autre était morte pour lui. Comment pourrait-il encore douter d'elle ?

Il la laissa le mettre au lit, puis tapota le drap à côté de lui.

— Assieds-toi.

— Je dois…

— Dormir, sans doute. Tu n'as pas assez dormi ces derniers temps, à mon avis.

Comme elle ne répondait pas, il dit doucement :

— Des mauvais rêves ?

Elle hocha la tête et, lentement, s'assit au bord du lit.

— Quelques-uns. J'ai failli te perdre. Je t'ai perdu, mais pas elle. Et puis, elle t'a perdu.

— Elle ?

— Elle, moi... (Elle esquissa tant bien que mal un petit sourire.) Les démons ont raison sur une chose. L'âme est quelque chose de déroutant.

— Ce n'est pas évident d'avoir deux natures. Il te faudra du temps pour t'y habituer.

— Deux natures ?

Elle était surprise.

— C'est un peu ce que tu ressens, n'est-ce pas ? Mon loup... (Il posa sa main sur son torse.) ...c'est moi, et pourtant ce n'est pas moi. Exactement comme lorsque j'étais loup : l'homme était moi, et en même temps il n'était pas moi. Le corps compte.

— Oui. Oui, il compte. Nous sommes une seule âme, mais les souvenirs ne sont... ils ne se manifestent pas pareil. Elle – cette part de moi – n'a pas besoin d'occuper un corps à son tour lorsque c'est la pleine lune, contrairement à ton loup. Mais parfois, elle jette un regard à travers mes yeux. En chemin vers l'hôpital, j'ai aperçu un vélo, et mes yeux se sont embués. J'étais si émerveillée par cette bicyclette, et par le souvenir de mon vieux Schwinn. Et puis... (Elle haussa les épaules.) Elle a disparu. Des larmes coulaient sur mes joues, et je ne savais pas pourquoi.

— Le jeu des souvenirs, murmura-t-il. Je te raconterai, si tu veux.

Elle resta silencieuse un moment, les yeux rivés sur ses doigts qui malmenaient nerveusement l'édredon qu'elle avait installé autour de lui.

— Maintenant, je suis doublement jalouse. De toi, parce que tu la connais. D'elle, parce qu'elle t'avait quand je ne pouvais pas t'avoir. Et si tu trouves cette réaction idiote... (Elle eut un petit rire.) ...je ne te dirai pas le contraire.

— La jalousie n'est pas rationnelle. Je suis jaloux de Gan.

— Oui, je... (Lentement, la tension visible sur son visage s'adoucit en un sourire.) Je sais. Je me rappelle.

(Elle se frotta la poitrine comme si elle replaçait physiquement ce souvenir.) J'aurais aimé comprendre. Même Sam ne savait pas que l'autre moi avait un corps. Comment cela a-t-il pu arriver ?

Rule croyait savoir : la Déesse. D'une manière ou d'une autre, elle avait préservé le moi scindé en deux corps – l'un doté du *toltoï*, l'autre sans.

Vers la fin de son voyage en enfer, Rule s'était surtout fié à son instinct. La Déesse l'avait atteint à travers celui-ci pour le pousser doucement dans une direction, l'envoyer encore et encore dans ces passages souterrains. Le moment venu, il avait été prêt à les conduire à l'endroit où la Déesse voulait qu'ils soient.

Mais elle ne voulait pas particulièrement ramener Rule sur Terre, contrairement à ce que les autres croyaient. C'était Lily que la Déesse avait besoin de secourir, Lily pour laquelle elle entretenait certains desseins. Il en avait la certitude, tout comme il avait eu la certitude qu'il devait continuer de fouiller ces tunnels obscurs.

Il savait également que Lily ne voudrait pas entendre ça.

— Tu ferais quelque chose pour moi ? lui demanda-t-il.

— Oui.

Juste ce mot. Juste *oui*.

— Couche-toi à côté de moi un petit moment. Je ne te propose pas d'abîmer l'œuvre de Nettie, ajouta-t-il rapidement lorsqu'il vit le refus se dessiner sur son visage. Je veux juste… je veux te serrer contre moi. Je n'ai pas pu le faire pendant si longtemps.

— Oh… fit-elle, les yeux fermés. Oh, moi aussi, j'en ai eu tellement envie.

Quelques instants plus tard, alors qu'elle était blottie contre lui, que ses cheveux chatouillaient sa mâchoire, il se rappela, au contact de son corps, les plaisirs qu'il ne pouvait pas encore rechercher et, plein de son odeur, fit cette autre chose qu'il avait tant voulu faire lorsqu'il était loup.

— Je t'aime.

Elle s'immobilisa. Au bout d'un moment, elle lui dit doucement :

— Je t'aime aussi. Et je… (Elle posa sa paume sur le torse de Rule, et un sourire illumina son visage.) J'en suis heureuse. Vraiment heureuse.

FIN

Suivez les aventures de Lily Yu dans

LES FILS DE LA PLEINE LUNE

TOME 3
LIENS DU SANG

EILEEN WILKS